新 日檢
N1單字
帶著背！

■ 元氣日語編輯小組 編著

■ 編者序

帶著背！
便能輕鬆考過新日檢N1

容我來介紹《新日檢N1單字帶著背！》這本書。

自從日語檢定由原先的四級改制成五級以來，為了因應讀者急切所需，市面上的新日檢書籍，絕大多數都是用原先出版的舊制內容，或者略作修改，或者根本完全不改只改封面，就這樣草草上市。這樣真的可以嗎？當然不行。日語檢定之所以從四級修正成五級，自然有其道理，考試的內容也不可能和舊制完全相同，所以怎麼可以便宜行事，無視讀者的權益，用舊的內容魚目混珠，讓讀者有讀卻沒有考上呢？

基於上述理由，一直以日語學習第一品牌自詡的瑞蘭國際出版部，認為寧願花更多的時間和心力，也一定要出版百分之一百因應新日檢內容的好書，讓讀者不做白工，一考就上，而且是高分過關。

《新日檢N1單字帶著背！》就是這樣的一本書。本書由敝社的總編輯こんどうともこ根據十數年撰寫日檢考題的經驗，挑出N1真正必考單字。再由三位

日語系畢業的高材生依臻、仲芸、羽恩一一打字，精確地標示出漢字、詞性、重音、中文意思。接著依照五十音順序排列，不但方便查詢，更讓讀者在每背完一小個段落後就有成就感。最後還有こんどう所出的數百題模擬試題，並由從事日語教學近十年的我為大家做解說，相信做完之後，一定信心倍增。

就多年從事日語教育的經驗，發現一般讀者應考N1時不是不準備（因為覺得範圍太大，準備也沒有用），要不然就亂槍打鳥（一下子練習聽力，一下子閱讀文章，一下子寫模擬試題，一下子又猛K文法），殊不知要考上N1的第一步，就在厚植單字的實力。試想，上述的聽力、文法、閱讀，哪一項和單字無關呢？

所以，請一步一腳印，每天把《新日檢N1單字帶著背！》吧！有讀就有分，讓我們一起加油！

瑞蘭國際出版社長

王愿琦

戰勝新日檢，
掌握日語關鍵能力

元氣日語編輯小組

　　日本語能力測驗（日本語能力試驗）是由「日本國際教育支援協會」及「日本國際交流基金會」，在日本及世界各地為日語學習者測試其日語能力的測驗。自1984年開辦，迄今超過20多年，每年報考人數節節升高，是世界上規模最大、也最具公信力的日語考試。

新日檢是什麼？

　　近年來，除了一般學習日語的學生之外，更有許多社會人士，為了在日本生活、就業、工作晉升等各種不同理由，參加日本語能力測驗。同時，日本語能力測驗實行20多年來，語言教育學、測驗理論等的變遷，漸有改革提案及建言。在許多專家的縝密研擬之下，自2010年起實施新制日本語能力測驗（以下簡稱新日檢），滿足各層面的日語檢定需求。

　　除了日語相關知識之外，新日檢更重視「活用日語」的能力，因此特別在題目中加重溝通能力的測驗。同時，新日檢也由原本的4級制（1級、2級、3

級、4級）改為5級制（N1、N2、N3、N4、N5），
新制的「N」除了代表「日語（Nihongo）」，也代表
「新（New）」。新舊制級別對照如下表所示：

N1	比舊制1級的程度略高
N2	近似舊制2級的程度
N3	介於舊制2級與3級之間的程度
N4	近似舊制3級的程度
N5	近似舊制4級的程度

新日檢N1和舊制相比，有什麼不同？

　　新日檢N1的考試科目，由舊制的文字語彙、文法讀解、聽解三科整合為「言語知識・讀解」與「聽解」二大科目，不管在考試時間、成績計算方式或是考試內容上也有一些新的變化，詳細考題如後文所述。

　　舊制1級總分是400分，考生只要獲得280分就合格。而新日檢N1除了總分大幅變革減為180分外，更設立各科基本分數標準，也就是總分須通過合格分數（＝通過標準）之外，各科也須達到一定成績（＝通過門檻），如果總分達到合格分數，但有一科成績未達到通過門檻，亦不算是合格。各級之總分通過標準及各分科成績通過門檻請見下表

　　從分數的分配來看，「聽解」與「讀解」的比重都提高了，尤其是聽解部分，分數佔比約為1/3，表示新日檢將透過提高聽力與閱讀能力來測試考生的語言應用能力。

　　根據新發表的內容，新日檢N1合格的目標，是希望考生能應用、理解各種不同場合中所會接觸到的日文。

新日檢程度標準		
新日檢 N1	閱讀（讀解）	・閱讀議題廣泛的報紙評論、社論等，了解複雜的句子或抽象的文章，理解文章結構及內容。 ・閱讀各種題材深入的讀物，並能理解文脈或是詳細的意含。
	聽力（聽解）	・在各種場合下，以自然的速度聽取對話、新聞或是演講，詳細理解話語中內容、提及人物的關係、理論架構，或是掌握對話要義。

N1總分通過標準及各分科成績通過門檻			
總分通過標準	得分範圍	0~180	
	通過標準	100	
分科成績通過門檻	言語知識（文字・語彙・文法）	得分範圍	0~60
		通過門檻	19
	讀解	得分範圍	0~60
		通過門檻	19
	聽解	得分範圍	0~60
		通過門檻	19

　　考生必須總分100分以上，同時「言語知識（文字・語彙・文法）」、「讀解」、「聽解」皆不得低於19分，方能取得N1合格證書。

新日檢N1的考題有什麼？

新日檢N1除了延續舊制日檢既有的考試架構，更加入了新的測驗題型，所以考生不能只靠死記硬背，而必須整體提升日文應用能力。考試內容整理如下表所示：

考試科目 （時間）	題型			
		大題	內容	題數
言語知識（文字・語彙・文法）・讀解 110分鐘	文字・語彙	1 漢字讀音	選擇漢字的讀音	6
		2 文脈規定	根據句意選擇正確的單字	7
		3 近義詞	選擇與題目意思最接近的單字	6
		4 用法	選擇題目在句子中正確的用法	6
	文法	5 文法1 （判斷文法形式）	選擇正確句型	10
		6 文法2 （組合文句）	句子重組（排序）	5
		7 文章文法	文章中的填空（克漏字），根據文脈，選出適當的語彙或句型	5

考試科目	題型			
（時間）		大題	內容	題數
言語知識（文字・語彙・文法）・讀解 110分鐘	讀解	8 內容理解（短文）	閱讀題目（包含生活、工作等各式話題，約200字的文章），測驗是否理解其內容	4
		9 內容理解（中文）	閱讀題目（評論、解說、隨筆等，約500字的文章），測驗是否理解其因果關係、理由、或作者的想法	9
		10 內容理解（長文）	閱讀題目（解說、隨筆、小說等，約1000字的文章），測驗是否理解文章概要或是作者的想法	4
		11 綜合理解	比較多篇文章相關內容（約600字）、並進行綜合理解	3
		12 主旨理解（長文）	閱讀社論、評論等抽象、理論的文章（約1000字），測驗是否能夠掌握其主旨或意見	4
		13 資訊檢索	閱讀題目（廣告、傳單、情報誌、書信等，約700字），測驗是否能找出必要的資訊	2

考試科目	題型			
（時間）		大題	內容	題數
聽解 60分鐘	1	課題理解	聽取具體的資訊，選擇適當的答案，測驗是否理解接下來該做的動作	6
	2	重點理解	先提示問題，再聽取內容並選擇正確的答案，測驗是否能掌握對話的重點	7
	3	概要理解	測驗是否能從聽力題目中，理解說話者的意圖或主張	6
	4	即時應答	聽取單方提問或會話，選擇適當的回答	14
	5	統合理解	聽取較長的內容，測驗是否能比較、整合多項資訊，理解對話內容	4

其他關於新日檢的各項改革資訊，可逕查閱「日本語能力試驗」官方網站 http://www.jlpt.jp/。

台灣地區新日檢相關考試訊息

測驗日期：每年七月及十二月第一個星期日

測驗級數及時間：N1、N3在下午舉行；

N2、N4、N5在上午舉行

測驗地點：台北、台中、高雄

報名時間：第一回約於四月初，第二回約於九月初

實施機構：財團法人語言訓練測驗中心

（02）2365-5050

http://www.lttc.ntu.edu.tw/JLPT.htm

如何使用本書

熟背單字

打開本書精心歸納的新日檢N1出題高頻單字，反複背誦、記憶，考前臨陣磨槍，不亮也光！

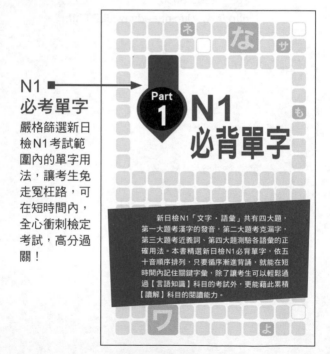

N1
必考單字

嚴格篩選新日檢N1考試範圍內的單字用法，讓考生免走冤枉路，可在短時間內，全心衝刺檢定考試，高分過關！

Part 1

N1 必背單字

　　新日檢N1「文字・語彙」共有四大題，第一大題考漢字的發音，第二大題考克漏字，第三大題考近義詞、第四大題測驗各語彙的正確用法。本書精選新日檢N1必背單字，依五十音順序排列，只要循序漸進背誦，就能在短時間內記住關鍵字彙，除了讓考生可以輕鬆通過【言語知識】科目的考試外，更能藉此累積【讀解】科目的閱讀能力。

發音與漢字

單字假名發音全部依照N1範圍準確註明漢字，遇到一字多義的情況時，更可藉由漢字用法的不同加以區別，避免誤用。

隨堂測驗

以五十音裡的每一個音為段落，每個段落皆提供隨堂測驗，背完單字後馬上測驗，不僅能即時檢視成效，同時也可加深印象。

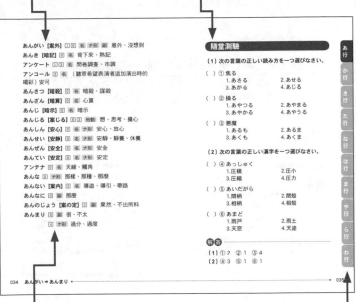

あんがい [案外] ① ⓪ 名 ナ形 副 意外、沒想到
あんき [暗記] ⓪ 名 背下來、熟記
アンケート ①③ 名 問卷調查、市調
アンコール ③ 名 （聽眾希望表演者追加演出時的喝彩）安可
あんさつ [暗殺] ⓪ 名 暗殺、謀殺
あんざん [暗算] ⓪ 名 心算
あんじ [暗示] ⓪ 名 暗示
あんじる [案じる] ⓪③ 他動 想、思考、擔心
あんしん [安心] ⓪ 名 ナ形 安心、放心
あんせい [安静] ⓪ 名 ナ形 安靜、靜養、休養
あんぜん [安全] ⓪ 名 ナ形 安全
あんてい [安定] ⓪ 名 ナ形 安定
アンテナ ⓪ 名 天線、觸角
あんな ⓪ ナ形 那様、那種、那麼
あんない [案内] ③ 名 導遊、導引、帶路
あんなに ⓪ 副 那麼
あんのじょう [案の定] ① 副 果然、不出所料
あんまり ⓪ 副 很、不太
　　　　 ④ ナ形 過分、過度

隨堂測驗

(1) 次の言葉の正しい読み方を一つ選びなさい。

( )① 焦る
　　 1. あさる　　　　2. あせる
　　 3. あかる　　　　4. あじる
( )② 操る
　　 1. あやつる　　　2. あやまる
　　 3. あやかる　　　4. あやうる
( )③ 悪魔
　　 1. あるも　　　　2. あるま
　　 3. あくも　　　　4. あくま

(2) 次の言葉の正しい漢字を一つ選びなさい。

( )④ あっしゅく
　　 1. 圧横　　　　　2. 圧小
　　 3. 圧縮　　　　　4. 圧力
( )⑤ あいだがら
　　 1. 間柄　　　　　2. 間殻
　　 3. 相柄　　　　　4. 相殻
( )⑥ あまど
　　 1. 雨戸　　　　　2. 雨土
　　 3. 天窗　　　　　4. 天途

解答
(1)① 2　② 1　③ 4
(2)④ 3　⑤ 1　⑥ 1

あ行 か行 さ行 た行 な行 は行 ま行 や行 ら行 わ行

重音與詞性

每個單字準確註明重音與詞性，輔助吸收，提升學習功效。

依五十音順序索引

特字典式編排，可藉由右頁的五十音順序索引，迅速查詢所需單字，準備檢定考之餘，平時也可當成學習用口袋字典，隨身攜帶，以備不時之需。

STEP 2

實戰練習

待熟悉新日檢N1範圍的單字後，利用本書提供的模擬試題實際演練，作答完畢後，參照解析，一一釐清盲點，針對不熟悉處，再次複習與加強。

■ 模擬試題

完全模擬新日檢考題形式出題，模擬試題的練習可增加考生對考題的熟悉度，如此一來，真正上考場應試時就能輕鬆應對，不會緊張而有失平時實力。

模擬試題第一回

問題1

____の言葉の読み方として最もよいものを、1・2・3・4から一つ選びなさい。

（　）① 公害が人々の健康を脅かしている。
1. おどかして　　2. おろそかして
3. おびやかして　4. おどろかして

（　）② 汗をたくさんかいたので化粧が剥げてしまった。
1. ほげて　　2. とげて
3. はげて　　4. むげて

（　）③ あまりに突然のことで戸惑ってしまった。
1. こまどって　2. とまどって
3. とわくって　4. とまよって

（　）④ 前回の会議では活発な意見が交わされた。
1. かつたつ　　2. かっはつ
3. かったつ　　4. かっぱつ

（　）⑤ 詳細は後ほどお知らせします。
1. しょうさい　2. しゃんさい
3. しょうし　　4. しょうし

（　）⑥ 犯人は人質をとって立てこもった。
1. じんしつ　　2. ひとしつ
3. じんじつ　　4. ひとじち

問題2

（　）に入れるのに最もよいものを、1・2・3・4から一つ選びなさい。

（　）⑦ 家族の不祥事に（　）の狭い思いをした。
1. 肩身　　2. 骨身
3. 親身　　4. 細身

（　）⑧ 彼の（　）点はとてもユニークだ。
1. 看　　2. 視
3. 思　　4. 争

■日文原文與中文翻譯

對照原文翻譯，讓考生百分百理解題目，方能更快掌握解題要點。

‖‖ 第一回　中譯及解析 ‖‖

模擬試題第一回　中譯及解析

問題1

＿＿＿の言葉の読み方として最もよいものを、1・2・3・4から一つ選びなさい。

（　）① 公害が人々の健康を脅かしている。
　　1. おどかして　　2. おろそかして
　　3. おびやかして　　4. おどろかして

中譯 公害威脅著人們的健康。

解析 四個選項，都是必須死背的「訓讀」唸法。選項1「脅かして」是「動詞」，原形為「脅かす」，意為「嚇唬」，例如「子供を脅かす」（嚇唬小孩）；選項2「疎か」是「ナ形容詞」，意為「馬虎、粗心大意」，選項中「疎かして」那種用法是錯誤的，正確用法為「疎かにする」（粗心大意）；選項3「脅かして」是「動詞」，原形為「脅かす」，意為「威脅」，意為「健康を脅かす」（威脅健康）；選項4「驚かして」是「動詞」，原形為「驚かす」，意為「驚動」，例如

● 473

‖‖ 模擬試題＋完全解析 ‖‖

「世の中を驚かす」（驚動社會）。正確答案為選項3。

（　）② 汗をたくさんかいたので化粧が剥げてしまった。
　　1. ほげて　　2. とげく
　　3. はげて　　4. むげて

中譯 因為流了許多汗，妝都掉了。

解析 本題考「動詞」，四個選項均為動詞的「て形」。其原形和意思分別為，選項1「ほげる」沒有漢字，意為「崩場」；選項2「遂げる」意為「實現」；選項3「剥げる」意為「褪色、脫落」；選項4，無此字。正確答案為選項3。

（　）③ あまりに突然のことで戸惑ってしまった。
　　1. こまどって　　2. とまどって
　　3. とわくって　　4. とまよって

中譯 事情太過突然，感到不知所措。

解析 本題考「動詞」。正確答案為選項2「戸惑って」，原形為「戸惑う」，意為「不

474 ●

完全解析 ■

──一破解考題中的陷阱，點出考生最容易陷入的盲點，矯正錯誤，不重蹈覆轍。

目 錄

Part 1　N1必背單字 ··· 021

あ ·· 022

か ·· 079

さ ·· 161

Part 2 模擬試題+完全解析… 463

本書略語一覽表

名	名詞
代	代名詞
指	指示詞
感	感嘆詞
副	副詞
副助	副助詞
格助	格助詞
自動	自動詞
他動	他動詞
自他動	自他動詞
イ形	イ形容詞（形容詞）
ナ形	ナ形容詞（形容動詞）
連體	連體詞
接續	接續詞
接頭	接頭語
接尾	接尾語
接助	接續助詞
連語	連語詞組
造語	造語
補動	補助動詞

Part 1

N1 必背單字

　　新日檢N1「文字‧語彙」共有四大題，第一大題考漢字的發音，第二大題考克漏字，第三大題考近義詞、第四大題測驗各語彙的正確用法。本書精選新日檢N1必背單字，依五十音順序排列，只要循序漸進背誦，就能在短時間內記住關鍵字彙，除了讓考生可以輕鬆通過【言語知識】科目的考試外，更能藉此累積【讀解】科目的閱讀能力。

あ・ア

あ～ [亜～] 接頭 亞（於）～、次（於）～

ああ ⓪ 副 那樣

　　① 感 （表認同、了解）啊

あい [愛] ① 名 愛

あいかわらず [相変わらず] ⓪ 副 一如往昔、依然、依舊

あいさつ [挨拶] ① 名 打招呼、問候、寒暄、致詞、回應

あいじょう [愛情] ⓪ 名 愛情、愛護、呵護、疼愛

あいず [合図] ① 名 信號、暗號

アイスクリーム ⑤ 名 冰淇淋

あいする [愛する] ③ 他動 愛、心愛、喜愛、熱愛

あいそう / あいそ [愛想] ③/③ 名 親切、恭維、客套、款待、帳單

あいだ [間] ⓪ 名 之間、間隔、關係、中間

あいだがら [間柄] ⓪ 名 血緣關係、親屬關係、交情

あいつぐ [相次ぐ / 相継ぐ] ① 自動 相繼發生

あいて [相手] ③ 名 對方、對象、搭擋

アイデア / アイディア ①③/①③ 名 構想、點子、創意、想法

あいにく ⓪ ナ形 副 不巧、掃興

あいま [合間] ⓪③ 名 空隙、閒暇、縫隙

あいまい ⓪ 名 ナ形 曖昧、模稜兩可

アイロン ⓪ 名 熨斗、燙髮鉗

あう [合う] ① 自動 準、對、合適、正確

あう [会う] ① 自動 見面、遇見

あう [遭う] ① 自動 遇到（不好的事情）

アウト ① 名 （棒球）出局、（網球、桌球）出界

あえて [敢えて] ① 副 勉強、故意、特別

あお [青] ① 名 藍色

あおい [青い] ② イ形 藍色的、蒼白的

あおぐ [仰ぐ] ② 他動 仰望、尊敬、崇拜

あおぐ [扇ぐ] ② 他動 煽、煽風

あおじろい [青白い] ④ イ形 蒼白的、臉色發青的

あか [赤] ① 名 紅色

あか [垢] ② 名 污垢、骯髒、齷齪

あかい [赤い] ⓪ イ形 紅色的

あかし [証 (し)] ⓪ 名 證據、證明

あかじ [赤字] ⓪ 名 紅字、赤字

あかす [明かす] ⓪② 他動 揭露、熬通宵

あかちゃん [赤ちゃん] ① 名 嬰兒

あからむ [赤らむ] ③ 自動 變紅、發紅

あかり [明かり] ⓪ 名 光線、燈

あがり [上がり] ⓪ 名 上漲、收入、完成、成果

あがる [上がる] ⓪ 自動 登上、上升、上學、
（雨、雪、脈搏）停

あかるい [明るい] ⓪③ イ形 明亮的、鮮明的、明朗的、光明的

あかんぼう [赤ん坊] ⓪ 名 嬰兒

あき [明き / 空き] ⓪ 名 空隙、空閒、空缺、職缺

あき [秋] ① 名 秋天

あきらか [明らか] ② ナ形 明顯、清楚

あきらめ [諦め] ⓪ 名 放棄、斷念、看開

あきらめる [諦める] ④ 他動 放棄、打消～的念頭

あきる [飽きる] ② 自動 膩、飽、足夠

あきれる ⓪ 自動 嚇呆

あく [悪] ① 名 邪惡

あく [開く] ⓪ 自動 拉開、睜開、出現空隙、空閒

あく [空く] ⓪ 自動 出現空隙、空了、空缺

あくしゅ [握手] ① 名 握手、和解、和好

アクセサリー ①③ 名 首飾、裝飾品、配件

アクセル ① 名 （汽車）油門踏板

アクセント ① 名 重音、語調、重點

あくどい ③ イ形 狠毒的、刺眼的、品性惡劣的

あくび ⓪ 名 哈欠

あくま [悪魔] ① 名 惡魔、魔鬼

あくまで [飽くまで] ①② 副 徹底、始終、堅持到底

あくる～ [明くる～] ⓪ 連體 次～、翌～、下一～

あけがた [明け方] ⓪ 名 黎明

あける [開ける] ⓪ 他動 打開

あける [明ける] ⓪ 自他動 空出、天亮、過（年）

あげる [上げる] ⓪ 他動 增加、提升、舉、抬高

あげる [挙げる] ⓪ 他動 舉、抬高

あげる [揚げる] ⓪ 他動 炸

あげる ⓪ 他動 給～

あご [顎] ② 名 顎、下顎、下巴

あこがれ [憧れ] ⓪ 名 憧憬、嚮往

あこがれる [憧れる] ⓪ 自動 憧憬、嚮往

あさ [朝] ① 名 早晨、早上、上午

あさ [麻] ② 名 麻、麻布、麻織物

あざ ② 名 痣、青斑

あさい [浅い] ⓪② イ形 淺的、短淺的、膚淺的

あさって ② 名 後天

あさましい ④ イ形 卑鄙無恥的、下流的、淒慘的

あざむく [欺く] ③ 他動 欺、騙、蒙蔽

あざやか [鮮やか] ② ナ形 鮮艷、鮮明、高明

あざわらう ④ 他動 嘲笑

あし [足] ② 名 腳、腿、步行

あじ [味] ⓪ 名 味道、感觸、滋味

アジア ① 名 亞洲

あしあと [足跡] ③ 名 足跡、腳印、歷程、功績

あしからず 連語 原諒、見諒、別見怪

あした ③ 名 明天

あしもと [足元] ③ 名 腳下、腳步、處境

あじわい [味わい] ⓪ 名 味道、風味、風趣

あじわう [味わう] ③⓪ 他動 品嚐、欣賞、體驗

あす [明日] ② 名 明天

あずかる [預かる] ③ 他動 代人保管、代為照顧、保留、暫緩

あずける [預ける] ③ 他動 託付、寄放、委託、倚靠、交由別人決定

あせ [汗] ① 名 汗

あせる [焦る] ② 自動 焦躁、著急

あせる ②⓪ 自動 褪（色）、衰退、衰弱

あそこ ⓪ 代 （指離說話者和聽者都很遠的地方）那裡

あそび [遊び] ⓪ 名 遊戲

あそぶ [遊ぶ] ⓪ 自動 玩、遊玩、閒置

あたい [値] ⓪ 名 值、（數學裡具體的）數值

あたいする [値する] ⓪ 自動 值得

あたえる [与える] ⓪ 他動 給、給予

あたたか [暖か / 温か] ③② ナ形 溫暖、溫馨

あたたかい [暖かい / 温かい] ④ イ形 溫暖的、和煦的

あたたまる [暖まる / 温まる] ④ 自動 升溫、暖和、溫暖

あたためる [暖める / 温める] ④ 他動 加溫、弄暖和、重溫、恢復

あたま [頭] ③② 名 頭、頭腦

あたらしい [新しい] ④ イ形 新的

あたり [辺り] ① 名 附近、大致、～左右

あたり [当たり] ⓪ 名 中、猜中、擊中

あたりまえ ⓪ 名 ナ形 理所當然、應該

あたる [当たる] ⓪ 自動 碰撞、猜中、中（獎）、
（陽光）照得到

あちこち ②③ 代 到處

　　　　　②③ 名 ナ形 顛倒、相反

あちら / あっち ⓪ / ③ 代 那裡、那位

あちらこちら ④ 代 到處

　　　　　④ ナ形 顛倒、相反

あっ ① 感 （表感動或吃驚）啊、唉呀

あつい [厚い] ⓪ イ形 厚的、深厚的

あつい [暑い] ② イ形 （天氣）熱的、炙熱的

あつい [熱い] ② イ形 （溫度、體溫）熱的、燙的

あっか [悪化] ⓪ 名 （情況、病情）惡化

あつかい [扱い] ⓪ 名 操作、接待、對待、看待

あつかう [扱う] ⓪③ 他動 處理、操作、對待、
調解、說和

あつかましい [厚かましい] ⑤ イ形 厚顏無恥的、
厚臉皮的

あっけない ④ イ形 簡單的、不過癮的

あっさり ③ 副 清淡地、淡泊地、簡單地、輕易地

あっしゅく [圧縮] ⓪ 名 壓縮、縮短

あっせん [斡旋] ⓪ 名 斡旋、周旋、調停、仲裁

あっとう [圧倒] ⓪ 名 壓倒

あっぱく [圧迫] ⓪ 名 壓迫

アップ ① 名 上升、提高、增加、盤髮

あつまり [集まり] ③⓪ 名 集合、聚集、匯集、聚會

あつまる [集まる] ③ 自動 集合、聚集、匯集、集中

あつめる [集める] ③ 他動 收集、聚集、召集、網羅

あつらえる ④③ 他動 訂做

あつりょく [圧力] ② 名 壓力

あて [当て] ⓪ 名 目的、指望、期待、護具、墊子

あて [宛て] ⓪ 名 目的、指望、期待

~あて [~宛て] 接尾 收件地點~、寄到~

あてじ [当て字] ⓪ 名 借用字、假借字、錯別字

あてな [宛て名] ⓪ 名 收件人、收件地址

あてはまる ④ 自動 合適、適用

あてはめる ④ 他動 適用、用作、嵌入

あてる [当てる] ⓪ 自他動 撞、命中、猜

あてる [宛てる] ⓪ 他動 寄給、交給

あと [後] ① 名 之後、後方、後來、以外、繼任、後果

　　　　① 副 再~

あと [跡] ① 名 痕跡、跡象、行蹤、家業

あと ① 接續 之後、以後

あとつぎ [跡継 (ぎ)] ②③ 名 繼承人、接班人

あとまわし [後回し] ③ 名 往後延、緩辦

あな [穴] ② 名 洞、穴、（金錢上的）虧空、空缺

アナウンサー ③ 名 主播、播音員

あなた ② 代 你、妳、您、（妻子對丈夫的稱呼）
老公

あに [兄] ① 名 哥哥、姊夫、大伯、大舅子

あね [姉] ⓪ 名 姊姊、嫂嫂、大姑、大姨子

あの ⓪ 連體 那、那個

    ⓪ 感 喂、嗯

アパート ② 名 公寓

あばれる [暴れる] ⓪ 自動 胡鬧、動粗

あびる [浴びる] ⓪ 他動 淋（溼）、沖（溼）、淋浴

あぶない [危ない] ⓪③ イ形 危險的、不穩固
的、靠不住的

あぶら [油] ⓪ 名 油

あぶら [脂] ⓪ 名 脂肪

あぶらえ [油絵] ③ 名 油畫

アフリカ ⓪ 名 非洲

あぶる ② 他動 烘、烤

あふれる ③ 自動 溢出、滿出來、泛濫

アプローチ ③ 名 接近、（指學術或研究方面）
研究法、通道

あべこべ ⓪ 名 ナ形 （順序、位置或方向）相反、顛倒

あまい [甘い] ⓪ イ形 甜的、甜蜜的、不嚴格的

あまえる [甘える] ⓪ 自動 撒嬌、承蒙

あまぐ [雨具] ② 名 （雨傘、雨鞋等防雨用具）雨具

あまくち [甘口] ⓪ 名 ナ形 （酒或味噌等）帶甜味、甜言蜜語

アマチュア ⓪ 名 業餘愛好者、外行人

あまど [雨戸] ② 名 擋風板、防雨門板

あまやかす [甘やかす] ④⓪ 他動 嬌縱、溺愛、寵

あまり [余り] ③ 名 剩下、（除法）餘數
⓪① 名 剩餘、（除法）餘數
⓪ 副 超過~、過度~、（後接否定）（不）太~

あまる [余る] ② 自動 剩下、超過

あみ [網] ② 名 網、網子

あみもの [編（み）物] ②③ 名 編織物、針織物

あむ [編む] ① 他動 編、織、編輯

あめ [雨] ① 名 雨

あめ [飴] ⓪ 名 糖果、甜頭

アメリカ ⓪ 名 美國、美洲

あやうい [危うい] ⓪③ イ形 危急的、危險的

あやしい [怪しい] ⓪③ イ形 奇怪的、怪異的、可疑的、不妙的

あやつる **[操る]** ③ 他動 操縱、駕駛、運用自如

あやぶむ **[危ぶむ]** ③ 他動 擔心、沒把握

あやふや ⓪ ナ形 曖昧、模稜兩可、含糊不清

あやまち **[過ち]** ③⓪ 名 過失、失誤、過錯

あやまり **[誤り]** ③⓪ 名 錯誤、失誤

あやまる **[誤る]** ③ 自他動 錯誤、搞錯、做錯、犯錯

あやまる **[謝る]** ③ 他動 道歉、賠罪、認錯、折服

あゆみ **[歩み]** ③ 名 行走、步調、演變、進展

あゆむ **[歩む]** ② 自動 走

あら ①⓪ 感 （表驚訝，女性用語）唉呀

あらい **[荒い]** ⓪② イ形 兇猛的、粗暴的

あらい **[粗い]** ⓪ イ形 粗糙的、稀疏的

あらう **[洗う]** ⓪ 他動 洗、淨化、清查、沖刷

あらかじめ **[予め]** ⓪ 副 預先、事先

あらし **[嵐]** ① 名 暴風雨、風暴

あらす **[荒らす]** ⓪ 他動 破壞、擾亂、傷害

あらすじ ⓪ 名 概要、大綱

あらそい **[争い]** ⓪③ 名 爭吵、鬥爭

あらそう **[争う]** ③ 他動 爭吵、爭取、競爭、爭
奪、戰鬥

あらた **[新た]** ① ナ形 新、新鮮、重新

あらたまる **[改まる]** ④ 自動 更新、改善、故作謹慎

あらためて **[改めて]** ③ 副 改天、重新

あらためる **[改める]** ④ 他動 改變、改正

あらっぽい [荒っぽい] ④⓪ イ形 粗心的、粗魯的、粗糙的

アラブ ① 名 阿拉伯

あらゆる ③ 連體 一切的、全部的、所有的

あらわす [表（わ）す] ③ 他動 表示、表現、代表

あらわす [現（わ）す] ③ 他動 出現

あらわす [著（わ）す] ③ 他動 著作

あらわれ [表（わ）れ] ⓪ 名 表現、顯現

あらわれる [現（わ）れる] ④ 自動 出現、表現、表露

あられ ⓪ 名 霰、炒（炸）年糕丁、白斑點雪珠紋

ありがたい [有（り）難い] ④ イ形 感謝的、感激的、難得的

ありがとう。 謝謝。

　　どうもありがとう。 非常謝謝。

　　どうもありがとうございます。 非常謝謝您。

　　どうもありがとうございました。 非常謝謝您了。

ありさま [有（り）様] ②⓪ 名 樣子、情況

ありのまま ⑤ 名 如實、真實呈現、真實

ありふれる ⓪④ 自動 常有、隨處可見、司空見慣

ある [有る / 在る] ① 自動 （表事物的存在）在、有、發生、舉行

ある [或る] ① 連體 某～

あるいは [或いは] ② 副 或者、也許

　　　　　　　　② 接續 或、或者

アルカリ ⓪ 名 鹼

あるく [歩く] ② 自動 走、經過、度過

アルコール ⓪ 名 酒精、酒類、酒

アルバイト ③ 名 打工、工讀生

アルバム ⓪ 名 相簿、集郵冊、書籍式的唱片套

アルミ ⓪ 名 （「アルミニウム」的簡稱）鋁

アルミニウム ④ 名 鋁

あれ ⓪ 代 那個、那時、那件事

あれ ⓪① 感 （表驚訝或懷疑時）哎呀

あれこれ ② 代 這個那個、這些那些

       ② 副 各種、種種

あれる [荒れる] ⓪ 自動 荒廢、荒唐、胡鬧、（皮膚）乾燥

あわ [泡] ② 名 氣泡、泡沫、口沫

あわす [合（わ）す] ② 他動 合併、相加、一致、調合

～あわせ [～合（わ）せ] 接尾 結合～、合併～、混和～

あわせる [合（わ）せる] ③ 他動 合併、相加、一致、調合

あわただしい [慌ただしい] ⑤ イ形 慌忙的、不穩定的

あわてる [慌てる] ⓪ 自動 慌張、驚慌

あわれ [哀れ] ① 名 ナ形 憐憫、哀愁、可憐、凄惨

あん [案] ① 名 想法、草案、方案、計畫

あんい [安易] ①⓪ 名 ナ形 容易、老套

あんがい **[案外]** ①⓪ 名 ナ形 副 意外、沒想到

あんき **[暗記]** ⓪ 名 背下來、熟記

アンケート ①③ 名 問卷調查、市調

アンコール ③ 名 （聽眾希望表演者追加演出時的喝彩）安可

あんさつ **[暗殺]** ⓪ 名 暗殺、謀殺

あんざん **[暗算]** ⓪ 名 心算

あんじ **[暗示]** ⓪ 名 暗示

あんじる **[案じる]** ⓪③ 他動 想、思考、擔心

あんしん **[安心]** ⓪ 名 ナ形 安心、放心

あんせい **[安静]** ⓪ 名 ナ形 安靜、靜養、休養

あんぜん **[安全]** ⓪ 名 ナ形 安全

あんてい **[安定]** ⓪ 名 ナ形 安定

アンテナ ⓪ 名 天線、觸角

あんな ⓪ ナ形 那樣、那種、那麼

あんない **[案内]** ③ 名 導遊、導引、帶路

あんなに ⓪ 副 那麼

あんのじょう **[案の定]** ③ 副 果然、不出所料

あんまり ⓪ 副 很、不太

④ ナ形 過分、過度

隨堂測驗

(1) 次の言葉の正しい読み方を一つ選びなさい。

( ) ① 焦る
    1. あさる   2. あせる
    3. あがる   4. あじる

( ) ② 操る
    1. あやつる   2. あやまる
    3. あやかる   4. あやうる

( ) ③ 悪魔
    1. あるも   2. あるま
    3. あくも   4. あくま

(2) 次の言葉の正しい漢字を一つ選びなさい。

( ) ④ あっしゅく
    1. 圧模   2. 圧小
    3. 圧縮   4. 圧力

( ) ⑤ あいだがら
    1. 間柄   2. 間殻
    3. 相柄   4. 相殻

( ) ⑥ あまど
    1. 雨戸   2. 雨土
    3. 天窓   4. 天途

解答

(1) ① 2 ② 1 ③ 4
(2) ④ 3 ⑤ 1 ⑥ 1

い・イ

い [胃] ⓪ 名 胃

い [異] ① 名 ナ形 不同、奇怪

い [意] ① 名 心意、心情、想法、意義

～い [～位] 接尾 第～名、第～位

いい / よい ①/① イ形 好的、優良的

いいえ / いえ ③/② 感 不、不是、不對

いいかえす [言 (い) 返す] ③ 他動 頂嘴、還口

いいかげん [いい加減] ⓪ ナ形 隨便、敷衍、不徹底
　　　　　　　　　　　　⓪ 副 相當、頗
　　　　　　　　　　　　連語 適度、適當

いいだす [言 (い) 出す] ③ 他動 說出、開始說

いいつける [言 (い) 付ける] ④ 他動 吩咐、告發

いいなおす [言 (い) 直す] ④ 他動 改口、重說

いいわけ [言 (い) 訳] ⓪ 名 藉口、辯解、解釋

いいん [委員] ① 名 委員

いいん [医院] ① 名 醫院

いう [言う] ⓪ 自他動 說

いえ [家] ② 名 房子

いえで [家出] ⓪ 名 蹺家、離家出走

いか [以下] ① 名 以下

いがい [以外] ① 名 此外、除了～之外

いがい [意外] ⓪① 名 ナ形 意外

いかが **[如何]** ② 副 如何

いがく **[医学]** ① 名 醫學

いかす **[生かす]** ② 他動 使活著、留活命

いかに ② 副 如何、多麼、無論多麼

いかにも ② 副 的確、實在

いかり **[怒り]** ③ 名 生氣、憤怒

いき / ゆき **[行き]** ⓪ / ⓪ 名 去的路上、往～

いき **[息]** ① 名 氣息、步調

いき **[粋]** ⓪ 名 ナ形 瀟灑、風流

いぎ **[意義]** ① 名 意義

いぎ **[異議]** ① 名 異議

いきいき **[生き生き]** ③ 副 生動、有活力

いきおい **[勢い]** ③ 名 力量、勢力、氣勢、形勢
　　　　　　　　　　　　 ③ 副 勢必、當然

いきがい **[生き甲斐]** ⓪③ 名 生存價值

いきごむ **[意気込む]** ③ 自動 興致勃勃、充滿幹勁

いきちがい **[行（き）違い]** ⓪ 名 分歧、誤解

いきなり ⓪ 副 突然

いきもの **[生き物]** ③② 名 生物

いきる **[生きる]** ② 自動 生存、生活

いく～ **[幾～]** 接頭 多少～、無數～

いく / ゆく **[行く]** ⓪ / ⓪ 自動 去

いくじ **[育児]** ① 名 育兒

いくせい **[育成]** ⓪ 名 培育、培養

いくた [幾多] ① 副 許多、無數

いくつ [幾つ] ① 名 幾個、幾歲、多少

いくぶん [幾分] ⓪ 名 一部分

　　　　　　　　　⓪ 副 少許、一些

いくら [幾ら] ① 名 多少、多少錢

　　　　　　　① ⓪ 副 多少

いくら～ても [幾ら～ても] 連語 無論怎麼～也～

いけ [池] ② 名 池塘、水窪

いけばな [生け花] ② 名 插花、花道

いけん [意見] ① 名 意見

いけん [異見] ⓪ 名 不同的看法

いご [以後] ① 名 以後、之後、往後

いこう [以降] ① 名 以後、之後

いこう [意向] ⓪ 名 意圖、打算

いこう [移行] ⓪ 名 轉移、轉變、改行

イコール ② 名 ナ形 相等、等於、等號

いざ ① 感 來吧、走吧

いさましい [勇ましい] ④ イ形 勇敢的、大膽的

いさん [遺産] ⓪ 名 遺産

いし [石] ② 名 石頭

いし [医師] ① 名 醫師

いし [意思] ① 名 意思、想法、打算

いし [意志] ① 名 意志、意願、決心

いじ [意地] ② 名 固執、倔強、心地

いじ **[維持]** ① 名 維持

いしき **[意識]** ① 名 意識

いじめる ⓪ 他動 欺負、虐待、折磨

いしゃ **[医者]** ⓪ 名 醫生

いじゅう **[移住]** ⓪ 名 移居、遷居

いしょう **[衣装]** ① 名 衣服、戲服

いじょう **[以上]** ① 名 以上、上面、再、更

　　　　　　　　① 接助 既、既然

~いじょう **[~以上]** 接尾 （表程度、數量、等級等）~以上

いじょう **[異常]** ⓪ 名 ナ形 異常、反常、非比尋常

いしょくじゅう **[衣食住]** ③ 名 食衣住

いじる ② 他動 弄、玩弄

いじわる **[意地悪]** ③② 名 ナ形 壞心眼、使壞、心術不正的人

いす **[椅子]** ⓪ 名 椅子

いずみ **[泉]** ⓪ 名 泉水

いずれ ⓪ 代 哪個、什麼

　　　　 ⓪ 副 反正、遲早、不久

いせい **[異性]** ⓪① 名 異性

いせき **[遺跡]** ⓪ 名 遺跡、故址

いぜん **[以前]** ① 名 以前、缺乏

いぜん **[依然]** ⓪ ナ形 副 依然、仍舊

いそがしい **[忙しい]** ④ イ形 忙碌的

いそぐ **[急ぐ]** ② 自他動 急、趕緊、趕快

いぞん [依存] ⓪ 名 依存、依賴

いた [板] ① 名 木板、平板、砧板、舞台

いたい [痛い] ② イ形 痛的、痛苦的

いだい [偉大] ⓪ ナ形 偉大

いたく [委託] ⓪ 名 委託

いだく [抱く] ② 他動 抱、懷抱

いたす [致す] ② 他動 （「する」的謙讓語、禮貌語）做

いたずら ⓪ 名 ナ形 惡作劇、調戲

いただき ⓪ 名 頂端、山頂

いただきます。 （用餐前說的）我要開動了。

いただく [頂く] ⓪ 他動 （「もらう」的謙讓語）得到、收下、（「食べる」、「飲む」的謙讓語、禮貌語）享用、吃、喝

いたって ⓪② 副 非常、極其

いたみ [痛み] ③ 名 痛、痛苦、毀損、腐壞

いたむ [痛む] ② 自動 疼痛、痛苦、破損、腐壞

いためる [傷める] ③ 他動 損傷、弄壞、使腐壞

いためる [炒める] ③ 他動 炒、煎

いたる [至る] ② 自動 抵達、到

いたわる ③ 他動 關懷、慰勞、保養

いち [一] ② 名 一、第一

いち [市] ① 名 市、市場

いち [位置] ① 名 位置

〜いち [〜一] 接尾 〜第一

いちいち ② 名 副 ——、逐一

いちおう [一応] ⓪ 副 姑且、大致

いちがいに [一概に] ⓪② 副 （後多接否定）一概、一律

いちじ [一時] ② 名 （時間）一點、一時、當時、一次

いちじるしい [著しい] ⑤ イ形 顯著的、明顯的

いちだんと [一段と] ⓪ 副 更加、越來越〜

いちど [一度] ③ 名 一次

いちどう [一同] ③② 名 一同、全員

いちどに [一度に] ③ 副 一次、同時

いちば [市場] ① 名 市場

いちばん [一番] ② 名 第一、最初、最好
　　　　　　　　⓪② 副 最、首先

いちぶ [一部] ② 名 一部分、局部、一冊

いちぶぶん [一部分] ③ 名 一部分、一小部分

いちめん [一面] ⓪② 名 某一面、單方面、一方面、滿遍

いちもく [一目] ⓪② 名 看了一眼、一目（了然）

いちよう [一様] ⓪ 名 ナ形 同樣、一律

いちりつ [一律] ⓪ 名 ナ形 一律、一樣

いちりゅう [一流] ⓪ 名 一流、一派

いちれん [一連] ⓪ 名 一連串、一系列**

いつ [何時] ① 代 何時、平時、通常

いつか [五日] ③ ⓪ 名 五號、五日

いつか [何時か] ① 副 總有一天、（好像）曾經、不知不覺

いっか [一家] ① 名 一家、一派

いっかつ [一括] ⓪ 名 總括

いっき [一気] ① 名 一口氣

いっきょに [一挙に] ① 副 一舉

いっけん [一見] ⓪ 名 一看、看一眼
⓪ 副 乍看

いっさい [一切] ① 名 一切、全部
① 副 都～

いっさくじつ [一昨日] ④ 名 前天

いっさくねん [一昨年] ⓪④ 名 前年

いっしゅ [一種] ① 名 一種、某種
① 副 一些、稍微

いっしゅん [一瞬] ⓪ 名 瞬間

いっしょ [一緒] ⓪ 名 一起、相同、同時

いっしょう [一生] ⓪ 名 一生、一輩子、畢生

いっしょうけんめい [一生懸命] ⑤ 名 ナ形 拚命、全力以赴

いっしん [一心] ③ 名 一心、專心

いっせい [一斉] ⓪ 名 同時

いっせいに [一斉に] ⓪ 副 一齊

いっそ ⓪ 副 倒不如、寧可、斷然、乾脆

いっそう [一層] ⓪ 副 更加、愈～

　　　　　　　　⓪ 名 一層

いったい [一体] ⓪ 名 一體、同心協力、一尊

　　　　　　　　⓪ 副 一般、究竟、本來

いったい [一帯] ⓪ 名 （附近）一帯

いったん [一旦] ⓪ 副 一旦、暫時、姑且

いっち [一致] ⓪ 名 一致

いつつ [五つ] ② 名 五個、五歲

いってい [一定] ⓪ 名 一定、固定、穩定

いってきます。 （出門時說的）我走了。

いってまいります。 （比「いってきます。」更為
客氣）我走了。

いってらっしゃい。 （對外出者說的話）慢走、路
上小心。

いっていらっしゃい。 （比「いってらっしゃい。」
稍微客氣）慢走、路上小心。

いつでも ① 副 隨時

いつのまにか ⑤⓪ 副 不知不覺地

いっぱい [一杯] ① 名 一杯、一碗

　　　　　　　⓪ 副 滿滿地、很多、全部

いっぱん [一般] ⓪ 名 ナ形 一般、普通、普遍

いっぱんに [一般に] ⓪ 副 一般而言

いっぺん [一変] ⓪ 名 完全改變

いっぽう [一方] ③ 名 一方、一方面、單方

いつまでも ① 副 永遠

いつも ① 名 副 平時、總是

いてん [移転] ⓪ 名 轉移、搬家

いと [糸] ① 名 線、絲、弦、線索

いと [意図] ① 名 意圖、企圖、打算

いど [井戸] ① 名 井

いど [緯度] ① 名 緯度

いどう [移動] ⓪ 名 移動、移送

いどう [異動] ⓪ 名 異動、調動

いとこ [従兄弟 / 従姉妹] ② 名 堂兄弟姊妹或表兄弟姊妹

いとなむ [営む] ③ 他動 經營、築（巢）

いどむ [挑む] ② 自他動 挑戰、挑逗

～いない [～以内] 接尾 ～以內

いなか [田舎] ⓪ 名 鄉下、故鄉

いなびかり [稲光] ③ 名 閃電

いぬ [犬] ② 名 狗

いね [稲] ① 名 稻子

いねむり [居眠り] ③ 名 打瞌睡

いのち [命] ① 名 生命、壽命

いのり [祈り] ③ 名 祈求、祈禱

いのる [祈る] ② 他動 祈求、祈禱、祈盼

いばる [威張る] ② 自動 自負、高傲、逞威風

いはん [違反] ⓪ 名 違反、違背

いびき ③ 名 鼾聲、（打）呼

いふく [衣服] ① 名 衣服

いま [今] ① 名 現在、目前、剛才

　　　　　① 副 更、再

いま [居間] ② 名 客廳

いまさら [今更] ◯① 副 事到如今、再～

いまだ [未だ] ◯ 副 尚（未）、至今仍

いまに [今に] ① 副 遲早、至今仍

いまにも [今にも] ① 副 不久、快要

いみ [意味] ① 名 意思、意義

いみん [移民] ◯ 名 移民

イメージ ②① 名 形象

いもうと [妹] ④ 名 妹妹

いや [否] ① 感 （表否定）不

いや [嫌] ② ナ形 討厭、不願意

いやいや ①◯ 感 不不、絕不是

いやいや [嫌々] ◯ 副 無奈、勉強、不得已

いやがる [嫌がる] ③ 他動 不願意、討厭

いやしい [卑しい] ③◯ イ形 貪婪的、卑鄙的、
貧窮的

いやに [嫌に] ② 副 非常、異常地

いやらしい ④ イ形 令人討厭的、下流的

いよいよ ② 副 終於、越來越～、果真

いよく [意欲] ① 名 意願、熱情

いらい **[依頼]** ⓪ 名 依頼、委託

〜いらい **[〜以来]** 接尾 〜以來、往後〜

いらいら ⓪ 名 焦急感

　　　　　① 副 焦躁、焦慮、著急

いらっしゃい。 歡迎、你來了。

いらっしゃいませ。 歡迎您、您來了、歡迎光臨。

いらっしゃる ④ 自動 （「行く」、「来る」、

「居る」的尊敬語）去、來、在

いりぐち **[入（り）口]** ⓪ 名 入口、開端

いりょう **[衣料]** ① 名 衣料、衣服

いりょう **[医療]** ①⓪ 名 醫療

いりょく **[威力]** ① 名 威力

いる **[居る]** ⓪ 自動 （生物的）存在、在、有

いる **[要る]** ⓪ 自動 需要

いる **[煎る／炒る]** ① 他動 煎、炒

いるい **[衣類]** ① 名 衣服、服装

いれかえる **[入れ替える／入れ換える]** ④③ 他動
更換、調換

いれもの **[入れ物]** ⓪ 名 容器

いれる **[入れる]** ⓪ 他動 放入、加入、泡（茶、咖
啡）

いろ **[色]** ② 名 顏色

いろいろ **[色々]** ⓪ 名 ナ形 各式各樣、多種顏色

　　　　　⓪ 副 各式各樣、種種

いろん **[異論]** ⓪ 名 異議、不同的論調

いわ **[岩]** ② 名 岩石

いわい **[祝い]** ②⓪ 名 慶祝、祝賀、賀禮

いわう **[祝う]** ② 他動 祝賀、恭賀、慶祝、祝福

いわば **[言わば]** ①② 副 舉例來說、說起來

いわゆる ③② 連體 所謂的

～いん **[～員]** 接尾 ～（人）員

いんかん **[印鑑]** ⓪③ 名 印鑑

いんき **[陰気]** ⓪ ナ形 陰暗、陰沉、陰鬱
　　　　　　　① 名 陰氣

インク / インキ ⓪①/⓪① 名 墨水、油墨

いんきょ **[隠居]** ⓪ 名 隱居（者）、退休（者）

いんさつ **[印刷]** ⓪ 名 印刷

いんしょう **[印象]** ⓪ 名 印象

インターチェンジ ⑤ 名 交流道、高速公路出入口

インターナショナル ⑤ 名 ナ形 國際

インターフォン ③ 名 內線電話

いんたい **[引退]** ⓪ 名 引退、退出

インタビュー ①③ 名 採訪、訪問、專訪

インテリ ⓪ 名 （「インテリゲンチャ」的簡稱）
知識分子、學者

インフォメーション ④ 名 資訊、消息、詢問處

インフレ ⓪ 名 （「インフレーション」的簡稱）
通貨膨脹

いんよう [引用] ⓪ 名 引用

いんりょく [引力] ① 名 （指物體間的吸引力）
引力

隨堂測驗

（1）次の言葉の正しい読み方を一つ選びなさい。

（　）① 一層
　　　1. いちそう　　　　　2. いちそん
　　　3. いっそう　　　　　4. いっそん

（　）② 依存
　　　1. いざん　　　　　　2. いぞん
　　　3. いさん　　　　　　4. いそん

（　）③ 意欲
　　　1. いよく　　　　　　2. いほつ
　　　3. いやく　　　　　　4. いかつ

（2）次の言葉の正しい漢字を一つ選びなさい。

（　）④ いせき
　　　1. 居跡　　　　　　　2. 遺跡
　　　3. 移跡　　　　　　　4. 伊跡

（　）⑤ いと
　　　1. 意見　　　　　　　2. 意度
　　　3. 意味　　　　　　　4. 意図

（　）⑥ いかが
　　　1. 如何　　　　　　　2. 何時
　　　3. 如時　　　　　　　4. 何処

(1) ① 3 ② 2 ③ 1
(2) ④ 2 ⑤ 4 ⑥ 1

う・ウ

ウイスキー ③④② 名 威士忌

ウイルス ②① 名 病毒

ウーマン ① 名 （成年）女人、婦女

ウール ① 名 羊毛、羊毛編織物

うえ／うわ [上] ⓪／⓪ 名 上面

ウエーター／ウエイター ②／② 名 男服務生

ウエートレス／ウエイトレス ②／② 名 女服務生

うえき [植木] ⓪ 名 種在庭院或花盆內的樹、盆栽

うえる [植える] ⓪ 他動 種（花、樹）、植
（牙）、播種

うえる [飢える] ② 自動 飢餓、渴望

うお [魚] ⓪ 名 魚

うがい ⓪ 名 漱口

うかがう [伺う] ⓪ 他動 （「聞く」、「尋ねる」、
「訪問する」的謙讓語）請教、拜訪

うかぶ [浮（か）ぶ] ⓪ 自動 浮、漂、飄、浮現

うかべる [浮（か）べる] ⓪ 他動 漂浮、浮現、浮
出、露出

うかる [受かる] ② 自動 （考試）合格、考上

うく [浮く] ⓪ 自動 浮、浮出、浮動

うけいれ [受（け）入れ] ⓪ 名 接納、答應

うけいれる [受（け）入れる] ⓪④ 他動 接受、
受理、收容

うけたまわる [承る] ⑤ 他動 （「聞く」（聽）、「引き受ける」（接受）、「承諾する」（承諾）、「受ける」（接受）的謙讓語）恭聽、遵從、敬悉

うけつぐ [受 (け) 継ぐ] ⓪③ 他動 繼承、遺傳

うけつけ [受付] ⓪ 名 受理、詢問處（櫃檯）、接待室

うけつける [受 (け) 付ける] ④⓪ 他動 受理、聽取、接受、容納

うけとめる [受 (け) 止める] ④⓪ 他動 接住、防禦、對待、應對

うけとり [受 (け) 取り] ⓪ 名 收下、領取、收據、回條

うけとる [受 (け) 取る] ⓪③ 他動 收、領、理解

うけみ [受 (け) 身] ⓪③② 名 被動

うけもち [受 (け) 持ち] ⓪ 名 負責、擔任

うけもつ [受 (け) 持つ] ③⓪ 他動 負責、擔任

うける [受ける] ② 他動 接受、受到、取得、獲得

うごかす [動かす] ③ 他動 啟動、移動、動搖、推動

うごき [動き] ③ 名 動作、動態、變遷

うごく [動く] ② 自動 動、晃動、發動、變動

うさぎ [兎] ⓪ 名 兔子

うし [牛] ⓪ 名 牛

うしなう [失う] ⓪ 他動 失去、迷失

うしろ [後ろ] ⓪ 名 後面

うず [渦] ① 名 漩渦

うすい [薄い] ⓪② イ形 薄的、（顏色）淺的、
（味道）淡的

うすぐらい [薄暗い] ④⓪ イ形 昏暗的、微暗的

うすめる [薄める] ⓪③ 他動 稀釋、沖淡

うずめる [埋める] ⓪ 他動 埋、擠滿、填滿

うそ [嘘] ① 名 謊言、錯誤

うそつき [嘘つき] ② 名 說謊、說謊的人

うた [歌] ② 名 歌

うたう [歌う] ⓪ 他動 唱

うたがう [疑う] ⓪ 他動 懷疑

うたたね [うたた寝] ⓪ 名 打瞌睡

うち [内] ⓪ 名 內、中、裡面

うち [家] ⓪ 名 家、房子

うちあける [打（ち）明ける] ⓪④ 他動 坦白說
出、開誠佈公

うちあわせ [打（ち）合（わ）せ] ⓪ 名 事先商
量、事前磋商

うちあわせる [打（ち）合（わ）せる] ⑤⓪ 他動
相撞、事先商量

うちきる [打（ち）切る] ③⓪ 他動 砍斷、中斷

うちけし [打（ち）消し] ⓪ 名 否認、消除

うちけす [打（ち）消す] ⓪③ 他動 否認、消
除、（音量）蓋過

うちこむ [打（ち）込む] ⓪③ 自他動 打進、投入、埋頭（工作）

うちゅう [宇宙] ① 名 宇宙、太空

うちわ [団扇] ② 名 團扇、蒲扇

うちわけ [内訳] ⓪ 名 明細、清單

うつ [打つ] ① 他動 打、敲、拍

うつ [討つ] ① 他動 討伐、斬（首）、攻撃

うつ [撃つ] ① 他動 （用槍、炮）發射、射撃

うっかり ③ 副 恍神、不留神、心不在焉

うつくしい [美しい] ④ イ形 美的

うつし [写し] ③ 名 摹寫、副本、複製品

うつす [写す] ② 他動 抄寫、描寫、拍照

うつす [映す] ② 他動 映、照、（電影等）放映

うつす [移す] ② 他動 轉移、傳染

うったえ [訴え] ⓪③ 名 控訴、申訴、訴訟

うったえる [訴える] ④③ 他動 起訴、訴說

うっとうしい ⑤ イ形 鬱悶的、沉悶的、討厭的

うつむく ③⓪ 自動 俯視、低頭

うつる [写る] ② 自動 拍、照

うつる [映る] ② 自動 映、相稱

うつる [移る] ② 自動 遷移、轉移、感染

うつろ [空ろ] ⓪ 名 ナ形 空洞

うつわ [器] ⓪ 名 容器、器具、（某方面的）人才

うで [腕] ② 名 手臂、腕力、扶手、本領

うでまえ [腕前] ⓪③ 名 本領

うてん [雨天] ① 名 雨天

うどん ⓪ 名 烏龍麵

うながす [促す] ⓪③ 他動 催促、促進

うなずく ③⓪ 自動 （表肯定、理解）點頭

うなる ② 自動 呻吟、讚嘆

うぬぼれ ⓪ 名 驕傲、自負

うばう [奪う] ②⓪ 他動 奪、消耗

うま [馬] ② 名 馬

うまい ② イ形 好吃的、美味的

うまる [埋まる] ⓪ 自動 淹沒、埋、填滿、擠滿

うまれ [生（ま）れ] ⓪ 名 出生、出生地、家世

うまれつき ⓪ 名 與生俱來、天生、生來

うまれる [生（ま）れる] ⓪ 自動 出生、誕生、產生

うみ [海] ① 名 海

うむ [産む] ⓪ 他動 生、分娩、產生、刷新（紀錄）

うむ [有無] ① 名 有無

うめ [梅] ⓪ 名 梅子

うめこむ [埋（め）込む] ⓪ 他動 插入（圖畫、超連結）、安裝

うめぼし [梅干（し）] ⓪ 名 酸梅乾、醃梅

うめる [埋める] ⓪ 他動 埋、填、擠滿

うやまう [敬う] ③ 他動 尊敬

うら [裏] ② 名 裡面、背面、後面、背後

うらがえし [裏返し] ③ 名 裡外對調、倒過來

うらがえす [裏返す] ③ 他動 翻過來、叛變

うらぎる [裏切る] ③ 他動 背叛、違背、辜負

うらぐち [裏口] ⓪ 名 後門、走後門

うらなう [占う] ③ 他動 占卜、算命

うらみ [恨み] ③ 名 恨

うらむ [恨む] ② 他動 怨恨

うらやましい [羨ましい] ⑤ イ形 羨慕的

うらやむ [羨む] ③ 他動 羨慕

うりあげ [売 (り) 上げ] ⓪ 名 業績、營業額

うりきれ [売 (り) 切れ] ⓪ 名 售完

うりきれる [売 (り) 切れる] ④ 自動 售完

うりだし [売 (り) 出し] ⓪ 名 特價、特賣、走紅

うりだす [売 (り) 出す] ③ 他動 開賣、（開始）
走紅

うりば [売 (り) 場] ⓪ 名 賣場、出售的好時機

うる [売る] ⓪ 他動 賣

うるおう [潤う] ③ 自動 變滋潤、受益、變富裕

うるさい ③ イ形 吵雜的、嘮叨的

うれしい [嬉しい] ③ イ形 高興的、開心的

うれゆき [売れ行き] ⓪ 名 （商品的）銷售狀況

うれる [売れる] ⓪ 自動 暢銷、受歡迎

うろうろ ① 副 徘徊、走來走去

うわき **[浮気]** ⓪ 名 ナ形 花心、有外遇、愛情不專一

うわぎ **[上着]** ⓪ 名 上衣、外套

うわさ **[噂]** ⓪ 名 謠言、傳聞

うわまわる **[上回る]** ④ 自動 超出

うわる **[植わる]** ⓪ 自動 栽種、種植著

うん ① 感 （表同意或想起某事）嗯

うん **[運]** ① 名 運氣、命運

うんえい **[運営]** ⓪ 名 營運、經營

うんが **[運河]** ① 名 運河

うんざり ③ 副 厭煩

うんそう **[運送]** ⓪ 名 運送

うんちん **[運賃]** ① 名 運費

うんてん **[運転]** ⓪ 名 運轉（機器）、運用（資金）

うんと ①⓪ 副 很多、使勁、非常

うんどう **[運動]** ⓪ 名 運動

うんぬん **[云々]** ⓪ 名 （表示列舉未說盡時）云云、等等、議論、批評

うんぱん **[運搬]** ⓪ 名 搬運、運輸

うんめい **[運命]** ① 名 命運

うんゆ **[運輸]** ① 名 運輸（貨物）、載送（旅客）

うんよう **[運用]** ⓪ 名 運用、活用

あ行

か行

さ行

た行

な行

は行

ま行

や行

ら行

わ行

隨堂測驗

（1）次の言葉の正しい読み方を一つ選びなさい。

( ) ① 運河
    1. うんせん　　　　　2. うんこう
    3. うんが　　　　　　4. うんか

( ) ② 薄暗い
    1. うすくらい　　　　2. うすぐらい
    3. うんくらい　　　　4. うんぐらい

( ) ③ 雨天
    1. うまてん　　　　　2. うめてん
    3. うあま　　　　　　4. うてん

（2）次の言葉の正しい漢字を一つ選びなさい。

( ) ④ うたがう
    1. 歌う　　　　　　　2. 疑う
    3. 承る　　　　　　　4. 伺う

( ) ⑤ うえき
    1. 植木　　　　　　　2. 埋木
    3. 梅木　　　　　　　4. 運木

( ) ⑥ うわぎ
    1. 上着　　　　　　　2. 浮気
    3. 植木　　　　　　　4. 飢餓

解答

（1）① 3　② 2　③ 4
（2）④ 2　⑤ 1　⑥ 1

え・エ

えっ ① 感 （表驚訝、懷疑或反問時）咦、啥

え [絵] ① 名 圖畫、（電影、電視的）畫面

え [柄] ⓪ 名 （傘的）把手、柄

エアメール ③ 名 航空郵件

〜えい [〜営] 接尾 〜（軍）營

えいえん [永遠] ⓪ 名 ナ形 永遠

えいが [映画] ①⓪ 名 電影

えいがかん [映画館] ③ 名 電影院

えいきゅう [永久] ⓪ 名 ナ形 永久

えいきょう [影響] ⓪ 名 影響

えいぎょう [営業] ⓪ 名 營業、經營、業務

えいご [英語] ⓪ 名 英語

えいじ [英字] ⓪ 名 英文、英文字、羅馬字

えいしゃ [映写] ⓪ 名 放映（電影）

えいせい [衛生] ⓪ 名 衛生

えいせい [衛星] ⓪ 名 衛星、（「人工衛星」的簡稱）人造衛星

えいぞう [映像] ⓪ 名 影像

えいぶん [英文] ⓪ 名 英文文章、英文文學

えいゆう [英雄] ⓪ 名 英雄

えいよう [栄養] ⓪ 名 營養

えいわ [英和] ⓪ 名 英語和日語、英日辭典

ええ ①②⓪ 感 （表肯定、喜怒、疑惑、驚訝或講話中途的停頓）是

ええと ⓪ 感 （表談話時思考的聲音）這個嘛

えがお [笑顔] ① 名 笑臉

えがく [描く] ② 他動 畫、描繪

えき [駅] ① 名 車站

えき [液] ① 名 液體、汁液

えきたい [液体] ⓪ 名 液體、液態

えさ [餌] ②⓪ 名 餌、飼料、誘餌

エスカレーター ④ 名 手扶梯

えだ [枝] ⓪ 名 樹枝、分岔

エチケット ①③ 名 禮儀、禮節

えつらん [閲覧] ⓪ 名 閱覽

エネルギー ②③ 名 活力、精力、能量、能源

えのぐ [絵具] ⓪ 名 顏料

エプロン ① 名 圍裙

えもの [獲物] ⓪ 名 收穫、戰利品、獵物

えらい [偉い] ② イ形 偉大的、了不起的

えらぶ [選ぶ] ② 他動 選擇

えり [襟] ② 名 衣領、後頸

える / うる [得る] ①/① 他動 （「得る」為「得る」的文言文）得到、理解

エレガント ① ナ形 優雅、有氣質

エレベーター ③ 名 電梯

えん [円] ① 名 圓、圓形、圓周、日圓

えん [縁] ① 名 緣分、血緣、姻緣

～えん [～円] 接尾 ～日圓

～えん [～園] 接尾 ～園

えんかい [宴会] ⓪ 名 宴會

えんかつ [円滑] ⓪ ナ形 圓滑、順利

えんがわ [縁側] ⓪ 名 （日式傳統建築的）檐廊

えんがん [沿岸] ⓪ 名 沿岸

えんき [延期] ⓪ 名 延期

えんぎ [演技] ① 名 演技

えんきょく [婉曲] ⓪ ナ形 婉轉、委婉、迂迴

えんげい [園芸] ⓪ 名 園藝

えんげき [演劇] ⓪ 名 戲劇

エンジニア ③ 名 （機械、電器、土木等）工程師、技師

えんしゅう [円周] ⓪ 名 圓周

えんしゅう [演習] ⓪ 名 演習

えんしゅつ [演出] ⓪ 名 演出、編導

えんじょ [援助] ① 名 援助

えんじる／えんずる [演じる／演ずる] ⓪③／⓪③ 他動 演、表演、扮演

エンジン ① 名 引擎

えんぜつ [演説] ⓪ 名 演說、演講

えんせん [沿線] ⓪ 名 （沿著鐵路線、公車路線等處的）沿線

えんそう [演奏] ⓪ 名 演奏

えんそく [遠足] ⓪ 名 遠足

えんだん [縁談] ⓪ 名 提親

えんちょう [延長] ⓪ 名 延長

えんとつ [煙突] ⓪ 名 煙囪

えんぴつ [鉛筆] ⓪ 名 鉛筆

えんぽう [遠方] ⓪ 名 遠方

えんまん [円満] ⓪ 名 ナ形 圓滿、美滿、圓融

えんりょ [遠慮] ⓪ 名 客氣、推辭、拒絕

隨堂測驗

（1）次の言葉の正しい読み方を一つ選びなさい。

（　）① 永遠
  1. えいえん　　　　　2. えんえん
  3. えいおん　　　　　4. えんよん

（　）② 援助
  1. えいじょ　　　　　2. えいしょ
  3. えんじょ　　　　　4. えんしょ

（　）③ 駅
  1. えい　　　　　　　2. えき
  3. えま　　　　　　　4. えん

(2) 次の言葉の正しい漢字を一つ選びなさい。

( ) ④ えいよう
    1.栄誉   2.養分
    3.栄養   4.力量

( ) ⑤ えらい
    1.浅い   2.辛い
    3.薄い   4.偉い

( ) ⑥ えがお
    1.笑顔   2.笑頬
    3.笑頭   4.笑瞼

解答

(1) ① 1　② 3　③ 2
(2) ④ 3　⑤ 4　⑥ 1

お・オ

お / おん〜 [御〜] 接頭 (「御」比「御」鄭重，表禮貌或對動作主體的敬意) 貴〜

お [尾] ① 名 尾巴、結尾、山脊

おい ① 感 (呼喚熟稔的平輩或晚輩時) 喂

おい [甥] ⓪ 名 姪子、外甥

おいかける [追 (い) 掛ける] ④ 他動 追趕、緊接著

おいこす [追 (い) 越す] ③ 他動 超越

おいこむ [追 (い) 込む] ③ 他動 趕入、逼入

おいしい ⓪③ イ形 美味的、好吃的

おいだす [追 (い) 出す] ③ 他動 趕出、除名

おいつく [追 (い) 付く] ③ 自動 趕上、追上、來得及

おいて [於て] 連語 (前接「に」) 於、在、在〜方面

おいでになる ⑤ 自動 (「来る」、「行く」、「居る」的尊敬語) 來、去、在、蒞臨

オイル ① 名 油、石油

おいる [老いる] ② 自動 老、衰老

おう [王] ① 名 王、國王

おう [追う] ⓪ 他動 追趕、追求、趕走、追蹤

おう [負う] ⓪ 自他動 負 (責)、背負、受 (傷)

おうえん [応援] ⓪ 名 聲援、支持、幫助

おうきゅう [応急] ⓪ 名 應急、搶救、急救措施

おうごん [黄金] ⓪ 名 黃金、金錢

おうさま [王様] ⓪ 名 國王陛下

おうじ [王子] ① 名 王子

おうじょ [王女] ① 名 公主

おうじる / おうずる [応じる / 応ずる] ⓪③ / ⓪③
自動 回應、按照、配合

おうしん [往診] ⓪ 名 應診

おうせつ [応接] ⓪ 名 接待、招待

おうたい [応対] ⓪① 名 應對、應答

おうだん [横断] ⓪ 名 橫越、橫跨

おうふく [往復] ⓪ 名 往返、往來

おうべい [欧米] ⓪ 名 歐美

おうぼ [応募] ①⓪ 名 應募

おうよう [応用] ⓪ 名 應用

おえる [終える] ⓪ 他動 做完、結束

おお ⓪ 感 （表驚嘆、回話或突然記起某事時）唉
呀、哇

おお ① 感 （男性的招呼語）喂

おお～ [大～] 接頭 大～

おおい ② 感 （呼喚遠處的人時）喂

おおいに [大いに] ① 副 非常、很

おおう [覆う] ⓪② 他動 覆蓋、籠罩、隱瞞

おおかた [大方] ⓪ 名 大部分、大致

　　　　　　　　　⓪ 副 大概

おおがら [大柄] ⓪ 名 ナ形 （體格）高大、大花紋

おおきい [大きい] ③ イ形 大的、重大的、誇大的

おおきな [大きな] ① 連體 大、多餘

オーケー ①③ 名 OK、好、可以

おおげさ ⓪ 名 ナ形 誇張

オーケストラ ③ 名 管弦樂、管弦樂團

おおざっぱ ③ ナ形 草率、大略

おおすじ [大筋] ⓪ 名 大綱

おおぜい [大勢] ③ 名 眾多

おおぞら [大空] ③ 名 太空、寬廣的天空

おおどおり [大通り] ③ 名 大馬路

オートバイ ③ 名 機車

オートマチック / オートマティック ⑤④ / ⑤④
名 ナ形 全自動裝置、自動

オートメーション ④ 名 自動化、全自動裝置

オーバー ① 名 ナ形 超過、過度、誇張

オーバーする ① 自他動 超過

おおはば [大幅] ⓪ 名 ナ形 大幅

オープン ① 名 ナ形 開張、開業、公開、開放

おおまか [大まか] ⓪ ナ形 不拘小節、粗枝大葉

おおみず [大水] ③① 名 洪水

おおや [大家] ① 名 房東、屋主

おおやけ [公] ⓪ 名 公家（機關）、公共、公開

おおよそ **[大凡]** ⓪ 名 大概、大體

　　　　　　　　⓪ 副 大約、差不多

おか **[丘]** ⓪ 名 丘陵

おかあさん／おかあさま **[お母さん／お母さま]**
②／② 名 媽媽、母親、（尊稱）令堂

おかえり。 **[お帰り。]** 你回來了。

おかえりなさい。 **[お帰りなさい。]** 您回來了。

おかげ ⓪ 名 託～的福、多虧

おかけください。 請坐。

おかげさまで。 託您的福。

おかしい ③ イ形 可疑的、奇怪的、滑稽的

おかす **[犯す]** ②⓪ 他動 犯、違反、侵犯

おかす **[侵す]** ②⓪ 他動 侵犯、侵入、侵害

おかず ⓪ 名 配菜

おかまいなく。 別費心招待我。

おがむ **[拝む]** ② 他動 （「見る」的謙讓語）看、
拜見、拜、祈求

おかわり **[お代（わ）り]** ② 名 （同樣的飲食再
追加）續（杯）、再來一份

おき **[沖]** ⓪ 名 海面上、湖面上

～おき 接尾 每隔～

おぎなう **[補う]** ③ 他動 補、彌補、補償

おきる **[起きる]** ② 自動 起來、起床

おきのどくに。 **[お気の毒に。]** 真是遺憾、真可憐。

おく [奥] ① 名 裡面、（內心）深處、（書信的）末尾

おく [置く] ⓪ 他動 放置、設置、留下、放下

おく [億] ① 名 （數量單位）億

おくがい [屋外] ② 名 屋外、室外、戶外

おくさん / おくさま [奥さん / 奥様] ①/① 名 （尊稱他人的太太或傭人尊稱女主人）夫人

おくじょう [屋上] ⓪ 名 屋頂、頂樓

おくびょう [臆病] ③ 名 ナ形 膽小鬼、膽小、懦弱

おくらす [遅らす] ⓪ 他動 延後

おくりもの [贈り物] ⓪ 名 禮物、贈品

おくる [送る] ⓪ 他動 寄、送行、度過、派遣、拖延

おくる [贈る] ⓪ 他動 贈送、授與、報以

おくれ [遅れ] ⓪ 名 延誤、晚、遲

おくれる [遅れる] ⓪ 自動 遲到、落後、（錶）慢了

おげんきで。 [お元気で。]（離別時說的）請保重。

おげんきですか。 [お元気ですか。] 您好嗎？

おこさん [お子さん] ⓪ 名 令郎、令媛

おこす [起（こ）す] ② 他動 叫醒、發起（戰爭）、燃起（幹勁）

おごそか [厳か] ② ナ形 有威嚴、嚴肅、莊嚴

おこたる [怠る] ⓪③ 自他動 怠惰、怠慢、疏忽

おこない [行（な）い] ⓪ 名 品行、行為舉止

おこなう [行（な）う] ⓪ 他動 實行、執行、做

おこる [起（こ）る] ② 自動 發生、燃起（慾望）、萌生（想法）

おこる [怒る] ② 自動 生氣、罵、斥責

おごる ⓪ 自他動 請客、奢侈、奢華

おさえる [押（さ）える] ③② 他動 壓、按、捂住、掌握、扣押

おさきに。[お先に。] 您先請、我先告辭了。

おさない [幼い] ③ イ形 年幼的、幼小的、幼稚的

おさまる [収まる / 納まる] ③ 自動 納入、繳納、平息

おさまる [治まる] ③ 自動 平靜、平定

おさめる [収める / 納める] ③ 他動 取得、獲得、收下

おさめる [治める] ③ 他動 治理、平定

おさん [お産] ⓪ 名 分娩

おじ [伯父 / 叔父] ⓪ 名 伯父、叔父、舅父

おしい [惜しい] ② イ形 珍惜的、可惜的、捨不得的

おじいさん ② 名 老爺爺、老伯伯

おしいれ [押（し）入れ] ⓪ 名 日式壁櫥

おしえ [教え] ⓪ 名 教導、教誨

おしえる [教える] ⓪ 他動 教、告訴

おじぎ [御辞儀] ⓪ 名 敬禮、鞠躬、客氣

おしきる [押（し）切る] ③ 他動 切割、堅持到底、排除（萬難）

おしこむ [押（し）込む] ③ 自他動 塞入、闖入

おじさん [伯父さん／叔父さん] ⓪ 名 （尊稱）伯伯、叔叔、舅舅

おしむ [惜しむ] ② 他動 愛惜、珍惜

おしゃべり ② 名 ナ形 聊天、話多的（人）

おじゃまします。 打擾了。

おしゃれ ② 名 ナ形 時髦的（人）、愛打扮的（人）

おじょうさん [お嬢さん] ② 名 令嬡、小姐

おしよせる [押（し）寄せる] ④ 自他動 湧來、推近

おす [押す] ⓪ 他動 壓、推

おす [雄] ② 名 雄的、公的

おせじ [お世辞] ⓪ 名 恭維、奉承

おせわになりました。 [お世話になりました。] 承蒙您的關照。

おせん [汚染] ⓪ 名 污染

おそい [遅い] ⓪② イ形 遲的、晚的、慢的

おそう [襲う] ⓪② 他動 襲、侵襲、承襲、突襲

おそくとも [遅くとも] ④ 副 最遲～、最晚～

おそらく [恐らく] ② 副 恐怕、或許

おそれ [恐れ] ③ 名 害怕、畏懼、恐怕

おそれいる [恐れ入る] ② 自動 佩服、吃驚、十分抱歉

おそれる [恐れる] ③ 他動 敬畏、恐懼、害怕

おそろしい [恐ろしい] ④ イ形 嚇人的、可怕的、驚人的

おそわる [教わる] ◎ 他動 跟～學習

おだいじに。 [お大事に。] （探病時）請多保重、
請好好愛惜。

おたがい [お互い] ◎ 名 副 雙方、彼此、互相

おたがいに [お互いに] ◎ 副 彼此、互相

おだてる [煽てる] ◎ 他動 奉承、恭維

おだやか [穏やか] ② ナ形 沉著穩重、溫和、平靜

おちこむ [落（ち）込む] ◎③ 自動 （心情）低
落、墜入、下滑

おちつき [落（ち）着き] ◎ 名 穩定、鎮定、安定

おちつく [落（ち）着く] ◎ 自動 穩定、平穩、安
居、安頓、沉著、平靜

おちば [落（ち）葉] ① 名 落葉

おちる [落ちる] ② 自動 掉落、掉入、落榜、遺漏

おつ [乙] ◎ ナ形 別緻、風趣、奇特
　　　　　 ① 名 乙

おつかい [お使い] ◎ 名 幫～跑腿、使者

おっかない ④ イ形 可怕的、令人害怕的

おっしゃる ③ 他動 （「言う」的尊敬語）說、叫
（做）～

おっと [夫] ◎ 名 丈夫

おてあげ [お手上げ] ◎ 名 舉手投降、認輸

おてあらい [御手洗い] ③ 名 （「手洗い」的禮
貌語）洗手間

おでかけ [お出掛け] ◎ 名 外出、出去、出門

おてつだいさん [お手伝いさん] ② 名 女傭、幫傭、管家

おと [音] ② 名 （指物體發出的聲響）聲音

おとうさん / おとうさま [お父さん / お父さま] ②/② 名 爸爸、父親、（尊稱）令尊

おとうと [弟] ④ 名 弟弟、妹夫、小叔

おどおど ① 副 提心吊膽、戰戰兢兢

おどかす [脅かす] ⓪③ 他動 威脅、恐嚇、使震驚

おとこ [男] ③ 名 男人

おとこのこ [男の子] ③ 名 （年輕的）男孩子

おとこのひと [男の人] ⓪ 名 男的、男性、男人

おとしもの [落（と）し物] ⓪⑤ 名 遺失物

おとす [落（と）す] ② 他動 掉、丟、淘汰

おどす [脅す] ⓪② 他動 威脅、嚇唬

おとずれる [訪れる] ④ 自動 拜訪、造訪、到來

おととい [一昨日] ③ 名 前天

おととし [一昨年] ② 名 前年

おとな [大人] ⓪ 名 大人、成人、成熟

おとなしい ④ イ形 老實的、乖巧聽話的、不吵不鬧的、素雅的

おとも [お供] ② 名 陪伴、陪同、隨從

おどり [踊り] ⓪ 名 舞、舞蹈、跳舞

おとる [劣る] ⓪② 自動 差、劣

おどる [踊る] ⓪ 自動 跳、跳舞、跳躍

おとろえる [衰える] ④③ 自動 衰退、衰老

おどろかす [驚かす] ④ 他動 震驚、轟動

おどろき [驚き] ⓪④ 名 吃驚、驚恐

おどろく [驚く] ③ 自動 驚訝、驚恐

おないどし [同い年] 連語 同年齢

おなか ⓪ 名 肚子、腹部

おなじ [同じ] ⓪ ナ形 相同、同様

⠀⠀⠀⠀⠀⠀⠀ ⓪ 副 反正

おに [鬼] ② 名 鬼怪、魔鬼、幽靈

おにいさん [お兄さん] ② 名 哥哥、令兄

おねえさん [お姉さん] ② 名 姊姊、令姊

おねがいします。[お願いします。] 拜託了。

おのおの [各々] ② 名 各自、一個一個

⠀⠀⠀⠀⠀⠀⠀ ② 代 各位

おのずから [自ずから] ⓪ 副 自然而然

おば [伯母 / 叔母] ⓪ 名 伯母、叔母

おばあさん [お婆さん] ② 名 老奶奶、老婆婆

おばさん [伯母さん / 叔母さん] ⓪ 名 （尊稱）伯母、叔母、大嬸

おはよう。[お早う。] 早安。

おはようございます。[お早うございます。] 早安。

おび [帯] ① 名 （指細長的東西或布）帯子、（日本和服的）腰帯

おびえる [怯える] ⓪③ 自動 害怕

おびただしい ⑤ イ形 很多、極

おびやかす [脅かす] ④ 他動 恐嚇、威脅

おひる [お昼] ② 名 中午、午餐

おびる [帯びる] ②⓪ 他動 帶、佩帶

オフィス ① 名 辦公室

おふくろ ⓪ 名 （成年男子對自己母親的暱稱）媽媽

おぼえ [覚え] ③② 名 記憶、知覺、備忘

おぼえる [覚える] ③ 他動 記住、學會、覺得

おぼれる [溺れる] ⓪ 自動 淹、溺、沉迷

おまいり [お参り] ⓪ 名 參拜

おまえ ⓪ 代 （對同輩或晚輩的稱呼，大多為男性在使用）你

おまけ ⓪ 名 減價、贈品、附錄、附贈

おまたせしました。 [お待たせしました。] 讓您久等了。

おまちください。 [お待ちください。] 請稍等。

おまちどおさま。 [お待ちどおさま。] 讓您久等了。

おまわりさん ② 名 巡警、警察先生

おみや [お宮] ⓪ 名 宮、神社、皇宮、宮殿

おむつ ② 名 尿布

おめでたい ④⓪ イ形 可喜可賀的、憨厚老實的、過於天真樂觀的

おめでとう。 恭喜。

おめでとうございます。 恭喜您。

おめにかかる [お目に掛かる] 連語 （「会う」的
謙讓語）拜見、見到

おも [主] ① ナ形 主要、重要

おもい [重い] ⓪ イ形 重的、（頭）昏昏沉沉的、
重要的、嚴重的

おもいがけない [思い掛けない] ⑤⑥ イ形 意外的

おもいきり [思い切り] ⓪ 名 死心、斷念

　　　　　　　　　　　　　 ⓪ 副 盡量地、充分地

おもいこむ [思い込む] ④⓪ 自動 沉思、深信、
認定、下定決心

おもいだす [思い出す] ④⓪ 他動 想起

おもいつき [思い付き] ⓪ 名 靈機一動、突然想
到、好主意

おもいっきり [思いっきり] ⓪ 副 盡量地、充分地

おもいつく [思い付く] ④⓪ 自他動 想到

おもいで [思い出] ⓪ 名 回憶

おもう [思う] ② 他動 想、覺得

おもしろい [面白い] ④ イ形 有趣的、可笑的

おもたい [重たい] ⓪ イ形 重的、沉重的

おもちゃ ② 名 玩具

おもて [表] ③ 名 表面、正面、公開、正統、屋外

おもむき [趣] ⓪ 名 情趣、氣氛、大意、情況

おもむく [赴く] ③ 自動 赴、前往、趨向

おもわず [思わず] ② 副 不由得、不自覺地

おもんじる / おもんずる [重んじる / 重んずる]
④◎/④◎ 他動 注重、重視

おや ②① 感 （略帶意外或略感疑惑時）唉呀

おや [親] ② 名 雙親、父母

おやじ [親父] ◎ 名 （對父親的暱稱）爸爸、老爸

おやすみ。[お休み。] （睡前說的）晚安。

おやすみなさい。[お休みなさい。] （比「お休み。」更有禮貌）晚安。

おやつ ② 名 點心、零食

おやゆび [親指] ◎ 名 大姆指

およぎ [泳ぎ] ③ 名 游泳

およぐ [泳ぐ] ② 自動 游泳、穿越（人群）

およそ ◎ 名 大概、大約、概略
　　　　◎ 副 凡是、完全（沒）～

および [及び] ◎① 接續 及、和

およぶ [及ぶ] ◎② 自動 及、趕得上、到、波及

およぼす [及ぼす] ③◎ 他動 波及、給帶來

おり [折 (り)] ② 名 時候、機會、盒子

おり [檻] ② 名 籠子、牢籠

オリエンテーション ⑤ 名 方位、定位、（學校或公司的）新生訓練

おりかえす [折 (り) 返す] ③◎ 自他動 捲起（袖子）、返回（原處）

おりめ [折 (り) 目] ③◎ 名 摺痕、摺線**

おりもの [織物] ②③ 名 織物

おりる [下りる / 降りる] ② 自他動 下、下來、降、卸任

オリンピック ④ 名 奧運

おる [居る] ① 自動 （「居る」的禮貌用法）在、存在、有

おる [折る] ① 他動 摺疊、折斷、彎（腰）、折服

おる [織る] ① 他動 編織、編造

オルガン ⓪ 名 風琴

おれ [俺] ⓪ 代 （男性對同輩或晚輩的自稱，較粗魯的說法）我、俺

おれる [折れる] ② 自動 摺、折斷、轉彎、屈服

オレンジ ② 名 橙、橘子、橘色

おろか [愚か] ① ナ形 愚笨、愚蠢、傻

おろす [下ろす / 降ろす] ② 他動 放下、提出（存款）、降下、撤掉

おろす [卸す] ② 他動 批發出售、磨碎

おろそか ② ナ形 馬虎、草率

おわり [終（わ）り] ⓪ 名 結束、結局、臨終

おわる [終（わ）る] ⓪ 自他動 結束、完

～おわる [～終わる] 補動 （前接動詞ます形，表完成）（做）完

おん [音] ⓪ 名 （從人口中發出的）聲音、音

おん [恩] ① 名 恩惠、恩情

おんがく [音楽] ① 名 音樂

おんけい **[恩恵]** ⓪ 名 恩惠

おんしつ **[温室]** ⓪ 名 溫室

おんせん **[温泉]** ⓪ 名 溫泉

おんたい **[温帯]** ⓪ 名 （介於寒帶與熱帶之間）溫帶

おんだん **[温暖]** ⓪ 名 ナ形 溫暖

おんちゅう **[御中]** ① 名 （收件人為公司、學校或機關團體時，加在收件人後的敬稱）啟、公啟

おんど **[温度]** ① 名 溫度

おんな **[女]** ③ 名 女人

おんなのこ **[女の子]** ③ 名 （年輕的）女孩子

おんなのひと **[女の人]** ⓪ 名 女的、女性、女人

おんぶ ① 名 背、背負、（金錢仰賴別人）負擔

オンライン ③ 名 （電腦）連線、線上

おんわ **[温和]** ⓪ 名 ナ形 溫和、溫柔

隨堂測驗

(1) 次の言葉の正しい読み方を一つ選びなさい。

( ) ① 大柄
    1. おおへん　　　　　2. おおびん
    3. おおがら　　　　　4. おおへい

( ) ② 犯す
    1. おろす　　　　　　2. おかす
    3. おらす　　　　　　4. おいす

（　）③ 襲う
　　　　1. おかう　　　　　　　2. おめらう
　　　　3. おろう　　　　　　　4. おそう

（2）次の言葉の正しい漢字を一つ選びなさい。

（　）④ おせん
　　　　1.感染　　　　　　　　2.汚染
　　　　3.伝染　　　　　　　　4.流染

（　）⑤ おとな
　　　　1.老人　　　　　　　　2.子供
　　　　3.大人　　　　　　　　4.父母

（　）⑥ おさない
　　　　1.幼い　　　　　　　　2.稚い
　　　　3.危い　　　　　　　　4.軽い

 解答 ---

（1）① 3　② 2　③ 4
（2）④ 2　⑤ 3　⑥ 1

か・カ

か **[可]** ① 名 可以、認可、合格

か **[蚊]** ⓪ 名 蚊子

か **[課]** ① 名 第～課、部門

～か **[～日]** 接尾 （日期、天數）～日、～天

～か **[～下]** 接尾 （處於某種狀態）～下

～か **[～化]** 接尾 （變化、影響）～化

～か **[～科]** 接尾 部門、（生物分類）～科

～か **[～家]** 接尾 （房屋、專家）～家

～か **[～歌]** 接尾 （漢詩、歌曲）～歌

が～ **[画～]** 接頭 （畫作、影像）畫～

～が **[～画]** 接尾 （畫作、電影）～畫、～電影

カー ① 名 車

カーテン ① 名 窗簾

カード ① 名 卡、卡片、紙牌

カーブ ① 名 曲線、彎曲

カーペット ①③ 名 地毯

かい **[会]** ① 名 會議

かい **[回]** ① 名 次數

かい **[貝]** ① 名 貝類、貝殼

～かい **[～回]** 接尾 （次數）～次

～かい **[～階]** 接尾 （樓層）～樓

～かい **[～海]** 接尾 ～海

～かい [～界] 接尾 ～界

がい [害] ① 名 害、害處

がい～ [外～] 接頭 外～

～がい [～外] 接尾 ～外

～がい [～街] 接尾 （街道）～街

かいあく [改悪] ⓪ 名 越改越壞

かいいん [会員] ⓪ 名 會員

かいうん [海運] ⓪ 名 海運

かいが [絵画] ① 名 繪畫

がいか [外貨] ① 名 外幣、外匯、舶來品

かいかい [開会] ⓪ 名 開會

かいがい [海外] ① 名 海外、國外

かいかく [改革] ⓪ 名 改革

かいがら [貝殻] ③⓪ 名 貝殻

かいかん [会館] ⓪ 名 會館

かいがん [海岸] ⓪ 名 海岸

がいかん [外観] ⓪ 名 外觀、外貌

かいぎ [会議] ①③ 名 會議

かいきゅう [階級] ⓪ 名 階級、階層

かいきょう [海峡] ⓪ 名 海峽

かいけい [会計] ⓪ 名 結帳、會計

かいけつ [解決] ⓪ 名 解決

かいけん [会見] ⓪ 名 會見、～會

かいご [介護] ① 名 看護、照護

かいごう [会合] ⓪ 名 聚會、集會

がいこう [外交] ⓪ 名 外交、外勤（人員）

がいこく [外国] ⓪ 名 外國

かいさい [開催] ⓪ 名 舉辦、召開

かいさつ [改札] ⓪ 名 剪票、驗票

かいさん [解散] ⓪ 名 解散

かいし [開始] ⓪ 名 開始

かいしゃ [会社] ⓪ 名 公司

かいしゃく [解釈] ① 名 解釋

かいしゅう [回収] ⓪ 名 回收

かいしゅう [改修] ⓪ 名 改建、修復

かいじゅう [怪獣] ⓪ 名 怪獸

がいしゅつ [外出] ⓪ 名 外出

かいじょ [解除] ① 名 解除

かいじょう [会場] ⓪ 名 會場

がいしょう [外相] ⓪ 名 外交部長

かいすいよく [海水浴] ③ 名 海水浴

かいすう [回数] ③ 名 次數

かいすうけん [回数券] ③ 名 套票

がいする [害する] ③ 他動 損害、殺害、阻礙

かいせい [改正] ⓪ 名 （法律或制度的）修訂、改正

かいせい [快晴] ⓪ 名 大晴天、晴空萬里

かいせつ [解説] ⓪ 名 解說、講解

がいせつ **[概説]** ⓪ 名 概說、概論

かいぜん **[改善]** ⓪ 名 改善

かいそう **[回送]** ⓪ 名 轉寄（郵件）、轉運（空車）

かいそう **[階層]** ⓪ 名 階層

かいぞう **[改造]** ⓪ 名 改造

かいたく **[開拓]** ⓪ 名 開拓

かいだん **[階段]** ⓪ 名 樓梯

かいだん **[会談]** ⓪ 名 會談

かいつう **[開通]** ⓪ 名 開通

かいてい **[改定]** ⓪ 名 重新決定

かいてい **[改訂]** ⓪ 名 改訂

かいてき **[快適]** ⓪ 名 ナ形 暢快

かいてん **[回転]** ⓪ 名 旋轉、周轉

ガイド ① 名 指南、導遊、入門

かいとう **[回答]** ⓪ 名 答覆、回答

かいとう **[解答]** ⓪ 名 解答

かいどう **[街道]** ⓪ 名 街道

がいとう **[該当]** ⓪ 名 屬於、符合、該當

がいとう **[街頭]** ⓪ 名 街頭

かいどく **[買（い）得]** ⓪ 名 買得便宜、買得合算

ガイドブック ④ 名 旅行指南

かいにゅう **[介入]** ⓪ 名 介入

がいねん **[概念]** ① 名 概念

かいはつ [開発] ⓪ 名 開發

かいばつ [海抜] ⓪ 名 海拔

がいぶ [外部] ① 名 外部、外面

かいふく [回復] ⓪ 名 恢復

かいほう [解放] ⓪ 名 解放

かいほう [開放] ⓪ 名 開放

かいほう [介抱] ① 名 看護、護理

かいぼう [解剖] ⓪ 名 解剖、剖析

かいもの [買 (い) 物] ⓪ 名 購物

かいよう [海洋] ⓪ 名 海洋

がいよう [概要] ⓪ 名 概要

がいらい [外来] ⓪ 名 （從國外傳入國內）外來

かいらん [回覧] ⓪ 名 傳閱

がいりゃく [概略] ⓪ 名 概略

かいりゅう [海流] ⓪ 名 海流、洋流

かいりょう [改良] ⓪ 名 改良、改善

かいろ [回路] ① 名 電路、循環、途徑

かいろ [海路] ① 名 海路

がいろん [概論] ⓪ 名 概論

かいわ [会話] ⓪ 名 對話

かう [買う] ⓪ 他動 買

かう [飼う] ① 他動 飼養

かえす [返す] ① 他動 歸還、恢復

かえす [帰す] ① 他動 讓～返回、讓～回家

かえって [却って] ① 副 反倒、反而

かえり [帰り] ③ 名 回程、回來

かえりみる [顧（み）る / 省みる] ④ 他動 回顧、
反省

かえる [代える / 替える / 換える] ⓪ 他動 代替、換

かえる [変える] ⓪ 他動 改變、變更

かえる [返る] ① 自動 返還、反射、還原

かえる [帰る] ① 自動 回去

かお [顔] ⓪ 名 臉、表情

かおく [家屋] ① 名 住家、房屋

かおつき [顔付き] ⓪ 名 表情、樣貌

かおり [香り] ⓪ 名 香味

がか [画家] ⓪ 名 畫家

かがい [課外] ⓪ 名 課外

かかえる [抱える] ⓪ 他動 （雙臂）交抱、背負
（債務）

かかく [価格] ⓪① 名 價格

かがく [科学] ① 名 科學

かがく [化学] ① 名 化學

かかげる [掲げる] ⓪ 他動 揭示、刊登、掀

かかと ⓪ 名 腳跟、鞋跟

かがみ [鏡] ③ 名 鏡子

かがやく [輝く] ③ 自動 閃耀

かかり [係（り）] ① 名 負責人

かかる [掛かる] ② 自動 花費、掛著

かかる [罹る] ② 自動 罹患

かかわる [係わる] ③ 自動 涉及、拘泥

かぎ [鍵] ② 名 鑰匙

かきとめ [書留] ⓪ 名 掛號（郵件）

かきとめる [書（き）留める] ④⓪ 他動 寫下來、記下來

かきとり [書（き）取り] ⓪ 名 記錄、聽寫、默寫

かきとる [書（き）取る] ③⓪ 他動 記錄、聽寫、抄寫

かきね [垣根] ②③ 名 柵欄、籬笆

かきまわす [搔（き）回す] ⓪④ 他動 攪拌、亂翻

かぎり [限り] ①③ 名 限度、界限

かぎる [限る] ② 他動 限、限定

かく [欠く] ⓪ 他動 缺少、缺乏

かく [角] ②① 名 角、角度、方

かく [核] ①② 名 核心、核

かく [格] ⓪② 名 格、階級、層次

かく [書く] ① 他動 寫

かく [搔く] ① 他動 搔、攪拌

かく ① 他動 出（汗）、出（糧）

かく～ [各～] 接頭 各～

～かく [～画] 接尾 （筆劃）～劃

かぐ [嗅ぐ] ⓪ 他動 嗅、聞

かぐ **[家具]** ① 名 家具

がく **[学]** ⓪① 名 學識

がく **[額]** ⓪② 名 額頭、匾額、（金）額

かくう **[架空]** ⓪ 名 ナ形 虛構、架空

がくげい **[学芸]** ⓪② 名 學術、學問

かくご **[覚悟]** ①② 名 有決心、心理準備

かくさ **[格差]** ① 名 差距

かくさん **[拡散]** ⓪ 名 擴散

かくじ **[各自]** ① 名 各自

がくし **[学士]** ① 名 學士

かくじつ **[確実]** ⓪ 名 ナ形 確實

がくしゃ **[学者]** ⓪ 名 學者

かくしゅ **[各種]** ① 名 各種

かくしゅう **[隔週]** ⓪ 名 隔週、每隔一週

かくじゅう **[拡充]** ⓪ 名 擴充

がくしゅう **[学習]** ⓪ 名 學習

がくじゅつ **[学術]** ⓪② 名 學術

かくしん **[確信]** ⓪ 名 確信、堅定的信念

かくしん **[革新]** ⓪ 名 革新

かくす **[隠す]** ② 他動 隱藏

がくせい **[学生]** ⓪ 名 學生

がくせつ **[学説]** ⓪ 名 學說

かくだい **[拡大]** ⓪ 名 擴大、放大

かくち **[各地]** ① 名 各地

かくちょう **[拡張]** ⓪ 名 擴張、擴充

かくてい **[確定]** ⓪ 名 確定

カクテル ① 名 雞尾酒

かくど **[角度]** ① 名 角度、觀點

かくとく **[獲得]** ⓪ 名 獲得

かくにん **[確認]** ⓪ 名 確認

がくねん **[学年]** ⓪ 名 學年、年級

がくふ **[楽譜]** ⓪ 名 樂譜

がくぶ **[学部]** ⓪① 名 （大學的）院、系、學部

かくべつ **[格別]** ⓪ 名 ナ形 例外、特別、格外

かくほ **[確保]** ① 名 確保

かくめい **[革命]** ⓪ 名 革命

がくもん **[学問]** ② 名 學問

かくりつ **[確立]** ⓪ 名 確立

かくりつ **[確率]** ⓪ 名 機率、隨機

がくりょく **[学力]** ②⓪ 名 學力

がくれき **[学歴]** ⓪ 名 學歷

かくれる **[隠れる]** ③ 自動 隱藏、躲藏

かけ **[賭け]** ② 名 賭、賭博

かけ～ **[掛け～]** 接頭 掛～、賒～

～かけ **[～掛け]** 接尾 ～途中、～前、（折扣）
打～折

かげ **[陰]** ① 名 陰涼處、背後、暗地

かげ **[影]** ① 名 影子

がけ **[崖]** ⓪ 名 懸崖

かけあし **[駆 (け) 足]** ② 名 跑步、快步

かけい **[家計]** ⓪ 名 家計、生計

かけざん **[掛 (け) 算]** ② 名 乘法

かけつ **[可決]** ⓪ 名 贊成、通過

〜かげつ **[〜箇月]** 接尾 〜個月

かけっこ ② 名 （幼兒用語）賽跑

かける **[掛ける]** ② 他動 懸掛、坐、戴上、花費

かける **[欠ける]** ⓪ 自動 欠、缺少

かける **[駆ける]** ② 自動 奔跑

かける **[賭ける]** ② 他動 賭

かげん **[加減]** ⓪① 名 加減（運算）、適度、狀況

かこ **[過去]** ① 名 過去

かご **[籠]** ⓪ 名 籃、筐

かこう **[火口]** ⓪ 名 火山口、火爐口

かこう **[下降]** ⓪ 名 下降、降落

かこう **[加工]** ⓪ 名 加工

かごう **[化合]** ⓪ 名 化合

かこむ **[囲む]** ⓪ 他動 包圍

かさ **[傘]** ① 名 傘

かさい **[火災]** ⓪ 名 火災

かさなる **[重なる]** ⓪ 自動 重疊、累積、不斷

かさねる **[重ねる]** ⓪ 他動 重疊、重複

かさばる ③ 自動 體積大

かさむ ⓪② 自動 （數量、金額）増加

かざり **[飾り]** ⓪ 名 装飾

かざる **[飾る]** ⓪ 他動 装飾

かざん **[火山]** ① 名 火山

かし **[貸し]** ⓪ 名 貸、借出

かし **[菓子]** ① 名 點心、零食

かじ **[火事]** ① 名 火災

かじ **[家事]** ① 名 家事

かしこい **[賢い]** ③ イ形 聰明的

かしこまりました。 遵命。

かしだし **[貸し出し]** ⓪ 名 貸款、貸出

かしつ **[過失]** ⓪ 名 過失

かじつ **[果実]** ① 名 果實

かしま **[貸間]** ⓪ 名 出租的房間

かしや **[貸家]** ⓪ 名 出租的房子

かしゅ **[歌手]** ① 名 歌手

かしょ **[箇所]** ① 名 部分、地方

かじょう **[過剰]** ⓪ 名 ナ形 過剰

かじょうがき **[箇条書き]** ⓪ 名 條列、列成條文

かしら **[頭]** ③ 名 頭、字首

かじる ② 他動 咬、啃、略懂

かす **[貸す]** ⓪ 他動 借出

かず **[数]** ① 名 數、數量

ガス ① 名 瓦斯

かすか [微か] ① ナ形　微微、微弱、隠約

かすみ [霞み] ⓪ 名　霞光、晩霞

かすむ [霞む] ⓪ 自動　朦朧、模糊

かする [擦る] ②⓪ 他動　擦過、掠過

かぜ [風] ⓪ 名　風

かぜ [風邪] ⓪ 名　感冒

かせい [火星] ⓪ 名　火星

かぜい [課税] ⓪ 名　課税

かせき [化石] ⓪ 名　化石

かせぐ [稼ぐ] ② 他動　賺錢

カセット ② 名　（「カセットテープ」的簡稱）録音帯

かせん [河川] ① 名　河川

かせん [下線] ⓪ 名　底線

かせん [化繊] ⓪ 名　（「化学繊維」的簡稱）化學繊維

かそ [過疎] ① 名　過度稀少、過疏

かぞえる [数える] ③ 他動　數、計算

かそく [加速] ⓪ 名　加速、提前

かぞく [家族] ① 名　家族、家人

かそくど [加速度] ③② 名　加速度、加速、加快

ガソリン ⓪ 名　汽油

ガソリンスタンド ⑥ 名　加油站

かた [方] ② 名　方法、方面、方、（對人的尊稱）位

かた **[型]** ② 名 型、模型、風格、模式

かた **[肩]** ① 名 肩

かた～ **[片～]** 接頭 單～

～かた **[～方]** 接尾 （人的複數的尊稱）～們

かたい **[堅い / 固い / 硬い]** ⓪② イ形 硬的、堅固的、堅定的

かだい **[課題]** ⓪ 名 課題

～がたい **[～難い]** 接尾 難以～

かたおもい **[片思い]** ③ 名 單相思

かたがた **[方々]** ② 名 （「人達」的敬語）您們

かたかな **[片仮名]** ③ 名 片假名

かたこと **[片言]** ⓪ 名 語意不清的話、隻字片語

かたち **[形]** ⓪ 名 形、形狀

かたづく **[片付く]** ③ 自動 整理、收拾、做完

かたづけ **[片付け]** ⓪ 名 整理、收拾、解決

かたづける **[片付ける]** ④ 他動 整理、收拾、解決

かたな **[刀]** ③② 名 刀

かたまり **[塊]** ⓪ 名 塊、群

かたまる **[固まる]** ⓪ 自動 凝固、聚集、鞏固、定型

かたみ **[肩身]** ① 面子

かたみち **[片道]** ⓪ 名 單程、單方面

かたむく **[傾く]** ③ 自動 傾斜、傾向

かたむける **[傾ける]** ④ 他動 便～傾斜、傾注

かためる **[固める]** ⓪ 他動 鞏固、堅定

かたよる [片寄る] ③ 自動 偏、偏向、偏祖

かたる [語る] ⓪ 他動 說、講、談

かたわら [傍（ら）] ⓪ 名 旁邊

かだん [花壇] ① 名 花壇、花圃

かち [勝（ち）] ② 名 勝利

かち [価値] ① 名 價值

～がち 接尾 常～、容易～

かちく [家畜] ⓪ 名 家畜

かちょう [課長] ⓪ 名 課長

かつ [勝つ] ① 自動 贏

かつ [且つ] ① 副 同時、一面～一面～、一邊～
一邊～

　　　　　① 接續 並且、而且

～がつ [～月] 接尾 ～月

がっか [学科] ⓪ 名 學科

がっかい [学会] ⓪ 名 學會

がっかり ③ 副 失望、沮喪、無精打采

かっき [活気] ⓪ 名 朝氣、活力

かっき [画期] ⓪① 名 劃時代

がっき [楽器] ⓪ 名 樂器

がっき [学期] ⓪ 名 學期

がっきゅう [学級] ⓪ 名 班級

かつぐ [担ぐ] ② 他動 扛、哄騙、推舉

がっくり ③ 副 沮喪地、突然（急轉直下）

かっこ **[括弧]** ① 名 括弧

かっこう **[格好]** ⓪ 名 ナ形 外貌、適合

がっこう **[学校]** ⓪ 名 學校

かつじ **[活字]** ⓪ 名 活字、鉛字

がっしょう **[合唱]** ⓪ 名 合唱

がっしり ③ 副 結實地、堅固地

がっち **[合致]** ⓪ 名 吻合、一致

がっちり ③ 副 緊密地、精打細算

かつて **[曾て]** ① 副 曾經、（後接否定）從（未）～

かって **[勝手]** ⓪ 名 ナ形 任性、任意、隨便
　　　　　　　　　 ⓪ 名 廚房、方便

かつどう **[活動]** ⓪ 名 活動

カット ① 名 剪、刪減

かっぱつ **[活発]** ⓪ 名 ナ形 活潑、活躍

カップ ① 名 杯、（有把手的）茶杯

がっぺい **[合併]** ⓪ 名 合併

かつやく **[活躍]** ⓪ 名 活躍

かつよう **[活用]** ⓪ 名 活用

かつりょく **[活力]** ② 名 活力

かてい **[仮定]** ⓪ 名 假定、假設

かてい **[家庭]** ⓪ 名 家庭

かてい **[過程]** ⓪ 名 過程

かてい **[課程]** ⓪ 名 課程

カテゴリー ② 名 範疇

かど [角] ① 名 角、轉角、角落

かな [仮名] ⓪ 名 （指日文的）假名

かない [家内] ① 名 （對外謙稱自己的妻子）內人、家裡、家眷

かなう [叶う] ② 自動 能實現

かなえる [叶える] ③ 他動 使實現、使達到、滿足願望

かなしい [悲しい] ⓪③ イ形 悲傷的

かなしむ [悲しむ] ③ 他動 悲傷

かなづかい [仮名遣い] ③ 名 （指日文的）假名用法

かなづち [金槌] ③④ 名 鐵鎚、旱鴨子

かならず [必ず] ⓪ 副 務必、一定

かならずしも [必ずしも] ④ 副 （後接否定）未必～

かなり ① ナ形 副 相當

かなわない 連語 敵不過、受不了

かにゅう [加入] ⓪ 名 加入

かね [金] ⓪ 名 金屬、金錢

かね [鐘] ⓪ 名 鐘、鐘聲

かねつ [加熱] ⓪ 名 加熱

かねて [予て] ① 副 事先、以前、老早

かねもち [金持（ち）] ③ 名 有錢人

かねる [兼ねる] ② 他動 兼

かのう [可能] ⓪ 名 ナ形 可能

かのじょ [彼女] ① 代 她

① 名 女朋友

カバー ① 名 封面、掩護

かばう [庇う] ② 他動 包庇、保護

かばん [鞄] ⓪ 名 包包

かはんすう [過半數] ②④ 名 過半數

かび ⓪ 名 黴菌

かびん [花瓶] ⓪ 名 花瓶

かぶ [株] ⓪ 名 股票

かぶしき [株式] ② 名 股份

かぶせる [被せる] ③ 他動 蓋、戴、套、推卸（責任）

かぶる [被る] ② 自他動 戴、澆、承擔

かぶれる ⓪ 自動 受～（的不良）影響、皮膚發炎

かふん [花粉] ⓪ 名 花粉

かべ [壁] ⓪ 名 牆壁

かへい [貨幣] ① 名 貨幣

かま [釜] ⓪ 名 釜頭

かまいません。 不要緊、沒關係。

かまう [構う] ② 自他動 介意、照顧、招待

かまえ [構え] ②③ 名 構造、心理準備、姿勢

かまえる [構える] ③ 他動 構築、做～的姿勢、假裝、捏造

がまん [我慢] ① 名 忍耐

かみ [上] ① 名 上、上方

かみ [神] ① 名 神

かみ [紙] ② 名 紙

かみ [髪] ② 名 髪、頭髪

かみ [加味] ① 名 調味、添加

かみきる [噛み切る] ⓪③ 他動 咬斷、咬破

かみくず [紙屑] ③ 名 廢紙

かみさま [神様] ① 名 神明

かみそり [剃刀] ③④ 名 剃刀

かみつ [過密] ⓪ 名 ナ形 過密

かみなり [雷] ③④ 名 雷、發火

かみのけ [髪の毛] ③ 名 頭髪

かむ [噛む] ① 他動 咬、嚼

ガム ① 名 （「チューインガム」的簡稱）口香糖

カムバック ③① 名 回歸、回來

カメラ ① 名 相機

カメラマン ③ 名 攝影師

かもく [科目] ⓪ 名 科目、學科

かもしれない 連語 也許

かもつ [貨物] ① 名 貨物

かゆ [粥] ⓪ 名 粥

かゆい ② イ形 癢的

かよう [通う] ⓪ 自動 通（勤）、往返

かよう / か [火曜 / 火] ② ⓪ / ① 名 星期二

かよう [歌謡] ⓪ 名 歌謡

から [空] ② 名 空

から [殻] ② 名 殻、皮

がら [柄] ⓪ 名 體格、身材、品性、花紋

カラー ① 名 色彩、彩色、特色

からい [辛い] ② イ形 辣的、鹹的、嚴格的

からかう ③ 他動 嘲弄、耍

ガラス ⓪ 名 玻璃

からだ [体] ⓪ 名 身體

からだつき [体付き] 連語 體型

からっぽ [空っぽ] ⓪ 名 ナ形 空

からむ [絡む] ② 自動 纏住

かり [借り] ⓪ 名 借款、債、借方

かり [狩り] ① 名 狩獵、採集

かり [仮] ⓪ 名 臨時、暫時、假

かりに [仮に] ⓪ 副 假定、假設

かりる [借りる] ⓪ 他動 借、借入、租

かる [刈る] ⓪ 他動 剪、剃、割

〜がる 接尾 感覺〜、覺得〜、自以為〜

かるい [軽い] ⓪ イ形 輕的、輕浮的

かるた ① 名 日本紙牌

カルテ ① 名 病歷、醫療記錄

かれ **[彼]** ① 代 他

　　　 ① 名 男朋友

カレー ⓪ 名 咖哩

ガレージ ②① 名 車庫

かれら **[彼ら]** ① 代 （第三人稱代名詞，「彼」（他）的複數）他們

かれる **[枯れる]** ⓪ 自動 枯萎、乾枯

かれる **[涸れる]** ⓪ 自動 乾涸

カレンダー ② 名 月曆

かろう **[過労]** ⓪ 名 過勞

かろうじて ⓪② 副 好不容易才、勉勉強強

カロリー ① 名 卡路里、熱量

かわ **[川 / 河]** ② 名 河川

かわ **[皮 / 革]** ② 名 皮革

～がわ **[～側]** 接尾 ～方

かわいい **[可愛い]** ③ イ形 可愛的、討人喜歡的

かわいがる **[可愛がる]** ④ 他動 疼愛、管教

かわいそう **[可哀相 / 可哀想]** ④ ナ形 可憐

かわいらしい **[可愛らしい]** ⑤ イ形 可愛的、嬌小的

かわかす **[乾かす]** ③ 他動 晒乾、烘乾、風乾

かわく **[乾く]** ② 自動 乾

かわく **[渇く]** ② 自動 渴

かわす **[交（わ）す]** ⓪ 他動 互相、交錯、閃開

かわせ **[為替]** ⓪ 名 匯票、匯款、匯兌

かわら [瓦] ⓪ 名 瓦

かわり [代（わ）り] ⓪ 名 代替、代理、交替

かわりに [代（わ）りに] ⓪ 副 代替、替代

かわる [代（わ）る / 替（わ）る] ⓪ / ⓪ 自動 代替、代理

かわる [変（わ）る] ⓪ 自動 變、變化、改變

かわるがわる [代（わ）る代（わ）る] ④ 副 輪流、依次

かん [官] ① 名 官員

かん [管] ① 名 管子

かん [勘] ⓪ 名 直覺、第六感

かん [缶] ① 名 罐、筒、罐頭

～かん [～刊] 接尾 （發行、出版、報章雜誌）～刊

～かん [～間] 接尾 （期間、之間）～間

～かん [～巻] 接尾 （書冊、書畫）～巻

～かん [～館] 接尾 （建築物）～館

～かん [～感] 接尾 （感覺）～感

～かん [～観] 接尾 （觀念、想法）～観

がん [癌] ① 名 癌、癌症

かんい [簡易] ①⓪ 名 ナ形 簡易

がんか [眼科] ⓪① 名 眼科

かんがい [灌漑] ⓪ 名 灌漑

かんがえ [考え] ③ 名 想法

かんがえる [考える] ④③ 他動 思考、考慮

かんかく [感覚] ⓪ 名 感覚

かんかく [間隔] ⓪ 名 間隔

かんき [換気] ⓪ 名 通風

かんきゃく [観客] ⓪ 名 觀眾

がんきゅう [眼球] ⓪ 名 眼球

かんきょう [環境] ⓪ 名 環境

がんぐ [玩具] ① 名 玩具

かんけい [関係] ⓪ 名 關係

かんげい [歓迎] ⓪ 名 歡迎

かんげき [感激] ⓪ 名 感激

かんけつ [簡潔] ⓪ 名 ナ形 簡潔

かんげん [還元] ⓪ 名 回復、歸還

かんご [看護] ① 名 看護

かんご [漢語] ⓪ 名 （日文中的）漢語

がんこ [頑固] ① 名 ナ形 固執、頑固

かんこう [観光] ⓪ 名 觀光

かんこう [刊行] ⓪ 名 發行、出版

かんこう [慣行] ⓪ 名 慣例、例行、習俗

かんこく [勧告] ⓪ 名 勸告

かんごし [看護師] ③ 名 護士

かんさい [関西] ① 名 （日本地區的）關西

かんさつ [観察] ⓪ 名 觀察

かんさん [換算] ⓪ 名 換算

かんし [監視] ⓪ 名 監視

かんじ **[感じ]** ⓪ 名 感覺、知覺、印象、反應

かんじ **[漢字]** ⓪ 名 漢字

がんじつ **[元日]** ⓪ 名 元旦

かんしゃ **[感謝]** ① 名 感謝

かんじゃ **[患者]** ⓪ 名 患者、病患

かんしゅう **[慣習]** ⓪ 名 習慣、慣例

かんしゅう **[観衆]** ⓪ 名 觀眾

がんしょ **[願書]** ① 名 申請書

かんしょう **[干渉]** ⓪ 名 干涉、干擾

かんしょう **[鑑賞]** ⓪ 名 鑑賞

かんじょう **[勘定]** ③ 名 計算、數、結帳、付款

かんじょう **[感情]** ⓪ 名 感情

がんじょう **[頑丈]** ⓪ ナ形 強壯、結實、堅固

かんしょく **[感触]** ⓪ 名 感觸、觸感

かんじる / かんずる **[感じる / 感ずる]** ⓪ / ⓪
自他動 感覺、感到

かんしん **[感心]** ⓪ 名 ナ形 佩服、贊成、稱讚

かんしん **[関心]** ⓪ 名 關心、感興趣

かんじん **[肝心 / 肝腎]** ⓪ 名 ナ形 重要、關鍵

かんする **[関する]** ③ 自動 關於

かんせい **[完成]** ⓪ 名 完成

かんせい **[歓声]** ⓪ 名 歡呼

かんぜい **[関税]** ⓪ 名 關稅

がんせき **[岩石]** ① 名 岩石

かんせつ **[間接]** ⓪ 名 副 間接

かんせん **[感染]** ⓪ 名 感染、染上

かんせん **[幹線]** ⓪ 名 幹線

かんぜん **[完全]** ⓪ 名 ナ形 完全

かんそ **[簡素]** ① 名 ナ形 樸素、儉樸、精簡

かんそう **[乾燥]** ⓪ 名 乾燥、枯燥

かんそう **[感想]** ⓪ 名 感想

かんそく **[観測]** ⓪ 名 觀測

かんたい **[寒帯]** ⓪ 名 寒帶

かんたん **[簡単]** ⓪ 名 ナ形 簡單

かんちがい **[勘違い]** ③ 名 誤會、誤認

かんちょう **[官庁]** ① 名 官廳、政府機關

かんづめ **[缶詰]** ③④ 名 罐頭

かんてん **[観点]** ①③ 名 觀點

かんでんち **[乾電池]** ③ 名 乾電池

かんど **[感度]** ① 名 感度、敏銳度、靈敏度

かんとう **[関東]** ① 名 （日本地區的）關東

かんどう **[感動]** ⓪ 名 感動

かんとく **[監督]** ⓪ 名 導演、監督、教練

カンニング ⓪ 名 作弊

かんねん **[観念]** ① 名 觀念

がんねん **[元年]** ① 名 元年

かんぱい **[乾杯]** ⓪ 名 乾杯

がんばる **[頑張る]** ③ 自動 加油、努力

かんばん **[看板]** ⓪ 名 招牌

かんびょう **[看病]** ① 名 護理、看護

かんぶ **[幹部]** ① 名 幹部

かんぺき **[完ぺき]** ⓪ 名 ナ形 完美

かんべん **[勘弁]** ① 名 饒恕、容忍

かんむり **[冠]** ⓪③ 名 冠冕、冠、（漢字的）字頭

かんむりょう **[感無量]** ① 名 無限感慨

かんゆう **[勧誘]** ⓪ 名 勸、邀、說明

かんよ **[関与]** ① 名 參與、干預

かんよう **[慣用]** ⓪ 名 慣用、常用

かんよう **[寛容]** ⓪ 名 ナ形 寬容

がんらい **[元来]** ① 副 原本、本來

かんらん **[観覧]** ⓪ 名 觀覽、觀賞、參觀

かんり **[管理]** ① 名 管理、保管

かんりょう **[完了]** ⓪ 名 結束

かんりょう **[官僚]** ⓪ 名 官僚

かんれい **[慣例]** ⓪ 名 慣例

かんれき **[還暦]** ⓪ 名 花甲之年、六十歲

かんれん **[関連]** ⓪ 名 關聯

かんろく **[貫禄]** ⓪ 名 威嚴、架勢

かんわ **[漢和]** ⓪ 名 （「漢和辞典」的簡稱）
漢日辭典、中國和日本、漢語和日語

かんわ **[緩和]** ⓪ 名 緩和

（1）次の言葉の正しい読み方を一つ選びなさい。

（　）① 火口
　　　　1. かもん　　　　　2. かこん
　　　　3. かこう　　　　　4. かぐち

（　）② 画家
　　　　1. かいえ　　　　　2. かか
　　　　3. がか　　　　　　4. かうち

（　）③ 空っぽ
　　　　1. かたっぽ　　　　2. からっぽ
　　　　3. かりっぽ　　　　4. かなっぽ

（2）次の言葉の正しい漢字を一つ選びなさい。

（　）④ がくふ
　　　　1. 楽器　　　　　　2. 楽譜
　　　　3. 楽曲　　　　　　4. 楽音

（　）⑤ がっち
　　　　1. 合作　　　　　　2. 合知
　　　　3. 合致　　　　　　4. 合同

（　）⑥ かみなり
　　　　1. 雨　　　　　　　2. 雷
　　　　3. 光　　　　　　　4. 雲

解答

（1）① 3　② 3　③ 2
（2）④ 2　⑤ 3　⑥ 2

き・キ

き [木] ① 名 木、樹

き [気] ⓪ 名 心、性格、度量、熱情、意識、精力、氣氛

～き [～期] 接尾 （時期、期間）～期

～き [～器] 接尾 （器皿、器具）～器

～き [～機] 接尾 （飛機數量）～架、（機器、飛機）～機

きあつ [気圧] ⓪ 名 氣壓

ぎあん [議案] ⓪ 名 議案

きいろ [黄色] ⓪ 名 ナ形 黄色

きいろい [黄色い] ⓪ イ形 黄色的

ぎいん [議員] ① 名 議員

きえる [消える] ⓪ 自動 （燈）熄滅、消失、（雪）融化

きおく [記憶] ⓪ 名 記憶、（電腦）存檔

きおん [気温] ⓪ 名 氣溫

きかい [機会] ②⓪ 名 機會、最佳良機

きかい [機械 / 器械] ② 名 機械、機器、儀器

きがい [危害] ① 名 危害、有害

ぎかい [議会] ① 名 議會

きがえ [着替え] ⓪ 名 更衣、（指預備換上的）衣服

きがえる [着替える] ③ 他動 換衣服、換上

きかく [企画] ⓪ 名 企劃

きかく [規格] ⓪ 名 規格、（社會）規範

きかざる [着飾る] ③ 他動 打扮、盛裝打扮

きがね [気兼ね] ⓪ 名 客氣、拘束、顧慮

きがる [気軽] ⓪ ナ形 乾脆、豪爽、輕鬆自在

きかん [期間] ②① 名 期間

きかん [器官] ①② 名 器官

きかん [季刊] ⓪ 名 季刊

きかん [機関] ①② 名 （政府、法人、組織等）機關、引擎

きかんしゃ [機関車] ② 名 火車頭

きき [危機] ①② 名 危機

ききて [聞（き）手] ⓪ 名 聽者

ききとり [聞（き）取り] ⓪ 名 聽懂、（外語的）聽力

ききとる [聞（き）取る] ⓪ 他動 聽見、聽懂

ききめ [効（き）目／利（き）目] ⓪ 名 功效、效力、效能、效果

ききょう [帰京] ⓪ 名 （回首都，明治前指京都，明治後指東京）回京

きぎょう [企業] ① 名 企業

ぎきょく [戯曲] ⓪ 名 戲曲、劇本

ききん [基金] ②① 名 基金

ききん [飢饉] ②① 名 飢荒、缺乏

きく **[聞く]** ⓪ 他動 聽、聽從、打聽、問

きく **[効く]** ⓪ 自動 有效

きぐ **[器具]** ① 名 器具、用具、（架構簡單的）
機器

きげき **[喜劇]** ① 名 喜劇

ぎけつ **[議決]** ⓪ 名 決議、表決

きけん **[危険]** ⓪ 名 ナ形 危險

きけん **[棄権]** ⓪ 名 棄權

きげん **[期限]** ① 名 期限

きげん **[機嫌]** ⓪ 名 ナ形 心情、情緒、近況、愉快

きげん **[起源]** ① 名 起源、由來

きこう **[気候]** ⓪ 名 氣候

きこう **[機構]** ⓪ 名 （公司）機構、（機器）架構

きごう **[記号]** ⓪ 名 記號、符號

きこえる **[聞（こ）える]** ⓪ 自動 聽見、聽得見

きこん **[既婚]** ⓪ 名 已婚

きざ **[気障]** ① 名 ナ形 做作、裝模作樣

きさい **[記載]** ⓪ 名 記載

きざし **[兆し]** ⓪ 名 預兆、徵兆、跡象

きざむ **[刻む]** ⓪ 他動 刻、雕刻、切碎、銘記（在
心）

きし **[岸]** ② 名 岸、懸崖

きじ **[生地]** ① 名 本性、素質、（未加工的）布料

きじ **[記事]** ① 名 （報章雜誌等）報導、記實、
記事

ぎし **[技師]** ① 名 工程師、技師

ぎしき **[儀式]** ① 名 儀式

きしつ **[気質]** ⓪ 名 脾氣、性情

きじつ **[期日]** ① 名 日期、期限

ぎじどう **[議事堂]** ⓪ 名 （日本國會議員開會的會議廳）議事堂、國會大樓

きしむ ② 自動 嘎嘎作響

きしゃ **[汽車]** ② 名 火車

きしゃ **[記者]** ①② 名 記者

きじゅつ **[記述]** ⓪ 名 記述、描述、申論（題）

ぎじゅつ **[技術]** ① 名 技術、科技

きじゅん **[基準 / 規準]** ⓪ 名 基準、標準、準則

きしょう **[気象]** ⓪ 名 氣象

きしょう **[起床]** ⓪ 名 起床

きず **[傷]** ⓪ 名 傷口、傷痕、傷害、瑕疵、汙點

きすう **[奇数]** ② 名 奇數

きずく **[築く]** ② 他動 築、建築、奠定

きずつく **[傷付く]** ③ 自動 受傷、受損、受創

きずつける **[傷付ける]** ④ 他動 傷害、弄傷、弄壞

きせい **[規制]** ⓪ 名 規範、規定、規則、管制、控制

ぎせい **[犠牲]** ⓪ 名 犧牲、代價

きせつ **[季節]** ②① 名 季節、時節

きせる **[着せる]** ⓪ 他動 給～穿上

きせん [汽船] ⓪ 名 輪船、汽船

きそ [基礎] ①② 名 基礎

きそう [競う] ② 自他動 競爭、比賽

きぞう [寄贈] ⓪ 名 捐贈、贈送

ぎぞう [偽造] ⓪ 名 偽造、造假

きそく [規則] ②① 名 規則

きぞく [貴族] ① 名 貴族

きた [北] ⓪② 名 北、北方、北風

ギター ① 名 吉他

きたい [期待] ⓪ 名 期待

きたい [気体] ⓪ 名 氣體

ぎだい [議題] ⓪ 名 議題

きたえる [鍛える] ③ 他動 錘鍊、鍛鍊、磨練

きたく [帰宅] ⓪ 名 回家、返家

きたない [汚い] ③ イ形 骯髒的、髒亂的、吝嗇的、卑鄙的

きたる [来る] ② 自動 來、到來

きち [基地] ①② 名 基地、大本營

きちっと ② 副 （同「きちんと」）整齊地、整潔地、精準地

きちょう [貴重] ⓪ 名 ナ形 貴重、珍貴

ぎちょう [議長] ① 名 （主持會議的）司儀、會議主席、議長

きちょうめん [几帳面] ④⓪ 名 ナ形 嚴謹、一絲不苟

きちんと ② 副 整齊地、整潔地、精準無誤地、規規矩矩地

きつい ⓪② イ形 緊的、窄的、嚴苛的、辛苦的、好勝的

きっかけ ⓪ 名 契機、動機

きっかり ③ 副 正好、恰好、清晰

きづく [気付く] ② 自動 察覺、發現、注意到、清醒

きっさ [喫茶] ⓪ 名 飲茶、喝茶、(「喫茶店」的簡稱)咖啡店

きっさてん [喫茶店] ⓪ 名 咖啡店

ぎっしり ③ 副 (塞得、擠得、擺得)滿滿地

きっちり ③ 副 緊密地、(多用於數量、時間)正好、剛好

きって [切手] ⓪ 名 郵票

きっと ⓪ 副 一定、務必、嚴肅地、嚴厲地、緊緊地

きっぱり ③ 副 斷然、乾脆

きっぷ [切符] ⓪ 名 票

きてい [規定] ⓪ 名 規定

きてん [起点] ⓪ 名 起點

きどう [軌道] ⓪ 名 軌道

きにいる [気に入る] 連語 喜歡、滿意、看上

きにゅう [記入] ⓪ 名 記載、記錄、填上、寫上

きぬ [絹] ① 名 (蠶)絲、絲綢、絲織品

きねん [記念] ⓪ 名 紀念

きのう [機能] ① 名 機能、功能

きのう [昨日] ② 名 昨天

ぎのう [技能] ① 名 技能、技術、本領

きのどく [気の毒] ③④ 名 ナ形 可憐、可惜、
（對他人）過意不去

きはん [規範] ⓪ 名 規範

きばん [基盤] ⓪ 名 基礎、地基、底座

きびしい [厳しい] ③ イ形 嚴格的

きひん [気品] ⓪ 名 高雅、優雅

きふ [寄付] ① 名 捐款

きふう [気風] ⓪ 名 風氣、氣息

きふく [起伏] ⓪ 名 起伏、盛衰

きぶん [気分] ① 名 心情、情緒、氣氛

きぼ [規模] ① 名 規模

きぼう [希望] ⓪ 名 希望、要求、志願

きほん [基本] ⓪ 名 基本、基礎

きまぐれ ⓪ 名 ナ形 情緒化、（一時興起的）興致

きまじめ [生真面目] ② 名 ナ形 一本正經、非常
認真

きまつ [期末] ⓪ 名 期末

きまり [決まり] ⓪ 名 了結、規定、老套

きまりわるい [決まり悪い] ⑤ イ形 不好意思、難
為情

きまる [決まる] ⓪ 自動 確定、決定、固定、規定

きみ [君] ⓪ 代 （男性對同輩或晚輩的用語）你

きみ [気味] ② 名 樣子、心情

～ぎみ [～気味] 接尾 有～傾向、有～的樣子

きみょう [奇妙] ① ナ形 奇妙、不可思議

ぎむ [義務] ① 名 義務

きめい [記名] ⓪ 名 記名

きめる [決める] ⓪ 他動 決定、規定、表明（態度）

きもち [気持] ⓪ 名 心情

きもの [着物] ⓪ 名 和服、衣服

ぎもん [疑問] ⓪ 名 疑問

きやく [規約] ⓪ 名 規約、規章、章程

きゃく [客] ⓪ 名 客人、顧客、客戶

ぎゃく [逆] ⓪ 名 ナ形 逆、反、顛倒

きゃくしょく [脚色] ⓪ 名 （將小說等）改編成電影或戲劇

きゃくせき [客席] ⓪ 名 觀眾席、來賓席

ぎゃくてん [逆転] ⓪ 名 逆轉、倒轉、扭轉

きゃくほん [脚本] ⓪ 名 腳本、劇本

きゃくま [客間] ⓪ 名 客廳

きゃしゃ [華奢] ⓪ 名 ナ形 苗條、弱不禁風、不堅固、別緻

きゃっかん [客観] ⓪ 名 客觀

キャッチ ① 名 抓到、捕捉到、接住（棒球）

キャプテン ① 名 隊長、船長、艦長、機長

キャリア ① 名 職業、經歷、經驗

ギャング ① 名 暴力犯罪集團、幫派組織

キャンパス ① 名 校園

キャンプ ① 名 露營

きゅう [九] ① 名 九

きゅう [旧] ① 名 舊、農曆

きゅう [級] ① 名 級、年級

きゅう [球] ① 名 球、圓形物

きゅう [急] ⓪ 名 ナ形 急、緊急、急速、陡峭

きゅうえん [救援] ⓪ 名 救援

きゅうか [休暇] ⓪ 名 休假

きゅうがく [休学] ⓪ 名 休學

きゅうぎょう [休業] ⓪ 名 休業、歇業、停課

きゅうきょく [究極] ⓪ 名 極致、終極、最終

きゅうくつ [窮屈] ① 名 ナ形 窄、緊、不自由

きゅうけい [休憩] ⓪ 名 休息

きゅうげき [急激] ⓪ ナ形 急遽、劇烈

きゅうこう [急行] ⓪ 名 趕去、快車

きゅうこう [休講] ⓪ 名 停課

きゅうこん [求婚] ⓪ 名 求婚

きゅうこん [球根] ⓪ 名 （指植物的塊根、球莖等）球根

きゅうさい [救済] ⓪ 名 救濟

きゅうじ **[給仕]** ① 名 工友、伺候（用餐）

きゅうしゅう **[吸収]** ⓪ 名 吸收

きゅうじょ **[救助]** ① 名 救助、救濟、救護

きゅうしょく **[給食]** ⓪ 名 （學校、公司等）供
餐、包伙食

きゅうせん **[休戦]** ⓪ 名 停戰

きゅうそく **[急速]** ⓪ 名 ナ形 迅速

きゅうそく **[休息]** ⓪ 名 休息、中止

きゅうち **[旧知]** ① 名 老朋友

きゅうち **[窮地]** ① 名 困境

きゅうでん **[宮殿]** ⓪ 名 宮殿

きゅうに **[急に]** ⓪ 副 忽然、突然

ぎゅうにゅう **[牛乳]** ⓪ 名 牛奶

きゅうぼう **[窮乏]** ⓪ 名 貧困、貧窮

きゅうよ **[給与]** ① 名 津貼、工資、待遇、分發

きゅうよう **[休養]** ⓪ 名 休養

きゅうりょう **[給料]** ① 名 薪水、工資

きゅうりょう **[丘陵]** ⓪ 名 丘陵

きよ **[寄与]** ① 名 寄予、貢獻

きよい **[清い]** ② イ形 清澈的、純潔的、舒暢的

きよう **[器用]** ① 名 ナ形 靈巧

きょう **[今日]** ① 名 今天

きょう **[強]** ① 名 強

～きょう **[～教]** 接尾 （宗教）～教

~きょう [~橋] 接尾 ～橋

~ぎょう [~行] 接尾 （行業、修行）～行

~ぎょう [~業] 接尾 （職業）～業

きょうい [驚異] ① 名 驚奇、訝異、奇觀

きょういく [教育] ⓪ 名 教育

きょういん [教員] ⓪ 名 教職員、教師

きょうか [強化] ① 名 強化、鞏固

きょうか [教科] ① 名 教科、課程

きょうかい [教会] ⓪ 名 教會

きょうかい [境界] ⓪ 名 境界、邊界

きょうかい [協会] ⓪ 名 協會

きょうがく [共学] ⓪ 名 （男女）同校、同班

きょうかしょ [教科書] ③ 名 教科書

きょうかん [共感] ⓪ 名 同感

きょうぎ [競技] ① 名 競技、比賽

きょうぎ [協議] ① 名 協議

ぎょうぎ [行儀] ⓪ 名 禮儀、禮貌、秩序

きょうきゅう [供給] ⓪ 名 供給、供應

きょうぐう [境遇] ⓪ 名 境遇、環境

きょうくん [教訓] ⓪ 名 教訓、經驗、教誨

きょうこう [強行] ⓪ 名 強行、強制執行

きょうこう [強硬] ⓪ ナ形 強硬

きょうざい [教材] ⓪ 名 教材

きょうさく [凶作] ⓪ 名 （農作物）歉收、荒年

きょうさん～ [共産～] 接頭 共産～

きょうし [教師] ① 名 教師

ぎょうじ [行事] ①⓪ 名 例行活動、例行儀式

きょうしつ [教室] ⓪ 名 教室

ぎょうしゃ [業者] ① 名 （工商）業者、同行

きょうじゅ [教授] ⓪① 名 教授（課程）

　　　　　　　　　⓪ 名 （大學）教授

きょうじゅ [享受] ① 名 享受、享有

きょうしゅう [教習] ⓪ 名 訓練、培訓

きょうしゅう [郷愁] ⓪ 名 郷愁

きょうしゅく [恐縮] ⓪ 名 惶恐、過意不去、慚愧

きょうしょく [教職] ⓪ 名 （學校、宗教）教職

きょうじる / きょうずる [興じる / 興ずる] ⓪③ /
⓪③ 自動 興高采烈、以～為樂

きょうせい [強制] ⓪ 名 強制、強迫

ぎょうせい [行政] ⓪ 名 行政

ぎょうせき [業績] ⓪ 名 業績、成果

きょうそう [競争] ⓪ 名 競爭、比賽

きょうぞん [共存] ⓪ 名 共存、共處

きょうだい [兄弟] ① 名 兄弟、手足

きょうち [境地] ① 名 處境、環境

きょうちょう [強調] ⓪ 名 強調

きょうちょう [協調] ⓪ 名 協調、協力

きょうつう [共通] ⓪ 名 ナ形 共通、通用、相同

きょうてい **[協定]** ⓪ 名　協定

きょうど **[郷土]** ① 名　郷土、家郷、當地

きょうどう **[共同]** ⓪ 名　共同、公用

きょうはく **[脅迫]** ⓪ 名　威脅、恐嚇

きょうふ **[恐怖]** ①⓪ 名　恐怖、恐懼

きょうみ **[興味]** ① 名　興趣

ぎょうむ **[業務]** ① 名　業務

きょうめい **[共鳴]** ⓪ 名　共鳴、同感

きょうよう **[教養]** ⓪ 名　教養、修養、內涵

きょうり **[郷里]** ① 名　郷里、家郷

きょうりょく **[協力]** ⓪ 名　協力、合作

きょうりょく **[強力]** ⓪ 名　ナ形　強力、大力

きょうれつ **[強烈]** ⓪ ナ形　強烈、劇烈

ぎょうれつ **[行列]** ⓪ 名　隊伍、（排）隊

きょうわ **[共和]** ⓪ 名　共和

きょか **[許可]** ① 名　許可、允許

ぎょぎょう **[漁業]** ① 名　漁業

きょく **[曲]** ⓪① 名　歌曲

きょく **[局]** ① 名　局、（「郵便局」的簡稱）郵局

きょくげん **[局限]** ⓪ 名　局限、限制

きょくせん **[曲線]** ⓪ 名　曲線、彎曲

きょくたん **[極端]** ③ 名　ナ形　極端

きょじゅう **[居住]** ⓪ 名　居住、住址

きょぜつ **[拒絶]** ⓪ 名　拒絕

ぎょせん **[漁船]** ⓪ 名 漁船

ぎょそん **[漁村]** ⓪ 名 漁村

きょだい **[巨大]** ⓪ 名 ナ形 巨大

きょねん **[去年]** ① 名 去年

きょひ **[拒否]** ① 名 拒絕、否決

きょよう **[許容]** ⓪ 名 容許、原諒

きよらか **[清らか]** ② ナ形 清澈、純潔

きょり **[距離]** ① 名 距離、差距

きらい **[嫌い]** ⓪ 名 ナ形 討厭、不喜歡

きらう **[嫌う]** ⓪ 他動 討厭、忌諱

きらく **[気楽]** ⓪ ナ形 輕鬆、自在、安逸

きらびやか ③ ナ形 華麗、富麗堂皇、果斷

きり **[切]** ② 名 段落、完結

きり **[霧]** ⓪ 名 霧

〜きり 接尾 全部〜、完全〜

ぎり **[義理]** ② 名 人情、意義、交際應酬、姻親
關係（的親戚）

きりかえる **[切（り）替える / 切（り）換える]** ④
③⓪ 他動 轉換、改變、兌換

きりくずす **[切（り）崩す]** ④⓪ 他動 砍低、削
平、瓦解、破壞

きりたおす **[切（り）倒す]** ④⓪ 他動 砍倒

きりつ **[規律]** ⓪ 名 規律、紀律

きりとる **[切（り）取る]** ③⓪ 他動 切下、砍
下、剪下

きりはなす [切（り）離す] ⓪④ 他動 割開、斷開

きりひらく [切（り）開く] ⓪ 他動 切開、開拓

きりゅう [気流] ⓪ 名 氣流

きる [切る] ① 他動 切、剪、中斷、掛（電話）

きる [斬る] ① 他動 中斷、斬殺

きる [着る] ⓪ 他動 穿、承擔

～きる 接尾 （做）完～、極～

きれ [布] ② 名 碎布

～きれ [～切れ] 接尾 （片狀的）～片

きれい ① ナ形 漂亮

きれめ [切（れ）目] ③ 名 縫隙、段落、用盡

きれる [切れる] ② 自動 斷、完、沒了、反應快、
到期

キロ ① 名 （「キログラム」、「キロメートル」、
「キロリットル」等簡稱）公斤、公里、公秉

キログラム ③ 名 公斤

キロメートル ③ 名 公里

キロリットル ③ 名 公秉

きろく [記録] ⓪ 名 記錄、（破）紀錄

ぎろん [議論] ① 名 討論、辯論

ぎわく [疑惑] ⓪ 名 疑惑

きわめて [極めて] ② 副 極其、格外、非常

きをつける [気を付ける] 連語 注意、小心

きん [金] ① 名 金、黃金、金錢、金色、星期五

きん **[菌]** ① 名 菌、菌類、細菌

ぎん **[銀]** ① 名 銀、銀色

きんえん **[禁煙]** ⓪ 名 禁菸、戒菸

きんがく **[金額]** ⓪ 名 金額

きんがん **[近眼]** ⓪ 名 近視眼

きんきゅう **[緊急]** ⓪ 名 ナ形 緊急

きんぎょ **[金魚]** ① 名 金魚

きんこ **[金庫]** ① 名 金庫、保險箱、國庫

きんこう **[近郊]** ⓪ 名 近郊

きんこう **[均衡]** ⓪ 名 均衡、平衡

ぎんこう **[銀行]** ⓪ 名 銀行

きんし **[近視]** ⓪ 名 近視

きんし **[禁止]** ⓪ 名 禁止

きんじょ **[近所]** ① 名 附近

きんじる / きんずる **[禁じる / 禁ずる]** ⓪③ / ⓪③
他動 禁止

きんせん **[金銭]** ① 名 金錢

きんぞく **[金属]** ① 名 金屬

きんだい **[近代]** ① 名 近代

きんちょう **[緊張]** ⓪ 名 緊張

きんにく **[筋肉]** ① 名 肌肉

きんべん **[勤勉]** ⓪ 名 ナ形 勤勉、勤奮、用功

ぎんみ **[吟味]** ①③ 名 玩味、斟酌

きんむ **[勤務]** ① 名 勤務、工作

きんもつ **[禁物]** ⓪ 名 禁止、大忌

きんゆう **[金融]** ⓪ 名 金融

きんよう / きん **[金曜 / 金]** ③⓪/① 名 星期五

きんろう **[勤労]** ⓪ 名 勤労、勞動、辛勞

あ行 か行 さ行 た行 な行 は行 ま行 や行 ら行 わ行

隨堂測驗

（1）次の言葉の正しい読み方を一つ選びなさい。

( ) ① 給与
    1. きゅうよ   2. きょうよ
    3. きゅうゆ   4. きょうゆ

( ) ② 気象
    1. きしょう   2. きぞう
    3. きそう   4. きじょう

( ) ③ 兄弟
    1. きょうだい   2. きょうそう
    3. きょうてい   4. きょうじん

（2）次の言葉の正しい漢字を一つ選びなさい。

( ) ④ きみょう
    1. 怪妙   2. 変妙
    3. 微妙   4. 奇妙

( ) ⑤ きらく
    1. 気体   2. 気分
    3. 気味   4. 気楽

（　）⑥ ききょう
    1. 帰京　　　　　　　2. 帰家
    3. 帰都　　　　　　　4. 帰途

解答 --

(1) ① 1　② 1　③ 1
(2) ④ 4　⑤ 4　⑥ 1

く・ク

あ行
か行
さ行
た行
な行
は行
ま行
や行
ら行
わ行

く **[九]** ① 名 九

く **[句]** ① 名 句、（日本的短詩）俳句、（日本的詩詞）和歌

く **[苦]** ① 名 苦、辛苦

～く **[～区]** 接尾 （日本行政單位）～區

ぐあい **[具合]** ⓪ 名 狀況

くいき **[区域]** ① 名 區域

クイズ ① 名 猜謎

くいちがう **[食い違う]** ⓪④ 自動 （意見）分歧、不一致、交錯

くう **[食う]** ① 他動 吃、費

くう～ **[空～]** 接頭 空～

くうかん **[空間]** ⓪ 名 空間、空地

くうき **[空気]** ① 名 空氣、氣氛

くうこう **[空港]** ⓪ 名 機場

ぐうすう **[偶数]** ③ 名 偶數

ぐうぜん **[偶然]** ⓪ 名 ナ形 偶爾、偶然
　　　　　　　　　　⓪ 副 偶然、碰巧

くうそう **[空想]** ⓪ 名 空想、幻想

くうちゅう **[空中]** ⓪ 名 空中

くうふく **[空腹]** ⓪ 名 空腹、飢餓

クーラー ① 名 冷氣

くかく [区画] ⓪ 名 區分、劃分

くかん [区間] ①② 名 區間、區域

くき [茎] ② 名 （植物的）莖、梗

くぎ [釘] ⓪ 名 釘子

くぎり [区切り] ③⓪ 名 句讀、段落

くぎる [区切る] ② 他動 加標點符號、分隔成、告一段落

くぐる ② 自動 穿越、潛、鑽

くさ [草] ② 名 草

くさい [臭い] ② イ形 臭的、可疑的

くさり [鎖] ⓪③ 名 錬子、聯繫

くさる [腐る] ② 自動 腐壞、生銹、墮落、氣餒

くし [櫛] ② 名 梳子

くじ ① 名 籤

くじびき ⓪ 名 抽籤

くしゃみ ② 名 噴嚏

くじょう [苦情] ⓪ 名 （訴）苦、不滿

くしん [苦心] ②① 名 心血

くず [屑] ① 名 屑、人渣、廢物

くすぐったい ⑤⓪ イ形 怕癢的、難為情的

くずす [崩す] ② 他動 拆、弄亂

くすり [薬] ⓪ 名 藥

くすりゆび [薬指] ③ 名 無名指

くずれる [崩れる] ③ 自動 崩潰、瓦解、變壞

くせ **[癖]** ② 名 毛病、習慣

くだ **[管]** ① 名 管、筒

ぐたい **[具體]** ⓪ 名 具體

くだく **[砕く]** ② 他動 打碎、用心良苦

くだける **[砕ける]** ③ 自動 破碎

くださる **[下さる]** ③ 他動 給（我）

くたびれる ④ 自動 累、（東西舊了變形）走樣

くだもの **[果物]** ② 名 水果

くだらない 連語 無聊的、沒用的、無價值的

くだり **[下り]** ⓪ 名 下去、下行（列車）

くだる **[下る]** ⓪ 自動 下、下降、下達、投降

くち **[口]** ⓪ 名 口、嘴

〜くち **[〜口]** 接尾 〜口、〜口味

ぐち **[愚痴]** ⓪ 名 愚蠢、無知、（發）牢騷

くちずさむ **[口ずさむ]** ④ 他動 吟、誦、哼（歌）

くちばし **[嘴]** ⓪ 名 嘴

くちびる **[唇]** ⓪ 名 唇

くちべに **[口紅]** ⓪ 名 口紅

くちる **[朽ちる]** ② 自動 腐朽

くつ **[靴]** ② 名 鞋

くつう **[苦痛]** ⓪ 名 痛苦

くつがえす **[覆す]** ③④ 他動 打翻、推翻

くっきり ③ 副 鮮明、清楚

くつした **[靴下]** ②④ 名 襪子

ぐっすり ③ 副 沉沉地（睡）

くっせつ [屈折] ⓪ 名 曲折、折射

くっつく ③ 自動 附著、癒合、黏住

くっつける ④ 他動 把～黏起來、把～合併、撮合

ぐっと ⓪① 副 一口氣、強烈地

くどい ② イ形 囉嗦的、濃的、油膩的

くとうてん [句読点] ② 名 句讀點、標點符號

くに [国] ⓪ 名 國家

くばる [配る] ② 他動 分發、分派、留心、留意

くび [首] ⓪ 名 頸、頭、解雇

くびかざり [首飾り] ③ 名 項鍊

くびわ [首輪] ⓪ 名 項圈

くふう [工夫] ⓪ 名 設想、辦法

くぶん [区分] ⓪① 名 區分、分類

くべつ [区別] ① 名 區別、分辨

くみ [組] ② 名 組、班級、幫派

くみあい [組合] ⓪ 名 組合、合作社、工會

くみあわせ [組（み）合（わ）せ] ⓪ 名 分組、組合、搭配

くみあわせる [組（み）合（わ）せる] ⑤⓪ 他動 綜合、組合、搭配

くみかわす [酌（み）交わす] ④⓪ 他動 對飲、對酌

くみこむ **[組（み）込む]** ③⓪ 他動 編入

くみたてる **[組（み）立てる]** ④⓪ 他動 組裝、組織

くむ **[組む]** ① 自他動 搭擋、跟～一組、交叉、盤（腿）

くむ **[汲む / 酌む]** ⓪ 他動 打（水）、倒（茶）、酌酒

くも **[雲]** ① 名 雲

くもり **[曇り]** ③ 名 陰天、朦朧、汙點

くもる **[曇る]** ② 自動 （天）陰、朦朧、愁（容）

くやしい **[悔しい]** ③ イ形 不甘心的

くやむ **[悔（や）む]** ② 他動 後悔、哀悼

くら **[蔵]** ② 名 倉庫

くらい **[位]** ⓪ 名 地位、身分、位數

くらい **[暗い]** ⓪ イ形 暗的

～くらい / ～ぐらい 副助 約～、～左右

くらし **[暮（ら）し]** ⓪ 名 生活、生計

クラシック ③② 名 ナ形 古典

クラス ① 名 班級、等級

くらす **[暮（ら）す]** ⓪ 自動 生活、過日子

グラス ① 名 玻璃杯、玻璃、眼鏡、望遠鏡

クラブ ① 名 俱樂部、社團

グラフ ① 名 圖表

くらべる **[比べる]** ⓪ 他動 比較、比賽

グラム ① 名 （重量單位）克

グランド / グラウンド ⓪/⓪ 名 運動場、土地

クリーニング ②④ 名 洗衣店

クリーム ② 名 奶油、乳酪、乳霜

くりかえす [繰り返す] ③⓪ 他動 反覆、重複

クリスマス ③ 名 聖誕節

くる [来る] ① 自動 來

くるう [狂う] ② 自動 發瘋、失常、不準確、打亂了

グループ ② 名 團體

くるしい [苦しい] ③ イ形 痛苦的、為難的

くるしむ [苦しむ] ③ 自動 受苦、苦於、難以

くるしめる [苦しめる] ④ 他動 折磨

くるま [車] ⓪ 名 車

くるむ ② 他動 包、裹

くれ [暮れ] ⓪ 名 （日）暮、（季）末、（年）底

グレー ② 名 灰色

クレーン ② 名 起重機、吊車

くれぐれも ③② 副 再三、再次、由衷

くれる ⓪ 他動 （多用於平輩之間）給（我）

くれる [暮れる] ⓪ 自動 日落、天黑

くろ [黒] ① 名 黑色

くろい [黒い] ② イ形 黑色的

くろう [苦労] ① 名 辛勞、操心

くろうと [玄人] ①② 名 專家

くろじ [黒字] ⓪ 名 黑字、盈餘

くわえる [加える] ⓪③ 他動 相加、加、加入

くわえる ⓪③ 他動 叼、銜

くわしい [詳しい] ③ イ形 詳細的

くわわる [加わる] ⓪③ 自動 增加、加入

くん [訓] ⓪ 名 （字義的）解釋、（日文漢字的）訓讀

〜くん [〜君] 接尾 （多用於同輩或平輩的男性人名之後，表禮貌）〜君

ぐん [軍] ① 名 軍隊、戰爭

ぐん [群] ① 名 群、眾

ぐん [郡] ① 名 （日本行政單位）郡

ぐんかん [軍艦] ⓪ 名 軍艦

ぐんじ [軍事] ① 名 軍事

くんしゅ [君主] ① 名 君主

ぐんしゅう [群集 / 群衆] ① 名 群眾

ぐんたい [軍隊] ① 名 軍隊

ぐんび [軍備] ① 名 軍備

くんれん [訓練] ① 名 訓練

ぐんぷく [軍服] ⓪ 名 軍服

（1）次の言葉の正しい読み方を一つ選びなさい。

（　）① 覆す
　　　　1. くらがえす　　　　2. くらまかす
　　　　3. くつがえす　　　　4. くつまかす

（　）② 口紅
　　　　1. くちこう　　　　2. くちほん
　　　　3. くちあか　　　　4. くちべに

（　）③ 鎖
　　　　1. くわい　　　　2. くさり
　　　　3. くまさ　　　　4. くしろ

（2）次の言葉の正しい漢字を一つ選びなさい。

（　）④ くうふく
　　　　1. 空港　　　　2. 空気
　　　　3. 空中　　　　4. 空腹

（　）⑤ くろうと
　　　　1. 玄米　　　　2. 玄人
　　　　3. 素人　　　　4. 素米

（　）⑥ くんれん
　　　　1. 訓練　　　　2. 磨練
　　　　3. 試練　　　　4. 洗練

（1） ① 3　② 4　③ 2
（2） ④ 4　⑤ 2　⑥ 1

け・ケ

け **[毛]** ⓪ 名 毛、毛髮、頭髮

〜け **[〜家]** 接尾 〜家、〜家族

げ **[下]** ①⓪ 名 下、下等、下卷

けい **[刑]** ① 名 刑、刑罰

けい **[計]** ① 名 計畫、總計

〜けい **[〜形／〜型]** 接尾 〜形、〜型

〜けい **[〜系]** 接尾 〜系統、〜血統、〜派

げい **[芸]** ① 名 （指琴藝、舞技、演技等表演的）技巧

けいい **[敬意]** ① 名 敬意

けいい **[経緯]** ① 名 （事情的）經過、經緯、縱橫

けいえい **[経営]** ⓪ 名 經營

けいか **[経過]** ⓪ 名 經過

けいかい **[軽快]** ⓪ 名 ナ形 輕鬆愉快、輕快、（病情）減輕

けいかい **[警戒]** ⓪ 名 警戒

けいかく **[計画]** ⓪ 名 計畫

けいかん **[警官]** ⓪ 名 警官、警察

けいき **[景気]** ⓪ 名 景氣、繁榮、振奮

けいき **[計器]** ① 名 測量器、儀表

けいき **[契機]** ① 名 契機、轉機

けいぐ **[敬具]** ① 名 （信末的結尾語）謹啟

けいけん **[経験]** ⓪ 名 經驗、體驗

けいげん **[軽減]** ⓪ 名 減輕

けいこ **[稽古]** ① 名 （武藝、才藝等）學習、練習

けいご **[敬語]** ⓪ 名 敬語

けいこう **[傾向]** ⓪ 名 傾向、趨勢

けいこうとう **[蛍光灯]** ⓪ 名 日光燈

けいこく **[警告]** ⓪ 名 警告

けいさい **[掲載]** ⓪ 名 刊登

けいざい **[経済]** ① 名 經濟、節省、省錢

けいさつ **[警察]** ⓪ 名 警察

けいさん **[計算]** ⓪ 名 計算、算計、考量

けいじ **[掲示]** ⓪ 名 公布、布告

けいじ **[刑事]** ① 名 刑警、刑事（案件）

けいしき **[形式]** ⓪ 名 形式

けいしゃ **[傾斜]** ⓪ 名 傾斜、傾斜度、傾向

げいじゅつ **[芸術]** ⓪ 名 藝術

けいせい **[形成]** ⓪ 名 形成

けいせい **[形勢]** ⓪ 名 形勢

けいぞく **[継続]** ⓪ 名 繼續

けいそつ **[軽率]** ⓪ 名 ナ形 輕率、草率

けいたい **[携帯]** ⓪ 名 隨身攜帶、手機

けいたい **[形態]** ⓪ 名 形態

けいと **[毛糸]** ⓪ 名 毛線

けいど **[経度]** ① 名 經度

けいとう [系統] ⓪ 名 系統

げいのう [芸能] ⓪ 名 藝術技能、演藝（圈）

けいば [競馬] ⓪ 名 賽馬

けいばつ [刑罰] ① 名 刑罰

けいひ [経費] ① 名 經費

けいび [警備] ① 名 警備、戒備

けいぶ [警部] ① 名 （日本警察的職銜，「警部^{けいぶ}
補^ほ」（巡官）之上，「警視^{けいし}」（督察）之下）警官

けいべつ [軽蔑] ⓪ 名 輕蔑、輕視

けいやく [契約] ⓪ 名 契約、合約

けいゆ [経由] ⓪① 名 經過、經由

けいようし [形容詞] ③ 名 形容詞、イ形容詞

けいようどうし [形容動詞] ⑤ 名 形容動詞、ナ
形容詞

けいれき [経歴] ⓪ 名 經歷

けいろ [経路] ① 名 路線、路徑

ケーキ ① 名 蛋糕

ケース ① 名 盒、箱、情形、案例

ゲーム ① 名 比賽、（二人以上，帶有比賽性質
的）遊戲

けが [怪我] ② 名 傷、受傷、過失

げか [外科] ⓪ 名 外科

けがらわしい [汚らわしい] ⑤ イ形 髒的、厭惡
的、噁心的

けがれる **[汚れる]** ③ 自動 變髒

けがわ **[毛皮]** ⓪ 名 毛皮

げき **[劇]** ① 名 劇、戲劇

げきじょう **[劇場]** ⓪ 名 劇場

げきぞう **[激増]** ⓪ 名 劇增

げきだん **[劇団]** ⓪ 名 劇團

げきれい **[激励]** ⓪ 名 激勵、鼓勵

けさ **[今朝]** ① 名 今早

けしき **[景色]** ① 名 景色、風景

けしゴム **[消しゴム]** ⓪ 名 橡皮擦

げしゃ **[下車]** ① 名 下車

げしゅく **[下宿]** ⓪ 名 寄宿

げじゅん **[下旬]** ⓪ 名 下旬

けしょう **[化粧]** ② 名 化妝

けす **[消す]** ⓪ 他動 關（燈）、消除

げすい **[下水]** ⓪ 名 污水、廢水、下水道

ゲスト ① 名 來賓、訪客

けずる **[削る]** ⓪ 他動 削

けた **[桁]** ⓪ 名 床或房子的橫樑

げた **[下駄]** ⓪ 名 木屐

けだもの **[獣]** ⓪ 名 野獸

けち ① 名 ナ形 小氣鬼、吝嗇、小心眼

けつ **[決]** ① 名 決定、表決

けつあつ **[血圧]** ⓪ 名 血壓

けつい [決意] ① 名 決意、決心

けつえき [血液] ② 名 血、血液

けっか [結果] ⓪ 名 結果

けっかく [結核] ⓪ 名 結核

けっかん [欠陥] ⓪ 名 缺陷、問題

けっかん [血管] ⓪ 名 血管

けつぎ [決議] ① 名 決議

げっきゅう [月給] ⓪ 名 月薪

けっきょく [結局] ④⓪ 名 結果
　　　　　　　　　⓪ 副 結果、終究

けっこう [結構] ⓪③ 名 結構、架構
　　　　　　　　① ナ形 足夠、可以、相當好
　　　　　　　　① 副 滿～

けっこう [決行] ⓪ 名 執意去做

けつごう [結合] ⓪ 名 結合

けっこん [結婚] ⓪ 名 結婚

けっさく [傑作] ⓪ 名 ナ形 傑作、滑稽

けっさん [決算] ① 名 結算

けっして [決して] ⓪ 副 （後接否定）絕對
（不）～

げっしゃ [月謝] ⓪ 名 （每月繳的）學費、月費

けつじょ [欠如] ① 名 欠缺、缺乏

けっしょう [決勝] ⓪ 名 決勝、決賽

けっしょう [結晶] ⓪ 名 結晶

けっしん [決心] ① 名 決心

けっせい [結成] ⓪ 名 結成

けっせき [欠席] ⓪ 名 缺席

けっそく [結束] ⓪ 名 團結、捆、束

げっそり ③ 副 突然瘦下來、頓時變得很沮喪

けつだん [決断] ⓪ 名 果斷、決定

けってい [決定] ⓪ 名 決定

けってん [欠点] ③ 名 缺點

げっぷ [月賦] ⓪ 名 按月支付、月付

けつぼう [欠乏] ⓪ 名 缺乏

げつまつ [月末] ⓪ 名 月底

げつよう / げつ [月曜 / 月] ③⓪ / ① 名 星期一

けつろん [結論] ⓪ 名 結論

けとばす [蹴飛ばす] ⓪③ 他動 踢飛、踢開、拒絕

けなす ⓪ 他動 貶低

けはい [気配] ①② 名 感覺、樣子、情形、跡象

げひん [下品] ② 名 ナ形 下流

けむい [煙い] ⓪② イ形 薰人的、嗆人的

けむたい [煙たい] ③⓪ イ形 薰人的、嗆人的、
讓人不自在的

けむり [煙] ⓪ 名 煙

けむる [煙る] ⓪ 自動 冒煙、瀰漫

けもの [獣] ⓪ 名 獸、哺乳動物

けらい [家来] ① 名 家臣、僕人

げり [下痢] ⓪ 名 腹瀉

ける [蹴る] ① 他動 踢、拒絕

けれど / けれども ①/① 接續 可是

けわしい [険しい] ③ イ形 危險的、險峻的

けん [券] ① 名 券、票

けん [件] ① 名 關於～的事

～けん [～県] 接尾 （日本行政單位）～縣

～けん [～軒] 接尾 （量詞）～間、～家

～けん [～圏] 接尾 （區域）～圈

～けん [～権] 接尾 （權利）～權

げん～ [現～] 接頭 （現今）現～

けんい [権威] ① 名 權威

げんいん [原因] ⓪ 名 原因

けんか [喧嘩] ⓪ 名 吵架

けんかい [見解] ⓪ 名 見解、意見

げんかい [限界] ⓪ 名 極限、限度

けんがく [見学] ⓪ 名 參觀、觀摩

げんかん [玄関] ① 名 正門

げんき [元気] ① 名 ナ形 健康、精神奕奕

けんきゅう [研究] ⓪ 名 研究

けんきょ [謙虚] ① ナ形 謙虛

けんぎょう [兼業] ⓪ 名 兼職

げんきん [現金] ③ 名 ナ形 現金

げんけい [原形 / 原型] ⓪ 名 原形、模型

あ行

か行

さ行

た行

な行

は行

ま行

や行

ら行

わ行

けんげん **[権限]** ③ 名 權限

げんご **[言語]** ① 名 語言

けんこう **[健康]** ⓪ 名 ナ形 健康

げんこう **[原稿]** ⓪ 名 原稿

げんこう **[現行]** ⓪ 名 現行

けんさ **[検査]** ① 名 檢查

けんざい **[健在]** ⓪ 名 ナ形 健在

げんざい **[現在]** ① 名 現在

げんさく **[原作]** ⓪ 名 原著

げんさん **[原産]** ⓪ 名 原產

けんじ **[検事]** ① 名 檢察官

げんし **[原始]** ① 名 原始

げんし **[原子]** ① 名 原子

げんじつ **[現実]** ⓪ 名 現實

げんしゅ **[元首]** ① 名 元首

けんしゅう **[研修]** ⓪ 名 研修、進修

げんじゅう **[厳重]** ⓪ ナ形 嚴重、嚴格

げんしょ **[原書]** ⓪ 名 原文書

けんしょう **[懸賞]** ⓪ 名 懸賞

げんしょう **[現象]** ⓪ 名 現象

げんしょう **[減少]** ⓪ 名 減少

げんじょう **[現状]** ⓪ 名 現狀

けんせつ **[建設]** ⓪ 名 建設

けんぜん **[健全]** ⓪ ナ形 健全

げんそ [元素] ① 名 元素

げんぞう [現像] ⓪ 名 顯像、顯影

げんそく [原則] ⓪ 名 原則

けんそん [謙遜] ⓪ 名 謙遜、謙虛

げんだい [現代] ① 名 現代

けんち [見地] ① 名 見地、見解、觀點

げんち [現地] ① 名 當地、現場

けんちく [建築] ⓪ 名 建築

けんちょう [県庁] ①⓪ 名 縣政府

げんてい [限定] ⓪ 名 限定

げんてん [原点] ①⓪ 名 （測量距離時的）基
點、（數學的）坐標點

げんてん [原典] ⓪① 名 原作、原文、出處

げんてん [減点] ⓪ 名 扣分

げんど [限度] ① 名 限度

けんとう [見当] ③ 名 估計、推測、大約、方向

けんとう [検討] ⓪ 名 研究、討論

げんに [現に] ① 副 實際

げんば [現場] ⓪ 名 （事故）現場、工地

げんばく [原爆] ⓪ 名 原子彈

けんびきょう [顕微鏡] ⓪ 名 顯微鏡

けんぶつ [見物] ⓪ 名 觀賞、遊覽

げんぶん [原文] ⓪ 名 原文

けんぽう [憲法] ① 名 憲法

げんみつ [厳密] ⓪ ナ形 嚴密、周密

けんめい [賢明] ⓪ 名 ナ形 賢明、高明

けんめい [懸命] ⓪ ナ形 拚命

けんやく [倹約] ⓪ 名 ナ形 節儉、節省

げんゆ [原油] ⓪ 名 原油

けんよう [兼用] ⓪ 名 兼用、兩用、共用

けんり [権利] ① 名 權利

げんり [原理] ① 名 原理

げんりょう [原料] ③ 名 原料

けんりょく [権力] ① 名 權力

げんろん [言論] ⓪ 名 言論

隨堂測驗

（1）次の言葉の正しい読み方を一つ選びなさい。

（　）① 軽蔑
    1. けいへつ　　　　　2. けいべつ
    3. けいへい　　　　　4. けいべい

（　）② 下水
    1. けすい　　　　　　2. げすい
    3. けみず　　　　　　4. げみず

（　）③ 欠陥
    1. けっつい　　　　　2. けっかん
    3. けっすい　　　　　4. けったん

(2) 次の言葉の正しい漢字を一つ選びなさい。

( ) ④ げんばく
　　　1.原稿　　　　　　　　2.原因
　　　3.原発　　　　　　　　4.原爆

( ) ⑤ けいえい
　　　1.経験　　　　　　　　2.経営
　　　3.経過　　　　　　　　4.経歴

( ) ⑥ けとばす
　　　1.蹴飛ばす　　　　　　2.蹴動ばす
　　　3.蹴叩ばす　　　　　　4.蹴取ばす

解答 --

(1) ① 2　② 2　③ 2
(2) ④ 4　⑤ 2　⑥ 1

こ・コ

こ **[子]** ⓪ 名 孩子

こ〜 **[小〜]** 接頭 小〜

こ〜 **[故〜]** 接頭 （舊的、逝世的）故〜

〜こ **[〜個]** 接尾 （量詞）〜個

〜こ **[〜湖]** 接尾 〜湖

ご **[五]** ① 名 五

ご **[後]** ⓪ 名 後

ご **[語]** ① 名 語

ご **[碁]** ⓪① 名 圍棋

ご〜 **[御〜]** 接頭 一般多接在音讀漢語名詞前，表尊敬或謙遜

こい **[恋]** ① 名 戀、戀愛

こい **[濃い]** ① イ形 （飲料）濃的、烈的、（顏色）深的、濃密的

ごい **[語彙]** ① 名 語彙

こいしい **[恋しい]** ③ イ形 眷戀的、愛慕的、懷念的

こいする **[恋する]** ③① 自他動 戀愛、愛

こいびと **[恋人]** ⓪ 名 戀人

こう ⓪ 指 這麼、這樣

こう **[甲]** ① 名 （龜）甲、（手）背、甲（等）

こう〜 **[高〜]** 接頭 高〜

〜こう **[〜校]** 接尾 （學校、校對）〜校、〜所

~こう [～光] 接尾 ～光

~こう [～港] 接尾 ～港

~ごう [～号] 接尾 （定期發行的刊物期數）第～期

こうい [好意] ① 名 好意、好感

こうい [行為] ① 名 行為

ごうい [合意] ①⓪ 名 看法一致

こういん [工員] ⓪ 名 員工、工人

ごういん [強引] ⓪ 名 ナ形 強行

こううん [幸運] ⓪ 名 ナ形 幸運

こうえき [交易] ⓪ 名 交易

こうえん [公園] ⓪ 名 公園

こうえん [講演] ⓪ 名 演講

こうえん [公演] ⓪ 名 公演

こうか [効果] ① 名 效果、成果

こうか [硬貨] ① 名 硬幣

こうか [高価] ① 名 ナ形 高價、昂貴

ごうか [豪華] ① 名 ナ形 豪華

こうかい [後悔] ① 名 後悔

こうかい [公開] ⓪ 名 公開

こうかい [航海] ① 名 航海

こうがい [郊外] ① 名 郊外

こうがい [公害] ⓪ 名 公害

こうがく [工学] ⓪① 名 工學、工程學

ごうかく [合格] ⓪ 名 合格

こうかん [交換] ⓪ 名 交換

こうぎ [講義] ③ 名 講課、上課

こうぎ [抗議] ① 名 抗議

ごうぎ [合議] ① 名 協議、協商

こうきゅう [高級] ⓪ 名 ナ形 高級

こうきょ [皇居] ① 名 皇居、皇宮

こうきょう [公共] ⓪ 名 公共

こうきょう [好況] ⓪ 名 景氣好、繁榮

こうぎょう [工業] ① 名 工業

こうぎょう [鉱業] ① 名 礦業

こうぎょう [興業] ⓪ 名 振興事業

こうくう [航空] ⓪ 名 航空

こうけい [光景] ⓪① 名 光景、情景、景色

こうげい [工芸] ⓪ 名 工藝

ごうけい [合計] ⓪ 名 合計

こうげき [攻撃] ⓪ 名 攻擊、抨擊、指責

こうけん [貢献] ⓪ 名 貢獻

こうげん [高原] ⓪ 名 高原

こうご [交互] ① 名 交互、輪流

こうこう [孝行] ① 名 ナ形 孝順

こうこう [高校] ⓪ 名 (「高等学校」的簡稱)高中

こうこうと [煌々と] ⓪ 副 耀眼、閃耀

こうこがく [考古学] ③ 名 考古學

こうこく **[広告]** ⓪ 名 廣告

こうさ **[交差]** ①⓪ 名 交叉

こうさい **[交際]** ⓪ 名 交際、交往

こうさく **[工作]** ⓪ 名 工作、工程

こうさく **[耕作]** ⓪ 名 耕種

こうさてん **[交差点]** ⓪③ 名 十字路口、交叉路口

こうざん **[鉱山]** ① 名 礦山

こうし **[講師]** ① 名 講師

こうじ **[工事]** ① 名 施工

こうしき **[公式]** ⓪ 名 正式、公式

こうじつ **[口実]** ⓪ 名 藉口

こうして ⓪ 副 這樣

　　　　 ⓪ 接續 如此一來

こうしゃ **[校舎]** ① 名 校舍

こうしゃ **[後者]** ① 名 後者

こうしゅう **[公衆]** ⓪ 名 公眾、大眾

こうしゅう **[講習]** ⓪ 名 講習

こうじゅつ **[口述]** ⓪ 名 口述

こうじょ **[控除]** ① 名 扣除

こうしょう **[交渉]** ⓪ 名 交涉、談判

こうしょう **[高尚]** ⓪ 名 ナ形 高尚、深奧

こうじょう / こうば **[工場]** ③/③ 名 工場、工廠

こうじょう **[向上]** ⓪ 名 向上、進步、上進

こうしん **[行進]** ⓪ 名 行進、進行

こうしんりょう [香辛料] ③ 名 香辣的調味料

こうすい [香水] ⓪ 名 香水

こうすい [降水] ⓪ 名 降雨、降水

こうずい [洪水] ⓪ 名 洪水

こうせい [公正] ⓪ 名 ナ形 公正

こうせい [構成] ⓪ 名 構成、組成

ごうせい [合成] ⓪ 名 合成

こうせき [功績] ⓪ 名 功績

こうせん [光線] ⓪ 名 光線

こうぜん [公然] ⓪ ナ形 副 公然、公開

こうそう [高層] ⓪ 名 高層、多層、高空

こうそう [抗争] ⓪ 名 抗爭

こうそう [構想] ⓪ 名 構想、構思

こうぞう [構造] ⓪ 名 構造、結構

こうそく [高速] ⓪ 名 高速、快速

こうそく [拘束] ⓪ 名 拘留、拘禁、限制、拘束

こうたい [交替 / 交代] ⓪ 名 交替、替換、交接、換

こうたい [後退] ⓪ 名 （學業）退步、（景氣）退

こうたく [光沢] ⓪ 名 光澤

こうだん [公団] ⓪ 名 （日本的國營機構）國營

こうち [耕地] ① 名 耕地

こうちゃ [紅茶] ⓪ 名 紅茶

こうちょう [校長] ⓪ 名 （小學、國中、高中
的）校長

こうちょう **[好調]** ⓪ 名 ナ形 順利、情況良好

こうつう **[交通]** ⓪ 名 交通

こうつうきかん **[交通機関]** ⑥⑤ 名 交通設施

こうてい **[校庭]** ⓪ 名 （學校的）操場、校園

こうてい **[肯定]** ⓪ 名 肯定

こうど **[高度]** ① 名 ナ形 高度

こうとう **[高等]** ⓪ 名 ナ形 高等、高級

こうとう **[口頭]** ⓪ 名 口頭

こうどう **[行動]** ⓪ 名 行動

こうどう **[講堂]** ⓪ 名 大廳、禮堂

ごうとう **[強盗]** ⓪ 名 強盜

ごうどう **[合同]** ⓪ 名 聯合、合併

こうとうがっこう **[高等学校]** ⑤ 名 高中

こうどく **[講読]** ⓪ 名 講解

こうどく **[購読]** ⓪ 名 訂閱

こうにゅう **[購入]** ⓪ 名 購入、買進

こうにん **[公認]** ⓪ 名 公認

こうねつひ **[光熱費]** ④③ 名 電費和瓦斯費

こうはい **[後輩]** ⓪ 名 後輩、晚輩、學弟學妹

こうはい **[荒廃]** ⓪ 名 荒廢、渙散

こうはん **[後半]** ⓪ 名 後半、下半

こうばい **[購買]** ⓪ 名 購買

こうばん **[交番]** ⓪ 名 派出所、交替

こうひょう **[公表]** ⓪ 名 公布、發表

こうひょう [好評] ⓪ 名 好評

こうふ [交付] ⓪① 名 交付、頒發

こうふく [幸福] ⓪ 名 ナ形 幸福

こうぶつ [鉱物] ① 名 礦物

こうふん [興奮] ⓪ 名 興奮

こうへい [公平] ⓪ 名 ナ形 公平、公正

こうほ [候補] ① 名 候補、候選人

こうぼ [公募] ①⓪ 名 招募、募集

こうみょう [巧妙] ⓪ 名 ナ形 巧妙

こうむ [公務] ① 名 公務

こうもく [項目] ⓪ 名 項目、索引

こうよう [公用] ⓪ 名 公用、公共

こうよう [紅葉] ⓪ 名 紅葉、楓葉

こうり [小売] ⓪ 名 零售

ごうり [合理] ① 名 合理

こうりつ [効率] ⓪ 名 效率

こうりつ [公立] ⓪ 名 公立

こうりゅう [交流] ⓪ 名 交流

ごうりゅう [合流] ⓪ 名 匯合、合併

こうりょ [考慮] ① 名 考慮

こうりょく [効力] ① 名 效力

こえ [声] ① 名 聲音

ごえい [護衛] ⓪ 名 護衛、警衛

こえる [越える / 超える] ⓪ 自動 越過、超越、
超過、跳過

ごえんりょなく。[ご遠慮なく。] 您別客氣。

コース ① 名 課程、路線、路程

コーチ ① 名 教練

コート ① 名 外套、（網球、排球、籃球等）球場

コード ① 名 暗號、記號

コーナー ① 名 專櫃、專欄

コーヒー ③ 名 咖啡

コーラス ① 名 合唱、合唱團、合唱曲

こおり [氷] ⓪ 名 冰

こおる [凍る] ⓪ 自動 結冰、結凍、凝固

ゴール ① 名 終點、球門

ごかい [誤解] ⓪ 名 誤解、誤會

ごがく [語学] ①⓪ 名 語言學、外語

こがす [焦がす] ② 他動 烤焦、焦急

こがら [小柄] ⓪ 名 ナ形 嬌小、（衣服上的花紋）小碎花

こぎって [小切手] ② 名 支票

こきゅう [呼吸] ⓪ 名 呼吸、步調、竅門

こきょう [故郷] ① 名 故鄉

～こく [～国] 接尾 ～國

こぐ [漕ぐ] ① 他動 踩（腳踏車）、划（船）

ごく [極] ① 名 極品、頂級
① 副 極、最、非常

ごく [語句] ① 名 語句

こくおう **[国王]** ③ 名 國王

こくご **[国語]** ⓪ 名 國語

こくさい **[国際]** ⓪ 名 國際

こくさん **[国産]** ⓪ 名 國產

こくせき **[国籍]** ⓪ 名 國籍

こくてい **[国定]** ⓪ 名 國家制定、國定

こくど **[国土]** ① 名 國土

こくはく **[告白]** ⓪ 名 告白、坦白

こくばん **[黒板]** ⓪ 名 黑板

こくふく **[克服]** ⓪ 名 克服

こくぼう **[国防]** ⓪ 名 國防

こくみん **[国民]** ⓪ 名 國民

こくもつ **[穀物]** ② 名 穀物

こくゆう **[国有]** ⓪ 名 國有

ごくらく **[極楽]** ⓪④ 名 極樂、安樂

こくりつ **[国立]** ⓪ 名 國立

こくれん **[国連]** ⓪ 名 （「国際連合_{こくさいれんごう}」的簡稱）聯合國

ごくろうさま。**[ご苦労さま。]** 您辛苦了。

こげちゃ **[焦げ茶]** ⓪ 名 深棕色、古銅色

こげる **[焦げる]** ② 自動 燒焦

ごげん **[語源]** ⓪ 名 語源

ここ ⓪ 代 這裡

ここ **[個々]** ① 名 個個、各自

ごご **[午後]** ① 名 下午

こごえる **[凍える]** ⓪ 自動 凍僵

ここち **[心地]** ⓪ 名 心情、感覺

ここのか **[九日]** ④ 名 九號、九日

ここのつ **[九つ]** ② 名 九個

こころ **[心]** ③② 名 心

こころあたり **[心当たり]** ④ 名 線索

こころえ **[心得]** ③④ 名 須知、基礎、經驗、代理

こころえる **[心得る]** ④ 他動 理解、答應、試過

こころがけ **[心掛け]** ⓪ 名 心理準備、留心、品行

こころがける **[心掛ける]** ⑤ 他動 留心、注意、準備

こころざし **[志]** ⓪ 名 志向、盛情、（小小）心意

こころざす **[志す]** ④ 自他動 立志

こころづよい **[心強い]** ⑤ イ形 放心的、有信心的

こころぼそい **[心細い]** ⑤ イ形 不安的、膽小的、沒信心的

こころみ **[試み]** ⓪④ 名 試、嘗試

こころみる **[試みる]** ④ 他動 嘗試、企圖

こころよい **[快い]** ④ イ形 爽快的

ごさ **[誤差]** ① 名 誤差、差錯

ございます ④ 自動 （「ある」的禮貌語）有、在

〜ございます 補動 「〜ある」的禮貌語，例如「ありがとうございます」等

こし **[腰]** ⓪ 名 腰

こじ [孤児] ① 名 孤兒

こしかけ [腰掛（け）] ③④ 名 凳子、臨時的住所或職業

こしかける [腰掛ける] ④ 自動 坐下

ごじゅうおん [五十音] ② 名 （日語基本音節的總稱）五十音

こしょう [故障] ⓪ 名 故障

こしょう [胡椒] ② 名 胡椒

こしらえる ⓪ 他動 做、製作、生育、籌（錢）

こじれる ③ 自動 變複雜、（關係、病情）惡化、變壞

こじん [個人] ① 名 個人

こじん [故人] ① 名 故人、老友

こす [越す / 超す] ⓪ 他動 越過、超越、超過、度過

こす [越す] ⓪ 自動 遷居、搬家

こす ⓪① 他動 過濾

こずえ [梢] ⓪ 名 樹梢

こする [擦る] ②⓪ 他動 擦、摩擦、搓

こせい [個性] ① 名 個性

こせき [戸籍] ⓪ 名 戸籍

こぜに [小銭] ⓪ 名 零錢

ごぜん [午前] ① 名 上午

ごぞんじですか。 [ご存知ですか。] 您知道嗎、您認識嗎？

こたい [固体] ⓪ 名 固體

こだい [古代] ① 名 古代

こたえ [答え] ② 名 回答、回應、回覆

こたえる [答える] ③② 自動 回答

こたつ ⓪ 名 被爐、暖爐

こだわる ③ 自動 拘泥

ごちそう [ご馳走] ⓪ 名 款待、盛筵

ごちそうさま。[ご馳走さま。] 謝謝你的款待。

ごちそうさまでした。[ご馳走さまでした。] 謝謝
您的款待。

こちょう [誇張] ⓪ 名 誇張

こちら / こっち ⓪ / ③ 代 這位、這邊

こちらこそ。 彼此彼此。

こつ ⓪ 名 訣竅

こっか [国家] ① 名 國家

こっかい [国会] ⓪ 名 國會

こづかい [小遣い] ① 名 零用錢

こっきょう [国境] ⓪ 名 國境

コック ① 名 廚師

こっけい [滑稽] ⓪ 名 ナ形 滑稽、詼諧、可笑

こっこう [国交] ⓪ 名 邦交

こっせつ [骨折] ⓪ 名 骨折

こっそり ③ 副 偷偷地、悄悄地

こづつみ [小包] ② 名 包裹、小包

こっとうひん [骨董品] ⓪ 名 古董品

コップ ⓪ 名 水杯、（圓筒形的）玻璃容器

こてい [固定] ⓪ 名 固定

こてん [古典] ⓪ 名 古典

こと [事] ② 名 事情、事件

こと [琴] ① 名 古箏、琴

～ごと [～毎] 接尾 （前面接名詞或動詞連體形）
每～

～ごと 接尾 連同～一起～

ことがら [事柄] ⓪ 名 事情、情形

こどく [孤独] ⓪ 名 ナ形 孤獨

ことごとく ③ 副 所有

ことし [今年] ⓪ 名 今年

ことづける [言付ける] ④ 他動 轉達、以～為藉口

ことづて 名 （託人）轉告、轉達、聽說

ことなる [異なる] ③ 自動 不同

ことに [殊に] ① 副 格外、特別

ことによると [事によると] 連語 也許

ことば [言葉] ③ 名 詞、話、語言

ことばづかい [言葉遣い] ④ 名 用詞、措詞、表達

こども [子供] ⓪ 名 小孩、兒童

ことり [小鳥] ⓪ 名 小鳥

ことわざ [諺] ⓪ 名 諺語

ことわる [断る] ③ 他動 拒絕

こな / こ **[粉]** ②/① 名 粉末、粉、麵粉

こなごな **[粉々]** ⓪ 名 ナ形 粉碎

この ⓪ 連體 這個

このあいだ **[この間]** 連語 上次、之前

このごろ **[この頃]** 連語 最近

このましい **[好ましい]** ④ イ形 討人喜歡的、滿意的、理想的

このみ **[好み]** ①③ 名 偏好、喜好

このむ **[好む]** ② 他動 喜愛、愛好

ごはん **[御飯]** ① 名 飯

ごばん **[碁盤]** ⓪ 名 （圍棋）棋盤

コピー ① 名 影印、複製、副本

ごぶさた **[御無沙汰]** ⓪ 名 久疏問候

こべつ **[個別]** ⓪ 名 個別

こぼす ② 他動 灑出、落下、抱怨

こぼれる ③ 自動 溢出、流出

コマーシャル ② 名 廣告

こまかい **[細かい]** ③ イ形 細小的、詳細的、細心的、小氣的

ごまかす ③ 他動 欺騙、隱瞞、掩飾、敷衍

こまやか **[細やか]** ② ナ形 詳細、深厚

こまる **[困る]** ② 自動 煩惱、困擾、難受

こみあげる **[込（み）上げる]** ⓪ 自動 湧現、湧上來、想吐

ごみ ② 名 垃圾、塵土

コミュニケーション ④ 名 溝通

こむ [混む / 込む] ① 自動 擁擠、混亂

～こむ [～込む] 接尾 ～進、徹底～、一直～

ゴム ① 名 橡膠、橡皮

こむぎ [小麦] ⓪② 名 小麥

こめ [米] ② 名 米

こめる [込める] ② 他動 裝、包含～在內、傾注、
集中

ごめん [御免] ⓪ 名 對不起

ごめんください。 （登門拜訪時）請問有人在嗎？

ごめんなさい。 抱歉。

コメント ⓪① 名 評論

こもる [籠る] ② 自動 隱居、充滿

こや [小屋] ②⓪ 名 小屋、臨時搭的棚子

こゆう [固有] ⓪ 名 ナ形 固有

こゆび [小指] ⓪ 名 小姆指、情婦

こよう [雇用] ⓪ 名 雇用

こよみ [暦] ③⓪ 名 日曆、曆書

こらえる ③ 他動 忍耐、忍住

ごらく [娯楽] ⓪ 名 娛樂

こらす [凝らす] ② 他動 凝聚、傾注、集中、講究

ごらん [御覧] ⓪ 名 （「見ること」的尊敬語）看

ごらんなさい。 [御覧なさい。] 請看、請過目。

こりつ **[孤立]** ⓪ 名 孤立

こりる **[懲りる]** ② 自動 受到教訓、得到警惕

こる **[凝る]** ① 自動 僵硬、凝固、熱中、講究、精緻

これ ⓪ 代 這個

これから ④⓪ 名 從現在起、今後、將來

コレクション ② 名 收藏（品）、服裝發表會

これら ② 代 （「これ」（這個）的複數）這些

ころ **[頃]** ① 名 時候、時節、時期

～ごろ **[～頃]** 接尾 ～前後、～左右

ころがす **[転がす]** ⓪ 他動 滾動、弄翻、踉倒

ころがる **[転がる]** ⓪ 自動 滾、躺下、倒下、跌倒

ころす **[殺す]** ⓪ 他動 殺、殺害

ころぶ **[転ぶ]** ⓪ 自動 跌倒、滾動

こわい **[怖い]** ② イ形 恐怖的

こわす **[壊す]** ② 他動 弄壞、（將鈔票）找開

こわれる **[壊れる]** ③ 自動 壞了、故障、告吹

こん **[紺]** ① 名 藏藍、藏藍色

こん～ **[今～]** ① 連體 這、這個、今天的、這次的

こんかい **[今回]** ① 名 這次

こんき **[根気]** ⓪ 名 耐性、毅力

こんきょ **[根拠]** ① 名 証據

コンクール ③ 名 比賽

コンクリート ④ 名 混凝土、水泥

こんけつ **[混血]** ⓪ 名 混血

こんご **[今後]** ⓪① 名 往後

こんごう **[混合]** ⓪ 名 混合

コンサート ①③ 名 音樂會、演奏會、演唱會

こんざつ **[混雑]** ① 名 混亂、混雜

コンセント ①③ 名 插座

コンタクト ①③ 名 接觸、交際、（「コンタクトレンズ」的簡稱）隱形眼鏡

コンタクトレンズ ⑥ 名 隱形眼鏡

こんだて **[献立]** ⓪ 名 菜單、清單、明細

こんちゅう **[昆虫]** ⓪ 名 昆蟲

こんてい **[根底]** ⓪ 名 基礎、根本

コンテスト ① 名 競賽

こんど **[今度]** ① 名 這次、最近一次、下次

こんどう **[混同]** ⓪ 名 混合、夾雜

コントラスト ④① 名 對照、對比

コントロール ④ 名 管理、控制

こんな ⓪ ナ形 這樣的

こんなに ⓪ 副 如此、這樣

こんなん **[困難]** ① 名 ナ形 困難

こんにち **[今日]** ① 名 今天、今日、現代

こんにちは。 **[今日は。]** （白天打招呼用語）你好、日安。

コンパス ① 名 圓規、羅盤、步幅

こんばん **[今晩]** ① 名 今晚、今夜

こんばんは。【今晩は。】（晩間打招呼用語）你好、
晩安。

コンピューター ③ 名 電腦

こんぽん【根本】⓪③ 名 副 根本、本源、原本、
本來

こんやく【婚約】⓪ 名 婚約

こんらん【混乱】⓪ 名 混亂

隨堂測驗

（1）次の言葉の正しい読み方を一つ選びなさい。

（　）① 護衛
　　　1. ごえい　　　　　　2. ごえん
　　　3. こえい　　　　　　4. こえん

（　）② 志す
　　　1. こむろざす　　　　2. こさらざす
　　　3. こころざす　　　　4. こもろざす

（　）③ 擦る
　　　1. こする　　　　　　2. こさる
　　　3. こもる　　　　　　4. ことる

（2）次の言葉の正しい漢字を一つ選びなさい。

（　）④ こうせい
　　　1. 構築　　　　　　　2. 構造
　　　3. 構成　　　　　　　4. 構想

( ) ⑤ こうばん
    1.警所　　　　　　　2.派出
    3.護場　　　　　　　4.交番

( ) ⑥ こうちょう
    1.好調　　　　　　　2.高調
    3.巧調　　　　　　　4.快調

 解答 --

(1) ① 1　② 3　③ 1
(2) ④ 3　⑤ 4　⑥ 1

さ・サ

さ [差] ⓪ 名 差距、差別

さ ① 感 （表勸誘、驚訝、發現、語塞時的感嘆）來、這個嘛……

さあ ① 感 （表勸誘、催促或疑惑）來、好、那麼、這個嘛……

サーカス ① 名 馬戲（團）、雜技（團）

サークル ①⓪ 名 社團、同好會、圓

サービス ① 名 服務、廉價出售

さい [際] ① 名 ～之際、～時候、～之間

さい～ [再～] 接頭 再～、再次、重新

さい～ [最～] 接頭 最～

～さい [～歳] 接尾 （年齡、滿幾年）～歲

～さい [～祭] 接尾 （祭典、節日）～祭

ざい [財] ① 名 財產、錢財

さいかい [再会] ⓪ 名 再會、再見面、重逢

さいがい [災害] ⓪ 名 災害

ざいがく [在学] ⓪ 名 在學、就學、上學

さいきん [最近] ⓪ 名 最近

さいきん [細菌] ⓪ 名 細菌

さいく [細工] ⓪③ 名 （手工精細的）工藝品、手工藝

さいくつ [採掘] ⓪ 名 挖掘、開採

か行
さ行
た行
な行
は行
ま行
や行
ら行
わ行

サイクル ① 名 周期、循環、脚踏車

さいけつ [採決] ⓪① 名 表決

さいけん [再建] ⓪ 名 重建

さいげん [再現] ⓪③ 名 重現、再現

ざいげん [財源] ⓪③ 名 財源

さいご [最後] ① 名 最後

ざいこ [在庫] ⓪ 名 庫存

さいこう [最高] ⓪ 名 ナ形 最高、最棒、（心情）絕佳

さいさん [再三] ⓪ 副 再三

さいさん [採算] ⓪ 名 核算

ざいさん [財産] ①⓪ 名 財産

さいじつ [祭日] ⓪ 名 節日、節慶、祭典、祭禮、祭祀日

さいしゅう [採集] ⓪ 名 採集、收集

さいしゅう [最終] ⓪ 名 最終、最後、末班車

さいしょ [最初] ⓪ 名 最初

サイズ ① 名 尺寸、大小

さいせい [再生] ⓪ 名 復活、改頭換面、（回收再利用的）再生（品）、播放（鍵）

ざいせい [財政] ⓪ 名 財政、經濟狀況

さいぜん [最善] ⓪ 名 最佳、竭盡所能、盡力

さいそく [催促] ① 名 催促

さいたく [採択] ⓪ 名 選擇、挑選

さいちゅう [最中] ① 名 副 正在〜、在〜、正中央、（最精采的階段）高潮

さいてい [最低] ⓪ 名 ナ形 最低、最差、下流

さいてん [採点] ⓪ 名 計分、評分

さいなん [災難] ③ 名 災難

さいのう [才能] ⓪ 名 才能

さいばい [栽培] ⓪ 名 栽培、種植、養植

さいはつ [再発] ⓪ 名 （舊病）復發、（意外事故、舊事）重演

さいばん [裁判] ① 名 裁判、判決、審判

さいふ [財布] ⓪ 名 錢包

さいほう [裁縫] ⓪ 名 裁縫

さいぼう [細胞] ⓪ 名 細胞

ざいもく [材木] ⓪ 名 建材、（家具專用的）木材

さいよう [採用] ⓪ 名 錄用、採用

ざいりょう [材料] ③ 名 材料、素材、題材、（判斷的）依據

サイレン ① 名 警報器

さいわい [幸い] ⓪ 名 ナ形 副 幸好、慶幸

サイン ① 名 暗號、簽名

さえぎる [遮る] ③ 他動 擋住、打斷（對話）、遮住

さえずる ③ 自動 吱吱喳喳（講個不停、叫個不停）

さえる [冴える] ② 自動 清澈、皎潔、容光煥發、生氣蓬勃

さお [竿] ② 名 竿、竹竿、（船）篙、釣竿

さか [坂] ②① 名 坡、斜坡

さかい [境] ② 名 邊境、境界

さかえる [栄える] ③ 自動 繁榮、繁盛、茂盛

さがく [差額] ◎ 名 差額

さかさ [逆さ] ◎ 名 ナ形 顛倒、反向

さかさま [逆様] ◎ 名 ナ形 反向、顛倒

さがす [捜す / 探す] ◎ 他動 搜查、找

さかずき [杯] ◎④ 名 小酒杯

さかだち [逆立ち] ◎ 名 倒立、顛倒

さかな [魚] ◎ 名 魚

さかのぼる [遡る] ④ 自動 回溯、追溯

さかば [酒場] ◎③ 名 酒館、酒吧

さからう [逆らう] ③ 自動 逆向、逆流、忤逆、違抗

さかり [盛り] ◎③ 名 旺季、顛峰期、發情期

さがる [下がる] ② 自動 下降、後退、退步

さかん [盛ん] ◎ ナ形 旺盛、熱烈、積極

さき [先] ◎ 名 先、前端、早、將來、後面、
（前往的）地點

さぎ [詐欺] ① 名 詐欺

さきおととい ⑤ 名 大前天

さきほど [先程] ◎ 名 不久前、剛剛

さぎょう [作業] ① 名 作業、（主要指勞動的）
工作

さく **[咲く]** ⓪ 自動 開（花）

さく **[裂く]** ① 他動 分裂、挑撥離間、撕開

さく **[作]** ⓪② 名 作品、（農作物的）收成

さく **[策]** ②① 名 謀略、計策、策略

さく **[柵]** ② 名 柵欄

さく～ **[昨～]** 接頭 昨～、去～

さくいん **[索引]** ⓪ 名 索引

さくげん **[削減]** ⓪ 名 削減

さくご **[錯誤]** ① 名 錯誤

さくしゃ **[作者]** ① 名 作者

さくじょ **[削除]** ① 名 刪除

さくせい **[作成 / 作製]** ⓪ 名 （文件、計畫等）完成、製作、擬定

さくせん **[作戦]** ⓪ 名 作戰、戰略

さくひん **[作品]** ⓪ 名 作品

さくぶん **[作文]** ⓪ 名 作文

さくもつ **[作物]** ② 名 作物

さくら **[桜]** ⓪ 名 櫻花

さぐる **[探る]** ⓪② 他動 刺探、探訪

さけ **[酒]** ⓪ 名 酒

さけび **[叫び]** ③ 名 呼喊、叫聲

さけぶ **[叫ぶ]** ② 自動 叫、主張

さける **[裂ける]** ② 自動 裂開

さける **[避ける]** ② 他動 避開

さげる [下げる] ② 他動 下降

ささえる [支える] ⓪③ 他動 支撐

ささげる [捧げる] ⓪ 他動 捧、供奉、獻、奉獻

ささやく [囁く] ③⓪ 自動 小聲說、竊竊私語

ささる [刺さる] ② 自動 刺

さじ [匙] ②① 名 湯匙

さしあげる [差（し）上げる] ⓪④ 他動 高舉、（「与える」、「やる」的謙讓語）獻給、給、吶喊

さしおさえる [差（し）押（さ）える] ⑤⓪ 他動 按住、扣住、扣押、查封、沒收

さしかかる ⑤⓪ 自動 到達（某一地點）、（時期）到來、籠罩

ざしき [座敷] ③ 名 （鋪著榻榻米的房間）和室

さしず [指図] ① 名 指使、指示

さしだす [差（し）出す] ③⓪ 他動 伸出、提出、寄（信）、派遣

さしつかえ [差（し）支え] ⓪ 名 妨礙、不方便

さしつかえる [差（し）支える] ⑤⓪ 自動 影響、不利於、帶來困難、麻煩

さして ①⓪ 副 （後接否定）（並不是）那麼~

さしひかえる [差（し）控える] ⑤⓪ 自他動 控制、節制、謝絕

さしひき [差（し）引き] ② 名 差額

さしひく [差（し）引く] ③ 他動 扣除、減去

さしみ [刺（し）身] ③ 名 生魚片

さす [刺す] ① 他動 刺、扎、叮

さす [差す] ① 他動 撐（傘）

　　　　　 ① 自動 照射、映射

さす [指す] ① 他動 指向、朝向、指摘

さす [挿す] ① 他動 插入、插進、夾帶

さす [注す] ① 他動 注射、點（藥水）、塗（口紅）

さす [射す] ① 自動 照射

さすが ⓪ 副 不愧

さずかる [授かる] ③ 自動 被授予、被賜予、受
孕、受教

さずける [授ける] ③ 他動 授予、賜予、教授、傳授

さする [擦る] ⓪② 他動 摩擦、搓

ざせき [座席] ⓪ 名 座位

さぞ ① 副 （後接推量）想必

さそう [誘う] ⓪ 他動 邀、引誘

さだまる [定まる] ③ 自動 確定、穩定

さだめる [定める] ③ 他動 制定、規定、定

ざだんかい [座談会] ② 名 座談會

さつ [札] ⓪ 名 紙鈔

～さつ [～冊] 接尾 ～冊

ざつ [雑] ⓪ 名 ナ形 雜項、混雜、瑣碎

さつえい [撮影] ⓪ 名 攝影

ざつおん [雑音] ⓪ 名 雜音、噪音

さっか [作家] ⓪ 名 作家

ざっか [雑貨] ⓪ 名 雑貨

さっかく [錯覚] ⓪ 名 錯覺、會錯意、幻覺

さっき ① 名 先前、剛才

さっきゅう [早急] ⓪ 名 ナ形 緊急、火速、趕忙

さっきょく [作曲] ⓪ 名 作曲

さっさと ① 副 快、趕緊

さっし [冊子] ①⓪ 名 手冊

ざっし [雑誌] ⓪ 名 雜誌

さつじん [殺人] ⓪ 名 殺人

さっする [察する] ⓪③ 名 推測、觀察

さっそく [早速] ⓪ 名 ナ形 副 立刻、馬上、趕緊

ざつだん [雑談] ⓪ 名 閒聊

さっと ①⓪ 副 一下子、迅速、忽然

ざっと ⓪ 副 大略、簡略

さっとう [殺到] ⓪ 名 蜂擁而至

さっぱり ③ 副 完全（不）～、爽快、清淡

さっぱりする ③ 自動 乾淨、清淡、爽快、直爽

さて ① 副 一旦

    ① 接續 （用於承接下一個話題時）那麼

    ① 感 （常用於自言自語時，表示猶豫）究竟

さてい [査定] ⓪ 名 核定、審定、評定

さとう [砂糖] ② 名 砂糖

さどう [作動] ⓪ 名 運轉、工作

さとる [悟る] ⓪② 他動 覺悟、領悟、發覺

さなか [最中] ① 名 最精采、高潮、正值

さばく [砂漠] ⓪ 名 沙漠

さばく [裁く] ② 自動 裁判、審判

さび [錆] ② 名 鏽、惡果、惡報

さびしい [寂しい] ③ イ形 寂寞的

ざひょう [座標] ⓪ 名 座標

さびる [錆びる] ② 自動 生鏽、聲音沙啞、聲音蒼老

ざぶとん [座布団 / 座蒲団] ② 名 坐墊

さべつ [差別] ① 名 歧視、差別

さほう [作法] ① 名 禮節、禮儀、（文章的）寫法

さほど ⓪ 副 （後接否定）（沒）那麼～、（沒）那樣～

サボる ② 他動 蹺、曠（課）

さま [様] ② 名 樣子、情況、模樣

② 代 你、那位

～さま [～様] 接尾 （表尊稱）～先生、～小姐、～大人、（表禮貌）承蒙～

さまがわり [様変（わ）り] ③ 名 情況發生變化

さまざま [様々] ② 名 ナ形 各式各樣、各種

さます [冷ます] ② 他動 弄涼、冷卻

さます [覚ます] ② 他動 弄醒、清醒

さまたげる [妨げる] ④ 他動 妨礙、阻礙

さまよう [彷徨う] ③ 自動 徬徨、徘徊

さむい [寒い] ② イ形 冷的

さむけ [寒気] ③ 名 發冷、寒意、寒氣

さむらい [侍] ⓪ 名 侍衛、武士、有骨氣的人

さめ [鮫] ⓪ 名 鯊魚

さめる [冷める] ② 自動 變冷、涼、冷卻

さめる [覚める] ② 自動 醒來、醒悟、冷静

さも ① 副 確實、好像

さゆう [左右] ① 名 左右、兩側、支配、影響

さよう [作用] ① 名 作用、功能

さようなら。 / さよなら。 （道別時說的）再見。

さら [皿] ⓪ 名 盤子、碟子

さらいげつ [再来月] ⓪② 名 下下個月

さらいしゅう [再来週] ⓪ 名 下下週

さらいねん [再来年] ⓪ 名 後年

さらう ⓪ 他動 拐走、搶走、獨佔

サラダ ① 名 沙拉

さらに [更に] ① 副 更加、進一步

　　　　　　 ① 接續 而且、一點也（不）～

サラリーマン ③ 名 上班族

さる [去る] ① 自他動 離開、過去、消失、死去、相隔、相距、除去

さる [猿] ① 名 猿、猴

さる ① 連體 某、那樣、那種

さわがしい [騒がしい] ④ イ形 喧嘩的、吵鬧的、騒動的

さわぎ [騒ぎ] ① 名 吵鬧、騒動

さわぐ [騒ぐ] ② 自動 吵鬧、騒動、慌亂

さわやか [爽やか] ② ナ形 清爽、爽朗

さわる [触る] ⓪ 自動 觸摸

さわる [障る] ⓪ 自動 有害、妨礙

さん [三] ⓪ 名 三

さん [酸] ① 名 酸味、酸

〜さん [〜山] 接尾 〜山

〜さん [〜産] 接尾 〜產地、〜出產

〜さん 接尾 〜先生、〜小姐

さんか [参加] ⓪ 名 參加

さんか [酸化] ⓪ 名 氧化

さんかく [三角] ① 名 三角

さんがく [山岳] ⓪ 名 山岳

さんぎいん [参議院] ③ 名 參議院

さんきゅう [産休] ⓪ 名 產假

サンキュー ① 感 謝謝

さんぎょう [産業] ⓪ 名 產業

ざんぎょう [残業] ⓪ 名 加班

ざんきん [残金] ① 名 餘額、尾款

さんご [産後] ⓪ 名 產後

さんこう [参考] ⓪ 名 參考

ざんこく [残酷] ⓪ 名 ナ形 殘酷、殘忍

さんじ [惨事] ① 名 悲慘事件、慘案

さんしゅつ [産出] ⓪ 名 生產

ざんしょ **[残暑]** ① 名 餘暑

さんしょう **[参照]** ⓪ 名 參照、參閱

さんじょう **[参上]** ⓪ 名 拜訪

さんすう **[算数]** ③ 名 算數、計算

さんせい **[賛成]** ⓪ 名 贊成

さんせい **[酸性]** ⓪ 名 酸性

さんそ **[酸素]** ① 名 氧氣

ざんだか **[残高]** ①⓪ 名 餘額

サンタクロース ⑤ 名 聖誕老人

サンダル ⓪① 名 拖鞋、涼鞋

さんち **[産地]** ① 名 產地

さんちょう **[山頂]** ⓪ 名 山頂

サンドイッチ ④ 名 三明治

ざんねん **[残念]** ③ ナ形 遺憾

さんぱい **[参拝]** ⓪ 名 參拜

さんばし **[桟橋]** ⓪ 名 碼頭

さんび **[賛美]** ① 名 讚美

さんぷく **[山腹]** ⓪ 名 山腰

さんふじんか **[産婦人科]** ⓪ 名 婦產科

さんぶつ **[産物]** ⓪ 名 產物、產品、物產

サンプル ① 名 樣品、樣本、標本

さんぽ **[散歩]** ⓪ 名 散步

さんみゃく **[山脈]** ⓪ 名 山脈

さんりん **[山林]** ⓪ 名 山林

隨堂測驗

（1）次の言葉の正しい読み方を一つ選びなさい。

（　）① 座敷
1. ざしく　　　　　　2. ざしき
3. ざせき　　　　　　4. ざこい

（　）② 残酷
1. さんく　　　　　　2. ざんこく
3. ざんくう　　　　　4. さんこ

（　）③ 誘う
1. さこう　　　　　　2. さそう
3. さらう　　　　　　4. さとう

（2）次の言葉の正しい漢字を一つ選びなさい。

（　）④ さき
1. 後　　　　　　　　2. 未
3. 今　　　　　　　　4. 先

（　）⑤ さっきゅう
1. 催急　　　　　　　2. 即急
3. 早急　　　　　　　4. 速急

（　）⑥ さとる
1. 悟る　　　　　　　2. 遡る
3. 捜る　　　　　　　4. 探る

解答

（1）① 2　② 2　③ 2
（2）④ 4　⑤ 3　⑥ 1

し・シ

し [四] ① 名 （數字）四

し [市] ① 名 市、市場

し [氏] ① 名 氏、姓氏、家族、氏族
　　　　 ① 代 他、她

し [死] ① 名 死

し [詩] ⓪ 名 詩

し [師] ① 名 老師

〜し [〜士] 接尾 （男士、武士）〜士

〜し [〜史] 接尾 （歷史）〜史

〜し [〜紙] 接尾 （紙、報紙）〜紙

じ [字] ① 名 字、字跡

〜じ [〜時] 接尾 （時間）〜點、時候

〜じ [〜次] 接尾 （次數、順序）〜次

〜じ [〜児] 接尾 （小孩、幼童）〜兒

〜じ [〜寺] 接尾 （寺廟）〜寺

しあい [試合] ⓪ 名 比賽

しあがり [仕上 (が) り] ⓪ 名 完成、結果

しあがる [仕上 (が) る] ③ 自動 做完、完成

しあげ [仕上げ] ⓪ 名 做完、完成、收尾

しあげる [仕上げる] ③ 他動 做完、完成

しあさって ③ 名 大後天

しあわせ [幸せ] ⓪ 名 ナ形 幸福

しいく **[飼育]** ⓪ 名 飼養

シーズン ① 名 季節、旺季

シーツ ① 名 床罩、被單

しいて **[強いて]** ① 副 強迫、勉強

シート ① 名 座位、薄紙、防水布

ジーパン ⓪ 名 牛仔褲

しいる **[強いる]** ② 他動 強迫、勉強

しいれる **[仕入れる]** ③ 他動 採購、進貨、獲得

じいん **[寺院]** ① 名 寺廟

ジーンズ ① 名 牛仔褲、丹寧布

しいんと ⓪ 副 靜悄悄、寂靜

じえい **[自衛]** ⓪ 名 自衛

しえん **[支援]** ⓪ 名 支援

ジェットき **[ジェット機]** ③ 名 噴射機

しお **[塩]** ② 名 鹽

しお **[潮]** ② 名 潮水、海潮、時機

しおからい **[塩辛い]** ④ イ形 鹹的

しか **[歯科]** ①② 名 牙科

じが **[自我]** ① 名 自我、自己

しかい **[司会]** ⓪ 名 司儀、主持人

しがい **[死骸]** ⓪ 名 屍體、遺骸

しがい **[市街]** ① 名 （市區的）街道

じかい **[次回]** ①⓪ 名 下次、下回、下屆

しかく **[四角]** ③ 名 ナ形 四角、四方形

しかく [資格] ⓪ 名 資格、身分

しかく [視覚] ⓪ 名 視覺

じかく [自覚] ⓪ 名 自覺、覺悟、自我意識

しかくい [四角い] ⓪③ イ形 四角形的、方的

しかけ [仕掛（け）] ⓪ 名 著手、裝置、設備、規模、陷阱

しかける [仕掛ける] ③ 他動 著手做、準備、安裝、設置、設（圈套）

しかし ② 接續 但是

しかしながら ④ 接續 然而、但是

④ 副 總之、結果、完全

しかた [仕方] ⓪ 名 辦法、方法

しかたない [仕方ない] ④ イ形 沒辦法的

しかたがない [仕方がない] 連語 沒辦法的

じかに [直に] ① 副 直接、親自

しかも ② 接續 而且

じかようしゃ [自家用車] ③ 名 私家車

しかりつける [叱り付ける] ⑤ 他動 斥責、狠狠責備

しかる [叱る] ⓪② 他動 責備、罵

じかん [時間] ⓪ 名 時間

～じかん [～時間] 接尾 ～（個）小時

～じかんめ [～時間目] 接尾 第～小時、第～堂、第～節

じかんわり [時間割] ⓪ 名 課表、時間表

しき [式] ②① 名 典禮、儀式、樣式、風格

〜しき [〜式] 接尾 〜典禮、〜儀式、〜式

しき [四季] ②① 名 四季

しき [指揮] ②① 名 指揮

じき [直] ⓪ 名 ナ形 直接、(時間、距離)接
近、近、馬上
　　　　　⓪ 副 立刻、馬上

じき [時期] ① 名 時期

じき [磁気] ① 名 磁性、磁力

じき [磁器] ① 名 瓷器

しぎかい [市議会] ② 名 市議會

しきさい [色彩] ⓪ 名 色彩、傾向

しきじょう [式場] ⓪ 名 禮堂、會場

しきたり ⓪ 名 慣例

しきち [敷地] ⓪ 名 (建築用的)場地

しきべつ [識別] ⓪ 名 識別

しきゅう [支給] ⓪ 名 支付

しきゅう [至急] ⓪ 名 緊急、急速

じぎょう [事業] ① 名 事業

しきりに ⓪ 副 屢次、不斷、連續、一直

しきる [仕切る] ② 他動 分隔、結帳

しきん [資金] ②① 名 資金

しく [敷く] ⓪ 他動 鋪、墊、公布、發布、設置

じく [軸] ② 名 軸、軸心、車軸、掛軸、(筆)桿

しぐさ **[仕草]** ①① 名 姿勢、行為、表情

しくじる ③ 自他動 失敗、被解雇

しくみ **[仕組（み）]** ⓪ 名 構造、結構、安排、
策劃

しくむ **[仕組む]** ② 他動 （情節等的）設計、企圖

しけい **[死刑]** ② 名 死刑

しげき **[刺激]** ⓪ 名 刺激

しける **[湿気る]** ②⓪ 自動 潮溼

しげる **[茂る]** ② 自動 茂盛、茂密

しけん **[試験]** ② 名 考試、測驗

しげん **[資源]** ① 名 資源

じけん **[事件]** ① 名 事件、案件

じげん **[次元]** ⓪① 名 次元、（對事物的）看法、
立場

しご **[死後]** ① 名 死後、後事

じこ **[事故]** ① 名 事故、意外

じこ **[自己]** ① 名 自己、自身

しこう **[施行]** ⓪ 名 施行、實施

しこう **[思考]** ⓪ 名 思考

しこう **[志向]** ⓪ 名 志向

しこう **[嗜好]** ⓪ 名 嗜好

しこう **[試行]** ⓪ 名 試行、實驗

じこう **[事項]** ① 名 事項

じこく **[時刻]** ① 名 時刻、好時機

じこく **[自国]** ⓪① 名 本國

じごく [地獄] ⓪③ 名 地獄

じこくひょう [時刻表] ⓪ 名 時刻表

しごと [仕事] ⓪ 名 工作

しさ [示唆] ① 名 暗示、啟發

じさ [時差] ① 名 時差

しざい [資材] ① 名 資產、財產

じざい [自在] ⓪ 名 ナ形 自在、自由、隨心所欲

しさつ [視察] ⓪ 名 視察、實地勘察

じさつ [自殺] ⓪ 名 自殺

しさん [資産] ①⓪ 名 資產

じさん [持参] ⓪ 名 攜帶、帶去

しじ [指示] ① 名 指示

しじ [支持] ① 名 支持

じしつ [自室] ⓪ 名 自己的房間

じじつ [事実] ① 名 事實

　　　　 ① 副 實際上

ししゃ [死者] ① 名 死者

じしゃく [磁石] ① 名 磁鐵、指南針、磁石

ししゃごにゅう [四捨五入] ① 名 四捨五入

じしゅ [自主] ① 名 自主

じしゅ [自首] ⓪① 名 自首

ししゅう [刺しゅう] ⓪ 名 刺繡

しじゅう [始終] ① 名 始終、始末

　　　　　 ① 副 一直

じしゅう **[自習]** ⓪ 名 自習、自學

ししゅつ **[支出]** ⓪ 名 支出

ししゅんき **[思春期]** ② 名 青春期

じしょ **[辞書]** ① 名 辭典

ししょう **[支障]** ⓪ 名 故障

ししょう **[死傷]** ⓪ 名 死傷、傷亡

しじょう **[市場]** ⓪ 名 市場

じじょう **[事情]** ⓪ 名 苦衷、緣故、情況

じしょく **[辞職]** ⓪ 名 辭職

しじん **[詩人]** ⓪ 名 詩人

じしん **[自信]** ⓪ 名 自信

じしん **[自身]** ① 名 自己、自身

じしん **[地震]** ⓪ 名 地震

しすう **[指数]** ② 名 指數

しずか **[静か]** ① ナ形 安靜、平靜、文靜

しずく **[雫]** ③ 名 水滴、滴

システム ① 名 系統

しずまりかえる **[静まり返る]** ⑤ 自動 （變得）鴉
雀無聲

しずまる **[静まる]** ③ 自動 變安靜、平息

しずまる **[鎮まる]** ③ 自動 氣勢變弱、（疼痛等）
有所緩和

しずむ **[沈む]** ⓪ 自動 沉、沉入、陷入、淪落、淡
雅、樸實

しずめる [沈める] ⓪ 他動 使安靜、平息

しせい [姿勢] ⓪ 名 態度、姿勢

じせい [自制] ⓪ 名 自制

しせつ [施設] ①② 名 設施

しせん [視線] ⓪ 名 視線

しぜん [自然] ⓪ 名 ナ形 自然
⠀⠀⠀⠀⠀⠀⠀⠀⓪ 副 自然而然

じぜん [事前] ⓪ 名 事前、事先

しぜんかがく [自然科学] ④ 名 自然科學

しそう [思想] ⓪ 名 思想

しそく [子息] ②① 名 （指他人的）兒子

じそく [時速] ⓪① 名 時速

じぞく [持続] ⓪ 名 持續

しそん [子孫] ① 名 子孫、後裔

じそんしん [自尊心] ② 名 自尊心

した [下] ⓪ 名 下、下面

した [舌] ② 名 舌頭

したい [死体] ⓪ 名 屍體

しだい [私大] ⓪ 名 （「私立大学」的簡稱）私
立大學

しだい [次第] ⓪ 名 次序、順序、視～而定

しだいに [次第に] ⓪ 副 逐漸、依序

じたい [事態] ① 名 事態、情況

じたい [字体] ⓪ 名 字體

じたい [辞退] ① 名 辭退、推辭、謝絕、婉拒

じだい [時代] ⓪ 名 時代

したう [慕う] ⓪② 他動 懷念、追隨、仰慕

したがう [従う] ⓪③ 自動 遵守、服從、順從、跟隨

したがき [下書き] ⓪ 名 草稿、底稿、原稿

したがって ⓪ 接續 因此

したぎ [下着] ⓪ 名 貼身衣物、內衣褲

したく [支度 / 仕度] ⓪ 名 準備

じたく [自宅] ⓪ 名 自己的家、私宅

したごころ [下心] ③ 名 企圖、別有用心

したじ [下地] ⓪ 名 準備、底子、資質

したしい [親しい] ③ イ形 親近的、熟悉的

したしむ [親しむ] ③ 自動 親近、喜好、喜愛

したしらべ [下調べ] ③⓪ 名 事先調查、預習

したてる [仕立てる] ③ 他動 縫製、培養、準備、裝扮

したどり [下取り] ⓪ 名 折舊、抵價

したび [下火] ⓪ 名 火勢轉弱、衰退

したまち [下町] ⓪ 名 （都市中靠河或海、地勢低窪的小型工商業者聚集或居住的區域，如東京的「浅草」、「下谷」等地區）下町

したまわる [下回る] ④③ 自動 減少、低於、在～以下

しち [七] ② 名 七

じち [自治] ① 名 自治

しちょう [市長] ①② 名 市長

しつ [質] ② 名 品質、內容、質量、性質、素質

しつ～ [室～] 接頭 （房間）室～

～しつ [～室] 接尾 （房間）～室

じつ [実] ② 名 事實、親生、誠意、成果
　　　　　　② 副 實際

～じつ [～日] 接尾 ～日、～號、～天

じつえき [実益] ⓪ 名 實際利益、現實利益

じつえん [実演] ⓪ 名 實際演出、當場表演

じっか [実家] ⓪ 名 娘家、出生的家

しっかく [失格] ⓪ 名 喪失資格、不配

しっかり ③ 副 可靠、振作、堅定、穩健、紮實

じっかん [実感] ⓪ 名 真實感

しつぎ [質疑] ②① 名 質疑、質問、質詢

しっきゃく [失脚] ⓪ 名 失勢、下臺、垮臺

しつぎょう [失業] ⓪ 名 失業

じつぎょうか [実業家] ⓪ 名 實業家、企業家

シック ① ナ形 瀟灑、雅致、時髦

じっくり ③ 副 慢慢地、仔細地

しつけ [躾] ⓪ 名 家教、管教、修養

しっけ / しっき [湿気] ⓪/⓪ 名 溼氣

じっけい [失敬] ③ 名 失禮、對不起、沒禮貌、
再見

しつける [躾ける] ③ 他動 教育、習慣

じっけん [実験] ⓪ 名 實驗、試驗、實際經驗

じつげん [実現] ⓪ 名 實現

しつこい ③ イ形 執著的、濃厚的、膩的

しっこう [執行] ⓪ 名 執行

じっこう [実行] ⓪ 名 實行、執行

じっさい [実際] ⓪ 名 實際、事實

⓪ 副 真、實在

じっし [実施] ⓪ 名 實施

じっしつ [実質] ⓪ 名 實質、本質

じっしゅう [実習] ⓪ 名 實習

じつじょう [実情] ⓪ 名 實際情況

じっせいかつ [実生活] ③ 名 實際生活

じっせき [実績] ⓪ 名 實際成績、實際成果

じっせん [実践] ⓪ 名 實踐、自己實行

しっそ [質素] ① 名 ナ形 質樸、樸素、儉樸

じったい [実態] ⓪ 名 實態、實況、實情

しっちょう [失調] ⓪ 名 失調、失常

しっと [嫉妬] ⓪① 名 嫉妒、妒忌

しつど [湿度] ②① 名 溼度

じっと ⓪ 副 一動也不動地、目不轉睛地

しっとり ③ 副 溼潤

じつに [実に] ② 副 確實、實在

じつは [実は] ② 副 其實

しっぱい **[失敗]** ⓪ 名 失敗

じっぴ **[実費]** ⓪ 名 實際費用

しっぴつ **[執筆]** ⓪ 名 執筆

じつぶつ **[実物]** ⓪ 名 實物、現貨

しっぽ ③ 名 尾巴、末端

しつぼう **[失望]** ⓪ 名 失望

しつもん **[質問]** ⓪ 名 問題

じつよう **[実用]** ⓪ 名 實用

じつりょく **[実力]** ⓪ 名 實力

しつれい **[失礼]** ② 名 ナ形 失禮

しつれいします。**[失礼します。]** 告辭了、打擾了。

しつれいしました。**[失礼しました。]** 抱歉、不好意思、打擾了。

じつれい **[実例]** ⓪ 名 實例

しつれん **[失恋]** ⓪ 名 失戀

してい **[指定]** ⓪ 名 指定

してき **[指摘]** ⓪ 名 指責

してき **[私的]** ⓪ ナ形 私人、個人

してつ **[私鉄]** ⓪ 名 （民營鐵路）私鐵

してん **[支店]** ⓪ 名 分店

してん **[視点]** ⓪ 名 觀點

じてん **[辞典]** ⓪ 名 字典

じてん **[時点]** ①⓪ 名 時間、時候

じてん **[自転]** ⓪ 名 自轉、自行轉動

じてんしゃ [自転車] ②⓪ 名 自行車

しどう [指導] ⓪ 名 指導

じどう [児童] ① 名 兒童

じどう [自動] ⓪ 名 自動

じどうし [自動詞] ② 名 自動詞

じどうしゃ [自動車] ②⓪ 名 汽車

しとやか [淑やか] ② ナ形 賢淑、嫻靜

しな [品] ⓪ 名 物品、商品、等級

しなびる [萎びる] ⓪③ 自動 枯萎、乾癟

しなもの [品物] ⓪ 名 物品、商品

シナリオ ⓪ 名 脚本、劇本

しなやか ② ナ形 柔軟、柔和優美

しにょう [屎尿] ⓪ 名 屎尿

しぬ [死ぬ] ⓪ 自動 死亡

じぬし [地主] ⓪ 名 地主

しのぐ [凌ぐ] ②⓪ 他動 忍耐、凌駕、超越

しば [芝] ⓪ 名 （草坪上的）小草

しはい [支配] ① 名 支配、統治、管理

しばい [芝居] ⓪ 名 （尤指日本傳統的）戲劇、
演技、花招、把戲

しばしば ① 副 屢次、常常、再三

しはつ [始発] ⓪ 名 頭班（車）、起點站

しばふ [芝生] ⓪ 名 草坪

しはらい [支払い] ⓪ 名 支付、付款

しはらう [支払う] ③ 他動 支付、付款

しばらく ② 副 暫時、一陣子、許久

しばりつける [縛り付ける] ⑤ 他動 絆住、綁到～上、捆結實

しばる [縛る] ② 他動 束縛、受限、綁

じばん [地盤] ⓪ 名 地盤、地基

じびか [耳鼻科] ⓪ 名 耳鼻科

じびき [字引] ③ 名 字典

しびれる ③ 自動 麻木、陶醉

しぶい [渋い] ② イ形 澀的、吝嗇的、愁眉苦臉的、素雅的

しぶつ [私物] ⓪ 名 私有物

しぶとい ③ イ形 堅強的

じぶん [自分] ⓪ 代 自己

じぶんかって [自分勝手] ④ 名 ナ形 任性、自私

しへい [紙幣] ① 名 紙鈔、鈔票

しほう [司法] ⓪① 名 司法

しぼう [脂肪] ⓪ 名 脂肪

しぼう [志望] ⓪ 名 志願、志向

しぼう [死亡] ⓪ 名 死、死亡

しぼむ ⓪ 自動 枯萎、凋零

しぼる [絞る] ② 他動 擰、絞盡、榨、擠、把聲音調小、縮小範圍

しほん [資本] ⓪ 名 資本、資金

しま [島] ② 名 島

しま [縞] ② 名 條紋

しまい ⓪ 名 結束、停止、末尾、售完

しまい [姉妹] ① 名 姉妹

しまう ⓪ 自他動 結束、做完

しまつ [始末] ① 名 始末、收場、下場、節儉

しまった ② 感 完了、糟了

しまる [閉まる] ② 自動 關閉

じまん [自慢] ⓪ 名 自滿、自豪

じみ [地味] ② 名 ナ形 樸素、不起眼

しみじみ ②③ 副 深切地、心平氣和地

しみる [染みる] ⓪ 自動 染上

しみる [滲みる] ⓪ 自動 滲入、刺痛、刻骨銘心

しみん [市民] ① 名 市民

じむ [事務] ① 名 事務、辦公

じむしょ [事務所] ② 事務所

しめい [氏名] ① 名 姓名

しめい [使命] ① 名 使命

しめきり [締（め）切り] ⓪ 名 截止、到期

しめきる [締（め）切る] ③⓪ 他動 截止、結束

しめくくり [締（め）括り] ⓪ 名 結束、管理

しめくくる [締（め）括る] ④⓪ 他動 扎緊、結束、總結、管理

しめす [示す] ② 他動 出示、指示、標示、露出

じめじめ ① 副 溼潤

しめた ① 感 太好了、好極了

しめつ [死滅] ⓪ 名 滅絕、絕種

しめる [占める] ② 他動 占據

しめる [湿る] ⓪ 自動 潮溼

しめる [閉める] ② 他動 關閉

しめる [締める] ② 他動 繫緊、綁緊

じめん [地面] ① 名 地面

しも [下] ② 名 下、下游、下方

しも [霜] ② 名 霜

じもと [地元] ⓪③ 名 當地、本地

しや [視野] ① 名 視野、見識

～しゃ [～車] 接尾 ～輛、～車

～しゃ [～者] 接尾 ～者、～人

～しゃ [～社] 接尾 ～社、～公司

しゃいん [社員] ① 名 公司職員

じゃ / じゃあ ①/① 感 那麼、再見

ジャーナリスト ④ 名 新聞工作者、記者、編輯

しゃかい [社会] ① 名 社會

しゃかいかがく [社会科学] ④ 名 社會科學

しゃがむ ⓪ 自動 蹲、蹲下

じゃく [弱] ① 名 弱、不足

じゃくしゃ [弱者] ① 名 弱者

しやくしょ [市役所] ② 名 市政府

じゃぐち [蛇口] ⓪ 名 水龍頭

じゃくてん [弱点] ③ 名 弱點

じゃけん [邪険] ① 名 ナ形 無情、狠毒

しゃこ [車庫] ① 名 車庫

しゃこう [社交] ⓪ 名 社交

しゃざい [謝罪] ⓪ 名 謝罪、賠罪、道歉

しゃしょう [車掌] ⓪ 名 車掌、列車長、售票員

しゃしん [写真] ⓪ 名 照片

ジャズ ① 名 爵士樂

しゃせい [写生] ⓪ 名 寫生

しゃせつ [社説] ⓪ 名 社論

しゃぜつ [謝絶] ⓪ 名 謝絕

しゃたく [社宅] ⓪ 名 員工宿舍

しゃちょう [社長] ⓪ 名 社長、總經理

シャツ ① 名 襯衫

じゃっかん ⓪ [若干] 名 若干、多少

しゃっきん ③ [借金] 名 借款

しゃっくり ① 名 打嗝

シャッター ① 名 快門、百葉窗

しゃどう [車道] ⓪ 名 車道

しゃない [社内] ① 名 公司內部、神社內

しゃぶる ⓪ 他動 含、放在嘴裡舔

しゃべる ② 自他動 說

じゃま [邪魔] ⓪ 名 ナ形 打擾、干擾

しゃみせん **[三味線]** ⓪ 名 （日本傳統樂器）三味線

ジャム ① 名 果醬

しゃめん **[斜面]** ①⓪ 名 斜坡、傾斜面

じゃり **[砂利]** ⓪ 名 砂礫

しゃりょう **[車両]** ⓪ 名 車輛

しゃりん **[車輪]** ⓪ 名 車輪

しゃれ **[洒落]** ⓪ 名 俏皮話、幽默、華麗

しゃれる **[洒落る]** ⓪ 自動 打扮、別緻、風趣

シャワー ① 名 淋浴

じゃんけん ③⓪ 名 猜拳

ジャンパー ① 名 （運動服、工作服）上衣

ジャンプ ① 名 跳躍

ジャンボ ① 名 超大

ジャンル ① 名 種類

しゅ **[主]** ① 名 主、首領

しゅ **[種]** ① 名 種、種類、種子

～しゅ **[～手]** 接尾 ～手

～しゅ **[～酒]** 接尾 ～酒

～しゅ **[～種]** 接尾 ～種

しゆう **[私有]** ⓪ 名 私有

しゅう **[週]** ① 名 週

しゅう **[州]** ① 名 州

しゅう **[衆]** ① 名 大眾

～しゅう [～集] 接尾 （詩、文章等合集）～集

～しゅう [～宗] 接尾 ～宗

じゆう [自由] ② 名 ナ形 自由

じゅう [十] ① 名 十

じゅう [銃] ① 名 槍

じゅう [住] ① 名 住處

じゅう～ [重～] 接頭 重～

～じゅう [～重] 接尾 ～重、～層

～じゅう [～中] 接尾 （範圍、時間）整～、全～

しゅうい [周囲] ① 名 周圍、環境、周圍的人

しゅうえき [収益] ⓪① 名 收益

しゅうかい [集会] ⓪ 名 集會

しゅうかく [収穫] ⓪ 名 收穫

しゅうがく [修学] ⓪ 名 研修學習

しゅうかん [週間] ⓪ 名 一週

しゅうかん [習慣] ⓪ 名 習慣、風俗

しゅうき [周期] ① 名 周期

しゅうぎいん [衆議院] ③ 名 眾議院

じゅうきゅう [週休] ⓪ 名 一週的休息日

じゅうきょ [住居] ① 名 住所

しゅうきょう [宗教] ① 名 宗教

しゅうぎょう [就業] ⓪ 名 就業

じゅうぎょういん [従業員] ③ 名 員工

しゅうきん [集金] ⓪ 名 收款、催收、催收的錢

しゅうけい [集計] ⓪ 名 總計

しゅうげき [襲撃] ⓪ 名 襲擊、偷襲

しゅうごう [集合] ⓪ 名 集合

しゅうし [収支] ① 名 收支

しゅうし [終始] ① 名 始終
　　　　　　　 ① 副 一直

しゅうし [修士] ① 名 碩士

しゅうじ [習字] ⓪ 名 習字

じゅうし [重視] ①⓪ 名 重視

じゅうじ [従事] ① 名 從事

しゅうじつ [終日] ⓪ 副 終日

じゅうじつ [充実] ⓪ 名 充實

しゅうしゅう [収集] ⓪ 名 收集

じゅうしょ [住所] ① 名 地址

しゅうしょく [就職] ⓪ 名 就職

しゅうしょく [修飾] ⓪ 名 修飾

じゅうじろ [十字路] ③ 名 十字路口

ジュース ① 名 果汁

しゅうせい [修正] ⓪ 名 修正

しゅうぜん [修繕] ⓪① 名 修繕、修理

じゅうたい [渋滞] ⓪ 名 塞車、道路擁擠

じゅうたい [重体] ⓪ 名 病危

じゅうだい [重大] ⓪ ナ形 重大

じゅうたく [住宅] ⓪ 名 住宅

しゅうだん **[集団]** ⓪ 名 集團

じゅうたん ① 名 地毯、絨毯

しゅうちゃく **[執着]** ⓪ 名 執著、固執

しゅうちゅう **[集中]** ⓪ 名 集中

しゅうてん **[終点]** ⓪ 名 終點

じゅうてん **[重点]** ③⓪ 名 重點

じゅうどう **[柔道]** ① 名 柔道

じゅうなん **[柔軟]** ⓪ ナ形 柔軟、靈活

しゅうにゅう **[収入]** ⓪ 名 收入

しゅうにん **[就任]** ⓪ 名 就任、上任

しゅうふく **[修復]** ⓪ 名 修復

じゅうふく **[重複]** ⓪ 名 重複

じゅうぶん **[十分]** ③ 名 ナ形 十分、充分

③ 副 相當

しゅうへん **[周辺]** ⓪ 名 周邊

しゅうまつ **[週末]** ⓪ 名 週末

じゅうまん **[充満]** ⓪ 名 充滿

じゅうみん **[住民]** ⓪③ 名 居民

じゅうやく **[重役]** ⓪ 名 要職、要員

しゅうよう **[収容]** ⓪ 名 收容、收納

じゅうよう **[重要]** ⓪ 名 ナ形 重要

じゅうらい **[従来]** ① 名 從來

しゅうり **[修理]** ① 名 修理

しゅうりょう **[終了]** ⓪ 名 結束

しゅうりょう [修了] ⓪ 名 修完（課程）

じゅうりょう [重量] ③ 名 重量

じゅうりょく [重力] ① 名 重力、引力

しゅえい [守衛] ⓪ 名 守衛、警衛

しゅえん [主演] ⓪ 名 主演、主角

しゅかん [主観] ⓪ 名 主觀

しゅぎ [主義] ① 名 主義

しゅぎょう [修行] ⓪ 名 修行

じゅぎょう [授業] ① 名 上課、授課

じゅく [塾] ① 名 補習班

しゅくが [祝賀] ⓪② 名 祝賀、慶祝

じゅくご [熟語] ⓪ 名 慣用句、片語、複合詞、
成語

しゅくじつ [祝日] ⓪ 名 國定假日、節慶、節日

しゅくしょう [縮小] ⓪ 名 縮小

しゅくだい [宿題] ⓪ 名 作業

しゅくはく [宿泊] ⓪ 名 投宿、住宿

しゅくふく [祝福] ⓪ 名 祝福

しゅくめい [宿命] ⓪ 名 宿命

じゅくれん [熟練] ⓪ 名 熟練

しゅげい [手芸] ⓪① 名 手工藝

しゅけん [主権] ⓪ 名 主權

じゅけん [受験] ⓪ 名 報考、考試

しゅご [主語] ① 名 主詞

しゅさい [主催] ⓪ 名 主辦

しゅざい [取材] ⓪ 名 採訪、收集材料

しゅし [趣旨] ① 名 趣旨、要旨、宗旨、意思

しゅし [種子] ① 名 種子

しゅじゅ [種々] ① 名 ナ形 種種、各種

しゅじゅつ [手術] ① 名 手術

しゅしょう [首相] ⓪ 名 首相

しゅしょく [主食] ⓪ 名 主食

しゅじん [主人] ① 名 主人、家長、丈夫、雇主、老闆

しゅじんこう [主人公] ② 名 主角

しゅたい [主体] ⓪① 名 主體

しゅだい [主題] ⓪ 名 主題

しゅだん [手段] ① 名 手段、方式、辦法

しゅっちょう [主張] ⓪ 名 主張

しゅつえん [出演] ⓪ 名 演出、登臺

しゅっきん [出勤] ⓪ 名 上班

しゅっけつ [出血] ⓪ 名 流血、出血

しゅつげん [出現] ⓪ 名 出現

じゅつご [述語] ⓪ 名 述語、謂語

しゅっさん [出産] ⓪ 名 生產、出產

しゅっしゃ [出社] ⓪ 名 上班

しゅっしょう / しゅっせい [出生] ⓪ / ⓪ 名 出生、家世背景、出生地

しゅつじょう [出場] ⓪ 名 出場、上場、出站
しゅっしん [出身] ⓪ 名 出身、戸籍、從～畢業
しゅっせ [出世] ⓪ 名 出人頭地、飛黃騰達
しゅっせい [出生] ⓪ 名 出生、誕生
しゅっせき [出席] ⓪ 名 出席
しゅつだい [出題] ⓪ 名 出題
しゅっちょう [出張] ⓪ 名 出差
しゅつどう [出動] ⓪ 名 出動
しゅっぱつ [出発] ⓪ 名 出發
しゅっぱん [出版] ⓪ 名 出版
しゅっぴ [出費] ⓪ 名 出資、支出、費用
しゅっぴん [出品] ⓪ 名 展出作品、展覽(物品)
しゅと [首都] ① ② 名 首都
しゅどう [主導] ⓪ 名 主導
しゅにん [主任] ⓪ 名 主任
しゅのう [首脳] ⓪ 名 首腦
しゅび [守備] ① 名 防守戒備
しゅふ [主婦] ① 名 家庭主婦
しゅほう [手法] ⓪ 名 手法
しゅみ [趣味] ① 名 興趣、嗜好
じゅみょう [寿命] ⓪ 名 壽命
じゅもく [樹木] ① 名 樹木
しゅやく [主役] ⓪ 名 主角
しゅよう [主要] ⓪ 名 ナ形 主要

じゅよう [需要] ⓪ 名 需要、需求

じゅりつ [樹立] ⓪ 名 樹立

しゅりゅう [主流] ⓪ 名 主流

しゅるい [種類] ① 名 種類

じゅわき [受話器] ② 名 話筒、聽筒

じゅん [順] ⓪ 名 ナ形 順序、溫順

しゅんかん [瞬間] ⓪ 名 瞬間

じゅんかん [循環] ⓪ 名 循環

じゅんきゅう [準急] ⓪ 名 準快車

じゅんさ [巡査] ⓪① 名 巡査、巡察

じゅんじゅん [順々] ③ 名 依序

じゅんじょ [順序] ① 名 順序

じゅんじょう [純情] ⓪ 名 ナ形 純情、天真、單純

じゅんじる / じゅんずる [準じる / 準ずる] ⓪③ /
⓪③ 自動 依據～、依照～、視同～

じゅんすい [純粋] ⓪ 名 ナ形 純粹

じゅんちょう [順調] ⓪ 名 ナ形 順利

じゅんばん [順番] ⓪ 名 按照順序、輪流

じゅんび [準備] ① 名 準備

しょ～ [初～] 接頭 初～、第一次～

しょ～ [諸～] 接頭 諸～

～しょ [～書] 接尾 ～書、～文件

～しょ / ～じょ [～所] 接尾 （場所）～處

じょ～ [助～] 接頭 助～

じょ～ **[女～]** 接頭 女～

～じょ **[～女]** 接尾 （用於女性的名、號之後）～女

しよう **[使用]** ⓪ 名 使用

しよう **[私用]** ⓪ 名 私事

しよう **[仕様]** ⓪ 名 辦法、方法

しょう **[小]** ① 名 小

しょう **[章]** ① 名 章

しょう **[賞]** ① 名 獎

しょう～ **[省～]** 接頭 省～

～しょう **[～省]** 接尾 ～省（部）

～しょう **[～症]** 接尾 （疾病的症狀、帶有某種特定症狀的疾病）～症

～しょう **[～商]** 接尾 ～商

～しょう **[～勝]** 接尾 （計算比賽贏了幾回合）～勝

～しょう **[～証]** 接尾 ～證

じょう **[上]** ① 名 上

じょう **[情]** ⓪ 名 情、本質、生性

～じょう **[～状]** 接尾 （狀況、文書、公文）～狀

～じょう **[～場]** 接尾 （場所、設備）～場

～じょう **[～畳]** 接尾 （榻榻米）～張

～じょう **[～条]** 接尾 （法律條文、細長物）～條

～じょう **[～嬢]** 接尾 （用於姓名之後，對未婚女性的尊稱）～小姐

じょうい **[上位]** ① 名 上位、高位

じょうえん [上演] ⓪ 名 上演、演出

しょうか [消化] ⓪ 名 消化

じょうか [城下] ①⓪ 名 城牆下、城旁邊

じょうか [浄化] ①⓪ 名 淨化

しょうかい [紹介] ⓪ 名 介紹

しょうがい [障害] ⓪ 名 障礙、缺陷

しょうがい [生涯] ① 名 一生、終生

しょうがくきん [奨学金] ⓪ 名 奬學金

しょうがくせい [小学生] ③④ 名 小學生

しょうがつ [正月] ④ 名 （國曆）一月、新年

しょうがっこう [小学校] ③ 名 小學

しょうがない / しようがない [仕様がない] 連語
沒辦法

しょうぎ [将棋] ⓪ 名 （日本象棋）將棋

じょうき [蒸気] ① 名 蒸氣、水蒸氣

じょうぎ [定規] ① 名 尺、尺度、標準

じょうきゃく [乗客] ⓪ 名 乘客

しょうきゅう [昇給] ⓪ 名 加薪

じょうきゅう [上級] ⓪ 名 上級、高級

しょうきょ [消去] ①⓪ 名 消去、刪除

しょうぎょう [商業] ① 名 商業

じょうきょう [上京] ⓪ 名 進京、去東京

じょうきょう [状況] ⓪ 名 狀況

しょうきょくてき [消極的] ⓪ ナ形 消極

しょうきん [賞金] ⓪ 名 賞金、獎金

じょうくう **[上空]** ⓪ 名 上空、高空

じょうげ **[上下]** ① 名 上下、高低

じょうけい **[情景]** ⓪ 名 情景

しょうげき **[衝撃]** ⓪ 名 衝擊、打擊

しょうげん **[証言]** ⓪③ 名 證詞

じょうけん **[条件]** ③ 名 條件

しょうこ **[証拠]** ⓪ 名 證據

しょうご **[正午]** ① 名 正午

しょうごう **[照合]** ⓪ 名 核對、對照

しょうさい **[詳細]** ⓪ 名 ナ形 詳細、詳情

しょうさん **[賞賛]** ⓪ 名 稱讚、讚揚

しょうじ **[障子]** ⓪ 名 （和室的）拉門

じょうし **[上司]** ① 名 上司

しょうじき **[正直]** ③④ 名 ナ形 正直、誠實
　　　　　　　　　③④ 副 其實、老實說

じょうしき **[常識]** ⓪ 名 常識

しょうしゃ **[商社]** ① 名 商社、公司

じょうしゃ **[乗車]** ⓪ 名 乘車、上車

じょうじゅん **[上旬]** ⓪ 名 上旬

しょうじょ **[少女]** ① 名 少女

しょうしょう **[少々]** ① 名 少量、少許
　　　　　　　　　① 副 稍微

しょうじょう **[症状]** ③ 名 症狀

じょうしょう **[上昇]** ⓪ 名 上昇、升高

しょうじる / しょうずる [生じる / 生ずる] ⓪③ / ⓪③ 自他動 長出、產生

しょうしん [昇進] ⓪ 名 晉升、晉級

じょうず [上手] ③ 名 ナ形 擅長、高明

しょうすう [小数] ③ 名 小數

しょうする [証する] ③ 他動 證明、保證、擔保

しょうする [称する] ③ 他動 稱為、自稱

しょうずる [生ずる] ⓪③ 他動 發生、產生

じょうせい [情勢] ⓪ 名 情勢

しょうせつ [小説] ⓪ 名 小說

じょうそう [上層] ⓪ 名 上層、上流

しょうぞう [肖像] ⓪ 名 肖像

しょうそく [消息] ⓪ 名 消息

しょうたい [招待] ① 名 招待、邀請

しょうたい [正体] ① 名 真面目、意識

じょうたい [状態] ⓪ 名 狀態、狀況

しょうだく [承諾] ⓪ 名 承諾、允許

じょうたつ [上達] ⓪ 名 進步、向上傳達、上呈

じょうだん [冗談] ③ 名 開玩笑

しょうち [承知] ⓪ 名 知道、同意、許可、饒恕

じょうちょ / じょうしょ [情緒] ① / ①⓪ 名 情緒、情趣、情調

しょうちょう [象徴] ⓪ 名 象徵

しょうてん [商店] ① 名 商店

しょうてん [焦点] ① 名 焦點

じょうとう [上等] ⓪ 名 ナ形 上等、高級

しょうどく [消毒] ⓪ 名 消毒

しょうとつ [衝突] ⓪ 名 衝突、相撞

しょうにか [小児科] ⓪ 名 小兒科

しようにん [使用人] ⓪ 名 佣人、雇員

しょうにん [商人] ① 名 商人

しょうにん [証人] ⓪ 名 證人、保證人

しょうにん [承認] ⓪ 名 承認、認可

じょうねつ [情熱] ⓪ 名 熱情

しょうねん [少年] ⓪ 名 少年

しょうはい [勝敗] ⓪ 名 勝敗

しょうばい [商売] ① 名 做生意、買賣、經商、行業

じょうはつ [蒸発] ⓪ 名 蒸發、失蹤

しょうひ [消費] ⓪① 名 消費

しょうひん [商品] ① 名 商品

しょうひん [賞品] ⓪ 名 獎品

じょうひん [上品] ③ 名 ナ形 高尚、高雅、高級品

しょうぶ [勝負] ① 名 勝負、比賽

じょうぶ [丈夫] ⓪ ナ形 堅固、結實、健壯

しょうべん [小便] ③ 名 小便、尿

じょうほ [譲歩] ① 名 退讓、讓步

しょうぼう [消防] ⓪ 名 消防、消防隊

じょうほう [情報] ⓪ 名 情報、資訊

しょうぼうしょ [消防署] ⑤⓪ 名 消防署

しょうみ [正味] ① 名 淨重、實質、實際、批發
價、實物

しょうめい [証明] ⓪ 名 證明

しょうめい [照明] ⓪ 名 燈光、照明

しょうめん [正面] ③ 名 正面、對面

しょうもう [消耗] ⓪ 名 消耗、耗費

じょうやく [条約] ⓪ 名 條約

しょうゆ [しょう油] ⓪ 名 醬油

しょうらい [将来] ① 名 將來

しょうり [勝利] ① 名 勝利

じょうりく [上陸] ⓪ 名 登陸

しょうりゃく [省略] ⓪ 名 省略

じょうりゅう [蒸留] ⓪ 名 蒸餾

しょうれい [奨励] ⓪ 名 獎勵、鼓勵

ショー ① 名 表演、展覽、展示會

じょおう [女王] ② 名 女王

じょがい [除外] ⓪ 名 除外

しょきゅう [初級] ⓪ 名 初級

じょきょうじゅ [助教授] ② 名 （大學）副教授

しょく [職] ⓪ 名 職務、職業、工作

～しょく [～色] 接尾 （顏色）～色

しょくいん [職員] ② 名 職員

しょくえん **[食塩]** ② 名 食鹽

しょくぎょう **[職業]** ② 名 職業

しょくじ **[食事]** ⓪ 名 用餐、吃飯

しょくたく **[食卓]** ⓪ 名 餐桌

しょくどう **[食堂]** ⓪ 名 餐廳

しょくにん **[職人]** ⓪ 名 工匠、木匠

しょくば **[職場]** ⓪③ 名 職場、工作崗位

しょくひん **[食品]** ⓪ 名 食品

しょくぶつ **[植物]** ② 名 植物

しょくみんち **[植民地]** ③ 名 殖民地

しょくむ **[職務]** ① 名 職務

しょくもつ **[食物]** ② 名 食物

しょくよく **[食欲]** ⓪② 名 食欲

しょくりょう **[食料]** ② 名 食物、食材、伙食費、餐費

しょくりょう **[食糧]** ② 名 糧食

しょくん **[諸君]** ① 名 （主要為男子用語）諸君、各位

じょげん **[助言]** ⓪ 名 建議、忠告

じょこう **[徐行]** ⓪ 名 慢行

しょさい **[書斎]** ⓪ 名 書房

しょざい **[所在]** ⓪ 名 所在、作為

しょじ **[所持]** ① 名 所持、攜帶

じょし **[女子]** ① 名 女子

じょし **[女史]** ① 名 女史、女士

じょし **[助詞]** ⓪ 名 助詞

じょしゅ **[助手]** ⓪ 名 助手、（大學）助教

しょじゅん **[初旬]** ⓪ 名 初旬、上旬

じょじょに **[徐々に]** ① 副 徐徐地、慢慢地

じょせい **[女性]** ⓪ 名 女性

しょせき **[書籍]** ①⓪ 名 書籍

しょぞく **[所属]** ⓪ 名 所屬

しょち **[処置]** ① 名 處置、處理、措施

しょっき **[食器]** ⓪ 名 餐具

ショック ① 名 打擊

しょっちゅう ① 副 總是、經常

しょっぱい ③ イ形 鹹的

ショップ ① 名 商店

しょてい **[所定]** ⓪ 名 規定

しょてん **[書店]** ⓪① 名 書店

しょどう **[書道]** ① 名 書法

じょどうし **[助動詞]** ② 名 助動詞

しょとく **[所得]** ⓪ 名 所得、收入

しょばつ **[処罰]** ①⓪ 名 處罰

しょはん **[初版]** ⓪ 名 初版

しょひょう **[書評]** ⓪ 名 書評

しょぶん **[処分]** ① 名 處分、處理掉

しょほ **[初歩]** ① 名 初步、入門

しょみん [庶民] ① 名 平民、百姓

しょむ [庶務] ① 名 庶務、總務

しょめい [署名] ⓪ 名 署名、簽名

しょもつ [書物] ① 名 書籍

しょゆう [所有] ⓪ 名 所有、擁有

じょゆう [女優] ⓪ 名 女演員

しょり [処理] ① 名 處理

しょるい [書類] ⓪ 名 文件、文書、資料

しらが [白髪] ③ 名 白髮

しらせ [知らせ] ⓪ 名 通知

しらせる [知らせる] ⓪ 他動 通知

しらべ [調べ] ③ 名 調査

しらべる [調べる] ③ 他動 調査

しり [尻] ② 名 臀部、末尾

しりあい [知り合い] ⓪ 名 熟人

シリーズ ②① 名 系列

しりつ [私立] ① 名 私立

じりつ [自立] ⓪ 名 自立

しりょう [資料] ① 名 資料

しる [汁] ① 名 汁液、湯、漿

しる [知る] ⓪ 他動 知道、認識

しるし [印] ⓪ 名 記號、標記、象徴、徴兆

しるす [記す] ⓪② 他動 書寫、銘記

しれい [指令] ⓪ 名 指令

しろ [白] ① 名 白、清白、空白

しろ [城] ⓪ 名 城、城堡

しろい [白い] ② イ形 白色的

しろうと [素人] ①② 名 外行人

しわ ⓪ 名 皺褶、皺紋

しん [芯] ① 名 花蕊、燭芯、芯

しん～ [新～] 接頭 新～

～しん [～心] 接尾 ～心

じん [陣] ① 名 陣、戰役、陣容、集團

～じん [人] 接尾 ～人

しんか [進化] ① 名 進化

しんがく [進学] ⓪ 名 升學

じんかく [人格] ⓪ 名 人格、人品

しんかんせん [新幹線] ③ 名 新幹線

しんぎ [審議] ① 名 審議

しんくう [真空] ⓪ 名 真空、空白

しんけい [神経] ① 名 神經

しんけん [真剣] ⓪ 名 ナ形 認真

しんこう [信仰] ⓪ 名 信仰

しんこう [進行] ⓪ 名 進行、行進、前進

しんこう [新興] ⓪ 名 新興

しんこう [振興] ⓪ 名 振興

しんごう [信号] ⓪ 名 信號、訊號

じんこう [人口] ⓪ 名 人口、輿論

じんこう **[人工]** ⓪ 名 人工、人造、人為

しんこく **[深刻]** ⓪ 名 ナ形 深刻

しんこく **[申告]** ⓪ 名 申報、申請

しんこん **[新婚]** ⓪ 名 新婚

しんさ **[審査]** ① 名 審査

じんざい **[人材]** ⓪ 名 人才

しんさつ **[診察]** ⓪ 名 診察

しんし **[紳士]** ① 名 紳士

じんじ **[人事]** ① 名 人事

しんじつ **[真実]** ① 名 ナ形 真實、真相

しんじゃ **[信者]** ① 名 信徒

じんじゃ **[神社]** ① 名 神社

しんじゅ **[真珠]** ⓪ 名 珍珠

じんしゅ **[人種]** ⓪ 名 人種、族群

しんじゅう **[心中]** ⓪ 名 殉情、集體自殺、
（和～）生死與共

しんしゅつ **[進出]** ⓪ 名 進軍、入侵、擴展

しんじょう **[心情]** ⓪ 名 心情

しんじる / しんずる **[信じる / 信ずる]** ③ / ③ 他動
相信、信奉

しんしん **[心身]** ① 名 身心

しんじん **[新人]** ⓪ 名 新人

しんせい **[申請]** ⓪ 名 申請

しんせい **[神聖]** ⓪ 名 ナ形 神聖

じんせい [人生] ① 名 人生

しんせき [親戚] ⓪ 名 親戚

しんせつ [親切] ① 名 ナ形 親切

しんせん [新鮮] ⓪ ナ形 新鮮

しんぜん [親善] ⓪ 名 親善、友善

しんそう [真相] ⓪ 名 真相

しんぞう [心臓] ⓪ 名 心臓

じんぞう [人造] ⓪ 名 人造

じんそく [迅速] ⓪ 名 ナ形 迅速

しんたい [身体] ① 名 身體

しんだい [寝台] ⓪ 名 床鋪、床位、臥鋪

じんたい [人体] ① 名 人體

しんだん [診断] ⓪ 名 診斷

しんちく [新築] ⓪ 名 新建大樓、新建

しんちょう [身長] ⓪ 名 身高

しんちょう [慎重] ⓪ 名 ナ形 慎重、謹慎

しんてい [進呈] ⓪ 名 贈送

しんてん [進展] ⓪ 名 進展、發展

しんでん [神殿] ⓪ 名 神殿

しんど [進度] ① 名 進度

しんどう [振動] ⓪ 名 振動、擺動、晃動

しんにゅう [侵入] ⓪ 名 侵略、入侵、闖入

しんにゅうせい [新入生] ③ 名 新生

しんにん [信任] ⓪ 名 信任

しんねん [新年] ① 名 新年

しんねん [信念] ① 名 信念

しんぱい [心配] ⓪ 名 ナ形 擔心

しんぱん [審判] ⓪ 名 審判、裁判

しんぴ [神秘] ① 名 ナ形 神秘

しんぴん [新品] ⓪ 名 新貨

じんぶつ [人物] ① 名 人物、人品、人才

しんぶん [新聞] ⓪ 名 報紙

じんぶんかがく [人文科学] ⑤ 名 人文科學

しんぽ [進歩] ① 名 進歩

しんぼう [辛抱] ① 名 忍耐、耐性

しんぼうづよい [辛抱強い] ⑥ イ形 有耐心的、能忍耐的

しんみつ [親密] ⓪ 名 ナ形 親密、密切

じんみゃく [人脈] ⓪ 名 人際關係、人脈

しんみり ③ 副 深刻地、沉思地、悲傷鬱悶地

じんみん [人民] ③ 名 人民

じんめい [人命] ⓪ 名 人命

しんや [深夜] ① 名 深夜

しんゆう [親友] ⓪ 名 摯友

しんよう [信用] ⓪ 名 信用

しんらい [信頼] ⓪ 名 信賴、信任

しんり [心理] ① 名 心理

しんり [真理] ① 名 真理

しんりゃく [侵略] ⓪ 名 侵略、入侵

しんりょう [診療] ⓪ 名 診療

しんりん [森林] ⓪ 名 森林

しんるい [親類] ⓪ 名 親戚、同類

じんるい [人類] ① 名 人類

しんろ [針路] ① 名 航路、方向、方針

しんろ [進路] ① 名 出路

しんわ [神話] ⓪ 名 神話

隨堂測驗

（1）次の言葉の正しい読み方を一つ選びなさい。

（　）① 直に
1. じくに　　　　　　2. じきに
3. じこに　　　　　　4. じかに

（　）② 純粋
1. しんすい　　　　　2. しゅんすい
3. じゅんすい　　　　4. じんすい

（　）③ 宗教
1. しゅうきょう　　　2. しょうきょう
3. しきょう　　　　　4. そんきょう

（2）次の言葉の正しい漢字を一つ選びなさい。

（　）④ じつえき
1. 実益　　　　　　　2. 実利
3. 際益　　　　　　　4. 際利

（　）⑤ しへい
　　　1.紙幣　　　　　　　2.硬幣
　　　3.私幣　　　　　　　4.日幣

（　）⑥ したう
　　　1.静う　　　　　　　2.親う
　　　3.慕う　　　　　　　4.沈う

解答 --

(1) ① 4　② 3　③ 1
(2) ④ 1　⑤ 1　⑥ 3

す・ス

す [巣] ①0 名 巣、穴、窩

す [酢] ① 名 醋

ず [図] 0 名 圖

すい [粋] 0 名 ナ形 精華、精髓

すいえい [水泳] 0 名 游泳

すいげん [水源] 0③ 名 水源

すいさん [水産] 0 名 水產、海產

すいじ [炊事] 0 名 做飯

すいじゅん [水準] 0 名 水準

すいじょうき [水蒸気] ③ 名 水蒸氣

すいしん [推進] 0 名 推進、推動、推行

すいせん [推薦] 0 名 推薦

すいせん [水洗] 0 名 水洗、沖水（馬桶）

すいそ [水素] ① 名 氫、氫氣

すいそう [吹奏] 0 名 吹奏

すいそく [推測] 0 名 推測

すいちょく [垂直] 0 名 ナ形 垂直

スイッチ ②① 名 開關

すいてい [推定] 0 名 推定、推斷、估計

すいてき [水滴] 0 名 水滴

すいでん [水田] 0 名 水田、稲田

すいとう [水筒] 0 名 水壺

すいどう [水道] ⓪ 名 自來水（管）

ずいひつ [随筆] ⓪ 名 隨筆

すいぶん [水分] ① 名 水分

ずいぶん [随分] ① ナ形 過分、太不像話

　　　　　　　　　　① 副 相當、非常

すいへい [水平] ⓪ 名 水平

すいへいせん [水平線] ⓪ 名 水平線

すいみん [睡眠] ⓪ 名 睡眠

すいめん [水面] ⓪ 名 水面、水上

すいよう / すい [水曜 / 水] ③ ⓪ / ① 名 星期三

すいり [推理] ① 名 推理

すう [吸う] ⓪ 他動 吸

すう [数] ① 名 數、數量、數字

すうがく [数学] ⓪ 名 數學

すうし [数詞] ⓪ 名 數詞

すうじ [数字] ⓪ 名 數字

ずうずうしい ⑤ イ形 厚顏無恥的

スーツ ① 名 套裝

スーツケース ④ 名 旅行箱、行李箱

ずうっと ⓪ 副 （「ずっと」的強調用法）一直、～多了、很～

スーパー ① 名 （「スーパーマーケット」的簡稱）超市

スーパーマーケット ⑤ 名 超市

すうはい [崇拝] ⓪ 名 崇拜

スープ ① 名 湯

すえ [末] ⓪ 名 末

すえつける [据え付ける] ④ 他動 安裝

すえっこ [末っ子] ⓪ 名 老么

すえる [据える] ⓪ 他動 固定、穩住、占據、使當上～

すがすがしい ⑤ イ形 清爽的、涼爽的

すがた [姿] ① 名 模樣、樣子、姿態

スカート ② 名 裙子

スカーフ ② 名 圍巾、頭巾、披巾

ずかん [図鑑] ⓪ 名 圖鑑

すき [好き] ② 名 ナ形 喜歡

すき ⓪ 名 縫隙、空閒

すぎ [杉] ⓪ 名 杉木、杉樹

～すぎ [～過ぎ] 接尾 超過～、過度～、過分～

スキー ② 名 滑雪

すききらい [好き嫌い] ②③ 名 好惡、挑剔

すきずき [好き好き] ② 名 各有所好

すきとおる [透き通る] ③ 自動 透明、清澈、清脆

すきま [隙間] ⓪ 名 縫、閒暇

すぎる [過ぎる] ② 自動 超過、經過、流逝

～すぎる [～過ぎる] 接尾 過度～、過分～

すく [空く] ⓪ 自動 空、空腹、空閒、通暢

すぐに ① 副 馬上、立刻

すくい [救い] ⓪ 名 拯救、救濟、慰藉

すくう [救う] ⓪ 他動 救、拯救、獲救

すくう ⓪ 他動 撈

スクール ② 名 學校

すくない [少ない] ③ イ形 少的

すくなくとも [少なくとも] ③ 副 至少、起碼

スクリーン ③ 名 螢幕、電影銀幕、屏風

すぐれる [優れる] ③ 自動 優秀、卓越、(狀態)佳

ずけい [図形] ⓪ 名 圖形

スケート ⓪② 名 溜冰鞋、溜冰

スケジュール ②③ 名 行程(表)

すごい ② イ形 厲害的

すこし [少し] ② 副 稍微、一點點、一會兒

すこしも [少しも] ②⓪ 副 (後接否定)一點也
(不)~

すごす [過ごす] ② 他動 度過、超過

すこやか [健やか] ② ナ形 健壯、健康

すじ [筋] ① 名 大綱、概要、素質、筋、腱

すず [鈴] ⓪ 名 鈴、鈴噹

すすぐ ⓪ 他動 洗涮

すずしい [涼しい] ③ イ形 涼爽的、明亮的

すすみ [進み] ⓪ 名 前進、進度

すすむ [進む] ⓪ 自動 前進、進展順利、(鐘錶)
時間快

すずむ [涼む] ② 自動 乘涼、納涼

すすめ [勧め] ⓪ 名 勸、勸誘、勸告

すすめる [進める] ⓪ 他動 使前進、推行、使順利、晉升、調快（時間）

すすめる [勧める] ⓪ 他動 勸

すそ ⓪ 名 下擺、（山）腳

スター ② 名 明星

スタート ②⓪ 名 開始、起點

スタイル ② 名 風格

スタジオ ⓪ 名 工作室、攝影棚、錄音室、播音室

すたれる [廃れる] ⓪③ 自動 敗壞、荒廢、廢

スタンド ⓪ 名 檯燈、看臺、角架

スチーム ② 名 蒸氣、暖氣

スチュワーデス ③ 名 空中小姐

～ずつ 副助 每～、各～

ずつう [頭痛] ⓪ 名 頭痛、擔心、煩惱

すっかり ③ 副 完全、徹底

すっきり ③ 副 舒暢、暢快

すっと ⓪① 副 迅速地、痛快地

ずっと ⓪ 副 一直、～多了、很～

すっぱい ③ イ形 酸的

ステーキ ② 名 牛排

ステージ ② 名 舞臺、（電影）攝影棚

すてき ⓪ ナ形 極漂亮、絕佳

すでに [既に] ① 副 已經

すてる [捨てる / 棄てる] ⓪ 他動 拋棄、捨棄

ステレオ ⓪ 名 立體聲、立體音響

ストーブ ② 名 火爐、暖爐

ストッキング ② 名 絲襪、(過膝的) 長筒襪

ストップ ② 名 停止、停靠站

スト ①② 名 (「ストライキ」的簡稱) 罷工、罷課、罷考

ストライキ ③ 名 罷工、罷課、罷考

ストレス ② 名 壓力

ストロー ② 名 吸管

ストロボ ⓪ 名 閃光燈

すな [砂] ⓪ 名 沙子

すなお [素直] ① ナ形 老實

すなわち ② 名 當時

　　　　　② 副 馬上、即

　　　　　② 接續 即、換言之

ずのう [頭脳] ① 名 頭腦

すばしこい ④ イ形 敏捷的、俐落的

すばやい [素早い] ③ イ形 敏捷的、反應快的、機靈的

すばらしい [素晴らしい] ④ イ形 出色的、極佳的、了不起的

ずばり ② 副 直接了當、一針見血、俐落地

スピーカー ②⓪ 名 演講者、喇叭、擴音器

スピーチ ② 名 演講

スピード ⓪ 名 速度

ずひょう [図表] ⓪ 名 圖表

スプーン ② 名 湯匙

ずぶぬれ ⓪ 名 濕透

スプリング ③ 名 春天

⓪③ 名 （春秋穿的）薄外套、彈簧

スペース ②⓪ 名 空間、（紙的）空白處、間距、太空

すべて [全て] ① 副 全部

すべる [滑る] ② 自動 滑、打滑、落榜

スポーツ ② 名 運動、體育

スポーツカー ④⑤ 名 跑車

ズボン ②① 名 褲子

スマート ② ナ形 苗條

すまい [住（ま）い] ① 名 住所、居住

すます [澄ます / 清ます] ② 自他動 洗淨、過濾乾淨、摒除雜念、若無其事、事不關己

すます [済ます] ② 他動 完成、清償、將就

すませる [済ませる] ③ 他動 完成

すまない 連語 不好意思

すみ [隅 / 角] ① 名 角落

すみ [墨] ② 名 墨、油墨

～ずみ [～済み] 接尾 表完成、完了

すみません。 抱歉、不好意思。

すみやか ② ナ形 敏捷、迅速

すむ [住む] ① 自動 住

すむ [澄む / 清む] ① 自動 清澈、清脆、純淨、清靜

すむ [済む] ① 自動 完成、結束

すもう [相撲] ⓪ 名 相撲

スライド ⓪ 名 幻燈片、載玻片、滑、浮動

ずらす ② 他動 挪、錯開

スラックス ② 名 女褲、長褲

ずらっと ② 副 一整排

ずらり ②③ 副 羅列、並列

すり ① 名 扒手

スリッパ ①② 名 拖鞋

する [刷る] ① 他動 印、印刷

する [擦る] ②⓪ 他動 摩擦、劃（火柴）

する ⓪ 他動 做

ずるい [狡い] ② イ形 狡猾的、奸詐的

ずるずる ⓪ ナ形 拖拖拉拉

　　　　　　 ① 副 滑溜溜、拖拖拉拉

すると ⓪ 接續 於是

するどい [鋭い] ③ イ形 敏銳的、尖銳的、銳利的

ずれ ② 名 偏離、分歧、不吻合

すれちがい [すれ違い] ⓪ 名 擦身而過

すれちがう [すれ違う] ④⓪ 自動 錯過、走岔

すれる [擦れる] ② 自動 摩擦、世故

ずれる ② 自動 偏離、錯位

すわる [座る] ⓪ 他動 坐

すんなり ③ 副 修長地、順利地、不費力地

すんぽう [寸法] ⓪ 名 尺寸、長短、計畫

隨堂測驗

（1）次の言葉の正しい読み方を一つ選びなさい。

( ) ① 隙間
  1. すうま　　　　　　　2. すすま
  3. すきま　　　　　　　4. すいま

( ) ② 炊事
  1. すいし　　　　　　　2. すいじ
  3. すきじ　　　　　　　4. すきごと

( ) ③ 廃れる
  1. すさぶれる　　　　　2. すこたれる
  3. すたれる　　　　　　4. すかれる

（2）次の言葉の正しい漢字を一つ選びなさい。

( ) ④ すこやか
  1. 澄やか　　　　　　　2. 直やか
  3. 健やか　　　　　　　4. 鋭やか

( ) ⑤ ずかん
    1.図鑑   2.頭鑑
    3.事鑑   4.辞鑑

( ) ⑥ すもう
    1.随筆   2.崇拝
    3.相撲   4.頭脳

解答 ----------

(1) ① 3　② 2　③ 3
(2) ④ 3　⑤ 1　⑥ 3

せ・セ

せ / せい [背] ① / ① 名 背、身高

せい [正] ① 名 正

せい [生] ① 名 活、生命

　　　　　　① 代 （男子自謙的用語）小生

せい [性] ① 名 生性、本性、性別

せい [姓] ① 名 姓氏

せい [所為] ① 名 緣故

〜せい [〜製] 接尾 （製造）〜製

〜せい [〜制] 接尾 （制度）〜制

〜せい [〜性] 接尾 （性質、傾向）〜性

ぜい [税] ① 名 税

せいい [誠意] ① 名 誠意

せいいく [生育] ⓪ 名 生育、生長（植物）

せいいく [成育] ⓪ 名 長大、成熟（動物、人類）

せいおう [西欧] ⓪ 名 西歐

せいか [成果] ① 名 成果

せいかい [正解] ⓪ 名 正確解答

せいかい [政界] ⓪ 名 政界

せいかく [性格] ⓪ 名 性格

せいかく [正確] ⓪ 名 ナ形 正確、準確

せいかつ [生活] ⓪ 名 生活

ぜいかん [税関] ⓪ 名 海關

せいき [世紀] ① 名 世紀

せいき [正規] ① 名 正規

せいぎ [正義] ① 名 正義

せいきゅう [請求] ⓪ 名 請求、要求

ぜいきん [税金] ⓪ 名 税金

せいけい [生計] ⓪ 名 生計、賴以為生

せいけつ [清潔] ⓪ 名 ナ形 清潔、乾淨、清廉

せいけん [政権] ⓪ 名 政権

せいげん [制限] ③ 名 限制

せいこう [成功] ⓪ 名 成功

せいこう [精巧] ⓪ 名 ナ形 精密

せいざ [星座] ⓪ 名 星座

せいさい [制裁] ⓪ 名 制裁

せいさく [製作] ⓪ 名 製作、製造、生產

せいさく [制作] ⓪ 名 創造 (藝術作品)

せいさく [政策] ⓪ 名 政策

せいさん [生産] ⓪ 名 生產

せいさん [精算] ⓪ 名 精算

せいし [生死] ① 名 生死

せいし [静止] ⓪ 名 靜止

せいじ [政治] ⓪ 名 政治

せいしき [正式] ⓪ 名 ナ形 正式

せいしつ [性質] ⓪ 名 性質、性格

せいじつ [誠実] ⓪ 名 ナ形 誠實、誠心誠意

せいじゅく [成熟] ⓪ 名 成熟

せいしゅん [青春] ⓪ 名 青春

せいじゅん [清純] ⓪ 名 ナ形 清純、純潔、純真

せいしょ [清書] ⓪ 名 謄寫

せいしょ [聖書] ① 名 聖經

せいよう [正常] ⓪ 名 ナ形 正常

せいしょうねん [青少年] ③ 名 青少年

せいしん [精神] ① 名 精神

せいじん [成人] ⓪ 名 成人

せいすう [整数] ③ 名 整數

せいする [制する] ③ 他動 制定

せいぜい [精々] ① 副 盡量、頂多

せいせき [成績] ⓪ 名 成績

せいぜん [整然] ⓪ 名 整齊

せいそう [清掃] ⓪ 名 清掃

せいそう [盛装] ⓪ 名 盛裝

せいぞう [製造] ⓪ 名 製造

せいぞん [生存] ⓪ 名 生存

せいだい [盛大] ⓪ 名 ナ形 盛大

せいだく [清濁] ①⓪ 名 清濁、正邪、善惡

ぜいたく [贅沢] ③④ 名 ナ形 奢侈、浪費

せいちょう [成長] ⓪ 名 成長、成熟、發展

せいちょう [生長] ⓪ 名 （動植物、事物等）生長、發育

せいてい [制定] ◎ 名 制定

せいてき [静的] ◎ ナ形 靜、靜態

せいてつ [製鉄] ◎ 名 製鐵、煉鐵

せいてん [晴天] ◎ 名 晴天

せいと [生徒] ① 名 學生

せいど [制度] ① 名 制度

せいとう [正当] ◎ 名 ナ形 正當

せいとう [政党] ◎ 名 政黨

せいねん [青年] ◎ 名 青年

せいねん [成年] ◎ 名 成年

せいねんがっぴ [生年月日] ⑤ 名 出生年月日

せいのう [性能] ◎ 名 性能、效能、天分

せいはんたい [正反対] ③ 名 ナ形 完全相反

せいび [整備] ① 名 配備、維修、保養

せいひん [製品] ◎ 名 產品

せいふ [政府] ① 名 政府

せいふく [制服] ◎ 名 制服

せいふく [征服] ◎ 名 征服

せいぶつ [生物] ①◎ 名 生物

せいぶん [成分] ① 名 成分

せいべつ [性別] ◎ 名 性別

せいほう [製法] ◎ 名 作法

せいほうけい [正方形] ③◎ 名 正方形

せいみつ [精密] ◎ 名 ナ形 精密

ぜいむしょ [税務署] ③④ 名 税務署

せいめい [生命] ① 名 生命

せいめい [声明] ⓪ 名 聲明

せいめい [姓名] ① 名 姓名

せいもん [正門] ⓪ 名 正門

せいやく [制約] ⓪ 名 制約

せいよう [西洋] ① 名 西洋、西方

せいり [整理] ① 名 整理、清理、淘汰

せいり [生理] ① 名 生理、月經

せいりつ [成立] ⓪ 名 成立

せいりょく [勢力] ① 名 勢力

せいれき [西暦] ⓪ 名 西曆、西元

せいれつ [整列] ⓪ 名 整列、整隊、排隊

セーター ① 名 毛衣

セール ① 名 特價、拍賣、促銷

せおう [背負う] ② 他動 背、背負

せかい [世界] ① 名 世界

せかす [急かす] ② 他動 催促

せかせか ① 副 急忙、慌慌張張

せがれ [倅] ⓪ 名 小兒、犬子、小子

せき [席] ① 名 座位

せき [咳] ② 名 咳嗽

〜せき [〜隻] 接尾 （船）〜艘

せきたん [石炭] ③ 名 煤炭

せきどう [赤道] ⓪ 名 赤道

せきにん [責任] ⓪ 名 責任

せきむ [責務] ① 名 職責

せきゆ [石油] ⓪ 名 石油

セクション ① 名 部分、段、（文章）章節

せけん [世間] ① 名 世間、世上、世人

せじ [世辞] ⓪ 名 恭維的話、奉承

ぜせい [是正] ⓪ 名 矯正

せそう [世相] ⓪ 名 世態

せたい [世帯] ②① 名 家庭、戶

せだい [世代] ⓪ 名 世代

せつ [説] ① 名 學說、言論、傳說、傳聞

せつ [節] ① 名 季節、時期、節操、（文章）節

せっかい [切開] ①⓪ 名 剖開

せっかく [折角] ④⓪ 名 特意、難得
　　　　　　　　　 ⓪ 副 特意、難得

せっきょく [積極] ⓪ 名 積極

せっきょくてき [積極的] ⓪ ナ形 積極的

せっきん [接近] ⓪ 名 接近、靠近

セックス ① 名 性、性別、作愛

せっけい [設計] ⓪ 名 設計

せっけん [石けん] ⓪ 名 肥皂

せつじつ [切実] ⓪ ナ形 深切、迫切

せっしょく [接触] ⓪ 名 接觸

せっする [接する] ③ ⓪ 自他動 接觸、連接、接待、接上、接連

せっせと ① 副 拚命地

せつぞく [接続] ⓪ 名 連接、接續

せつぞくし [接続詞] ④ ③ 名 接續詞

ぜったい [絶対] ⓪ 名 ナ形 絕對

ぜったいに [絶対に] ⓪ 副 絕對地

せっち [設置] ⓪ ① 名 設置

せっちゅう [折衷] ⓪ 名 折中、折衷

せってい [設定] ⓪ 名 設定

セット ① 名 組合、一套、佈景

せっとく [説得] ⓪ 名 說服

せつない [切ない] ③ イ形 難過的、悲傷的

ぜっぱん [絶版] ⓪ 名 絕版

せつび [設備] ① 名 設備

ぜつぼう [絶望] ⓪ 名 絕望

せつめい [説明] ⓪ 名 說明

ぜつめつ [絶滅] ⓪ 名 滅絕

せつやく [節約] ⓪ 名 節約

せつりつ [設立] ⓪ 名 設立

せともの [瀬戸物] ⓪ 名 陶瓷器

せなか [背中] ⓪ 名 背

ぜひ [是非] ① 名 是非

　　　　　① 副 務必

ぜひとも ① 副 無論如何、務必

せびろ [背広] ⓪ 名 西裝

せまい [狭い] ② イ形 窄的

せまる [迫る] ② 自他動 逼近、逼迫、強迫

ゼミ ① 名 (「ゼミナール」的簡稱) 研討會

せめ [攻め] ② 名 進攻、圍攻

せめて ① 副 至少、起碼

せめる [攻める] ② 他動 攻打

せめる [責める] ② 他動 譴責

セメント ⓪ 名 水泥

ゼリー ① 名 果凍

せりふ [台詞] ⓪ 名 台詞

セレモニー ① 名 儀式、典禮

ゼロ ① 名 (數字) 零

せろん / よろん [世論] ①⓪/①⓪ 名 輿論

せわ [世話] ② 名 關照、照料

せん [千] ① 名 千

せん [栓] ① 名 栓、塞子

せん [先] ① 名 先前、之前

せん [線] ① 名 線

〜せん [〜船] 接尾 〜船

〜せん [〜戦] 接尾 〜戰

ぜん [善] ① 名 善

ぜん [膳] ⓪ 名 膳

ぜん [禅] ①0 名 禅

ぜん～ [全～] 接頭 所有～、全～

ぜん～ [前～] 接尾 之前～、前（任）～

～ぜん [～前] 接頭 ～之前

せんい [繊維] ① 名 繊維

ぜんいん [全員] 0 名 所有人員、全體、大家

ぜんかい [全快] 0 名 （病情）痊癒

せんきょ [選挙] ① 名 選舉

せんきょう [宣教] 0 名 傳教、傳道

せんげん [宣言] ③ 名 宣言

ぜんご [前後] ① 名 前後、差不多、左右、先後

せんこう [専攻] 0 名 主修、專攻

せんこう [先行] 0 名 先行、先實施、領先

せんこう [選考] 0 名 選拔

ぜんこく [全国] ① 名 全國

せんさい [戦災] 0 名 戰爭引起的災難

せんざい [洗剤] 0 名 清潔劑

せんじつ [先日] 0 名 前幾天、前些日子、上次

ぜんしゃ [前者] ① 名 前者

せんしゅ [選手] ① 名 （運動）選手

せんしゅう [専修] 0 名 專攻

ぜんしゅう [全集] 0 名 全集

せんじゅつ [戦術] 0 名 戰術、策略

ぜんしん [全身] 0 名 全身、渾身

ぜんしん [前進] ⓪ 名 前進、進步、提升

せんす [扇子] ⓪ 名 扇子

センス ① 名 品味、感覺

せんすい [潜水] ⓪ 名 潜水

せんせい [先生] ③ 名 老師

せんせい [専制] ⓪ 名 專制、獨裁

ぜんせい [全盛] ⓪① 名 全盛

ぜんぜん [全然] ⓪ 副 （後接否定）完全（不）～

せんせんげつ [先々月] ③⓪ 名 上上個月

せんせんしゅう [先々週] ⓪③ 名 上上週

せんぞ [先祖] ① 名 祖先

せんそう [戦争] ⓪ 名 戰爭

センター ① 名 中心、中央

せんだい [先代] ⓪ 名 上一代、上代

ぜんたい [全体] ⓪ 名 全體、全身
          ① 副 原本、究竟

せんたく [洗濯] ⓪ 名 洗衣

せんたく [選択] ⓪ 名 選擇

せんだって [先だって] ⓪⑤ 副 之前、前幾天、
那一天

せんたん [先端] ⓪ 名 尖端、頂端

センチ ① 名 （「センチメートル」的簡稱）公
分、釐米

センチメートル ④ 名 公分

せんちゃく [先着] ⓪ 名 先抵達

ぜんてい [前提] ⓪ 名 前提

せんでん [宣伝] ⓪ 名 宣傳

せんてんてき [先天的] ⓪ ナ形 天生、先天性

ぜんと [前途] ① 名 前途、路途

せんとう [先頭] ⓪ 名 最前面

せんとう [戦闘] ⓪ 名 戰鬥

せんにゅう [潜入] ⓪ 名 潛入

せんぱい [先輩] ⓪ 名 前輩、學長學姊

せんぱく [船舶] ① 名 船隻

ぜんはん [前半] ⓪ 名 前半、上半

ぜんぱん [全般] ⓪ 名 全體、全面、全部

ぜんぶ [全部] ① 名 全部

せんぷうき [扇風機] ③ 名 電風扇

ぜんめつ [全滅] ⓪ 名 完全消滅、完全毀滅

せんめん [洗面] ⓪ 名 洗臉

せんもん [専門] ⓪ 名 專門、專業、專家

せんよう [専用] ⓪ 名 專用

せんりょう [占領] ⓪ 名 占領

ぜんりょう [善良] ⓪ 名 ナ形 善良

せんりょく [戦力] ① 名 戰力

ぜんりょく [全力] ⓪ 名 全力

ぜんれい [前例] ⓪ 名 前例、先例、榜樣

せんろ [線路] ① 名 線路、（火車、電車等的）軌道

随堂測験

(1) 次の言葉の正しい読み方を一つ選びなさい。

( ) ① 誠意
    1. せいじ   2. せいい
    3. ぜんい   4. ぜんじ

( ) ② 是非
    1. せい   2. ぜび
    3. せひ   4. ぜひ

( ) ③ 設計
    1. ぜっけい   2. せっけい
    3. ぜっかい   4. せっかい

(2) 次の言葉の正しい漢字を一つ選びなさい。

( ) ④ せいみつ
    1. 製密   2. 精満
    3. 精密   4. 製満

( ) ⑤ せいじゅん
    1. 清潤   2. 清純
    3. 精純   4. 精粋

( ) ⑥ せおう
    1. 背置う   2. 背追う
    3. 背負う   4. 背載う

解答 --

(1) ① 2　② 4　③ 2
(2) ④ 3　⑤ 2　⑥ 3

そ・ソ

~**ぞい [~沿い]** 接尾 沿著~、順著~

そう ⓪ 副 那樣、那麼

　　　 ① 感 是、沒錯

そう [相] ① 名 外觀、外表、面相、樣子、模樣

そう [沿う] ⓪① 自動 沿著、按照、符合

そう [添う] ⓪① 自動 增添、跟隨、結婚

そう [僧] ① 名 僧、和尚

そう~ [総~] 接頭 （後接名詞，表包含全部）總~

~**そう [~艘]** 接尾 （較小的船）~艘、~隻

ぞう [象] ① 名 大象

ぞう [像] ① 名 肖像、影像、雕像

そうい [相違] ⓪ 名 差別、不符合、差異

そういえば 連語 說起來

ぞうお [憎悪] ① 名 憎惡、憎恨

そうおう [相応] ⓪ 名 ナ形 相符、符合

そうおん [騒音] ⓪ 名 噪音

ぞうか [増加] ⓪ 名 增加

そうかい [総会] ⓪ 名 大會、總會

そうかん [創刊] ⓪ 名 創刊

ぞうき [雑木] ⓪ 名 （不成材的樹木）雜木

ぞうき [臓器] ① 名 內臟器官

そうきゅう / さっきゅう [早急] ⓪ / ⓪ 名 ナ形
趕快、緊急

ぞうきょう [増強] ⓪ 名 増強

そうきん [送金] ⓪ 名 匯款、寄錢

ぞうきん [雑巾] ⓪ 名 抹布

ぞうげん [増減] ⓪③ 名 増減

そうこ [倉庫] ① 名 倉庫

そうご [相互] ① 名 互相

そうこう [走行] ⓪ 名 （汽車）行駛

そうごう [総合] ⓪ 名 綜合、統整

そうさ [操作] ① 名 操作

そうさ [捜査] ① 名 調査、捜査

そうさく [創作] ⓪ 名 創作、創造、捏造

そうさく [捜索] ⓪ 名 捜索

そうじ [掃除] ⓪ 名 打掃

そうしき [葬式] ⓪ 名 喪禮

そうしつ [喪失] ⓪ 名 喪失、失去

そうして ⓪ 接續 然後、而且、還有

そうじゅう [操縦] ⓪ 名 操縦、駕駛

ぞうしょう [蔵相] ⓪ 名 大藏大臣、財政部長

そうしょく [装飾] ⓪ 名 裝飾、佈置

ぞうしょく [増殖] ⓪ 名 増殖、繁殖、増加

ぞうしん [増進] ⓪ 名 増進、増強

そうすう [総数] ③ 名 總數

そうせん [造船] ⓪ 名 造船

そうそう [早々] ⓪ 名 匆忙

⓪ 副 剛〜就〜

そうぞう [想像] ⓪ 名 想像

そうぞう [創造] ⓪ 名 創造

そうぞうしい [騒々しい] ⑤ イ形 吵雜的、動盪不安的

そうぞく [相続] ⓪① 名 繼承、接續

そうたい [相対] ⓪ 名 相對、對等

そうだい [壮大] ⓪ 名 雄偉

ぞうだい [増大] ⓪ 名 （數量、程度）增加、提高

そうだん [相談] ⓪ 名 商量

そうち [装置] ① 名 裝置、安裝

そうとう [相当] ⓪ 名 ナ形 副 相當

そうどう [騒動] ① 名 騷動、暴亂

そうなん [遭難] ⓪ 名 遇難

そうば [相場] ⓪ 名 市價、行情

そうび [装備] ① 名 裝備

そうべつ [送別] ⓪ 名 送別、送行

ぞうり [草履] ⓪ 名 草鞋

そうりだいじん [総理大臣] ④ 名 總理大臣、首相

そうりつ [創立] ⓪ 名 創立

そうりょう [送料] ①③ 名 運費、郵資

そえる [添える] ⓪② 他動 添加、附加、補充、陪同

ソース ① 名 醬汁、來源、出處

～そく【～足】接尾 （鞋、襪）～雙

そくざに [即座に] ① 副 即時、當場、立即、馬上

ぞくしゅつ [続出] ⓪ 名 連續發生、不斷發生

そくしん [促進] ⓪ 名 促進

そくする [即する] ③ 自動 依據、遵照、切合

ぞくする [属する] ③ 自動 屬於

ぞくぞく [続々] ⓪① 副 陸續

そくたつ [速達] ⓪ 名 快遞

そくてい [測定] ⓪ 名 測量

そくど [速度] ① 名 速度

そくばく [束縛] ⓪ 名 束縛、限制

そくめん [側面] ⓪③ 名 側面、旁邊、層面、一面

そくりょう [測量] ⓪② 名 測量

そくりょく [速力] ⓪ 名 速度

そこ ⓪ 名 （第二人稱）你

　　　⓪ 代 那裡

そこ [底] ⓪ 名 底部

そこで ⓪ 接續 因此

そこなう [損なう] ③ 他動 損害、損壞、傷害

そこら ② 名 那種程度

　　　② 代 那裡、那一帶、那種程度

そざい [素材] ⓪ 名 素材、題材、材料

そし **[阻止]** ① 名 阻止、防止

そしき **[組織]** ① 名 組織

そしつ **[素質]** ⓪ 名 素質、潛能、天分

そして ⓪ 接續 (「そうして」的口語用法)然後、於是

そしょう **[訴訟]** ⓪ 名 訴訟

そせん **[祖先]** ① 名 祖先

そそぐ **[注ぐ]** ⓪② 自他動 注入、流入、澆

そそっかしい ⑤ イ形 冒失的、粗心大意的、草率的

そだち **[育ち]** ③ 名 成長、發育、家教、教養

そだつ **[育つ]** ② 自動 成長、發育、進步

そだてる **[育てる]** ③ 他動 養育、培養

そち **[措置]** ① 名 措施

そちら / そっち ⓪/③ 代 那裡、那邊、那位、您

そつぎょう **[卒業]** ⓪ 名 畢業

ソックス ① 名 短襪

そっくり ③ ナ形 一模一樣、極像

　　　　　 ③ 副 完全

そっけない ④ イ形 冷淡的

そっちょく **[率直]** ⓪ 名 ナ形 坦率、爽快

そっと ⓪ 副 悄悄地

そっぽ **[外方]** ① 名 一旁、旁邊、別處

そで **[袖]** ⓪ 名 袖子

そと **[外]** ① 名 外面、表面

そなえつける [備え付ける] ⑤⓪ 他動 備有、設置、安裝

そなえる [備える / 具える] ③ 他動 設置、準備、具備

そなわる [備わる / 具わる] ③ 自動 具備、設有、備有

その ⓪ 連體 那～、那個～

そのうえ ⓪ 接續 而且

そのうち ⓪ 副 改天、過幾天、最近、不久

そのころ ③ 名 那陣子、那個時候

そのため ⓪ 接續 為此、因此

そのほか ② 名 除此之外

そのまま ④ 名 直接、就那樣、原封不動地

そば [側] ① 名 旁邊

そば [蕎麦] ① 名 麵

そびえる [聳える] ③ 自動 高聳、聳立

そふ [祖父] ① 名 祖父

ソファー ① 名 沙發

ソフト ① 名 ナ形 柔軟

そぼ [祖母] ① 名 祖母

そぼく [素朴] ⓪ 名 ナ形 樸素、單純

そまつ [粗末] ① 名 ナ形 粗糙

そまる [染まる] ⓪ 自動 染

そむく [背く] ② 自動 背對、違背、背叛

そめる **[染める]** ⓪ 他動 染、塗

そら **[空]** ① 名 天空

そらす **[逸らす]** ② 他動 轉移、移開、岔開

そり ① 名 雪橇

そる **[剃る]** ① 他動 剃、刮

そる **[反る]** ① 自動 翹、彎曲、挺（胸）

それ ⓪ 代 那個

　　 ① 感 你看

それから ⓪ 接續 然後、還有

それぞれ ②③ 副 各自

それで ⓪ 接續 然後、因此

それでは ③ 接續 接下來、那麼、那樣的話

それでも ③ 接續 即使如此

それと ⓪ 接續 還有

それとも ③ 接續 或、還是

それなのに ③ 接續 僅管如此、然而卻～

それなら ③ 接續 如果那樣的話、那麼

それに ⓪ 接續 而且、再加上

それはいけませんね。　那可不行哪。

それほど ⓪ 副 那麼、那樣、（沒）那麼

それゆえ ⓪③ 接續 因此、正因如此

それる **[逸れる]** ② 自動 偏、錯開、偏離

ソロ ① 名 獨奏、單獨表演

そろい **[揃い]** ⓪③ 名 一組、成對、成套

~ぞろい **[～揃い]** 接尾 （量詞）～套、～組

そろう **[揃う]** ② 自動 一致、齊全、到齊

そろえる **[揃える]** ③ 他動 使一致、使整齊、備齊

そろそろ ① 副 差不多、慢慢

そろばん **[算盤]** ◎ 名 算盤

そん **[損]** ① 名 ナ形 損失、吃虧、虧本

そんがい **[損害]** ◎ 名 損害

そんけい **[尊敬]** ◎ 名 尊敬

そんざい **[存在]** ◎ 名 存在

ぞんざい ③◎ ナ形 不周到、不禮貌、潦草、粗魯、輕率

そんしつ **[損失]** ◎ 名 損失

ぞんじる / ぞんずる **[存じる / 存ずる]** ③◎／③◎ 自他動 （謙讓語）認為、知道

そんぞく **[存続]** ◎ 名 存續、延續、永保、永存

そんちょう **[尊重]** ◎ 名 尊重

そんとく **[損得]** ① 名 得失、盈虧

そんな ◎ ナ形 那種

そんなに ◎ 副 那麼、那樣

（1）次の言葉の正しい読み方を一つ選びなさい。

（　）① 相違
　　　　1. そいい　　　　　　2. そんい
　　　　3. そうい　　　　　　4. そんち

（　）② 続々
　　　　1. そんそん　　　　　2. そくそく
　　　　3. ぞくぞく　　　　　4. ぞんぞん

（　）③ 損なう
　　　　1. そこなう　　　　　2. そがなう
　　　　3. そげなう　　　　　4. そわなう

（2）次の言葉の正しい漢字を一つ選びなさい。

（　）④ そうぞく
　　　　1. 相継　　　　　　　2. 相続
　　　　3. 相応　　　　　　　4. 相対

（　）⑤ そそぐ
　　　　1. 注ぐ　　　　　　　2. 接ぐ
　　　　3. 稼ぐ　　　　　　　4. 挿ぐ

（　）⑥ そつぎょう
　　　　1. 出業　　　　　　　2. 学業
　　　　3. 卒業　　　　　　　4. 入業

解答

（1） ① 3　② 3　③ 1
（2） ④ 2　⑤ 1　⑥ 3

た・タ

あ行 | か行 | さ行 | た行 | な行 | は行 | ま行 | や行 | ら行 | わ行

た／たんぼ【田／田んぼ】 ① ／ ⓪ 名 水田、稲田、田地

た【他】 ① 名 其他、他人、他處

ダース ① 名 （東西十二個即一打）～打

たい【隊】 ① 名 （組）隊、隊伍

たい【対】 ① 名 對、比、對等

～たい【～隊】 接尾 ～隊

～たい【～帯】 接尾 （地帶）～帶

だい【大】 ① 名 ナ形 大、很、極

だい【台】 ① 名 臺、架、底座

だい【題】 ① 名 題目

だい～【第～】 接頭 （後面接數字表順序）第～

～だい【～台】 接尾 （車輛、機器）～台、～部、～輛

～だい【～題】 接尾 （考試等題目）～題

～だい【～代】 接尾 （地位傳承、年代）第～代、～代

たいいく【体育】 ① 名 體育

だいいち【第一】 ① 名 第一、最好、最重要
① 副 優先、首先

たいいん【退院】 ⓪ 名 出院

たいおう【対応】 ⓪ 名 對應、符合

たいおん **[体温]** ① 名 體溫

たいか **[大家]** ① 名 大師、專家

たいか **[退化]** ①⓪ 名 退化、退步

たいかい **[大会]** ⓪ 名 大會

たいがい **[大概]** ⓪ 名 ナ形 大概、概略、大部分

⓪ 副 大概、大體

たいかく **[体格]** ⓪ 名 體格

たいがく **[退学]** ⓪ 名 退學

だいがく **[大学]** ⓪ 名 大學

だいがくいん **[大学院]** ④ 名 研究所

たいき **[大気]** ① 名 大氣

たいきん **[大金]** ⓪ 名 巨款、巨額

だいきん **[代金]** ①⓪ 名 （買方付給賣方的）貨款

だいく **[大工]** ① 名 木工

たいぐう **[待遇]** ⓪ 名 招待、（薪資）待遇

たいくつ **[退屈]** ⓪ 名 ナ形 無聊、厭倦

たいけい **[体系]** ⓪ 名 體系、系統

たいけつ **[対決]** ⓪ 名 對決、對質

たいけん **[体験]** ⓪ 名 經驗、體驗

たいこ **[太鼓]** ⓪ 名 鼓、（敲）邊鼓、幫腔

たいこう **[対抗]** ⓪ 名 對抗

たいざい **[滞在]** ⓪ 名 停滯、滯留

たいさく **[対策]** ⓪ 名 對策

たいし **[大使]** ① 名 （外交）大使

たいじ [退治] ① ⓪ 名 對付、擊退、打垮、降伏

だいじ [大事] ① ③ 名 大事

⓪ ③ ナ形 重要、關鍵、愛惜、保重

たいした [大した] ① 連體 了不起的～、（後接否定）（不是什麼）大不了的～

たいして [大して] ① 副 特別、那麼

たいしゅう [大衆] ⓪ ① 名 大眾、民眾

たいじゅう [体重] ⓪ 名 體重

たいしょ [対処] ① 名 應付、處理

たいしょう [対象] ⓪ 名 對象

たいしょう [対照] ⓪ 名 對照、比對

だいしょう [大小] ① 名 大小

だいじょうぶ [大丈夫] ③ ナ形 不要緊、沒問題

③ 副 沒錯、一定

たいしょく [退職] ⓪ 名 退休

だいじん [大臣] ① 名 （國務）大臣

たいする [対する] ③ 自動 面對、相對、關於、相較於

だいする [題する] ③ 他動 標題、題字

たいせい [体制] ⓪ 名 體制

たいせい [態勢] ⓪ 名 情勢、局面

たいせき [体積] ① 名 體積

たいせつ [大切] ⓪ ナ形 重要、珍貴、珍惜、小心、情況緊急

たいせん **[大戦]** ⓪ 名 大規模的戰爭、大戰

たいそう **[大層]** ① ナ形 副 非常

たいそう **[体操]** ⓪ 名 體操

だいたい **[大体]** ⓪③ 名 概要、大略

　　　　　　　　　　　⓪ 副 大致、差不多、根本、本來

たいだん **[対談]** ⓪ 名 對談、聊天

だいたん **[大胆]** ③ 名 ナ形 大膽

たいてい **[大抵]** ⓪ 名 大部分、大體

　　　　　　　　　　⓪ ナ形 差不多、通常

　　　　　　　　　　⓪ 副 大概、非常、相當

たいど **[態度]** ① 名 態度、行為舉止

たいとう **[対等]** ⓪ ナ形 對等、同等、平等

だいとうりょう **[大統領]** ③ 名 總統

だいどころ **[台所]** ⓪ 名 廚房

タイトル ①⓪ 名 標題、題目、（電影）字幕

だいなし **[台無し]** ⓪ 名 ナ形 垮台、功虧一簣

　　　　　　　　　　　⓪ 副 （後接否定）完全（不）～

たいのう **[滞納]** ⓪ 名 滯納、過期繳納

たいはん **[大半]** ⓪③ 名 大部分、超過一半

たいひ **[対比]** ⓪① 名 比較

タイピスト ③ 名 打字員

だいひょう **[代表]** ⓪ 名 代表

タイプ ① 名 類型、款式、（「タイプライター」
的簡稱）打字機、打字

だいぶ **[大分]** ⓪ 副 很、甚

たいふう **[台風]** ③ 名 颱風

だいぶぶん **[大部分]** ③ 名 大部分

タイプライター ④ 名 打字機

たいへん **[大変]** ⓪ 名 ナ形 大事件、辛苦、不容易

　　　　　　　　　　　 ⓪ 副 相當、非常

だいべん **[大便]** ③ 名 糞便

だいべん **[代弁]** ⓪ 名 代償、代理、代為發言

たいほ **[逮捕]** ① 名 逮捕

たいぼう **[待望]** ⓪ 名 盼望、期待

たいぼく **[大木]** ⓪ 名 大樹、巨木

だいほん **[台本]** ⓪ 名 脚本、劇本

タイマー ① 名 計時器、馬錶、計時員

たいまん **[怠慢]** ⓪ 名 ナ形 怠慢、疏忽

タイミング ⓪ 名 時機

タイム ① 名 時間、（破）紀錄、（比賽中途喊停）暫停

タイムリー ① 名 ナ形 適時、及時

だいめい **[題名]** ⓪ 名 題目

だいめいし **[代名詞]** ③ 名 代名詞

たいめん **[対面]** ⓪ 名 面對、會面、見面、面對面

タイヤ ⓪ 名 輪胎

ダイヤ ① 名 （「ダイヤモンド」的簡稱）鑽石、（「ダイヤグラム」的簡稱）路線圖或列車時刻表、（撲克牌）方塊、棒球內野

ダイヤル ◎ 名 （電話的）撥號鍵

たいよう [太陽] ① 名 太陽

だいよう [代用] ◎ 名 代用、代替

たいら [平ら] ◎ 名 ナ形 平地、隨意坐、穩重

だいり [代理] ◎ 名 代理

たいりく [大陸] ◎① 名 大陸、（日本指）中國大陸、（英國指）歐洲大陸

たいりつ [対立] ◎ 名 對立

たいりょく [体力] ① 名 體力

タイル ① 名 瓷磚

たいわ [対話] ◎ 名 對話

たうえ [田植え] ③ 名 插秧

ダウン ① 名 往下、倒下、病倒

ダウンする ① 自動 下降、倒下

たえず [絶えず] ① 副 一直、反覆

たえる [耐える / 堪える] ② 自動 忍受、經得住、受得住

たえる [絶える / 断える] ② 自動 斷、斷絕

だえん [楕円] ◎ 名 橢圓

たおす [倒す] ② 他動 打倒、弄倒

タオル ① 名 毛巾

たおれる [倒れる] ③ 自動 倒下、病倒、倒塌

だが ① 接續 但是、可是

たかい [高い] ② イ形 高的、高空的、貴的

たがい [互い] ⓪ 名 互相、彼此

だかい [打開] ⓪ 名 打開

たかまる [高まる] ③ 自動 提升、提高、加強

たかめる [高める] ③ 他動 提高、提升

たがやす [耕す] ③ 他動 耕種

たから [宝] ③ 名 寶物、貴重物品

だから ① 接續 因此、所以

たき [滝] ⓪ 名 瀑布、急流

たきび [焚き火] ⓪ 名 焚燒落葉的火（堆）

だきょう [妥協] ⓪ 名 妥協

たく [宅] ⓪ 名 家、住宅

たく [炊く] ⓪ 他動 煮（飯）

たく [焚く] ⓪ 他動 燒、焚

だく [抱く] ⓪ 他動 懷抱、抱持著

たくさん ③ 名 ナ形 足夠

　　　　　③⓪ 副 許多、很多

タクシー ① 名 計程車

たくましい ④ イ形 堅毅不拔的、蓬勃的、旺盛的

たくみ [匠／巧み] ⓪① 名 工匠、技巧、技術

たくみ [巧み] ⓪① ナ形 巧、巧妙、靈巧

たくわえる [蓄える] ④③ 他動 貯蓄、貯備

たけ [竹] ⓪ 名 竹子

たけ [丈] ② 名 身高、高度、長度

～だけ 副助 （表限定）只～、只有～、盡～

だげき [打撃] ⓪ 名 打擊

だけつ [妥結] ⓪ 名 妥協、達成協議

だけど ① 接續 可是、不過

ださく [駄作] ⓪ 名 拙劣的作品

たしか ① 副 （表示不太確定，印象中）好像、應該、大概

たしか [確か] ① ナ形 確實、確定、可靠

たしかめる [確かめる] ④ 他動 確認

たしざん [足し算] ② 名 加法

たしょう [多少] ⓪ 名 多少

⓪ 副 稍微、一些

たす [足す] ⓪ 他動 加

だす [出す] ① 他動 拿出、伸出、發表、開設、出現、付錢、交出

～だす 補動 （前接動詞ます形）開始～、～起來

たすうけつ [多数決] ② 名 （投票決定）少數服從多數

たすかる [助かる] ③ 自動 得救、脫險、得到幫助

たすけ [助け] ③ 名 援助、救助、幫助

たすける [助ける] ③ 他動 救、幫忙、促進

たずさわる [携わる] ④ 自動 參與、從事

たずねる [尋ねる] ③ 他動 問、打聽、尋找

たずねる [訪ねる] ③ 他動 拜訪

ただ ① 名 免費、普通、平常

ただ **[只 / 唯]** ① 副 只是、唯一

ただいま。 （外出回來時説的）我回來了。

たたかい **[戦い]** ⓪ 名 戰鬥、比賽

たたかう **[戦う]** ⓪ 自動 戰鬥、戰爭、競賽

たたく **[叩く]** ② 他動 敲、詢問、攻撃

ただし **[但し]** ① 接續 不過

ただしい **[正しい]** ③ イ形 正確的、標準的

ただちに **[直ちに]** ① 副 立即、直接

たたみ **[畳]** ⓪ 名 榻榻米

たたむ **[畳む]** ⓪ 他動 折疊

ただよう **[漂う]** ③ 自動 漂、飄、遊蕩

~たち **[~達]** 接尾 （前接名詞、代名詞，表複數）~們

たちあう **[立（ち）会う]** ⓪③ 自動 到場、在場、會同

たちあがる **[立（ち）上がる]** ⓪④ 自動 站起來、振作、冒（煙）

たちいり **[立（ち）入り]** ⓪ 名 進入

たちいる **[立（ち）入る]** ⓪③ 自動 進入、干預、干涉、深入

たちきる **[立（ち）切る]** ③⓪ 他動 割斷、切斷、斷絕、截斷

たちさる **[立（ち）去る]** ⓪③ 自動 離開

たちつくす **[立（ち）尽（く）す]** ④⓪ 自動 始終站著、站到最後

たちどまる [立（ち）止（ま）る] ⓪④ 自動 停下腳步、停住、站住

たちば [立場] ①③ 名 立場

たちまち ⓪ 副 突然、一下子

たちよる [立（ち）寄る] ⓪③ 自動 靠近、順便去

たつ [立つ] ① 自動 站、離開、起、生、冒

たつ [建つ] ① 自動 蓋、建

たつ [発つ] ① 自動 出發、離開

たつ [経つ] ① 自動 （時間）過去、流逝、經過

たつ [断つ] ① 他動 斷、斷絕、切開

だっこ [抱っこ] ① 名 （幼兒語）抱

たっしゃ [達者] ⓪ 名 ナ形 高手、厲害、熟練、健康

だっしゅつ [脱出] ⓪ 名 逃出、逃掉

たっする [達する] ⓪③ 自他動 到達、傳達、接近、達成

だっする [脱する] ⓪③ 自他動 擺脫、脫離、漏掉

たっせい [達成] ⓪ 名 達成、完成

だっせん [脱線] ⓪ 名 （電車等）脫軌、（言行）反常、離題

たった [唯] ⓪ 副 （「ただ」的轉音）只、僅

だったい [脱退] ⓪ 名 脫離

だったら ① 接續 那麼就

だって ① 接續 （反駁對方時）因為、可是

たっぷり ③ 副 充滿、足夠、寬大

たて [縦] ① 名 長、縱

たて [盾] ① 名 盾牌、擋箭牌

~だて [~建て] 接尾 （前接建築物的構造或樓層）~的建築

たてかえる [立（て）替える] ⓪④③ 他動 代繳、替人墊（錢）

たてまえ [立前／建前] ③② 名 基本方針、大原則、表面話

たてまつる [奉る] ④ 他動 奉上、獻上、奉承

たてもの [建物] ②③ 名 建築物

たてる [立てる] ② 他動 豎起、冒、作聲、維持、制定

たてる [建てる] ② 他動 建造、建立

だとう [妥当] ⓪ 名 ナ形 妥當、妥善、適合

たどうし [他動詞] ② 名 他動詞

たとえ [例え] ③② 名 （舉）例、例子

たとえ ⓪② 副 （後接「~とも」、「~ても」、「~たって」）即使、哪怕、儘管

たとえば [例えば] ② 副 例如、比如

たとえる [例える] ③ 他動 以~為例、比方

たどりつく [辿り着く] ④ 自動 好不容易才走到、終於到達

たどる [辿る] ②⓪ 他動 邊摸索邊走、跟著~走

たな [棚] ⓪ 名 書架、書櫃

たに [谷] ② 名 山谷、溪谷

たにん [他人] ⓪ 名 其他人、別人

たね [種] ① 名 種籽、種類、品種、原因

たのしい [楽しい] ③ イ形 愉快的、開心的

たのしみ [楽しみ] ③④ 名 ナ形 樂趣、滿心期待

たのしむ [楽しむ] ③ 自他動 享受、期待

たのみ [頼み] ③① 名 請託

たのむ [頼む] ② 他動 拜託、請求

たのもしい [頼もしい] ④ イ形 可靠的、備受期待的

たば [束] ① 名 （指捆在一起的東西）捆、把

たばこ ⓪ 名 香菸

たばねる [束ねる] ③ 他動 捆、統整

たび [足袋] ① 名 （日式）白色布襪

たび [度] ② 名 次、每次、次數

たび [旅] ② 名 旅行

～たび [～度] 接尾 ～次、～回

たびたび ⓪ 副 好幾次

だぶだぶ ⓪ ナ形 （液體等）晃蕩

　　　　　 ① 副 （衣服等）寬鬆不合身、（人）肥胖

ダブル ① 名 兩倍

ダブる ② 自動 重疊

たぶん [多分] ⓪ 名 ナ形 很多、大部分

　　　　　 ① 副 應該、可能

たべもの [食べ物] ③② 名 食物

たべる [食べる] ② 他動 吃

たほう [他方] ② 名 他方、另一面
② 副 從另一面來看

たぼう [多忙] ⓪ 名 ナ形 忙碌

たま [玉/球] ② 名 圓形物、（淚）滴、球、燈泡

たま [弾] ② 名 子彈

たま [偶] ⓪ 名 ナ形 碰巧、剛好、難得

たまう [給う] ② 他動 給予

たまご [卵/玉子] ②⓪ 名 （鳥、魚、蟲）卵、
雞蛋、將來會有成就有待栽培的人

たましい [魂] ① 名 靈魂、精神

だます ② 他動 欺騙

たまたま [偶々] ⓪ 副 偶然、有時、碰巧

たまに 連語 偶爾、難得

たまらない 連語 受不了、～（得）不得了

たまり [溜まり] ⓪ 名 積（水）、集中處

たまる [溜まる] ⓪ 自動 堆積

だまる [黙る] ② 自動 沉默

たまわる [賜る] ③ 他動 （「もらう」的謙讓語）
（承蒙）賞賜

ダム ① 名 水庫、水壩

ため [為] ② 名 有效、有利、為了、由於

だめ [駄目] ② 名 ナ形 不行、不可能、沒用、壞
掉了

たsuperimp**ためいき [溜息]** ③ 名 嘆息

ためし [試し] ③ 名 試、嘗試

ためす [試す] ② 他動 嘗試、測試

ためらう ③ 自動 躊躇、猶豫

ためる [溜める] ⓪ 他動 積、聚集

たもつ [保つ] ② 他動 保持、遵守

たやすい ③⓪ イ形 容易的、簡單的、輕率的

たよう [多様] ⓪ 名 ナ形 各式各樣、多采多姿

たより [便り] ① 名 信、音訊、消息

たよる [頼る] ② 自他動 依靠、拄（枴杖）

〜だらけ 接尾 （前接名詞）全是〜、沾滿〜

だらしない ④ イ形 雜亂的、邋遢的

たりる [足りる] ⓪ 自動 足夠、值得

たる [足る] ⓪ 自動 滿足、足夠、足以

だるい ②⓪ イ形 （四肢）無力的

たるみ [弛み] ③ 名 鬆弛

たるむ [弛む] ② 自動 鬆、鬆懈

だれ [誰] ① 代 誰

だれか [誰か] 連語 （指不特定的某人）誰、哪個人

たれる [垂れる] ② 自動 垂下、滴

           ② 他動 使垂下、懸掛、教誨

タレント ⓪① 名 才能、藝人

タワー ① 名 塔

たん〜 [単〜] 接頭 單〜

たん～ [短～] 接頭 短～

だん [段] ① 名 台階、段落

～だん [～団] 接尾 ～團

たんい [単位] ① 名 單位、學分

たんいつ [単一] ⓪ 名 ナ形 單一

たんか [短歌] ① 名 （日本和歌體裁之一，類似中國的「詩」）短歌

たんか [担架] ① 名 擔架

だんかい [段階] ⓪ 名 階段、等級

たんき [短期] ① 名 短期

たんき [短気] ① 名 ナ形 沒耐性、急躁、脾氣暴躁

だんけつ [団結] ⓪ 名 團結

たんけん [探検] ⓪ 名 探險

だんげん [断言] ③⓪ 名 斷言

たんご [単語] ⓪ 名 單字

たんこう [炭鉱] ⓪ 名 煤礦

だんし [男子] ① 名 男子、男子漢

たんしゅく [短縮] ⓪ 名 縮短

たんじゅん [単純] ⓪ 名 ナ形 單純

たんしょ [短所] ① 名 缺點

たんじょう [誕生] ⓪ 名 出生、產生、出現

たんす ⓪ 名 衣櫥、櫥櫃

ダンス ① 名 舞蹈

たんすい [淡水] ⓪ 名 淡水

だんすい [断水] ⓪ 名 停水

たんすう [単数] ③ 名 單數

だんせい [男性] ⓪ 名 男性

だんぜん [断然] ⓪ 副 斷然、鮮然

たんそ [炭素] ① 名 （化學）碳

たんだい [短大] ⓪ 名 （「短期大学」的簡稱）
短期大學、短大

だんたい [団体] ⓪ 名 團體、集團

だんだん [段段] ① 名 台階、樓梯
　　　　　　　　③⓪ 副 逐漸、漸漸

だんち [団地] ⓪ 名 （新興）住宅區、（新興）
工業區

たんちょう [単調] ⓪ 名 ナ形 單調、一成不變

だんてい [断定] ⓪ 名 斷定

たんとう [担当] ⓪ 名 負責

たんどく [単独] ⓪ 名 單獨

だんな [旦那] ⓪ 名 （對他人提及自己的丈夫或
稱呼別人的丈夫時）老公

たんなる [単なる] ① 連體 僅、只是

たんに [単に] ① 副 （後面常和「だけ」或「の
み」一起使用）只不過是～（而已）

たんぱ [短波] ① 名 （電波）短波

たんぱくしつ [蛋白質] ④③ 名 蛋白質

ダンプ ① 名 傾卸式貨車

たんぺん **[短編]** ⓪ 名 短篇（小說或詩歌）

だんぼう **[暖房]** ⓪ 名 暖氣

だんめん **[断面]** ③⓪ 名 断面、切面、側面

だんりょく **[弾力]** ⓪① 名 彈力、彈性

隨堂測驗

(1) 次の言葉の正しい読み方を一つ選びなさい。

( ) ① 退院
      1. たいえん　　　　　　2. たいいん
      3. だいいん　　　　　　4. だいえん

( ) ② 蓄える
      1. たがわえる　　　　　2. たくちえる
      3. たきたえる　　　　　4. たくわえる

( ) ③ 脱線
      1. たっせん　　　　　　2. だっせん
      3. たっしん　　　　　　4. だっしん

(2) 次の言葉の正しい漢字を一つ選びなさい。

( ) ④ たび
      1. 旅　　　　　　　　　2. 行
      3. 宿　　　　　　　　　4. 泊

( ) ⑤ だいする
      1. 題する　　　　　　　2. 断する
      3. 淡する　　　　　　　4. 給する

あ行
か行
さ行
た行
な行
は行
ま行
や行
ら行
わ行

( ) ⑥ だっこ
  1. 合っこ　　　　　2. 乗っこ
  3. 抱っこ　　　　　4. 重っこ

----

(1) ① 2　② 4　③ 2
(2) ④ 1　⑤ 1　⑥ 3

ち・チ

ち [血] ⓪ 名 血、血緣

ち [地] ① 名 地面、土地、地方

ちあん [治安] ⓪① 名 治安

ちい [地位] ① 名 地位

ちいき [地域] ① 名 地域

ちいさい [小さい] ③ イ形 小的、不重要的

ちいさな [小さな] ① 連體 小

チーズ ① 名 起司

チーム ① 名 團隊、團體

チームワーク ④ 名 團體合作

ちえ [知恵] ② 名 智慧

チェック ① 名 確認

チェンジ ① 名 改變、零錢

ちか [地下] ①② 名 地下

ちかい [近い] ② イ形 近的

ちがい [違い] ⓪ 名 不同、差別

ちがいない [違いない] 連語 一定

ちかう [誓う] ⓪② 自動 發誓

ちがう [違う] ② 自動 不同、不是、背對

ちがえる [違える] ③ 他動 弄錯、搞錯、扭（筋）

ちかく [近く] ②① 名 附近、接近
　　　　　　　②① 副 不久、最近、快要、幾乎

ちかごろ [近頃] ② 名 近來、這些日子

ちかすい [地下水] ② 名 地下水

ちかぢか [近々] ②⓪ 副 近期內、不久

ちかづく [近付く] ③⓪ 自動 靠近、接近、親近、相似

ちかづく [近付ける] ④⓪ 他動 靠近、讓～靠近

ちかてつ [地下鉄] ⓪ 名 地下鐵、捷運

ちかよる [近寄る] ③⓪ 自動 靠近

ちから [力] ③ 名 力量

ちからづよい [力強い] ⑤ イ形 堅強的、強而有力的、自信滿滿的

ちきゅう [地球] ⓪ 名 地球

ちぎる ② 他動 撕碎、摘下

ちく [地区] ①② 名 地區

ちくさん [畜産] ⓪ 名 家畜

ちくしょう [畜生] ③ 名 畜生

③ 感 （憤怒時的氣話）可惡

ちくせき [蓄積] ⓪ 名 累積

ちけい [地形] ⓪ 名 地形

ちこく [遅刻] ⓪ 名 遲到

ちじ [知事] ① 名 （日本都道府縣之首長）知事

ちしき [知識] ① 名 知識、見識、認識

ちしつ [地質] ⓪ 名 地質

ちじん [知人] ⓪ 名 熟人、朋友

ちず [地図] ① 名 地圖

ちせい [知性] ①② 名 知性、智力、理智

ちたい [地帯] ① 名 地帶

ちち [父] ②① 名 父親

ちち [乳] ②① 名 （哺乳動物的）乳汁、白色汁液

ちちおや [父親] ⓪ 名 父親

ちぢまる [縮まる] ⓪ 自動 縮短

ちぢむ [縮む] ⓪ 自動 縮短、收縮

ちぢめる [縮める] ⓪ 他動 縮小、縮短

ちぢれる [縮れる] ⓪ 自動 巻起來、翹起來、起皺褶

ちつじょ [秩序] ②① 名 秩序

ちっそく [窒息] ⓪ 名 窒息

ちっとも ③ 副 （後接否定）一點也（不）～、完全（不）～

チップ ① 名 小費

ちてき [知的] ⓪ ナ形 知性、理智

ちてん [地点] ①⓪ 名 地點、位置

ちのう [知能] ① 名 智能、智力

ちへいせん [地平線] ⓪ 名 地平線

ちほう [地方] ②① 名 地方

ちめい [地名] ⓪ 名 地名

ちゃ [茶] ⓪ 名 茶

チャイム ① 名 （打擊樂器之一）管鐘、（有音階的）樂鐘、（音樂）電鈴

ちゃいろ [茶色] ⓪ 名 咖啡色、棕色

ちゃいろい [茶色い] ⓪ イ形 咖啡色的、棕色的

〜ちゃく [〜着] 接尾 抵達〜、（順序、名次）第〜、第〜名

ちゃくしゅ [着手] ② 名 著手

ちゃくしょく [着色] ⓪ 名 著色、上色

ちゃくせき [着席] ⓪ 名 就座

ちゃくちゃく [着々] ⓪ 副 穩穩地、順利地

ちゃくもく [着目] ⓪ 名 著眼、注意

ちゃくりく [着陸] ⓪ 名 著陸、登陸

ちゃっこう [着工] ⓪ 名 開工

ちゃのま [茶の間] ⓪ 名 （家中的）飯廳

ちゃのゆ [茶の湯] ⓪ 名 （宴客招待的）茶會、茶道

ちやほや ① 副 奉承、寵（小孩）

ちゃわん [茶碗] ⓪ 名 （陶瓷製的）碗、飯碗

〜ちゃん 接尾 （接在人名之後，用於熟人之間）小〜

チャンス ① 名 機會、時機

ちゃんと ⓪ 副 確實、完全

チャンネル ⓪① 名 （電視、廣播）頻道

ちゅう [中] ① （程度）中等、中庸

ちゅう [注] ⓪ 名 注釋、注解

〜ちゅう [〜中] 接尾 〜當中、正在〜

ちゅうい **[注意]** ① 名 注意、留意、規勸、忠告

ちゅうおう **[中央]** ③ ⓪ 名 中央

ちゅうがえり **[宙返り]** ③ 名 翻筋斗

ちゅうがく **[中学]** ① 名 （「中学校」的簡稱）
國中

ちゅうかん **[中間]** ⓪ 名 中間

ちゅうけい **[中継]** ⓪ 名 （實況）轉播、轉手
（貿易）、中繼站

ちゅうこ **[中古]** ⓪ 名 中古貨、二手貨

ちゅうこく **[忠告]** ⓪ 名 忠告

ちゅうし **[中止]** ⓪ 名 中止

ちゅうじつ **[忠実]** ⓪ 名 ナ形 忠實

ちゅうしゃ **[注射]** ⓪ 名 注射、專注

ちゅうしゃ **[駐車]** ⓪ 名 停車

ちゅうじゅん **[中旬]** ⓪ 名 中旬

ちゅうしょう **[中傷]** ⓪ 名 中傷

ちゅうしょう **[抽象]** ⓪ 名 抽象

ちゅうしょく **[昼食]** ⓪ 名 午餐

ちゅうしん **[中心]** ⓪ 名 中心、中央

ちゅうすう **[中枢]** ⓪ 名 中樞、中心

ちゅうせい **[中世]** ① 名 中世

ちゅうせい **[中性]** ⓪ 名 中性

ちゅうせん **[抽選]** ⓪ 名 抽籤選出

ちゅうだん **[中断]** ⓪ 名 中斷

ちゅうと [中途] ⓪ 名 中途、途中

ちゅうどく [中毒] ① 名 中毒

ちゅうねん [中年] ⓪ 名 中年

ちゅうふく [中腹] ⓪ 名 山腰

ちゅうもく [注目] ⓪ 名 注目、注視

ちゅうもん [注文] ⓪ 名 訂購

ちゅうりつ [中立] ⓪ 名 中立

ちゅうわ [中和] ⓪ 名 中和、調和

～ちょ [～著] 接尾 ～著作

ちょう [腸] ① 名 腸

ちょう [蝶] ① 名 蝴蝶

ちょう～ [長～] 接頭 （長輩、長度）長～

ちょう～ [超～] 接頭 （表極其誇張的程度）
超～、非常～

～ちょう [～庁] 接尾 （行政機關之官廳）～廳

～ちょう [～兆] 接尾 （數量單位）～兆

～ちょう [～町] 接尾 （日本行政單位）～街、～鎮

～ちょう [～長] 接尾 （職銜）～長

～ちょう [～帳] 接尾 （書本）～簿、～本

ちょういん [調印] ⓪ 名 簽字

ちょうか [超過] ⓪ 名 超過

ちょうかく [聴覚] ①⓪ 名 聽覺

ちょうかん [長官] ⓪ 名 長官

ちょうかん [朝刊] ⓪ 名 日報、早報

ちょうき [長期] ① 名 長期

ちょうこう [聴講] ⓪ 名 聽課、旁聽

ちょうこく [彫刻] ⓪ 名 雕刻

ちょうさ [調査] ① 名 調查

ちょうし [調子] ⓪ 名 情況、狀況

ちょうしゅう [徴収] ⓪ 名 徵收

ちょうしょ [長所] ① 名 長處、優點

ちょうじょ [長女] ① 名 長女

ちょうじょう [頂上] ③ 名 山頂、頂點、頂峰

ちょうしんき [聴診器] ③ 名 聽診器

ちょうせい [調整] ⓪ 名 調整

ちょうせつ [調節] ⓪ 名 調節、調整

ちょうせん [挑戦] ⓪ 名 挑戰

ちょうだい ③⓪ 名 收下、給我

~ちょうだい 補動 （前接動詞て形）（同「下さい」）請

ちょうたん [長短] ① 名 長短、優缺點、盈虧、長度

ちょうてい [調停] ⓪ 名 調停

ちょうてん [頂点] ① 名 頂點、極限

ちょうど ⓪ 副 正好、恰好、恰似

ちょうなん [長男] ①③ 名 長男

ちょうふく [重複] ⓪ 名 重複

ちょうへん [長編] ⓪ 名 長篇（小說）

ちょうほう [重宝] ⓪① 名 重要的寶物

ちょうほうけい [長方形] ③ ⓪ 名 長方形

ちょうみりょう [調味料] ③ 名 調味料

〜ちょうめ [〜丁目] 接尾 （日本區劃街道的單位）〜街

ちょうり [調理] ① 名 調理、料理

ちょうわ [調和] ⓪ 名 調和

チョーク ① 名 粉筆

ちょきん [貯金] ⓪ 名 存款

ちょくご [直後] ① ⓪ 名 〜之後不久、正後方

ちょくせつ [直接] ⓪ 名 副 直接

ちょくせん [直線] ⓪ 名 直線

ちょくぜん [直前] ⓪ 名 〜前不久、正前方

ちょくちょく ① 副 時常、常常

ちょくつう [直通] ⓪ 名 直通、直達

ちょくめん [直面] ⓪ 名 面對

ちょくりゅう [直流] ⓪ 名 （電流）直流

ちょしゃ [著者] ① 名 作者、筆者

ちょしょ [著書] ① 名 著作

ちょぞう [貯蔵] ⓪ 名 貯藏、貯存

ちょちく [貯蓄] ⓪ 名 儲蓄

ちょっかく [直角] ⓪ 名 ナ形 直角

ちょっかん [直感] ⓪ 名 直覺

ちょっけい [直径] ⓪ 名 （圓、橢圓的）直徑

ちょっと ①⓪ 副 一點點、一下下

① 感 （叫住對方時）喂

ちょめい [著名] ⓪ 名 ナ形 著名、有名

ちらかす [散らかす] ⓪ 他動 （把東西弄得）散落
一地、亂七八糟

ちらかる [散らかる] ⓪ 自動 （東西）散落一地、
亂七八糟

ちらす [散らす] ⓪ 他動 散落、飄落、落下、（精
神）渙散

ちらっと ② 副 一眼、一閃、晃一下

ちり [塵] ⓪② 名 灰塵、塵世

ちり [地理] ① 名 地理

ちりとり [塵取り] ③④ 名 畚箕

ちりがみ [塵紙] ⓪ 名 衛生紙

ちりょう [治療] ⓪ 名 治療

ちる [散る] ⓪ 自動 凋零、散落

ちんぎん [賃金] ① 名 酬勞、工資

ちんでん [沈殿] ⓪ 名 沉澱

ちんぼつ [沈没] ⓪ 名 沉沒

ちんもく [沈黙] ⓪ 名 沉默

ちんれつ [陳列] ⓪ 名 陳列

隨堂測驗

(1) 次の言葉の正しい読み方を一つ選びなさい。

( ) ① 中断
    1. ちゅうだん　　　　2. ちゅうたん
    3. ちょんだん　　　　4. ちょんたん

( ) ② 重宝
    1. ちょうはう　　　　2. ちょうぼう
    3. ちょうほう　　　　4. ちょうばう

( ) ③ 地形
    1. ちかた　　　　　　2. ちけい
    3. ぢけい　　　　　　4. ちがた

(2) 次の言葉の正しい漢字を一つ選びなさい。

( ) ④ ちゅうしょう
    1. 注象　　　　　　　2. 中象
    3. 具象　　　　　　　4. 抽象

( ) ⑤ ちくしょう
    1. 蓄性　　　　　　　2. 畜生
    3. 蓄積　　　　　　　4. 畜形

( ) ⑥ ちっそく
    1. 停息　　　　　　　2. 畜息
    3. 縮息　　　　　　　4. 窒息

解答

(1) ① 1　② 3　③ 2
(2) ④ 4　⑤ 2　⑥ 4

つ・ツ

あ行 か行 さ行 た行 な行 は行 ま行 や行 ら行 わ行

つい [対] ⓪ 名 一對、一組、一套

つい ① 副 不知不覺、無意中、（表距離或時間離得很近）方才、剛剛

ついか [追加] ⓪ 名 追加

ついきゅう [追及] ⓪ 名 追究、趕上

ついせき [追跡] ⓪ 名 追踪、追本溯源

ついたち [一日] ④ 名 一號、一日、元旦

ついに [遂に] ① 副 好不容易、終於、（後接否定）終究還是（沒）～

～（に）ついて 連語 關於～、每～

ついで [序で] ⓪ 名 順便、有機會、順序

ついでに [序でに] ⓪ 副 順便、就便

ついほう [追放] ⓪ 名 趕走、開除、放逐

ついやす [費やす] ③ 他動 花費、耗費、浪費

ついらく [墜落] ⓪ 名 墜落

～つう [～通] 接尾 （書信或文件）～封、～件、精通～

つうか [通過] ⓪ 名 通過、經過

つうか [通貨] ① 名 （流通的）貨幣

つうがく [通学] ⓪ 名 通學

つうかん [痛感] ⓪ 名 深感、強烈感受到

つうきん [通勤] ⓪ 名 通勤

つうこう [通行] ⓪ 名 通行、通用

つうじょう [通常] ⓪ 名 通常、平常、普通

つうじる / つうずる [通じる / 通ずる] ⓪/⓪ 自他動
通往、理解、通用、精通

つうしん [通信] ⓪ 名 通信、通訊

つうせつ [痛切] ⓪ ナ形 深切（感受到）

つうち [通知] ⓪ 名 通知

つうちょう [通帳] ⓪ 名 存摺、帳本

つうやく [通訳] ① 名 口譯

つうよう [通用] ⓪ 名 通用、通行

つうろ [通路] ① 名 通路、通道

つえ [杖] ① 名 拐杖、滑雪杖、依靠

～づかい [～遣い] 接尾 派去的人、出去辦事、幫
人跑腿

つかいみち [使い道] 連語 用途、用法

つかう [使う] ⓪ 他動 使用、耍（手段）、動（腦
筋）、花費（時間或金錢）、使喚

つかえる [仕える] ③⓪ 自動 服侍、仕奉（公職）

つかさどる [司る] ④ 他動 擔任、主持、執行、管理

つかのま ⓪ 名 一瞬間、短暫

つかまえる [捕まえる] ⓪ 他動 捕捉、抓住

つかまる [捕まる] ⓪ 自動 被逮捕、被抓住

つかむ [掴む] ② 他動 抓住

つかれ [疲れ] ③ 名 疲勞、疲倦

つかれる [疲れる] ③ 自動 疲勞、疲乏、變舊

つき [月] ② 名 月份、月亮

つき [付き／就き] 接助 關於、因為、附屬、每

～つき [～付き] 接尾 樣子、附帶

つぎ [次] ② 名 下一個、僅次於

つきあい [付(き)合い] ③⓪ 名 交往、陪同

つきあう [付(き)合う] ③ 自動 交往、陪同

つきあたり [突(き)当(た)り] ⓪ 名 盡頭

つきあたる [突(き)当(た)る] ④ 自動 撞上、衝突、到盡頭、碰到

つぎつぎ／つぎつぎに [次々／次々に] ②／② 副 接二連三、陸續

つきなみ [月並み] ⓪ 名 每月的例行公事、平庸

つきひ [月日] ② 名 日月、時光、歲月

つぎめ [継ぎ目] ⓪ 名 接頭、接縫

つきる [尽きる] ② 自動 盡、用盡、完結、至極

つく [付く] ①② 自動 黏上、染上、增添、附加

つく [着く] ①② 自動 到、抵達、碰、就坐

つく [就く] ①② 自動 就、從事、師事、跟隨

つく [点く] ①② 自動 點燃、開（燈）

つく [突く] ⓪① 他動 戳、刺、敲（鐘）、刺激

つぐ [次ぐ] ⓪ 自動 緊接著、僅次於

つぐ **[注ぐ]** ⓪② 他動 倒入、斟

つぐ **[接ぐ]** ⓪ 他動 連接

つぐ **[継ぐ]** ⓪ 他動 縫補、補給、接上、連續、繼（位）

つくえ **[机]** ⓪ 名 書桌、辦公桌

つくす **[尽くす]** ② 他動 盡、竭盡、為～效力

つくづく ③② 副 深深覺得、直盯著

つぐない **[償い]** ⓪③ 名 賠償、補償

つくり **[作り/造り]** ③ 名 構造、體格、打扮

つくる **[作る/造る]** ② 他動 做、作、製造、建造

つくろう **[繕う]** ③ 他動 修補、修飾、裝潢、敷衍

つけくわえる **[付（け）加える]** ⑤⓪ 他動 附加、添加

つける **[付ける]** ② 他動 沾上、黏上、（車、船）靠、安裝、附加

つける **[着ける]** ② 他動 就、入席、穿、安裝

つける **[点ける]** ② 他動 點燃、開（燈）

つける **[浸ける]** ⓪ 他動 浸泡

つける **[漬ける]** ⓪ 他動 醃漬

つげる **[告げる]** ⓪ 他動 告訴、通知、宣告、報告

つごう **[都合]** ⓪ 名 方便、緣故、安排

つじつま ⓪ 名 條理、邏輯、一致

つたえる **[伝える]** ⓪ 自動 傳、傳達、轉告、傳授

つたない **[拙い]** ③ イ形 拙劣的、不高明的

つたわる [伝わる] ⓪ 自動 傳入、流傳、傳導、沿著

つち [土] ② 名 泥土、土壌

つつ [筒] ②⓪ 名 筒、管子、槍管、炮筒

つづき [続き] ⓪ 名 續篇、連續

つつく / つっつく [突く] ②/③ 他動 戳、啄、挑剔、欺負

つづく [続く] ⓪ 自動 連續、持續、連接、跟著

～つづく [～続く] 補動 （前接動詞ます形）繼續～

つづける [続ける] ⓪ 他動 繼續、連續

～つづける [～続ける] 補動 （前接動詞ます形）連續、持續

つっこむ [突っ込む] ③ 自他動 衝進、戳入、插進、深究、干渉

つつしむ [謹む / 慎む] ③ 他動 小心、謹慎、節制、恭敬有禮

つっぱる [突っ張る] ③ 自動 支撐、撐、抽筋、堅持己見

つつみ [包み] ③ 名 包裏、包袱

つつむ [包む] ② 自動 包、包圍、包含、隱藏

つとまる [勤まる / 務まる] ③ 自動 能勝任

つとめ [勤め / 務め] ③ 名 任務、義務、工作

つとめさき [勤め先] 連語 工作地點

つとめて [努めて] ② 副 盡量、盡可能

つとめる [勤める / 務める] ③ 自他動 工作、擔任

つとめる [努める] ③ 自他動 努力

つな [綱] ② 名 繩索

つながり [繋がり] ⓪ 名 關係、關連、血緣關係

つながる [繋がる] ⓪ 自動 連繫、連接、連成一串、有關係

つなぐ [繋ぐ] ⓪ 他動 繫住、維繫

つなげる [繋げる] ⓪ 他動 串連、連接

つなみ [津波] ⓪ 名 海嘯

つねに [常に] ① 副 常常、總是

つねる ② 他動 擰、掐

つの [角] ② 名 角、類似角形的東西

つのる [募る] ② 自他動 越來越～、募集、徵求

つば [唾] ① 名 口水、唾液

つばさ [翼] ⓪ 名 翅膀

つぶ [粒] ① 名 顆粒

つぶす [潰す] ⓪ 他動 毀掉、弄壞、搞垮、取消、丟（臉）、失（面子）

つぶやく [呟く] ③ 他動 喃喃自語、嘟囔

つぶら ⓪① ナ形 圓溜溜、圓而可愛

つぶる ⓪ 他動 闔上眼睛

つぶれる [潰れる] ⓪ 自動 壓壞、垮、落空、浪費、變鈍

～っぽい 接尾 （表示某種傾向很突出）愛～、好～、容易～

つぼ [壺] ⓪ 名 壺、潭、關鍵、正中下懷

つぼみ **[蕾]** ③⓪ 花蕾

つま **[妻]** ① 名 妻子

つまずく ⓪③ 自動 被絆倒、敗在～

つまむ **[摘む]** ⓪ 他動 夾住、摘要

つまらない 連語 無聊的、倒霉的

つまり ③ 名 盡頭、極點、結尾

　　　　① 副 也就是、總之

つまる **[詰まる]** ② 自動 塞滿、堵住、為難、縮短、緊迫

つみ **[罪]** ① 名 罪

　　　　① ナ形 冷酷無情

つみかさなる **[積（み）重なる]** ⑤ 自動 堆積、累積

つむ **[積む]** ⓪ 他動 堆積、累積

つむ **[摘む]** ⓪ 他動 摘、採

つめ **[爪]** ⓪ 名 爪子、指甲、趾甲

つめたい **[冷たい]** ⓪③ イ形 冷淡的、無情的

つめる **[詰める]** ② 自他動 裝滿、填、擠、憋、節省、值勤、集中

つもり ⓪ 名 打算、估計、當作

つもる **[積もる]** ②⓪ 自動 堆積、累積

つや **[艶]** ⓪ 名 光澤、（聲音）有魅力、趣味、風流韻事

つゆ **[露]** ①② 名 露水

つゆ **[梅雨]** ⓪ 名 梅雨

つよい [強い] ② イ形 強的、強壯的、堅強的、擅長

つよき [強気] ⓪ 名 ナ形 剛強、強硬、（行情）看漲

つよまる [強まる] ③ 自動 加強、增強

つよめる [強める] ③ 他動 加強、增強

つらい [辛い] ⓪② イ形 辛苦的、辛酸的、痛苦的、難過的

〜づらい [〜辛い] 接尾 難以〜、不便〜

つらなる [連なる] ③ 自動 排成一列、列席、列入、牽涉到

つらぬく [貫く] ③ 他動 貫穿、貫徹始終

つらねる [連ねる] ③ 他動 排成一排、串起來、聯合

つり [釣り] ⓪ 名 釣魚

　　　　　　　 ⓪ 名 （「釣り銭」的簡稱）找回的錢

つりあう [釣り合う] ③ 自動 平衡、均衡、諧調

つりがね [釣鐘] ⓪ 名 吊鐘

つりかわ [吊り革] ⓪ 名 吊環

つる [釣る] ⓪ 他動 釣（魚）、捕捉（蜻蜓）、引誘、勾引

つる [吊る] ⓪ 他動 吊、掛、抽筋、緊繃

つるす [吊るす] ⓪ 他動 吊、懸、掛

つれ [連れ] ⓪ 名 同伴、伙伴

つれる [連れる] ⓪ 他動 帶領、帶著

つれる [釣れる] ⓪ 自動 （魚）上鉤、容易釣

隨堂測驗

(1) 次の言葉の正しい読み方を一つ選びなさい。

( ) ① 通帳
    1. つじじょう　　　　　2. つじちょう
    3. つうじょう　　　　　4. つうちょう

( ) ② 突っ込む
    1. つっかむ　　　　　　2. つっこむ
    3. つっしむ　　　　　　4. つっとむ

( ) ③ 繋げる
    1. ついげる　　　　　　2. つむげる
    3. つなげる　　　　　　4. つやげる

(2) 次の言葉の正しい漢字を一つ選びなさい。

( ) ④ つな
    1. 網　　　　　　　　　2. 線
    3. 綱　　　　　　　　　4. 綾

( ) ⑤ つぐない
    1. 紡い　　　　　　　　2. 障い
    3. 賞い　　　　　　　　4. 償い

( ) ⑥ つくす
    1. 尽くす　　　　　　　2. 繋くす
    3. 次くす　　　　　　　4. 接くす

解答

(1) ① 4　② 2　③ 3
(2) ④ 3　⑤ 4　⑥ 1

て・テ

て **[手]** ① 名 手

で ① 接續 那麼、然後

であい **[出会い / 出合い]** ⓪ 名 邂逅、相遇、交往

であう **[出会う / 出合う]** ② 自動 邂逅、遇見、見到

てあて **[手当て]** ① 名 預備、津貼、小費、治療

てあらい **[手洗い]** ② 名 洗手、洗手間

てい〜 **[低〜]** 接頭 低〜

ていあん **[提案]** ⓪ 名 提案

ていいん **[定員]** ⓪ 名 （依規定團體、組織裡的）固定人數

ていか **[定価]** ⓪ 名 定價

ていか **[低下]** ⓪ 名 低下

ていき **[定期]** ① 名 定期

ていぎ **[定義]** ①③ 名 定義

ていきけん **[定期券]** ③ 名 （「定期乗車券」的簡稱）定期車票

ていきゅうび **[定休日]** ③ 名 （店家自訂的）公休日

ていきょう **[提供]** ⓪ 名 提供

ていけい **[提携]** ⓪ 名 提攜

ていこう **[抵抗]** ⓪ 名 抵抗

ていさい **[体裁]** ⓪ 名 體裁、外觀

ていし **[停止]** ⓪ 名 停止

ていじ **[提示]** ①⓪ 名 提示

ていしゃ **[停車]** ⓪ 名 （電車、公車）停車

ていしゅつ **[提出]** ⓪ 名 提出、交出、呈上

ていしょく **[定食]** ⓪ 名 定食（主菜之外有沙拉或湯等的套餐）

ていせい **[訂正]** ⓪ 名 訂正

ていたい **[停滞]** ⓪ 名 停滞

ていたく **[邸宅]** ⓪ 名 豪宅

ティッシュ ① 名 （「ティッシュペーパー」的簡稱）面紙

ティッシュペーパー ④ 名 面紙

ていでん **[停電]** ⓪ 名 停電

ていど **[程度]** ⓪① 名 程度

ていねい **[丁寧]** ① 名 禮貌

ていねん **[定年]** ⓪ 名 退休年齡

ていぼう **[堤防]** ⓪ 名 堤防

ていり **[定理]** ① 名 定理

でいり **[出入り]** ⓪① 名 出入

でいりぐち **[出入り口]** ③ 名 出入口

ていりゅうじょ **[停留所]** ⓪⑤ 名 （公車）停靠站

ていれ **[手入れ]** ③① 名 潤飾（文章）、加工、整理（庭院）

データ ①⓪ 名 資料、數據

デート ① 名 日期、約會

テープ ① 名 錄音帶、錄影帶、帶子

テーブル ⓪ 名 桌子、餐桌、一覽表

テープレコーダー ⑤ 名 錄音機

テーマ ① 名 主題

ておくれ [手遅れ] ② 名 為時已晚、來不及

でかい ② イ形 大的、巨大的

てがかり [手掛かり] ② 名 線索

てがける [手掛ける] ③ 自動 親手、親自

でかける [出掛ける] ⓪ 自動 外出、出去

てかず [手数] ① 名 手續、麻煩

てがみ [手紙] ⓪ 名 信

てがる [手軽] ⓪ 名 ナ形 簡便、輕易

てき [敵] ⓪ 名 敵人、對手

～てき [～的] 接尾 （性質或狀態）～性

できあがり [出来上（が）り] ⓪ 名 完成

できあがる [出来上（が）る] ⓪④ 自動 完成

てきおう [適応] ⓪ 名 適應

てきかく [的確 / 適確] ⓪ ナ形 確切

てきぎ [適宜] ① 名 ナ形 適當

できごと [出来事] ② 名 事件

テキスト ①② 名 教科書

てきする [適する] ③ 自動 適用、適合、符合

てきせい [適性] ⓪ 名 ナ形 適當、貼切

てきせつ **[適切]** ⓪ 名 ナ形 適當

てきど **[適度]** ① 名 ナ形 適度、適當

てきとう **[適当]** ⓪ 名 ナ形 適當、適合

できもの **[出来物]** ③⓪ 名 膿包

てきよう **[適用]** ⓪ 名 適用

できる ② 自動 （表能力）可以、能、會

できるだけ 連語 盡可能、盡量

できれば 連語 可能的話

てぎわ **[手際]** ⓪ 名 ナ形 （表處理事情的方法）手腕、能力

でぐち **[出口]** ① 名 出口

てくび **[手首]** ① 名 手腕

でくわす **[出くわす]** ⓪③ 自動 巧遇、碰巧

でこぼこ **[凸凹]** ⓪ 名 ナ形 凹凸不平、不平衡

てごろ **[手頃]** ⓪ 名 ナ形 好拿、順手、適合

デコレーション ③ 名 裝飾

デザート ② 名 甜點

デザイン ② 名 設計

でし **[弟子]** ② 名 徒弟

てじな **[手品]** ① 名 （變）魔術、（耍）把戲

てじゅん **[手順]** ⓪① 名 程序、步驟

てじょう **[手錠]** ⓪ 名 手銬

てすう **[手数]** ② 名 （費）工夫、（添）麻煩、手續

てすうりょう [手数料] ② 名 手續費、佣金

ですから ① 接續 所以

テスト ① 名 測試、考試

でたらめ ⓪ 名 ナ形 胡說八道、胡鬧、荒唐

てぢか [手近] ⓪ 名 ナ形 手邊、附近、常見

てちょう [手帳] ⓪ 名 記事本

てつ [鉄] ⓪ 名 鐵

てつがく [哲学] ②⓪ 名 哲學

てっきょう [鉄橋] ⓪ 名 鐵橋

てっきり ③ 副 一定、不出所料、果然

てっこう [鉄鋼] ⓪ 名 鋼鐵

デッサン ① 名 素描

てっする [徹する] ⓪③ 自動 徹（夜）、徹底、透徹

てつだい [手伝い] ③ 名 幫忙

てつだう [手伝う] ③ 他動 幫忙

てつづき [手続き] ② 名 手續、程序

てってい [徹底] ⓪ 名 徹底

てつどう [鉄道] ⓪ 名 鐵道

てっぺん [天辺] ③ 名 頂、頂峰、極點

てつぼう [鉄棒] ⓪ 名 鐵棒

てっぽう [鉄砲] ⓪ 名 鐵砲、大砲

てつや [徹夜] ⓪ 名 熬夜

でなおし [出直し] ⓪ 名 重來、重新（做）

テニス ① 名 網球

テニスコート ④ 名 網球場

てぬぐい [手拭い] ⓪ 名 小毛巾

てのひら [手のひら / 掌] ②① 名 手掌

では ① 接続 那麼

では、また。 那麼，再見。

デパート ② 名 百貨公司

てはい [手配] ① 名 安排、籌備

てはず [手筈] ① 名 準備、計畫、程式

てびき [手引き] ①③ 名 指南、說明書

てぶくろ [手袋] ② 名 手套

てほん [手本] ② 名 範本、模範

てま [手間] ② 名 （工作所需的）時間、工夫

てまえ [手前] ⓪ 名 眼前、本領

てまわし [手回し] ② 名 準備、安排

でむかえ [出迎え] ⓪ 名 迎接

でむかえる [出迎える] ⓪④ 他動 迎接

でも ① 接続 但是

デモ ① 名 （「デモンストレーション」的簡稱）
示威（遊行）

てもと [手元] ③ 名 手邊、眼前

デモンストレーション ⑥ 名 示威（遊行）

てら [寺] ②⓪ 名 寺廟

てらす [照らす] ⓪② 他動 照耀、依照

てりかえす [照り返す] ⓪③ 自他動 （日光）反射、反光

てる [照る] ① 自動 （日光、月光）照耀、照亮、晴天

でる [出る] ① 自動 出去、出現、刊登

テレックス ② 名 電報、電傳

テレビ ① 名 電視

てわけ [手分け] ③ 名 分工（合作）、分頭（進行）

てん [天] ① 名 天、天空、上天

てん [点] ⓪ 名 點、分數、標點符號

～てん [～店] 接尾 ～店

てんいん [店員] ⓪ 名 店員

でんえん [田園] ⓪ 名 田園

てんか [天下] ① 名 天下

てんか [点火] ⓪ 名 點火

てんかい [展開] ⓪ 名 展開、發展、進展

てんかい [転回] ⓪ 名 轉變、旋轉

てんかん [転換] ⓪ 名 轉換

てんき [天気] ① 名 天氣

でんき [電気] ① 名 電、電流

でんき [伝記] ⓪ 名 傳記

でんきゅう [電球] ⓪ 名 電燈泡

てんきょ [転居] ①⓪ 名 遷居、搬家

てんきん [転勤] ⓪ 名 調職

てんけい [典型] ⓪ 名 典型

てんけん [点検] ⓪ 名 檢點

でんげん [電源] ⓪③ 名 電源

てんこう [天候] ⓪ 名 天候

てんこう [転校] ⓪ 名 轉學

てんごく [天国] ① 名 天國

でんごん [伝言] ⓪ 名 代為傳達

てんさい [天才] ⓪ 名 天才

てんさい [天災] ⓪ 名 天災

てんじ [展示] ⓪ 名 展示

でんし [電子] ① 名 電子

でんしゃ [電車] ⓪① 名 電車

てんじょう [天井] ⓪ 名 天花板

てんじる / てんずる [転じる / 転ずる] ⓪③ / ⓪③
自他動 轉變、轉移、回轉、改變

てんすう [点数] ③ 名 分數

でんせつ [伝説] ⓪ 名 傳說

てんせん [点線] ⓪ 名 點線

でんせん [伝染] ⓪ 名 傳染

でんせん [電線] ⓪ 名 電線

てんたい [天体] ⓪ 名 （宇宙行星的總稱）天體

でんたく [電卓] ⓪ 名 電子計算機

でんたつ [伝達] ⓪ 名 傳達

てんち [天地] ① 名 天地、宇宙、世界、（箱子、書或紙的）上下

でんち [電池] ① 名 電池

でんちゅう [電柱] ⓪ 名 電線桿

てんで ⓪ 副 根本、完全

てんてき [点滴] ⓪ 名 點滴

てんてん [点々] ⓪③ 名 （斑斑）點點、虛線
　　　　　　　　　 ⓪ 副 點點地、零零落落地

てんてん [転々] ⓪ 副 轉來轉去、滾動

テント ① 名 幕簾、帳棚

でんとう [電灯] ⓪ 名 電燈

でんとう [伝統] ⓪ 名 傳統

てんにん [転任] ⓪ 名 轉職

てんねん [天然] ⓪ 名 天然、自然、天生

てんのう [天皇] ③ 名 （日本）天皇

でんぱ [電波] ① 名 （手機）收訊、訊號

テンポ ① 名 節奏

てんぼう [展望] ⓪ 名 展望、看透

でんぽう [電報] ⓪ 名 電報

でんらい [伝来] ⓪ 名 傳來

てんらく [転落] ⓪ 名 跌落、落魄、潦倒

てんらん [展覧] ⓪ 名 展覽

てんらんかい [展覧会] ③ 名 展覽會

でんりゅう [電流] ⓪ 名 電流

でんりょく [電力] ①⓪ 名 電力

でんわ [電話] ⓪ 名 電話

随堂測驗

(1)次の言葉の正しい読み方を一つ選びなさい。

( ) ① 出来物
　　1. できもの　　　　2. できぶつ
　　3. でくもの　　　　4. でくぶつ

( ) ② 手分け
　　1. てわけ　　　　　2. でわけ
　　3. てぶけ　　　　　4. てふけ

( ) ③ 哲学
　　1. てんがく　　　　2. てつがく
　　3. ていがく　　　　4. てしがく

(2)次の言葉の正しい漢字を一つ選びなさい。

( ) ④ てまえ
　　1. 出先　　　　　　2. 出前
　　3. 手先　　　　　　4. 手前

( ) ⑤ てんじょう
　　1. 天場　　　　　　2. 天位
　　3. 天所　　　　　　4. 天井

( ) ⑥ てきする
　　1. 快する　　　　　2. 適する
　　3. 転する　　　　　4. 伝する

解答

(1) ① 1　② 1　③ 2
(2) ④ 4　⑤ 4　⑥ 2

と・ト

と **[戸]** ⓪ 名 窗戶、門

と 接續 一～就～、要是

～と **[～都]** 接尾 （日本行政單位）～都

ど **[度]** ⓪ 名 尺度、程度、界限

～ど **[～度]** 接尾 （溫度、眼鏡度數等）～度

ドア ① 名 門

とい **[問い]** ⓪ 名 問題、發問

といあわせ **[問（い）合（わ）せ]** ⓪ 名 詢問、
照會

といあわせる **[問（い）合（わ）せる]** ⑤⓪ 他動
詢問、查詢、照會

といかえす **[問（い）返す]** ③ 他動 重問、再問、
反問

といかける **[問（い）掛ける]** ④⓪ 他動 問、打
聽、開始問

トイレ ① 名 廁所

とう **[党]** ① 名 黨、政黨

とう **[塔]** ① 名 塔

とう **[問う]** ⓪① 他動 問、打聽、追究（責任）

とう **[棟]** ① 名 （大型建築）棟

とう～ **[当～]** 接頭 本～

～とう **[～頭]** 接尾 （牛、馬等）～頭、～匹

〜とう [〜等] 接尾 （順位、等級）〜等、〜級

〜とう [〜島] 接尾 〜島

どう ① 副 如何、怎樣

どう [銅] ① 名 銅

どう [胴] ① 名 軀體、腰腹部、（物體的）中間部分

どう〜 [同〜] 接頭 （取代前面出現過的用詞）同〜、該〜

〜どう [〜道] 接尾 〜道

とうあん [答案] ⓪ 名 答案、考卷

どうい [同意] ⓪ 名 同意、同義、贊成

どういたしまして。 不客氣。

　　いいえ、どういたしまして。 不，不客氣。

とういつ [統一] ⓪ 名 統一

どういつ [同一] ⓪ 名 ナ形 相同、平等

どういん [動員] ⓪ 名 動員

どうか ① 副 （務必）請、設法、不對勁、突然

どうかく [同格] ⓪ 名 同規格、同資格

どうかん [同感] ⓪ 名 同感

とうき [陶器] ① 名 陶器

とうぎ [討議] ① 名 討論、商議

どうき [動機] ⓪ 名 動機

とうきゅう [等級] ⓪ 名 等級

どうきゅう [同級] ⓪ 同年級、同學年、同等級

どうきょ **[同居]** ⓪ 名 同住、混在一起

どうぐ **[道具]** ③ 名 道具、工具、（身體的）部位

とうげ **[峠]** ③ 名 山頂、顛峰、全盛期

とうけい **[統計]** ⓪ 名 統計

とうこう **[登校]** ⓪ 名 上學、到校

とうごう **[統合]** ⓪ 名 統合

どうこう **[動向]** ⓪ 名 動向

どうさ **[動作]** ① 名 動作

とうざい **[東西]** ① 名 （方向）東西、東洋與西洋

とうさん **[倒産]** ⓪ 名 破產

とうし **[投資]** ⓪① 名 投資

とうじ **[当時]** ① 名 當時、現在

どうし **[動詞]** ⓪ 名 動詞

どうし **[同士]** ① 名 （彼此有關連、同一類的
人）～之間、～們

どうし **[同志]** ① 名 （志同道合的人）同好、同志

どうじ **[同時]** ⓪① 名 同時、同時代

とうじつ **[当日]** ⓪① 名 當日、當天

どうして ① 副 如何地、為什麼

　　　　　① 感 哎呀、（表強烈否定）哪裡！

どうしても ④① 副 無論如何都要～、怎樣都（無
法）～

とうしょ **[投書]** ⓪ 名 投書、投訴、投稿

とうじょう **[登場]** ⓪ 名 登場

どうじょう [同情] ⓪ 名 同情

どうじょう [道場] ①⓪ 名 （練習、訓練武藝的）道場

どうせ ⓪ 副 反正、乾脆

とうせい [統制] ⓪ 名 統制、統一管理

とうせん [当選] ⓪ 名 當選

とうぜん [当然] ⓪ 名 ナ形 副 （理所）當然

どうぞ ① 副 請

とうそう [逃走] ⓪ 名 逃走

とうそつ [統率] ⓪ 名 統率

どうぞよろしく。 請多多指教。

とうだい [灯台] ⓪ 名 燈塔

とうたつ [到達] ⓪ 名 抵達

とうち [統治] ① 名 統治

とうちゃく [到着] ⓪ 名 抵達

どうちょう [同調] ⓪ 名 贊成、同步

とうてい [到底] ⓪ 副 終究還是（沒）～

どうてき [動的] ⓪ ナ形 動、活動、生動

とうとい [尊い / 貴い] ③ イ形 高貴的、尊貴的、寶貴的

とうとう ① 副 到頭來、結果還是

どうとう [同等] ⓪ 名 ナ形 同等

どうどう [堂々] ⓪③ 名 副 堂堂（正正）、（威風）凜凜、大大方方

どうとく [道徳] ⓪ 名 道德

とうとぶ [尊ぶ] ③ 他動 尊敬、尊重

とうなん [盗難] ⓪ 名 失竊、遭小偷

どうにか ① 副 勉強、無論如何都要、好歹、想辦法

どうにも ⓪ 副 （後接否定）不管怎麼也、無論如何也、的確

とうにゅう [投入] ⓪ 名 投入

どうにゅう [導入] ⓪ 名 引入、引進

とうにん [当人] ① 名 本人、當事人

とうばん [当番] ① 名 值勤、值班

とうひょう [投票] ⓪ 名 投票

どうふう [同封] ⓪ 名 隨函（寄出）

どうぶつ [動物] ⓪ 名 動物

とうぶん [等分] ⓪ 名 平分、均分、平均

とうぶん [当分] ⓪ 名 暫時、目前

とうぼう [逃亡] ⓪ 名 逃亡、逃跑

どうほう [同胞] ⓪ 名 同胞、兄弟姐妹

とうみん [冬眠] ⓪ 名 冬眠

とうめい [透明] ⓪ 名 ナ形 透明、清澈

どうめい [同盟] ⓪ 名 同盟

どうも ① 副 非常

どうやら ① 副 總算、總覺得、好像

とうゆ [灯油] ⓪ 名 燈油

とうよう [東洋] ① 名 東洋

どうよう [同様] ⓪ 名 ナ形 同様

どうよう [童謡] ⓪ 名 童謡

どうよう [動揺] ⓪ 名 動搖

どうりょう [同僚] ⓪ 名 同事

どうりょく [動力] ①⓪ 名 （利用天然能源轉換而來的電力、水力等）動力

どうろ [道路] ① 名 道路

とうろく [登録] ⓪ 名 登錄、登記、記（帳）

とうろん [討論] ① 名 討論

どうわ [童話] ⓪ 名 童話

とお [十] ① 名 十

とおい [遠い] ⓪ イ形 遠的、久遠的、遙遠的

とおか [十日] ⓪ 名 十號、十日

とおく [遠く] ③ 名 遠處、遠地
　　　　　　　　　⓪ 副 遠遠地、遙遠地

とおざかる [遠ざかる] ④ 自動 遠離、疏遠

とおす [通す] ① 他動 通過、穿越、通（話）

とおまわり [遠回り] ③ 名 ナ形 委婉

とおり [通り] ③ 名 馬路、來往、流通、名聲、響亮

～とおり [～通り] 接尾 ～種類、～組、～套、～遍

とおりかかる [通り掛（か）る] ⑤⓪ 他動 剛好路過、偶然經過

とおりすぎる [通り過ぎる] ⑤ 自動 經過、通過

とおる [通る] ① 自動 （車子）經過、通過、穿過、通報、理解

トーン ① 名 音調、色調

とかい [都会] ⓪ 名 都會、都市

とかく ⓪ 名 各式各樣、種種

⓪ 副 總之、總會

とかす [溶かす] ② 他動 溶化、溶解

とがめる ③ 自他動 指責、查問、自責、惡化

とがる [尖る] ② 自動 尖、尖銳、敏銳、敏感

とき [時] ② 名 時、時間、時代、時節、時勢、時機、情況

ときおり [時折] ⓪ 副 有時、偶爾

ときどき [時々] ②⓪ 名 各個時期（季節）

⓪ 副 有時候、偶爾

どきどき ① 副 （因緊張、害怕或期待而心跳加速）撲通撲通、忐忑不安

とぎれる ③ 自動 中斷、斷絕

とく [得] ⓪ 名 利益、好處、有利

とく [溶く] ① 他動 溶化、溶解

とく [解く] ① 他動 解開、拆開、解除、消除

とく [説く] ① 他動 解釋、說明、提倡

とぐ [研ぐ] ① 他動 磨、磨亮、擦亮

どく [退く] ⓪ 自動 退開、躲開

どく [毒] ② 名 毒

とくい [得意] ②⓪ 名 ナ形 得意、擅長、老主顧

とくいさき **[得意先]** ⓪ 名 老顧客

とくぎ **[特技]** ① 名 專長

どくさい **[独裁]** ⓪ 名 獨裁、專制

とくさん **[特産]** ⓪ 名 特產

どくじ **[独自]** ①⓪ 名 ナ形 獨自、獨到

どくしゃ **[読者]** ① 名 讀者

とくしゅ **[特殊]** ⓪ 名 ナ形 特殊

とくしゅう **[特集]** ⓪ 名 （電視、雜誌等）特集、專題（報導）

どくしょ **[読書]** ① 名 讀書

とくしょく **[特色]** ⓪ 名 特色

どくしん **[独身]** ⓪ 名 單身

どくせん **[独占]** ⓪ 名 獨占

どくそう **[独創]** ⓪ 名 獨創

とくちょう **[特長]** ⓪ 名 優點、特長

とくちょう **[特徴]** ⓪ 名 特徵、特色

とくてい **[特定]** ⓪ 名 特定

とくてん **[得点]** ⓪ 名 得分

どくとく **[独特]** ⓪ ナ形 獨特

とくに **[特に]** ① 副 特別、尤其

とくは **[特派]** ①⓪ 名 特派

とくばい **[特売]** ⓪ 名 特賣

とくべつ **[特別]** ⓪ ナ形 副 特別、格外、（後接否定）並沒什麼～

とくゆう [特有] ⓪ 名 ナ形 特有

どくりつ [独立] ⓪ 名 獨立、自立門戶

とげ ② 名 刺

とけい [時計] ⓪ 名 鐘錶

とけこむ [溶（け）込む] ⓪③ 自動 溶入、融入、融洽

とける [溶ける] ② 自動 溶解、溶化

とける [解ける] ② 自動 解開、解除

とげる [遂げる] ⓪② 他動 實現、完成、達成

どける [退ける] ⓪ 他動 移開、挪開、搬移

どこ ① 代 哪裡、何處

どこか 連語 （表不太確定）好像哪裡、某處

とこのま [床の間] ⓪ 名 壁龕

とこや [床屋] ⓪ 名 理髮店的俗稱

ところ [所] ⓪ 名 地方、場所、時間、程度

〜ところ 接尾 （計算場所或客人人數）〜處、〜位

ところが ③ 接續 可是

〜どころか 副助 甭提〜連〜

ところで ③ 接續 （用於轉換話題時）對了

ところどころ [所々] ④ 名 到處

とざん [登山] ①⓪ 名 登山

とし [年] ② 名 年、一年、年齡、高齡

とし [都市] ① 名 都市

としごろ [年頃] ⓪ 名 年齡大約、（女性的）適婚年齡、正值〜年齡

としつき [年月] ② 名 年月、歳月、時光

とじまり [戸締り] ② 名 鎖好門窗、門窗上鎖、鎖門

としょ [図書] ① 名 圖書、書籍

としょかん [図書館] ② 名 圖書館

とじょう [途上] ⓪ 名 途中、中途

としより [年寄り] ③④ 名 上了年紀的人、老人

とじる [閉じる] ② 自他動 關、閉

とじる [綴じる] ② 他動 縫上、裝訂（成冊）

としん [都心] ⓪ 名 市中心

どだい [土台] ⓪ 名 副 地基、根基、根本、本來

とだえる [途絶える] ③ 自動 杳無人煙、中斷

とだな [戸棚] ⓪ 名 櫥櫃、壁櫥

とたん [途端] ⓪ 名 正當～的時候、剛～就～

とち [土地] ⓪ 名 土地、當地

とちゅう [途中] ⓪ 名 途中、中途、半途

どちら / どっち ①/① 代 哪邊、哪位、哪個

とっきゅう [特急] ⓪ 名 火速、特快、（日本電車的）特快車

とっきょ [特許] ① 名 特別許可、專利（權）、特權

とっく ⓪ 名 很久以前

とっくに ③ 副 早就

とっけん [特権] ⓪ 名 特權

とっさ ⓪ 名 瞬間、一轉眼

とっさに ⓪ 副 一瞬間

とつじょ [突如] ① 副 突如其然、突然、冷不防

とつぜん [突然] ⓪ 副 ナ形 突然

（〜に）とって 連語 對〜而言

どっと ⓪① 副 哄然、忽然（病重、倒下）、擁上

とっぱ [突破] ⓪① 名 衝破、突破、打破

トップ ① 名 首位、第一名、頂峰、頂尖、頭條
（新聞）、首腦

どて [土手] ⓪ 名 堤防、（無牙的）牙床

とても ⓪ 副 非常

とどく [届く] ② 自動 寄到、傳達

とどけ [届け] ③ 名 申請、申請書、登記、送到

とどける [届ける] ③ 他動 送交、呈上、呈報、申報

とどけで [届（け）出] ③ 名 申請、呈請

とどこおる [滞る] ⓪④ 自動 停滯、滯納、拖欠

ととのう [整う] ③ 自動 整齊、齊全

ととのえる [整える] ④③ 他動 整理

とどまる [止まる / 留まる] ③ 自動 停止、停下

とどめる [止める] ③ 他動 停止、僅止於

となえる [唱える] ③ 他動 唱、大聲說、提倡

どなた ① 代 （「誰」的敬語）哪位

となり [隣] ⓪ 名 隔壁

どなる ② 自動 怒斥、大罵

とにかく ① 副 總之、姑且

どの ① 連體 哪、哪個（都）～

～どの [～殿] 接尾 （接在信封中欄人名或職稱後，表敬意）～先生、～小姐

とのさま [殿様] ⓪ 名 （對主君、貴人的尊稱）大人、老爺

とばす [飛ばす] ⓪ 他動 疾駛、跳過、散播（謠言）、開（玩笑）

とびかう [飛（び）交う] ③ 自動 飛來飛去

とびこむ [飛（び）込む] ③ 自動 跳入、投入

とびだす [飛（び）出す] ③ 自動 起飛、衝出去、凸出

とびたつ [飛（び）立つ] ③ 自動 飛上天空、飛起

どひょう [土俵] ⓪ 名 （日本相撲的比賽場地）土俵、決勝負的場所

とびら [扉] ⓪ 名 門、扉頁

とぶ [飛ぶ / 跳ぶ] ⓪ 自動 飛、跳

どぶ [溝] ⓪ 名 排水溝、下水道

とほ [徒歩] ① 名 徒步、步行

どぼく [土木] ① 名 土木

とぼける ③ 自動 裝傻、遲鈍、滑稽

とぼしい [乏しい] ③ イ形 缺乏、不足

とまどい [戸惑い] ⓪③ 名 困惑、糊塗

とまどう [戸惑う] ③ 自動 不知所措

とまる [止まる / 留まる] ⓪ 自動 停止、斷絕、停留、固定

とまる [泊まる] ⓪ 自動 投宿、停泊

とみ [富] ① 名 財富、資源

とむ [富む] ① 自動 富有、豐富

とめる [止める / 留める] ③ 他動 停止、制止、留下、留住、固定住

とめる [泊める] ⓪ 他動 留宿、停泊

とも [友] ① 名 友人、朋友

とも [共] ⓪① 名 共同、一起、總共

ともかく ① 副 總之、姑且不論

ともかせぎ [共稼ぎ] ⓪③ 名 （夫妻倆都在賺錢）雙薪家庭、雙份收入

ともだち [友達] ⓪ 名 朋友

ともなう [伴う] ③ 自他動 陪伴、陪同、伴隨、帶～一起去

ともに [共に] ⓪① 副 共同、一起

ともばたらき [共働き] ③⓪ 名 （夫妻倆都在賺錢）雙薪家庭、雙份收入

どよう / ど [土曜 / 土] ②⓪ / ① 名 星期六

とら [虎] ⓪ 名 老虎

ドライ ② ナ形 乾燥

ドライクリーニング ⑤⑦ 名 乾洗

ドライバー ②⓪ 名 司機

　　　　　　　 ⓪ 名 螺絲起子

ドライブ ② 名 兜風

ドライブイン ④⑤ 名 （在高速公路兩旁開設的）汽車休息站

とらえる [捕らえる] ③ 他動 捕捉

トラック ② 名 卡車、貨車

トラブル ② 名 糾紛、麻煩、故障

ドラマ ① 名 電視連續劇

トランプ ② 名 撲克牌

トランジスター ④ 名 電晶體

とり [鳥] ⓪ 名 鳥

とりあえず ③④ 副 姑且

とりあげる [取（り）上（げ）る] ⓪④ 他動 拿起、舉起、採納、剝奪

とりあつかい [取（り）扱い] ⓪ 名 處理、操作、接待、待遇

とりあつかう [取（り）扱う] ⓪⑤ 他動 操縱、辦理、對待

とりい [鳥居] ⓪ 名 日本神社參拜步道入口前的大門

とりいれる [取（り）入れる] ④⓪ 收進來、引進

とりかえ [取（り）替え] ⓪ 名 備用、替換

とりかえる [取（り）替える] ⓪④③ 他動 互換、對掉、更換

とりくむ [取（り）組む] ③⓪ 自動 埋頭（工作）、投入

とりけす [取（り）消す] ⓪③ 他動 收回（說過的話）、取消、撤回、廢除

とりしまり [取（り）締（ま）り] ◎ 名 監督、
管理

とりしまる [取（り）締（ま）る] ④◎ 他動 監
督、管理

とりしらべる [取（り）調べる] ⑤◎ 他動 詳
査、審問

とりだす [取（り）出す] ③◎ 他動 取出、拿
出、選出

とりたてる [取（り）立てる] ④◎ 他動 徵收、
催繳、強調

とりつぐ [取（り）次ぐ] ◎③ 他動 轉達、代理

とりつける [取（り）付ける] ④◎ 他動 安裝、
取得

とりのぞく [取（り）除く] ◎④ 他動 拿掉、拆
掉、消除

とりひき [取引] ② 名 交易

とりまく [取（り）巻く] ③◎ 他動 包圍、圍繞

とりまぜる [取（り）混ぜる] ④◎ 他動 混和

とりもどす [取（り）戻す] ④◎ 他動 奪回、恢復

どりょく [努力] ① 名 努力

とりよせる [取（り）寄せる] ◎④ 他動 拉過
來、叫人送來

ドリル ①◎ 名 反覆練習、習題、鑽孔機

とりわけ ◎ 副 特別、格外

とる [取る] ① 他動 拿、除去、取得、耗費、賺、
攝取、收

とる **[採る]** ① 他動 採、摘、錄取

とる **[捕る]** ① 他動 捕、捉

とる **[撮る]** ① 他動 拍照、攝影

どれ ① 代 哪個、多少

トレーニング ② 名 訓練、練習

ドレス ① 名 （女性的）禮服

とれる **[取れる]** ② 自動 能取、能拿、脫落、消除、能理解

どろ **[泥]** ② 名 泥巴

とろける ⓪③ 自動 熔化、融化、沉醉

どろぼう **[泥棒]** ⓪ 名 小偷

どわすれ **[度忘れ]** ② 名 一時想不起來、一時忘了

トン ① 名 （容積、體積、重量的單位）噸

どんかん **[鈍感]** ⓪ 名 ナ形 遲鈍

とんだ ⓪ 連體 （多用於貶意）意外的、莫名奇妙的、了不起的

とんでもない ⑤ イ形 意外的、荒唐的

どんどん ① 副 漸漸、越來越～、陸續

どんな ① ナ形 怎樣

どんなに ① 副 多麼、（後接否定）無論再怎麼～也（無法）～

トンネル ⓪ 名 隧道

どんぶり **[丼]** ⓪ 名 （陶瓷製的）大碗公、蓋飯

とんや **[問屋]** ⓪ 名 批發商

随堂測驗

(1) 次の言葉の正しい読み方を一つ選びなさい。

( ) ① 特許
       1. とくきょ   2. とっきょ
       3. とつきょ   4. とうきょ

( ) ② 丼
       1. とんふり   2. とんぶり
       3. どんぶり   4. どんふり

( ) ③ 泥棒
       1. とろほう   2. とろぼう
       3. どろほう   4. どろぼう

(2) 次の言葉の正しい漢字を一つ選びなさい。

( ) ④ とけい
       1.時計   2.鐘計
       3.時金   4.鐘時

( ) ⑤ とうげ
       1.島   2.丘
       3.峠   4.頂

( ) ⑥ となえる
       1.楽える   2.弾える
       3.歌える   4.唱える

解答

(1) ① 2   ② 3   ③ 4
(2) ④ 1   ⑤ 3   ⑥ 4

な・ナ

な [名] ⓪ 名 名字、名聲、名義、藉口

ない [無い] ① イ形 不、沒有

ない [内] ① 名 內、裡面

～ない [～内] 接尾 ～裡面、在～內

ないか [内科] ⓪ 名 內科

ないかく [内閣] ① 名 內閣

ないし ① 接續 到、或者

ないしょ [内緒] ③⓪ 名 祕密、私下

ないしん [内心] ⓪ 名 內心

ないせん [内線] ⓪ 名 內線、（電話的）分機

ないぞう [内臓] ⓪ 名 內臟

ナイター ① 名 （棒球等的）夜間比賽

ナイフ ① 名 小刀、餐刀

ないぶ [内部] ① 名 內部、內幕

ないよう [内容] ⓪ 名 內容

ないらん [内乱] ⓪ 名 內亂、叛亂

ないりく [内陸] ⓪ 名 內陸、內地

ナイロン ① 名 尼龍

なえ [苗] ① 名 幼苗、稻秧

なお ① 副 還、再、仍然

　　　① 接續 又、再者

なおさら ⓪ 副 更

なおす [直す] ② 他動 修改、修理、恢復、重做

なおす [治す] ② 他動 治療

なおる [直る] ② 自動 改正過來、修理好、復原、改成

なおる [治る] ② 自動 治好、治癒

なか [中] ① 名 裡面、當中、中間、中等

なか [仲] ① 名 交情、關係

なが～ [長～] 接頭 長～、久～

ながい [長い / 永い] ② イ形 長久的、長的

ながし [流し] 名 流、流理台

ながす [流す] ② 自他動 沖走、倒、使漂浮、撤消、散布

なかなおり [仲直り] ③ 名 和好

なかなか ⓪ ナ形 相當、（後接否定）（不）輕易、怎麼也（不）～

⓪ 副 相當、非常

⓪ 感 是、誠然

ながなが [長々] ③⓪ 副 長時間、長長地

なかば [半ば] ③② 名 中央、中途、中間、一半

③② 副 一半、幾乎

ながびく [長引く] ③ 自動 拖長、延遲

なかほど [中程] ⓪ 名 中間、中等、途中

なかま [仲間] ③ 名 朋友、同事、同類

なかみ [中身 / 中味] ② 名 內容、容納的東西

ながめ [眺め] ③ 名 眺望、景色

ながめる [眺める] ③ 他動 眺望、凝視

なかゆび [中指] ② 名 中指

なかよし [仲良し] ② 名 要好、好朋友

ながら 接助 一邊〜一邊〜、雖然〜但是〜

ながれ [流れ] ③ 名 流動、河流、趨勢、流派、中止

ながれる [流れる] ③ 自動 流、流動、傳播、趨向

なぎさ [渚] ⓪ 名 岸邊、海濱

なく [泣く] ⓪ 自動 哭泣、流淚、傷腦筋

なく [鳴く] ⓪ 自他動 叫、鳴

なぐさめる [慰める] ④ 他動 安慰、慰問

なくす [無くす] ⓪ 他動 丟掉、消滅

なくす [亡くす] ⓪ 他動 死去

なくなる [無くなる] ⓪ 自動 遺失、盡、消失

なくなる [亡くなる] ⓪ 自動 去世

なぐる ② 他動 毆打

なげく [嘆く] ② 他動 悲嘆、感慨

なげだす [投 (げ) 出す] ⓪③ 他動 拋出、丟棄、拿出

なげる [投げる] ② 他動 扔、投、摔、提供

なこうど [仲人] ② 名 媒人

なごやか [和やか] ② ナ形 平靜、和諧、溫和

なごり [名残] ③⓪ 名 惜別、遺跡

なさけ [情け] ①③ 名 仁慈、同情、愛情、情趣

なさけない [情け無い] ④ イ形 可恥的、令人遺憾的、可憐的

なさけぶかい [情け深い] ⑤ イ形 仁慈的、熱心腸的

なさる ② 他動 (「する」、「なる」的尊敬語) 為、做

～なさる 補動 前接サ變動詞ます形做敬語用，例如「連絡<ruby>連絡<rt>れんらく</rt></ruby>なさる」等

なし [無し] ① 名 無、沒有

なじる ② 他動 責備

なす [為す] ① 他動 做、為

なぜ ① 副 為什麼、為何

なぜならば ① 接續 因為

なぞ [謎] ⓪ 名 謎、暗示、莫名其妙

なぞなぞ [謎謎] ⓪ 名 謎、謎語

なだかい [名高い] ③ イ形 有名的、出名的

なだらか ② ナ形 坡度平緩、平穩、順利

なだれ [雪崩] ⓪ 名 雪崩

なつ [夏] ② 名 夏天

なつかしい [懐かしい] ④ イ形 懷念的、眷戀的

なつく [懐く] ② 自動 接近、喜歡、馴服

なづける [名付ける] ③ 他動 命名、叫作

なっとく [納得] ⓪ 名 理解、同意

なでる [撫でる] ② 他動 撫摸

～など [～等] 副助 ～等等、～之類、～什麼的

なな [七] ① 名 七、七個、第七

ななつ [七つ] ② 名 七、七個、七歲

ななめ [斜め] ② 名 ナ形 傾斜、不高興

なに / なん [何] ①/① 代 什麼、哪個

なに [何] ① 副 什麼（事情）都～

　　　　　　① 感 （表驚訝、懷疑）什麼、（表否定）沒什麼

なにか [何か] 連語 某種、什麼、總覺得、或者

なにげない [何気ない] ④ イ形 假裝沒事的、無意的

なにしろ ① 副 無論怎樣、總之、因為

なにとぞ ⓪ 副 請、想辦法

なになに [何々] ①② 代 什麼什麼、某某

　　　　　　① 感 什麼什麼、怎麼

なにぶん [何分] ⓪ 名 多少、某些

　　　　　　⓪ 副 請、無奈、畢竟

なにも ⓪① 副 什麼也、又何必

　　　連語 一切都～、什麼都～、（後接否定）一點都～

なにより 連語 再好不過

なのか [七日] ⓪ 名 七號、七日

ナプキン ① 名 餐巾、衛生棉

なふだ [名札] ⓪ 名 名牌

なべ [鍋] ① 名 鍋子、火鍋

なま **[生]** ① 名 ナ形 生、鮮、自然

なま～ **[生～]** 接頭 不成熟、不充分、有點

なまいき **[生意気]** ⓪ 名 ナ形 傲慢、狂妄

なまえ **[名前]** ⓪ 名 名字、名氣、名義

なまぐさい **[生臭い]** ④ イ形 腥的、血腥的

なまける **[怠ける]** ③ 他動 懶惰

なまぬるい **[生温い]** ④⓪ イ形 微溫的、不夠嚴格的

なまみ **[生身]** ②⓪ 名 肉體、活人

なまり **[鉛]** ⓪ 名 鉛

なみ **[波]** ② 名 波浪、波、浪潮、高低起伏

なみ **[並（み）]** ⓪ 名 普通、中等（程度）

～なみ **[～並（み）]** 接尾 與～相當、每～

なみき **[並木]** ⓪ 名 行道樹

なみだ **[涙]** ① 名 眼淚、同情

なめらか **[滑らか]** ② ナ形 光滑、流利、順暢

なめる **[嘗める / 舐める]** ② 他動 舔、體驗、輕視

なやましい **[悩ましい]** ④ イ形 煩惱的、迷人的

なやます **[悩ます]** ③ 他動 傷腦筋、困擾、（使）煩惱

なやみ **[悩み]** ③ 名 煩惱、苦惱、痛苦

なやむ **[悩む]** ② 自動 煩惱、感到痛苦

なら **[奈良]** ① 名 （日本地名、姓氏）奈良

ならう **[習う]** ② 他動 學習、練習

ならう [倣う] ② 自動 模仿、效法

ならす [鳴らす] ⓪ 他動 鳴、出名、嘮叨

ならす [慣らす] ② 他動 使習慣

ならす [馴らす] ② 他動 馴養

ならびに [並びに] ⓪ 接續 以及

ならぶ [並ぶ] ⓪ 自動 排、並排、擺滿、匹敵

ならべる [並べる] ⓪ 他動 排列、擺、列舉、比較

なりたつ [成り立つ] ③⓪ 自動 成立、談妥、構成、划得來

なる [為る / 成る] ① 自動 變成、當、達到、經過、有用

なる [生る] ① 自動 結果、成熟

なる [鳴る] ⓪ 自動 鳴、響、聞名

なるたけ ⓪ 副 盡量

なるべく ⓪③ 副 盡量

なるほど ⓪ 副 的確、果然、怪不得
　　　　　　　⓪ 感 原來如此、怪不得

なれ [慣れ] ② 名 習慣、熟悉

なれなれしい [馴れ馴れしい] ⑤ イ形 親暱的

なれる [慣れる] ② 自動 習慣、熟練

なれる [馴れる] ② 自動 親近、混熟

なわ [縄] ② 名 繩子

なん [難] ① 名 困難、災難、責難

なん〜 [何〜] 接頭 若干、幾

～なんか 副助 什麼事、之類、哪、好像

なんかい [難解] ⓪ 名 ナ形 難懂

なんきょく [南極] ⓪ 名 南極

ナンセンス ① 名 ナ形 無意義（的話）、廢話

なんだい [難題] ⓪ 名 難題

なんだか [何だか] ① 副 是什麼、總覺得

なんだかんだ 連語 這樣那樣、這個那個

～なんて 副助 所說的、～之類的、表感到意外

なんで [何で] ① 副 什麼、為什麼

なんでも [何でも] ⓪① 副 不管什麼、無論如
何、多半是

連語 一切、全部

なんと [何と] ① 副 多麼、竟然、如何

① 感 如何、哎呀

なんとか [何とか] ① 副 想辦法、總算

連語 某某、這個那個

なんとなく ④ 副 不由得、無意中

なんとも ⓪① 副 怎麼也、無關緊要、真的

なんなり ① 副 不管怎樣也

ナンバー ① 名 數字、號碼牌、牌照、期、曲目

なんべい [南米] ⓪ 名 南美（洲）

なんぼく [南北] ① 名 南方和北方

随堂測験

(1) 次の言葉の正しい読み方を一つ選びなさい。

( ) ① 内閣
    1. ないかく   2. ないかい
    3. ないぐ   4. ないごく

( ) ② 悩ましい
    1. なかましい   2. ないましい
    3. なやましい   4. なもましい

( ) ③ 名残
    1. なごり   2. なざん
    3. なのこ   4. なさり

(2) 次の言葉の正しい漢字を一つ選びなさい。

( ) ④ なかなおり
    1. 中治り   2. 仲治り
    3. 中直り   4. 仲直り

( ) ⑤ なのか
    1. 七天   2. 七日
    3. 四天   4. 四日

( ) ⑥ ならう
    1. 為う   2. 慣う
    3. 倣う   4. 投う

解答

(1) ① 1   ② 3   ③ 1
(2) ④ 4   ⑤ 2   ⑥ 3

に・二

に [二] ① 名 二、第二、其次

に [荷] ①① 名 貨物、行李、責任、累贅

にあう [似合う] ② 自動 合適、相稱

にいさん [兄さん] ① 名 「哥哥」親暱的尊敬語、對年輕男性的親切稱呼

にえる [煮える] ① 自動 煮、煮熟、非常氣憤

におい [匂い] ② 名 氣味、香氣、風格、臭味、跡象

におう [匂う] ② 自動 散發香味、發臭、隱約發出

にがい [苦い] ② イ形 苦的、痛苦的、不高興的

にがす [逃がす] ② 他動 放、沒有抓住、錯過

にがて [苦手] ①③ 名 ナ形 棘手的（人、事）、不擅長

にかよう [似通う] ③ 自動 相似

にきび ① 名 粉刺、面皰

にぎやか [賑やか] ② ナ形 熱鬧、繁盛、華麗

にぎる [握る] ① 他動 握、抓、掌握

にぎわう [賑わう] ③ 自動 熱鬧、擁擠、興盛

にく [肉] ② 名 肉、肌肉、潤飾

にくい [憎い] ② イ形 憎恨的、漂亮的、令人欽佩的

〜にくい [〜難い] 接尾 難以〜、不好〜

にくしみ [憎しみ] ① 名 憎恨

にくしん [肉親] ⓪ 名 親人、親骨肉

にくたい [肉体] ⓪ 名 肉體

にくむ [憎む] ② 他動 憎恨、厭惡

にくらしい [憎らしい] ④ イ形 討厭的、憎恨的、令人羨慕的

にげだす [逃（げ）出す] ⓪③ 自動 逃走、溜掉、開始逃跑

にげる [逃げる] ② 自動 逃跑、躲避、甩開

にこにこ ① 副 笑嘻嘻

にごる [濁る] ② 自動 渾濁、不清晰、起邪念、混亂、發濁音

にし [西] ⓪ 名 西方、西方極樂世界

にじ [虹] ⓪ 名 彩虹

にしび [西日] ⓪ 名 夕陽、西照

にじむ [滲む] ② 自動 滲、模糊、流出、反映出

にせもの [贋物] ⓪ 名 贋品、偽造品

にち [日] ① 名 日本、星期日

～にち [～日] 接尾 ～天、～日、第～天

にちじ [日時] ① 名 日期和時間

にちじょう [日常] ⓪ 名 日常、平時

にちや [日夜] ① 名 日夜、每天、總是

にちよう / にち [日曜 / 日] ③⓪ / ① 名 星期日

にちようひん [日用品] ⓪ 名 日用品

にっか [日課] ⓪ 名 每天的習慣或活動

にっき [日記] ⓪ 名 日記

にづくり [荷造り] ② 名 捆行李、包裹

にっこう [日光] ① 名 陽光

にっこり ③ 副 微微一笑

にっちゅう [日中] ⓪ 名 晌午、白天

にってい [日程] ⓪ 名 每天的計畫

にっぽん / にほん [日本] ③/② 名 日本

になう [担う] ② 他動 挑、承擔

にぶい [鈍い] ② イ形 鈍的、遲鈍的、不強烈的、不清晰的、遲緩的

にぶる [鈍る] ② 自動 變鈍、變遲鈍、降低

にもかかわらず ①④ 接續 雖然～可是～
    連語 也不管、也不在乎

にもつ [荷物] ① 名 貨物、行李、負擔

ニュアンス ① 名 語氣、細膩

ニュー ① 名 新、新式

にゅういん [入院] ⓪ 名 住院

にゅうがく [入学] ⓪ 名 入學

にゅうしゃ [入社] ⓪ 名 進入公司（工作）

にゅうしゅ [入手] ⓪ 名 得到、取得

にゅうしょう [入賞] ⓪ 名 獲獎

にゅうじょう [入場] ⓪ 名 入場

ニュース ① 名 消息、新聞、新鮮事

にゅうよく [入浴] ⓪ 名 洗澡

にょう **[尿]** ① 名 尿

にょうぼう **[女房]** ① 名 妻子、老婆

にらむ **[睨む]** ② 他動 盯視、怒目而視、仔細觀察、估計

にる **[似る]** ⓪ 自動 相似、像

にる **[煮る]** ⓪ 他動 煮、燉、熬、燜

にわ **[庭]** ⓪ 名 院子、庭園、場所

にわか **[俄]** ① ナ形 突然、立刻、暫時

~にん **[~人]** 接尾 （人數）~名、~個人

にんき **[人気]** ⓪ 名 聲望、人緣、受歡迎、行情

にんぎょう **[人形]** ⓪ 名 娃娃、玩偶、傀儡

にんげん **[人間]** ⓪ 名 人、品格、為人

にんしき **[認識]** ⓪ 名 認識、理解

にんじょう **[人情]** ① 名 人情、人之常情

にんしん **[妊娠]** ⓪ 名 懷孕

にんむ **[任務]** ① 名 任務、職責

にんめい **[任命]** ⓪ 名 任

隨堂測驗

（1）次の言葉の正しい読み方を一つ選びなさい。

（　）① 匂い
      1. にかい   2. にあい
      3. にわい   4. におい

( ) ② 似通う
     1. にらかう   2. にいとう
     3. にまわう   4. にかよう

( ) ③ 濁る
     1. にじる   2. にごる
     3. にぶる   4. にがる

（2）次の言葉の正しい漢字を一つ選びなさい。

( ) ④ にえる
     1.炒える   2.蒸える
     3.煮える   4.焼える

( ) ⑤ になう
     1.持う   2.似う
     3.負う   4.担う

( ) ⑥ にぎやか
     1.持やか   2.握やか
     3.熱やか   4.賑やか

解答 --

（1） ① 4   ② 4   ③ 2
（2） ④ 3   ⑤ 4   ⑥ 4

ぬ・ヌ

ぬう [縫う] ① 他動 縫紉、縫合、穿過

ぬかす [抜かす] ⓪ 他動 遺漏、超過

ぬく [抜く] ⓪ 他動 抽出、超過、去除

ぬぐ [脱ぐ] ① 他動 脱掉

ぬけだす [抜け出す] ③ 自動 擺脱、領先

ぬける [抜ける] ⓪ 自動 脱落、漏掉、退出

ぬし [主] ① 名 主人、物主、做某事的人、精靈
  ① 代 （用「お主」的形式）您

ぬすみ [盗み] ③ 名 偷竊

ぬすむ [盗む] ② 他動 偷竊、抽空

ぬの [布] ⓪ 名 布

ぬま [沼] ② 名 沼澤

ぬらす [濡らす] ⓪ 他動 浸溼、沾溼

ぬる [塗る] ⓪ 他動 塗、擦、擦粉

ぬるい [温い] ② イ形 溫的、溫和的

ぬれる [濡れる] ⓪ 自動 淋溼、沾溼

隨堂測驗

（1）次の言葉の正しい読み方を一つ選びなさい。

（　）① 盗む
  1. ぬすむ　　　　　　2. ぬいむ
  3. ぬかむ　　　　　　4. ぬくむ

( ) ② 布
    1. ぬさ　　　　　　2. ぬい
    3. ぬの　　　　　　4. ぬか

( ) ③ 主
    1. ぬい　　　　　　2. ぬし
    3. ぬま　　　　　　4. ぬく

（2）次の言葉の正しい漢字を一つ選びなさい。

( ) ④ ぬう
    1. 繕う　　　　　　2. 縫う
    3. 揉う　　　　　　4. 締う

( ) ⑤ ぬけだす
    1. 抜け発す　　　　2. 抜け立す
    3. 抜け放す　　　　4. 抜け出す

( ) ⑥ ぬま
    1. 沼　　　　　　　2. 池
    3. 河　　　　　　　4. 海

解 答 --

（1）① 1　② 3　③ 2
（2）④ 2　⑤ 4　⑥ 1

ね・ネ

ね ① 感 呼喚對方或想引起對方注意時的用語

ね [根] ① 名 根、根據、根本

ね [音] ⓪ 名 聲音、音色

ね [値] ⓪ 名 價值、價格

ねいろ [音色] ⓪ 名 音色

ねうち [値打ち] ⓪ 名 估價、價值

ねえ ① 感 （表示請求、同意）喂

ねえさん [姉さん] ① 名 「姊姊」親暱的尊敬語、對年輕女性的親切稱呼

ネガ ① 名 底片

ねがい [願い] ② 名 願望、請求、申請書

ねがう [願う] ② 他動 請求、願望、祈禱

ねかせる [寝かせる] ⓪ 他動 使睡覺、放平

ネクタイ ① 名 領帶

ねこ [猫] ① 名 貓

ねじ ① 名 螺絲釘

ねじまわし [ねじ回し] ③ 名 螺絲起子

ねじる ② 他動 扭轉、捻

ねじれる ③ 自動 彎曲、彆扭

ねずみ ⓪ 名 老鼠

ねたむ [妬む] ② 他動 嫉妒、憤恨

ねだる ②⓪ 他動 纏著要求

ねだん [値段] ⓪ 名 價格

ねつ [熱] ② 名 熱、發燒、熱情

ねつい [熱意] ① 名 熱忱

ネックレス ① 名 項鍊

ねっしん [熱心] ①③ 名 ナ形 熱心、熱誠

ねっする [熱する] ⓪③ 自他動 發熱、加熱、熱衷

ねったい [熱帯] ⓪ 名 熱帶

ねっちゅう [熱中] ⓪ 名 熱衷、入迷

ねっとう [熱湯] ⓪ 名 開水

ねつりょう [熱量] ② 名 熱量

ねばり [粘り] ③ 名 黏性、堅韌

ねばる [粘る] ② 自動 黏、拖拖拉拉、堅持到底

ねびき [値引き] ⓪ 名 降價

ねぼう [寝坊] ⓪ 名 ナ形 睡懶覺、賴床

ねまき [寝巻 / 寝間着] ⓪ 名 睡衣

ねまわし [根回し] ② 名 （為了移植或多結果）剪
掉鬚根、事先疏通

ねむい [眠い] ⓪② イ形 睏的、想睡覺的

ねむたい [眠たい] ⓪③ イ形 睏的

ねむる [眠る] ⓪ 自動 睡覺、安息、閒置

ねらい [狙い] ⓪ 名 瞄準、目標

ねらう [狙う] ⓪ 他動 瞄準、尋找～的機會

ねる [寝る] ⓪ 自動 睡覺、躺

ねる [練る] ① 自他動 攪拌、鍛鍊、斟酌、研究

ねん [念] ⓪① 名 念頭、心情、心願、注意

～ねん [～年] 接尾 ～年

ねんが [年賀] ① 名 賀年

ねんかん [年間] ⓪ 名 年代、時期、一年

ねんかん [年鑑] ⓪ 名 年鑑

ねんがん [念願] ⓪ 名 心願、願望

ねんげつ [年月] ① 名 年月、歳月

ねんごう [年号] ③ 名 年號

ねんじゅう [年中] ① 名 副 全年、一年到頭

ねんしょう [燃焼] ⓪ 名 燃燒

～ねんせい [～年生] 接尾 ～年級

ねんだい [年代] ⓪ 名 年代、時代

ねんちょう [年長] ⓪ 名 ナ形 年長、年長的人

ねんど [年度] ① 名 年度、屆

ねんりょう [燃料] ③ 名 燃料

ねんりん [年輪] ⓪ 名 年輪、技藝經驗

ねんれい [年齢] ⓪ 名 年齡

あ行
か行
さ行
た行
な行
は行
ま行
や行
ら行
わ行

隨堂測驗

(1) 次の言葉の正しい読み方を一つ選びなさい。

( ) ① 妬む
    1. ねたむ　　　　　2. ねいむ
    3. ねこむ　　　　　4. ねらむ

（　）②熱する
　　　　1. ねんする　　　　　2. ねつする
　　　　3. ねっする　　　　　4. ねこする

（　）③値引き
　　　　1. ねひき　　　　　　2. ねびき
　　　　3. ねかき　　　　　　4. ねがき

（2）次の言葉の正しい漢字を一つ選びなさい。

（　）④ねこ
　　　　1. 狐　　　　　　　　2. 猫
　　　　3. 狸　　　　　　　　4. 犬

（　）⑤ねいろ
　　　　1. 金色　　　　　　　2. 景色
　　　　3. 特色　　　　　　　4. 音色

（　）⑥ねぼう
　　　　1. 寝床　　　　　　　2. 眠床
　　　　3. 寝坊　　　　　　　4. 眠坊

 解答 --

（1）① 1　② 3　③ 2
（2）④ 2　⑤ 4　⑥ 3

の・ノ

の [野] ① 名 原野、田地、野生

ノイローゼ ③ 名 神經病、神經衰弱

のう [能] ⓪① 名 能力、本事、功效

のう [脳] ① 名 大脳、智力

のうか [農家] ① 名 農民、農家

のうぎょう [農業] ① 名 農業

のうこう [農耕] ⓪ 名 農耕、種田

のうこう [濃厚] ⓪ ナ形 濃郁、醇厚

のうさんぶつ [農産物] ③ 名 農產品

のうじょう [農場] ⓪③ 名 農場

のうそん [農村] ⓪ 名 農村、郷村

のうち [農地] ① 名 農業用地、農田

のうど [濃度] ① 名 濃度

のうにゅう [納入] ⓪ 名 繳納

のうみん [農民] ⓪ 名 農民

のうやく [農薬] ⓪ 名 農藥

のうりつ [能率] ⓪ 名 效率、勞動生產率

のうりょく [能力] ① 名 能力

ノート ① 名 筆記、注解、筆記本

のがす [逃す] ② 他動 放過、錯過

のがれる [逃れる] ③ 他動 逃跑、逃避

のき [軒] ⓪ 名 屋簷

のきなみ [軒並 (み)] ⓪ 名 屋簷櫛比鱗次、一律

のこぎり ③④ 名 鋸

のこす [残す] ② 他動 留下、遺留、殘留

のこらず [残らず] ②③ 副 全部、一個不剩

のこり [残り] ③ 名 剩餘

のこる [残る] ② 自動 留下、留傳（後世）、殘留、剩下

のせる [乗せる] ⓪ 他動 搭乘

のせる [載せる] ⓪ 他動 載運、裝上、放、刊登

のぞく [覗く] ⓪ 自他動 露出、窺視、往下望、瞧瞧

のぞく [除く] ⓪ 他動 消除、除外

のぞましい [望ましい] ④ イ形 所希望的

のぞみ [望み] ⓪ 名 希望、要求、抱負

のぞむ [望む] ⓪② 他動 眺望、期望、要求

のぞむ [臨む] ⓪ 自動 面臨、面對、參加、對待

のち [後] ②⓪ 名 之後、未來、死後

ノック ① 名 敲打、敲門、打（棒球）

のっとる [乗っ取る] ③ 他動 攻占、奪取、劫持

のど [喉] ① 名 喉嚨、脖子、嗓音

のどか ① ナ形 晴朗、悠閒

ののしる [罵る] ③ 他動 罵、咒罵

のばす [伸ばす / 延ばす] ② 他動 留、伸展、延長、拖延

のびる [伸びる / 延びる] ② 自動 伸長、舒展、擦勻、延長、擴大

のべ [延べ] ①② 名 共計、總共

のべる [述べる] ② 他動 陳述、申訴、闡明

のぼり [上り] ⓪ 名 攀登、上坡、上行

のぼる [上る / 昇る / 登る] ⓪ 自動 攀登、上升、高升、達到、被提出

のみこむ [飲（み）込む] ⓪③ 他動 吞下、淹沒、理解

のみもの [飲（み）物] ③② 名 飲料

のむ [飲む] ① 他動 喝、吃（藥）、吞下去

のり [糊] ② 名 漿糊、膠水

のりかえ [乗（り）換え] ⓪ 名 轉乘、換乘

のりかえる [乗（り）換える] ④③ 自他動 轉乘、倒換、改行

のりこし [乗（り）越し] ⓪ 名 坐過站

のりこむ [乗（り）込む] ③ 自動 乘上、開進、到達

のりもの [乗（り）物] ⓪ 名 交通工具

のる [乗る] ⓪ 自動 坐、騎、開、站上、乘勢、上當

のる [載る] ⓪ 自動 載、裝、刊登、記載

のろい [鈍い] ② イ形 緩慢的、遲鈍的、磨蹭的

のろう [呪う] ② 他動 詛咒、懷恨

のろのろ ① 副 慢吞吞地

のんき [呑気] ① 名 ナ形 悠閒自在、不慌不忙、不拘小節、漫不經心

のんびり ③ 副 悠閒自在、無拘無束

隨堂測驗

（1）次の言葉の正しい読み方を一つ選びなさい。

（　）① 罵る
　　　1. のんのる　　　　　　2. ののしる
　　　3. のしのる　　　　　　4. のしまる

（　）② 軒
　　　1. のき　　　　　　　　2. のし
　　　3. のり　　　　　　　　4. のら

（　）③ 農薬
　　　1. のうよく　　　　　　2. のうみそ
　　　3. のうよう　　　　　　4. のうやく

（2）次の言葉の正しい漢字を一つ選びなさい。

（　）④ のど
　　　1. 脳　　　　　　　　　2. 鼻
　　　3. 喉　　　　　　　　　4. 耳

（　）⑤ のうこう
　　　1. 農村　　　　　　　　2. 農作
　　　3. 農耕　　　　　　　　4. 農民

（　）⑥ のがれる
　　　1. 望れる　　　　　　　2. 呪れる
　　　3. 残れる　　　　　　　4. 逃れる

解答

（1） ① 2　② 1　③ 4
（2） ④ 3　⑤ 3　⑥ 4

は・ハ

は **[歯]** ① 名 牙齒、齒

は **[葉]** ⓪ 名 葉子

は **[刃]** ① 名 刀刃、刀鋒

は **[派]** ① 名 派別、派系

～は **[～派]** 接尾 ～派

ば **[場]** ⓪ 名 場所、情況、機會

はあ ① 感 （表回答對）是、（表疑問、反問）啊

バー ① 名 酒吧、櫃台

ばあい **[場合]** ⓪ 名 場合、情況、時候

はあく **[把握]** ⓪ 名 緊握、掌握、充分理解

パーセント ③ 名 百分率

パーティー ① 名 舞會、聚會、派對

パート ① 名 部分、篇章、兼職人員

はい ① 感 對、是的、是

はい **[灰]** ⓪ 名 灰

はい **[肺]** ⓪ 名 肺部

～はい **[～杯]** 接尾 ～杯、～碗、～桶

～はい **[～敗]** 接尾 ～負、～敗

ばい **[倍]** ⓪ 名 倍、加倍

～ばい **[～倍]** 接尾 ～倍

はいいろ **[灰色]** ⓪ 名 灰色、可疑、暗淡

ばいう [梅雨] ① 名 梅雨

バイオリン ⓪ 名 小提琴

はいき [廃棄] ①⓪ 名 廢棄、廢除

はいきゅう [配給] ⓪ 名 配給、定量供應

ばいきん [黴菌] ⓪ 名 細菌

ハイキング ① 名 郊遊

はいく [俳句] ⓪ 名 俳句

はいぐうしゃ [配偶者] ③ 名 配偶

はいけい [拝啓] ① 名 敬啟

はいけい [背景] ⓪ 名 背景、布景

はいけん [拝見] ⓪ 名 拜讀

はいご [背後] ① 名 背後、幕後

はいざら [灰皿] ⓪ 名 菸灰缸

はいし [廃止] ⓪ 名 廢止、作廢

はいしゃく [拝借] ⓪ 名 借

はいじょ [排除] ① 名 排除

ばいしょう [賠償] ⓪ 名 賠償

はいすい [排水] ⓪ 名 排水

はいせん [敗戦] ⓪ 名 戰敗、輸掉

はいたつ [配達] ⓪ 名 送、投遞

はいち [配置] ⓪ 名 配置、布置

ばいてん [売店] ⓪ 名 小賣部、販賣部

バイバイ ① 感 掰掰

ばいばい [売買] ① 名 買賣、交易

はいふ **[配布]** ⓪① 名 散發

パイプ ⓪ 名 管、管道、菸斗、管樂器、聯絡（人）

はいぶん **[配分]** ⓪ 名 分配

はいぼく **[敗北]** ⓪ 名 敗北、打敗仗

はいゆう **[俳優]** ⓪ 名 演員

ばいりつ **[倍率]** ⓪ 名 倍率、放大率、競爭率

はいりょ **[配慮]** ① 名 關懷、照顧、考慮、關照

はいる **[入る]** ① 自動 進入、混有、參加、容納、收入

はいれつ **[配列]** ⓪ 名 排列

パイロット ③① 名 領航員、飛行員

はう **[這う]** ① 自動 爬、攀緣

はえる **[生える]** ② 自動 生、長

はえる **[映える]** ② 自動 照、顯眼

はか **[墓]** ② 名 墳墓

ばか **[馬鹿]** ① 名 ナ形 笨蛋、愚蠢、無聊、異常、失靈

はかい **[破壊]** ⓪ 名 破壞、摧毀、炸毀

はがき **[葉書]** ⓪ 名 明信片

はがす **[剥がす]** ② 他動 剝下、撕下

はかせ **[博士]** ① 名 博士、博學之士

はかどる **[捗る]** ③ 自動 進展、順利

はかない ③ イ形 短暫的、無常的、虛幻的

ばかばかしい ⑤ イ形 無聊的、荒謬的、愚蠢的

ばからしい [馬鹿らしい] ④ イ形 愚蠢的、無聊的、不值得的

はかり [秤] ⓪③ 名 秤、天平

ばかり 副助 僅、光是、只有、左右、接下來、剛剛、幾乎

はかる [計る / 量る / 測る] ② 他動 量、衡量、測量、估計

はかる [諮る] ② 他動 商量、請示

はかる [図る] ② 他動 謀求、企圖、策劃

はき [破棄] ① 名 廢棄、撕毀、撤銷

はきけ [吐気] ③ 名 噁心、想要嘔吐

はきはき ① 副 乾脆、敏捷、活潑伶俐

はく [穿く] ⓪ 他動 穿（裙子、褲子）

はく [履く] ⓪ 他動 穿（鞋類）

はく [掃く] ① 他動 打掃

はく [吐く] ① 他動 吐出、嘔吐、噴出、吐露

〜はく [〜泊] 接尾 〜宿、〜晚、〜夜

はぐ [剥ぐ] ① 他動 剝下、扒下、剝奪

はくがい [迫害] ⓪ 名 迫害、虐待

はくじゃく [薄弱] ⓪ 名 ナ形 軟弱、薄弱、不足

はくしゅ [拍手] ① 名 鼓掌、掌聲

はくじょう [白状] ①② 名 坦白、認罪

ばくぜん [漠然] ⓪ ナ形 含糊、籠統、曖昧

ばくだい [莫大] ⓪ 名 莫大、巨大

ばくだん [爆弾] ⓪ 名 炸彈

ばくは [爆破] ⓪① 名 爆破、炸毀

ばくはつ [爆発] ⓪ 名 爆炸、爆發

はくぶつかん [博物館] ④ 名 博物館

はぐるま [歯車] ② 名 齒輪

ばくろ [暴露] ① 名 風吹日晒、暴露、揭露

はげしい [激しい] ③ イ形 激烈的、強烈的、厲害的

バケツ ⓪ 名 水桶

はげます [励ます] ③ 他動 鼓勵、激勵

はげむ [励む] ② 自動 努力、勤勉

はげる [剥げる] ② 自動 剝落、褪色

ばける [化ける] ② 自動 變、改裝

はけん [派遣] ⓪ 名 派遣、派出

はこ [箱] ⓪ 名 箱子、盒子

はこぶ [運ぶ] ⓪ 自他動 運送、進行、前往、動

はさまる [挟まる] ③ 自動 夾、卡

はさみ ③ 名 剪刀、剪票鉗、螯足

はさむ [挟む] ② 他動 夾

はさん [破産] ⓪ 名 破產

はし [橋] ② 名 橋樑、天橋

はし [端] ⓪ 名 端、邊、起點、開端

はし [箸] ① 名 筷子

はじ [恥] ② 名 恥辱、羞恥

はじく [弾く] ② 他動 彈、打算盤、防

はしご [梯子] ⓪ 名 梯子

はじまり [始まり] ⓪ 名 開始、緣起

はじまる [始まる] ⓪ 自動 開始、發生、起源、犯（老毛病）

はじめ [始め / 初め] ⓪ 名 開始、第一次、最初、原先、開頭

はじめて [初めて] ② 副 第一次

はじめまして。 [初めまして。] 初次見面。

はじめる [始める] ⓪ 他動 開始、開創

～はじめる [～始める] 接尾 開始～

パジャマ ① 名 西式睡衣

ばしょ [場所] ⓪ 名 地方、地址

はしら [柱] ③⓪ 名 柱子、杆子、支柱、靠山

はじらう [恥じらう] ③ 自動 害羞

はしる [走る] ② 自動 跑、行駛、綿延、掠過、轉向、追求

はじる [恥じる] ② 自動 害羞、慚愧、敗壞名譽

はしわたし [橋渡し] ③ 名 架橋、橋樑、仲介

はす [斜] ⓪ 名 斜

はず ⓪ 名 應該、理應、預計

バス ① 名 浴室、公車、巴士

パス ① 名 免票、身分證明、月票、及格、錄取、不叫牌

はずかしい [恥ずかしい] ④ イ形 害羞的、不好意思的

はずす [外す] ⓪ 他動 取下、解開、錯過、離開、除去、躲過

パスポート ③ 名 護照、身分證

はずむ [弾む] ⓪ 自他動 跳、彈、起勁、喘

はずれる [外れる] ⓪ 自動 脫落、偏離、不中、落空、除去

パソコン ⓪ 名 個人電腦

はそん [破損] ⓪ 名 破損、損壞

はた [旗] ② 名 旗幟

はだ [肌] ① 名 肌膚、表面、氣質

バター ① 名 奶油

パターン ② 名 模式、模型、圖案

はだか [裸] ⓪ 名 裸體、精光、身無一物、裸露

はだぎ [肌着] ③⓪ 名 貼身襯衣、內衣、汗衫

はたく [叩く] ② 他動 拍打、打、傾囊

はたけ [畑] ⓪ 名 田地、專業的領域

はだし [裸足] ⓪ 名 赤腳、敵不過

はたして [果たして] ② 副 果然、到底

はたす [果たす] ② 自他動 完成、實現、實行、用盡

はたち [二十／二十歳] ① 名 二十歲

はたらき [働き] ⓪ 名 工作、功勞、功能、作用、生活能力

はたらく [働く] ⓪ 自他動 工作、勞動、起作用、活動

はち [八] ② 名 八、第八個

はち **[鉢]** ② 名 盆、鉢、花盆

はちみつ **[蜂蜜]** ⓪ 名 蜂蜜

パチンコ ⓪ 名 小鋼珠

〜はつ **[〜発]** 接尾 〜顆、〜發、〜出發

ばつ **[罰]** ① 名 懲罰、處罰

ばつ **[×]** ① 名 叉

はついく **[発育]** ⓪ 名 發育、成長

はつおん **[発音]** ⓪ 名 發音

はつか **[二十日]** ⓪ 名 二十號、二十日

はつが **[発芽]** ⓪ 名 發芽

はっき **[発揮]** ⓪ 名 發揮、施展

はっきり ③ 副 清楚、明確、爽快、清醒

はっくつ **[発掘]** ⓪ 名 發掘、挖掘

バッグ ① 名 包包

はっけん **[発見]** ⓪ 名 發現

はつげん **[発言]** ⓪ 名 發言

はっこう **[発行]** ⓪ 名 發行、發售、發放

バッジ ①⓪ 名 徽章、証明章

はっしゃ **[発車]** ⓪ 名 開車、發車

はっしゃ **[発射]** ⓪ 名 發射

ばっする **[罰する]** ⓪③ 他動 處罰、定罪

はっせい **[発生]** ⓪ 名 發生、出現

はっそう **[発想]** ⓪ 名 構思、主意

はったつ **[発達]** ⓪ 名 發育、發達、發展

ばったり ③ 副 突然（相遇）、突然（停止）、突然（倒下）

バッテリー ⓪① 名 電池、投手和捕手

はってん [発展] ⓪ 名 發展

はつでん [発電] ⓪ 名 發電

バット ① 名 球棒

はつばい [発売] ⓪ 名 發售、出售

はつびょう [発病] ⓪ 名 發病、得病

はっぴょう [発表] ⓪ 名 發表、發布、公布

はつみみ [初耳] ⓪ 名 初次聽到、前所未聞

はつめい [発明] ⓪ 名 發明

はて [果て] ② 名 邊際、盡頭、最後、結局

はで [派手] ② 名 ナ形 鮮豔、華麗、闊綽

はてる [果てる] ② 自動 終、完畢、死

ばてる ② 自動 累得要命、精疲力竭

パトカー ③② 名 警車、巡邏車

はな [花] ② 名 花、插花

はな [鼻] ⓪ 名 鼻子

はなし [話] ③ 名 說話、談話、話題、故事、商量

はなしあい [話し合い] ⓪ 名 商量、協商

はなしあう [話し合う] ④ 他動 談話、商量、談判

はなしかける [話し掛ける] ⑤⓪ 他動 跟人說話、攀談、開始說

はなしちゅう [話し中] 連語 正在說話、（電話）佔線

はなす **[話す]** ② 他動 說、講、告訴、商量

はなす **[離す]** ② 他動 放開、間隔

はなす **[放す]** ② 自他動 放掉、置之不理

はなはだ **[甚だ]** ⓪ 副 很、太、甚

はなはだしい **[甚だしい]** ⑤ イ形 甚、非常的

はなばなしい **[華々しい]** ⑤ イ形 華麗的、燦爛的、轟轟烈烈的

はなび **[花火]** ① 名 煙火

はなびら **[花弁]** ③ 名 花瓣

はなみ **[花見]** ③ 名 賞花、賞櫻花

はなやか **[華やか]** ② ナ形 華麗、顯赫、引人注目

はなよめ **[花嫁]** ② 名 新娘

はなれる **[離れる]** ③ 自動 分離、間隔、離開

はなれる **[放れる]** ③ 自動 脫離

はね **[羽]** ⓪ 名 羽毛、翅膀、翼

はね **[羽根]** ⓪ 名 羽毛球

ばね ① 名 發條、彈簧、彈力

はねる **[跳ねる]** ② 自動 跳、飛濺、散場、裂開

はは **[母]** ① 名 母親

はば **[幅]** ⓪ 名 寬度、幅面、差距、差價

パパ ① 名 爸爸

ははおや **[母親]** ⓪ 名 母親

はばむ **[阻む]** ② 他動 阻止、擋

はぶく **[省く]** ② 他動 除去、節省、省略

はへん **[破片]** ⓪ 名 碎片

はま **[浜]** ② 名 海濱、湖濱

はまべ **[浜辺]** ⓪③ 名 海濱、湖濱

はまる ⓪ 自動 套上、嵌入、恰好合適、陷入、熱中

はみがき **[歯磨き]** ② 名 刷牙、牙刷、牙膏

はめる ⓪ 他動 鑲、嵌、戴上、欺騙

ばめん **[場面]** ⓪① 名 場面、情景

はやい **[早い / 速い]** ② イ形 早的、快的、簡單的

はやくち **[早口]** ② 名 說話快、繞口令

はやし **[林]** ③⓪ 名 林、樹林

はやす **[生やす]** ② 他動 使～生長

はやめる **[早める]** ③ 他動 提前、提早

はやる **[流行る]** ② 自動 流行、興旺、蔓延

はら **[腹]** ② 名 腹、腹部、想法、心情

はら **[原]** ① 名 平原、荒地

はらいこむ **[払（い）込む]** ④⓪ 他動 繳納、交納

はらいもどす **[払（い）戻す]** ⑤⓪ 他動 退還

はらう **[払う]** ② 自他動 拂、趕去、支付、傾注

はらだち **[腹立ち]** ⓪④ 名 生氣

はらっぱ **[原っぱ]** ① 名 空地、草地

はらはら ① 副 飄（落）、捏一把冷汗

ばらまく ③ 他動 撒播、散布、到處花錢

バランス ⓪ 名 平衡

はり **[針]** ① 名 針、刺

はりがね [針金] ⓪ 名 鐵絲、銅絲、鋼絲

はりがみ [張（り）紙] ⓪ 名 貼紙、貼出廣告

はりきる [張（り）切る] ③ 自動 拉緊、繃緊、緊張、精神百倍

はる [春] ① 名 春天、青春期、極盛時期

はる [張る] ⓪ 自他動 拉、覆蓋、裝滿、膨脹、挺、伸展

はる [貼る／張る] ⓪ 他動 黏貼

はるか [遥か] ① ナ形 副 遙遠、遠方、遠遠

はれ [晴れ] ② 名 晴天、隆重、公開、正式、消除

はれつ [破裂] ⓪ 名 破裂

はれる [晴れる] ② 自動 放晴、消散、消除、愉快

はれる [腫れる] ⓪ 自動 腫、腫脹

はん [半] ① 名 半、一半、奇數

はん [班] ① 名 班、組

はん [判] ① 名 印章、圖章、（紙或書的）尺寸

はん [版] ① 名 版

はん～ [反～] 接頭 反～、非～

ばん [晩] ⓪ 名 晚上

ばん [番] ① 名 輪班、看守

パン ① 名 麵包

はんい [範囲] ① 名 範圍、界限

はんえい [反映] ⓪ 名 反映

はんえい [繁栄] ⓪ 名 繁榮、興旺

はんが [版画] ⓪ 名 版畫、木刻

ハンガー ① 名 衣架

ハンカチ ③⓪ 名 手帕

はんかん [反感] ⓪ 名 反感

はんきょう [反響] ⓪ 名 回響、回音、反應

パンク ⓪ 名 撐破

ばんぐみ [番組] ⓪ 名 節目

はんけい [半径] ① 名 半徑

はんげき [反撃] ⓪ 名 反擊、反攻

はんけつ [判決] ⓪ 名 判決

はんこ [判子] ③ 名 印章

はんこう [反抗] ⓪ 名 反抗

ばんごう [番号] ③ 名 號碼

はんざい [犯罪] ⓪ 名 犯罪

ばんざい [万歳] ③ 名 萬幸、可喜、可賀、束手
　　　　　　　　　無策

　　　　　　　③ 感 萬歲、太好了

ハンサム ① ナ形 英俊瀟灑、帥

はんじ [判事] ① 名 法官

はんしゃ [反射] ⓪ 名 反射

はんじょう [繁盛] ① 名 ナ形 繁榮昌盛、興旺

はんしょく [繁殖] ⓪ 名 繁殖、滋生

はんする [反する] ③ 自動 違反、相反、造反

はんせい [反省] ⓪ 名 反省

はんたい [反対] ⓪ 名 ナ形 相反、反對、不同意

はんだん [判断] ① 名 判斷

ばんち [番地] ⓪ 名 門牌號碼、住處

パンツ ① 名 內褲、褲子

はんてい [判定] ⓪ 名 判定、判斷

はんとう [半島] ⓪ 名 半島

ハンドバッグ ④ 名 手提包

ハンドル ⓪ 名 方向盤、車手把、把手、柄

はんにん [犯人] ① 名 犯人、罪人

ばんにん [万人] ⓪③ 名 萬人、眾人

ばんねん [晩年] ⓪ 名 晩年

はんのう [反応] ⓪ 名 反應、效果

ばんのう [万能] ⓪ 名 萬能、全才

はんぱ [半端] ⓪ 名 ナ形 零頭、零散、尾數、不
徹底、無用的人

ハンバーグ ③ 名 漢堡排

はんばい [販売] ⓪ 名 銷售、出售

はんぱつ [反発] ⓪ 名 排斥、彈回、反抗、反
感、回升

はんぶん [半分] ③ 名 一半、二分之一

～ばんめ [～番目] 接尾 第～號

はんらん [反乱] ⓪ 名 叛亂、反叛

はんらん [氾濫] ⓪ 名 泛濫、充斥

隨堂測驗

（1）次の言葉の正しい読み方を一つ選びなさい。

( ) ① 俳句
　　　1. ばんく　　　　　2. はんく
　　　3. ばいく　　　　　4. はいく

( ) ② 破片
　　　1. はへら　　　　　2. はひん
　　　3. はかた　　　　　4. はへん

( ) ③ 甚だ
　　　1. はすじだ　　　　2. はらみだ
　　　3. はなはだ　　　　4. はかまだ

（2）次の言葉の正しい漢字を一つ選びなさい。

( ) ④ はなび
　　　1. 花火　　　　　　2. 煙火
　　　3. 花煙　　　　　　4. 火花

( ) ⑤ はなやか
　　　1. 花やか　　　　　2. 艶やか
　　　3. 華やか　　　　　4. 彩やか

( ) ⑥ はだか
　　　1. 裸　　　　　　　2. 肌
　　　3. 顔　　　　　　　4. 体

解答

（1）① 4　② 4　③ 3
（2）④ 1　⑤ 3　⑥ 1

ひ・ヒ

ひ [日] ⓪ 名 太陽、日光、白天、天數、日期

ひ [火] ① 名 火、熱、火災

ひ [灯] ① 名 燈、燈光

ひ [碑] ⓪ 名 碑

ひ～ [非～] 接頭 非～、不～

ひ～ [被～] 接頭 被～

～ひ [～費] 接尾 ～費、～費用

び [美] ① 名 ナ形 美、美麗

ひあたり [日当り] ⓪ 名 向陽、向陽處

ピアノ ⓪ 名 鋼琴

ひいては ① 副 進而、不但～而且～

ビール ① 名 啤酒

ひえる [冷える] ② 自動 變冷、感覺冷、變冷淡

ひがい [被害] ① 名 受害、受災、損失

ひかえしつ [控室] ③ 名 等候室、休息室

ひがえり [日帰り] ⓪④ 名 當天來回

ひかえる [控える] ③② 自他動 等候、面臨、靠近、控制、記錄

ひかく [比較] ⓪ 名 比、比較

ひかくてき [比較的] ⓪ 副 比較

ひかげ [日陰] ⓪ 名 背陰處、陰涼處

ひがし [東] ⓪③ 名 東方

ぴかぴか ⓪ ナ形 亮晶晶、雪亮、閃閃發光

　　　　②① 副 閃閃發光

ひかり [光] ③ 名 光、光線、希望

ひかる [光る] ② 自動 發光、出類拔萃

ひかん [悲観] ⓪ 名 悲觀、失望

〜ひき [〜匹] 接尾 〜隻、〜條、〜頭、〜匹

ひきあげる [引（き）上げる] ④ 自他動 吊起、提高（物價）、撤回、提拔

ひきいる [率いる] ③ 他動 帶領、統率

ひきうける [引（き）受ける] ④ 他動 負責、答應、保證、接受

ひきおこす [引（き）起こす] ④ 他動 引起、扶起

ひきかえす [引（き）返す] ③ 自動 返回、折回

ひきさげる [引（き）下げる] ④ 他動 拉下、降低、撤回

ひきざん [引（き）算] ② 名 減法

ひきずる [引きずる] ⓪ 他動 拖、拉、強拉

ひきだし [引（き）出し] ⓪ 名 提取、抽屜

ひきだす [引（き）出す] ③ 他動 抽出、拉出、引出、提取

ひきとめる [引（き）止める] ④ 他動 制止、拉住、挽留、阻止

ひきとる [引（き）取る] ③ 自他動 離去、取回、收養、死

ひきょう [卑怯] ② 名 ナ形 膽怯、懦弱、卑鄙、無恥

ひきわけ [引（き）分け] ⓪ 名 和局、不分勝負

ひく [引く] ⓪ 自他動 拉、拖、減去、減價、劃線、吸引、查（字典）、引用

ひく [弾く] ⓪ 他動 彈、拉

ひく [轢く] ⓪ 他動 （車子）輾過

ひくい [低い] ② イ形 低的、矮的

ピクニック ①③② 名 郊遊、野餐、遠足

ひげ [髭] ⓪ 名 鬍鬚、鬚

ひげき [悲劇] ① 名 悲劇

ひけつ [否決] ⓪ 名 否決

ひこう [飛行] ⓪ 名 飛行、航空

ひこう [非行] ⓪ 名 不正當的行為、流氓行為

ひこうじょう [飛行場] ⓪ 名 機場

ひごろ [日頃] ⓪ 名 平時、平常

ひざ [膝] ⓪ 名 膝蓋

ひざし [日差し / 陽射し] ⓪ 名 陽光照射

ひさしい [久しい] ③ イ形 好久的、許久的

ひさしぶり [久しぶり] ⓪⑤ 名 ナ形 （隔了）好久、許久

ひさん [悲惨] ⓪ 名 ナ形 悲慘、凄慘

ひじ [肘] ② 名 手肘、（椅子）扶手

ビジネス ① 名 事務、工作、商業

ひじゅう [比重] ⓪ 名 比重、比例

びじゅつ [美術] ① 名 美術

ひしょ [秘書] ①② 名 秘書

ひじょう [非常] ⓪ 名 ナ形 緊急、非常、特別

びしょう [微笑] ⓪ 名 微笑

びじん [美人] ①⓪ 名 美女

ピストル ⓪ 名 手槍

ひずむ [歪む] ⓪② 自動 歪斜、變形

ひそか [密か] ②① ナ形 秘密、暗中、悄悄

ひたい [額] ⓪ 名 額頭

ひたす [浸す] ⓪② 他動 浸、泡

ひたすら ⓪ ナ形 一心一意
　　　　 ⓪ 副 一味、只顧

ビタミン ② 名 維生素、維他命

ひだり [左] ⓪ 名 左邊、左手、左側、左派

ぴたり ②③ 副 緊密、說中、突然停止

ひだりきき [左利き] ⓪ 名 左撇子、愛喝酒的人

ひっかかる [引っ掛かる] ④ 自動 掛上、卡住、牽連、上當、沾

ひっかく [引っ掻く] ③ 他動 搔、抓

ひっかける [引っ掛ける] ④ 他動 掛上、披上、勾引、喝酒、借機會

ひっき [筆記] ⓪ 名 筆記

びっくり ③ 副 吃驚、嚇一跳

ひっくりかえす [引っ繰り返す] ⑤ 他動 弄倒、翻過來、推翻

ひっくりかえる [引っ繰り返る] ⑤ 自動 翻倒、顛倒過來

ひづけ [日付け] ⓪ 名 年月日、日期

ひっこし [引っ越し] ⓪ 名 搬家

ひっこす [引っ越す] ③ 自動 搬家

ひっこむ [引っ込む] ③ 自動 縮進、退隱、凹入

ひっし [必死] ⓪ 名 ナ形 必死、拚命

ひっしゃ [筆者] ① 名 筆者、作者

ひっしゅう [必修] ⓪ 名 必修

ひつじゅひん [必需品] ⓪ 名 必需品

びっしょり ③ ナ形 副 濕透

ひつぜん [必然] ⓪ 名 ナ形 必然、當然

⓪ 副 一定

ぴったり ③ ナ形 恰好、剛好

③ 副 緊密、恰好、說中、突然停止

ひってき [匹敵] ⓪ 名 匹敵、比得上

ひっぱる [引っ張る] ③ 他動 拉、扯、帶領、引誘、強拉走

ひつよう [必要] ⓪ 名 ナ形 必要、必需

ひてい [否定] ⓪ 名 否定、否認

ビデオ ① 名 錄影機、攝影機、錄影帶

ひと [人] ⓪ 名 人、人類、他人、人品、人才

ひと～ [一～] 接頭 一個～、一回～、稍～

ひどい ② イ形 殘酷的、過分的、激烈的、嚴重的

ひといき [一息] ② 名 喘口氣、一口氣

ひとかげ [人影] ⓪ 名 人影、人

ひとがら [人柄] ⓪ 名 ナ形 人品好、為人

ひとけ [人気] ⓪ 名 人的氣息

ひとこと [一言] ② 名 一句話、三言兩語

ひとごみ [人込み] ⓪ 名 人群、人山人海

ひところ [一頃] ② 名 前些日子

ひとさしゆび [人差し指] ④ 名 食指

ひとしい [等しい] ③ イ形 相同的、等於的

ひとじち [人質] ⓪ 名 人質

ひとすじ [一筋] ② 名 ナ形 一條、一根、一心一意

ひとつ [一つ] ② 名 副 一、一個、一歲、稍微、一樣、一種

ひととおり [一通り] ⓪ 名 大概、普通、整套、全部

ひとどおり [人通り] ⓪ 名 人來人往、通往

ひとまず ② 副 暫時、姑且

ひとみ [瞳] ⓪ 名 眼睛、瞳孔

ひとめ [人目] ⓪ 名 看一眼、一眼望盡

ひとやすみ [一休み] ② 名 休息片刻

ひとり [一人 / 独り] ② 名 一人、一個人、單身

ひとり [独り] ② 名 副 獨自、只、光

ひどり [日取り] ⓪ 名 日期、日程

ひとりごと [独り言] 連語 自言自語

ひとりでに ⓪ 副 自己、自動地、自然而然地

ひとりひとり [一人一人] ④⑤ 名 每個人、各自

ひな [雛] ① 名 雛鳥、小雞、古裝人偶

ひなた [日向] ⓪ 名 向陽處、陽光照到的地方

ひなまつり [雛祭 (り)] ③ 名 女兒節

ひなん [非難] ① 名 責備、指責、非議

ひなん [避難] ① 名 避難、逃難

ビニール ② 名 塑膠

ひにく [皮肉] ⓪ 名 ナ形 挖苦、諷刺、令人啼笑皆非

ひにち [日にち] ⓪ 名 天數、日子、日期

ひねる [捻る] ② 他動 擰、扭、殺、絞盡腦汁、別出心裁

ひのいり [日の入り] ⓪ 名 日落、黃昏

ひので [日の出] ⓪ 名 日出

ひのまる [日の丸] ⓪ 名 太陽形、日本國旗

ひばな [火花] ① 名 火星、火花

ひはん [批判] ⓪ 名 批評、指責

ひび ⓪ 名 裂痕

ひび [日々] ① 名 天天

ひびき [響き] ③ 名 聲音、回聲、振動

ひびく [響く] ② 自動 傳出聲音、響亮、影響

ひひょう [批評] ⓪ 名 批評、評論

ひふ [皮膚] ① 名 皮膚

ひま [暇] ⓪ 名 ナ形 閒工夫、餘暇、休假

ひみつ [秘密] ⓪ 名 ナ形 秘密、機密

びみょう [微妙] ⓪ 名 ナ形 微妙

ひめい [悲鳴] ⓪ 名 尖叫、驚叫聲、叫苦

ひも [紐] ⓪ 名 細繩、帶子、條件

ひやかす [冷やかす] ③ 他動 嘲笑、戲弄、開玩笑、只詢價不買

ひゃく [百] ② 名 百、一百

ひやけ [日焼け] ⓪ 名 晒黑

ひやす [冷やす] ② 他動 冰鎮、冰、使～冷靜

ひゃっかじてん [百科辞典 / 百科事典] ④ 名 百科辭典、百科全書

ひよう [費用] ① 名 費用、開支、經費

ひょう [表] ⓪ 名 表格、圖表

ひょう [票] ⓪ 名 票、選票

びよう [美容] ⓪ 名 美貌、美容

びょう [秒] ① 名 秒

～びょう [～病] 接尾 ～病

びょういん [病院] ⓪ 名 醫院

ひょうか [評価] ① 名 估價、評價、承認

びょうき [病気] ⓪ 名 疾病、缺點、癖好

ひょうげん [表現] ③ 名 表現、表達

ひょうご [標語] ⓪ 名 標語

ひょうし [表紙] ③⓪ 名 封面、書皮

ひょうしき [標識] ⓪ 名 標誌、標示、標記、牌子

びょうしゃ [描写] ⓪ 名 描寫、描繪、描述

ひょうじゅん [標準] ⓪ 名 標準、水準

ひょうじょう [表情] ③ 名 表情

びょうどう [平等] ⓪ 名 ナ形 平等、同等

ひょうばん [評判] ⓪ 名 ナ形 評論、名聲、傳聞

ひょうほん [標本] ⓪ 名 標本、樣本

ひょうめん [表面] ③ 名 表面

ひょうろん [評論] ⓪ 名 評論

ひょっと ⓪① 副 忽然、偶然

びら ⓪ 名 傳單

ひらがな [平仮名] ③ 名 平假名

ひらく [開く] ② 自他動 （花）綻放、（門）開、拉開、打開、開始、舉辦

ひらたい [平たい] ⓪③ イ形 平坦的、扁平的、簡單的、易懂的

びり ① 名 最後、倒數第一

ひりつ [比率] ⓪ 名 比例

ひりょう [肥料] ① 名 肥料

びりょう [微量] ⓪ 名 微量、少量

ビル ① 名 （「ビルディング」的簡稱）大樓、高樓、大廈、帳單

ひる [昼] ② 名 白天、中午、午飯

ビルディング ① 名 大樓、大廈

ひるね [昼寝] ⓪ 名 午睡

ひるま [昼間] ③ 名 白天

ひるめし [昼飯] ⓪ 名 午飯

ひれい [比例] ⓪ 名 比例、相稱

ひろい [広い] ② イ形 廣闊的、寬敞的、廣泛的、寬宏的

ひろう [拾う] ⓪ 他動 撿、挑出、攔、收留、意外得到

ひろう [疲労] ⓪ 名 疲勞、疲倦

ひろう [披露] ① 名 宣布、公布

ひろがる [広がる] ⓪ 自動 擴大、拓寬、展現、蔓延

ひろげる [広げる] ⓪ 他動 擴大、拓寬、攤開

ひろさ [広さ] ① 名 面積、寬度、廣博

ひろば [広場] ① 名 廣場

ひろびろ [広々] ③ 副 寬廣、開闊

ひろまる [広まる] ③⓪ 自動 擴大、傳播、蔓延

ひろめる [広める] ③ 他動 擴大、普及、宣揚

ひん [品] ⓪ 名 品格、品質、貨

びん [瓶] ① 名 瓶子

びん [便] ① 名 郵寄、班（車、輪、機）

ピン ① 名 大頭針、別針、髮夾、旗竿、最上等、（骨牌或骰子的點數）一

びんかん [敏感] ⓪ 名 ナ形 敏感、靈敏

ピンク ① 名 桃紅色、粉紅色

ひんけつ [貧血] ⓪ 名 貧血

ひんこん [貧困] ⓪ 名 ナ形 貧窮、貧乏

ひんしつ [品質] ⓪ 名 質量

ひんじゃく [貧弱] ⓪ 名 ナ形 欠缺、遜色、瘦弱

ひんしゅ [品種] ⓪ 名 種類、品種

びんせん [便箋] ⓪ 名 信箋、信紙

びんづめ [瓶詰め] ⓪④ 名 瓶裝

ヒント ① 名 暗示、啟發

ひんぱん [頻繁] ⓪ 名 ナ形 頻繁、屢次

びんぼう [貧乏] ① 名 ナ形 貧窮、貧乏

隨堂測驗

（1）次の言葉の正しい読み方を一つ選びなさい。

( ) ① 匹敵
   1. ひってき　　　　　2. ひつてき
   3. ひきてき　　　　　4. ひらてき

( ) ② 微笑
   1. びわら　　　　　　2. ひわら
   3. びしょう　　　　　4. ひしょう

( ) ③ 密か
   1. ひちか　　　　　　2. ひめか
   3. ひさか　　　　　　4. ひそか

（2）次の言葉の正しい漢字を一つ選びなさい。

（　）④ ひざ
　　　　1.肘　　　　　　　　2.膝
　　　　3.腹　　　　　　　　4.肝

（　）⑤ ひなた
　　　　1.日所　　　　　　　2.陽当
　　　　3.日向　　　　　　　4.陽場

（　）⑥ ひっぱる
　　　　1.引っ張る　　　　　2.挽っ張る
　　　　3.弾っ張る　　　　　4.退っ張る

解答 --

（1） ① 1　② 3　③ 4
（2） ④ 2　⑤ 3　⑥ 1

ふ・フ

ふ～ / ぶ～ [不～ / 無～] 接頭 不～、無～

ぶ [分] ⓪ 名 程度、形勢

ぶ [部] ①⓪ 名 部分、部門

～ぶ [～分] 接尾 十分之一、（溫度的度數）～度、（音長的等分）～音符

～ぶ [～部] 接尾 ～部、～本、～冊、～份

ファイト ①⓪ 名 戰鬥、鬥志、比賽
　　　　　　 ①⓪ 感 加油、幹勁點

ファイル ① 名 歸檔、文件夾、檔案、文件

ファスナー ① 名 拉鍊

ファックス ① 名 傳真、傳真機

ふあん [不安] ⓪ 名 ナ形 不安、擔心

ファン ① 名 ～迷、愛慕者、愛好者

ふい [不意] ⓪ 名 ナ形 忽然、意外、出其不意

フィルター ⓪① 名 過濾、濾紙

フィルム ① 名 底片

ふう [封] ① 名 封上、封口

～ふう [～風] 接尾 ～風格、～樣子、～方法、～習慣

ふうけい [風景] ① 名 景色、風光、狀況

ふうさ [封鎖] ⓪ 名 封鎖

ふうしゃ [風車] ①⓪ 名 風車

ふうしゅう [風習] ⓪ 名 風俗習慣

ふうせん [風船] ⓪ 名 氣球

ふうぞく [風俗] ① 名 風俗

ブーツ ① 名 長靴

ふうど [風土] ① 名 風土、水土

ふうとう [封筒] ⓪ 名 信封、封皮

ふうふ [夫婦] ① 名 夫妻

ブーム ① 名 風潮、熱潮

プール ① 名 游泳池

ふうん [不運] ① 名 ナ形 不幸、倒楣

ふえ [笛] ⓪ 名 笛子、哨子

フェリー ① 名 渡輪、渡船

ふえる [増える / 殖える] ② 自動 增加

フォーク ① 名 叉子

フォーム ① 名 樣式、姿勢、格式

ふか [不可] ②① 名 不可、不行、不及格

ぶか [部下] ① 名 部下、屬下

ふかい [深い] ② イ形 深的、重的、濃的

ふかけつ [不可欠] ② 名 ナ形 不可或缺、必需

ぶかぶか ⓪ ナ形 寬大不合身
　　　　　① 副 寬大不合身、（吹樂器時發出的低
　　　　　沉聲音）噗噗

ふかまる [深まる] ③ 自動 加深、變深

ふかめる [深める] ③ 他動 加深、加強

ふき [武器] ① 名 武器

ふきそく [不規則] ②③ 名 ナ形 不規則、不整齊

ふきつ [不吉] ⓪ 名 ナ形 不吉利

ふきゅう [普及] ⓪ 名 普及

ふきょう [不況] ⓪ 名 不景氣、蕭條

ふきん [付近／附近] ②① 名 附近、一帶

ふきん [布巾] ② 名 抹布

ふく [吹く] ①② 自他動 刮、吹、吹奏、噴、吹牛

ふく [拭く] ⓪ 他動 擦、抹、拭

ふく [服] ② 名 衣服

ふく [福] ② 名 ナ形 幸福、幸運

ふく～ [副～] 接頭 副～

ふくごう [複合] ⓪ 名 合成

ふくざつ [複雑] ⓪ 名 ナ形 複雜

ふくし [副詞] ⓪ 名 副詞

ふくし [福祉] ②⓪ 名 福利、福祉

ふくしゃ [複写] ⓪ 名 複寫、複印、謄寫

ふくしゅう [復習] ⓪ 名 複習、溫習

ふくすう [複数] ③ 名 複數、幾個

ふくそう [服装] ⓪ 名 服裝、服飾

ふくむ [含む] ② 他動 含、帶有、包括、考慮

ふくめる [含める] ③ 他動 包含、指導

ふくめん [覆面] ⓪ 名 蒙面、匿名

ふくらます [膨らます] ⓪ 他動 使鼓起來

ふくらむ [膨らむ] ⓪ 自動 鼓起、膨脹、凸起

ふくれる [膨れる] ⓪ 自動 脹、腫、不高興

ふくろ [袋] ③ 名 袋、口袋

ふけいき [不景気] ② 名 ナ形 不景氣、蕭條、憂鬱

ふけつ [不潔] ⓪ 名 ナ形 不乾淨、骯髒、不純潔、不道德

ふける [更ける] ② 自動 深

ふける [耽る] ② 自動 入迷、沉溺、專心

ふける [老ける] ② 自動 上年紀、老

ふこう [不幸] ② 名 ナ形 不幸、厄運、死亡

ふごう [符号] ⓪ 名 符號、記號

ふごう [富豪] ⓪ 名 富豪、富翁

ふこく [布告] ⓪ 名 公布、宣告

ブザー ① 名 蜂鳴器、信號器

ふさい [夫妻] ①② 名 夫妻

ふさい [負債] ⓪ 名 欠債、負債

ふざい [不在] ⓪ 名 不在、不在家

ふさがる [塞がる] ⓪ 自動 關、塞、占用

ふさぐ [塞ぐ] ⓪ 自他動 堵、填、擋、占地方、盡責、鬱悶

ふざける ③ 自動 開玩笑、戲弄、打鬧

ぶさた [無沙汰] ⓪ 名 ナ形 久疏問候、久違

ふさわしい ④ イ形 合適、相稱

ふし [節] ② 名 節、關節、曲調、地方、段落

あ行
か行
さ行
た行
な行
は行
ま行
や行
ら行
わ行

ぶし [武士] ① 名 武士

ぶじ [無事] ⓪ 名 ナ形 平安無事、健康、圓滿

ふしぎ [不思議] ⓪ 名 ナ形 奇怪、不可思議

ぶしゅ [部首] ① 名 部首

ふじゆう [不自由] ① 名 ナ形 有殘疾、不方便、不自由

ふじゅん [不順] ⓪ 名 ナ形 不順、異常、不合理

ふしょう [負傷] ⓪ 名 受傷

ぶじょく [侮辱] ⓪ 名 侮辱

ふしん [不審] ⓪ 名 ナ形 可疑、不清楚

ふしん [不振] ⓪ 名 不好、不良

ふじん [夫人] ⓪ 名 夫人

ふじん [婦人] ⓪ 名 婦女、女子

ふすま [襖] ⓪③ 名 隔扇、紙拉門

ふせい [不正] ⓪ 名 ナ形 不正當

ふせぐ [防ぐ] ② 他動 防止、預防

ぶそう [武装] ⓪ 名 武裝、軍事裝備

ふそく [不足] ⓪ 名 ナ形 不夠、缺乏、不滿

ふぞく [付属] ⓪ 名 附屬

ふた [蓋] ⓪ 名 蓋子

ふだ [札] ⓪ 名 牌子、撲克牌、護身符

ぶた [豚] ⓪ 名 豬

ぶたい [舞台] ① 名 舞台、表演

ふたご [双子] ⓪ 名 雙胞胎、孿生子

ふたたび [再び] ⓪ 名 再、又、重

ふたつ [二つ] ③ 名 二、兩個、兩歲、兩方、第二

ふたり [二人] ③ 名 兩個人

ふたん [負担] ⓪ 名 承擔、負擔

ふだん [普段] ① 名 平常、平日

ふち [縁] ② 名 邊、緣

ふちょう [不調] ⓪ 名 ナ形 破裂、失敗、不順利

ぶちょう [部長] ⓪ 名 部長、處長

ぶつ ① 他動 打、撃、演講

〜ぶつ [〜物] 接尾 〜物

ふつう [普通] ⓪ 名 ナ形 普通、平常

　　　　　　　 ⓪ 副 一般

ふつう [不通] ⓪ 名 斷絕、不通

ふつか [二日] ⓪ 名 二號、二日

ぶっか [物価] ⓪ 名 物價

ふっかつ [復活] ⓪ 名 復活、恢復

ぶつかる ⓪ 自動 碰、撞、遇上、爭吵、直接試
試、趕上

ぶつぎ [物議] ① 名 群眾的批評

ふっきゅう [復旧] ⓪ 名 恢復原狀、修復

ぶつける ⓪ 他動 投、摔、碰上、發洩、對付

ふっこう [復興] ⓪ 名 復興、重建

ぶっし [物資] ① 名 物資

ぶっしつ [物質] ⓪ 名 物質

ぶっそう [物騒] ③ 名 ナ形 不安定、危險

ぶつぞう [仏像] ⓪ 名 佛像

ぶったい [物体] ⓪ 名 物體

ふっとう [沸騰] ⓪ 名 沸騰、熱烈

ぶつぶつ ⓪ 名 一顆顆
　　　　　① 副 抱怨、牢騷

ぶつり [物理] ① 名 物理

ふで [筆] ⓪ 名 筆、毛筆、寫、畫

ふと ⓪① 副 偶然、突然

ふとい [太い] ② イ形 粗的、膽子大的、無恥的

ふとう [不当] ⓪ 名 ナ形 不正當、非法、無理

ふどうさん [不動産] ②⓪ 名 房地產

ふとる [太る] ② 自動 胖、發福、發財

ふとん [布団] ⓪ 名 被子

ふなびん [船便] ⓪ 名 海運、通航

ぶなん [無難] ⓪ 名 ナ形 無災無難、沒有缺點

ふにん [赴任] ⓪ 名 上任

ふね [舟 / 船] ① 名 船

ふはい [腐敗] ⓪ 名 腐爛、腐壞、墮落

ふひょう [不評] ⓪ 名 評價低、不受歡迎

ぶひん [部品] ⓪ 名 配件、零件

ふぶき [吹雪] ① 名 暴風雪

ふふく [不服] ⓪ 名 ナ形 不服從、抗議、不滿意

ぶぶん [部分] ① 名 一部分

ふへい **[不平]** ⓪ 名 ナ形 牢騷、不滿意

ふへん **[普遍]** ⓪ 名 普遍

ふべん **[不便]** ① 名 ナ形 不方便

ふぼ **[父母]** ① 名 父母、家長

ふまえる **[踏まえる]** ③ 他動 踏、踩、根據

ふまん **[不滿]** ⓪ 名 ナ形 不滿足、不滿意

ふみきり **[踏（み）切り]** ⓪ 名 平交道、起跳點

ふみこみ **[踏（み）込み]** ⓪ 名 深入

ふみこむ **[踏（み）込む]** ③ 自他動 踩進去、闖入、更深一層、伸進

ふむ **[踏む]** ⓪ 踏、踩、跺腳、踏上、實踐、估計、經歷

ふめい **[不明]** ⓪ 名 ナ形 不詳、不清楚、無能

ふもと **[麓]** ③ 名 山腳、山麓

ぶもん **[部門]** ①⓪ 名 部門、方面

ふやす **[増やす / 殖やす]** ② 他動 增加、增添

ふゆ **[冬]** ② 名 冬天

ふよう **[扶養]** ⓪ 名 扶養

フライパン ⓪ 名 平底鍋、煎鍋

ブラウス ② 名 襯衫、罩衫

ぶらさげる **[ぶら下げる]** ⓪ 他動 佩帶、懸掛、提

ブラシ ①② 名 刷子

プラス ⓪① 名 加號、好處、加上、正數、陽性

プラスチック ④ 名 塑膠

プラットホーム ⑤ 名 月台、（電腦）平台

ふらふら ⓪ ナ形 搖晃

　　　　　① 副 游移不定、糊里糊塗、搖搖晃晃

ぶらぶら ⓪ ナ形 搖晃

　　　　　① 副 擺動、蹓躂、賦閒

プラン ① 名 計畫、設計圖

ふり [不利] ① 名 ナ形 不利

ふり [振り] ⓪② 名 振動、擺動、打扮、假裝、姿勢、陌生

～ぶり [～振り] 接尾 樣子、狀態、經過～之後又～

フリー ② 名 ナ形 自由、無拘束、免費

ふりかえる [振（り）返る] ③ 他動 回頭看、回顧

ふりがな [振（り）仮名] ⓪③ 名 注音假名

ふりだし [振（り）出し] ⓪ 名 出發點、開始、最初

ふりむく [振（り）向く] ③ 自他動 回頭、理睬

ふりょう [不良] ⓪ 名 ナ形 不好、壞、品質不好、流氓

ふりょく [浮力] ① 名 浮力

ぶりょく [武力] ① 名 武力

プリント ⓪ 名 印刷、印刷品、印花、油印

ふる [降る] ① 自動 下、降

ふる [振る] ⓪ 他動 揮、搖、撒、丟、拒絕、分配

ふる～ [古～] 接頭 舊～、使用過的～

ふるい [古い] ② イ形 老的、陳舊的、古老的、不新鮮的

ブルー ② 名 ナ形 青色、藍色、憂鬱

ふるえる [震える] ⓪ 自動 震動、發抖

ふるさと [故郷／郷里] ② 名 故郷、老家

ふるまう [振る舞う] ③ 自他動 行動、請客、招待

ふるわせる [震わせる] ⓪ 他動 使～振動、使～發抖

ブレーキ ②⓪ 名 煞車器、阻礙

ぶれい [無礼] ①② 名 ナ形 沒有禮貌、不恭敬

プレゼント ② 名 禮物、送禮

ふれる [触れる] ⓪ 自他動 觸、碰、打動、談到、觸犯、傳播

ふろ [風呂] ②① 名 浴室、浴缸

プロ ① 名 專業、職業

ブローチ ② 名 別針、胸針

ふろく [付録／附録] ⓪ 名 附錄

プログラム ③ 名 節目、說明書、計畫

ふろしき [風呂敷] ⓪ 名 包袱巾

フロント ⓪ 名 正面、前面、服務台

ふわふわ ⓪ ナ形 輕飄飄、軟綿綿

　　　　　 ① 副 輕飄飄、不沉著、軟綿綿、心神不定、浮躁

～ふん [～分] 接尾 ～分鐘、（角度）～分

ぶん [分] ① 名 ナ形 部分、分量、本分、狀態

ぶん [文] ① 名 文章、句子

ふんいき [雰囲気] ③ 名 氣氛、空氣

ふんか [噴火] ⓪ 名 火山噴發

ぶんか [文化] ① 名 文化

ふんがい [憤慨] ⓪ 名 氣憤、憤慨

ぶんかい [分解] ⓪ 名 拆開、分解

ぶんがく [文学] ① 名 文學

ぶんかざい [文化財] ③⓪ 名 文化遺產、文物

ぶんぎょう [分業] ⓪ 名 分工

ぶんげい [文芸] ⓪① 名 文藝

ぶんけん [文献] ⓪ 名 文獻、參考資料

ぶんご [文語] ⓪ 名 文言、書面語

ぶんさん [分散] ⓪ 名 分散、散開

ぶんし [分子] ① 名 分子

ふんしつ [紛失] ⓪ 名 遺失、失落

ふんしゅつ [噴出] ⓪ 名 噴出、射出

ぶんしょ [文書] ① 名 公文、文件

ぶんしょう [文章] ① 名 文章

ふんすい [噴水] ⓪ 名 噴泉、噴水池、噴出的水

ぶんすう [分数] ③ 名 分數

ぶんせき [分析] ⓪ 名 分析、化驗

ふんそう [紛争] ⓪ 名 糾紛

ぶんたい [文体] ⓪ 名 文體、風格

ふんだん ⓪ ナ形 副 大量、很多

ぶんたん [分担] ⓪ 名 分擔

ふんとう [奮闘] ⓪ 名 奮戰、奮鬥

ぶんぱい [分配] ⓪ 名 分配、分給

ぶんぷ [分布] ⓪ 名 分布

ぶんぼ [分母] ① 名 分母

ぶんぽう [文法] ⓪ 名 文法、語法

ぶんぼうぐ [文房具] ③ 名 文具

ふんまつ [粉末] ⓪ 名 粉末

ぶんみゃく [文脈] ⓪ 名 文章的脈絡

ぶんめい [文明] ⓪ 名 文明、文化

ぶんや [分野] ① 名 領域、範圍

ぶんり [分離] ⓪ 名 分離、隔離

ぶんりょう [分量] ③ 名 分量、重量

ぶんるい [分類] ⓪ 名 分門別類、分類

ぶんれつ [分裂] ⓪ 名 分裂、裂開

隨堂測驗

（1）次の言葉の正しい読み方を一つ選びなさい。

（　）① 不意
   1. ふい　　　　　　2. ぶい
   3. ぶん　　　　　　4. ふん

（　）② 吹雪
   1. ふふき　　　　　2. ふぶき
   3. ふずき　　　　　4. ふみき

（　）③ 部門
　　　　1. ふめん　　　　　　　2. ぶめん
　　　　3. ふもん　　　　　　　4. ぶもん

（2）次の言葉の正しい漢字を一つ選びなさい。

（　）④ ふせぐ
　　　　1. 塞ぐ　　　　　　　　2. 法ぐ
　　　　3. 防ぐ　　　　　　　　4. 噴ぐ

（　）⑤ ぶたい
　　　　1. 踊台　　　　　　　　2. 屋台
　　　　3. 舞台　　　　　　　　4. 講台

（　）⑥ ふとん
　　　　1. 衣団　　　　　　　　2. 伐団
　　　　3. 布団　　　　　　　　4. 綿団

 解 答 --

（1）① 1　② 2　③ 4
（2）④ 3　⑤ 3　⑥ 3

ペア ① 名 一雙、一組

へい [塀] ⓪ 名 圍牆、牆壁、柵欄

へいかい [閉会] ⓪ 名 閉會、閉幕

へいき [平気] ⓪ 名 ナ形 冷靜、鎮靜、不在乎、不要緊

へいき [兵器] ① 名 武器、軍火

へいきん [平均] ⓪ 名 平均、平均值

へいこう [平行] ⓪ 名 ナ形 平行

へいこう [並行] ⓪ 名 並行、同時舉行

へいこう [閉口] ⓪ 名 ナ形 閉口無言、為難、受不了、沒辦法

へいさ [閉鎖] ⓪ 名 封鎖、關閉

へいし [兵士] ① 名 士兵

へいじつ [平日] ⓪ 名 平常、平日

へいじょう [平常] ⓪ 名 平常、往常

へいたい [兵隊] ⓪ 名 軍人、軍隊

へいほう [平方] ⓪ 名 平方

へいぼん [平凡] ⓪ 名 ナ形 平凡、平庸

へいや [平野] ⓪ 名 平原

へいれつ [並列] ⓪ 名 並列

へいわ [平和] ⓪ 名 ナ形 和平、平安

ページ ⓪ 名 頁

ペース ① 名 速度、步調、進度

へきえき **[辟易]** ⓪ 名 感到為難

ぺこぺこ ⓪ ナ形 餓

　　　　① 副 癟、點頭哈腰

へこむ **[凹む]** ⓪ 自動 凹下、陷下、無精打采

ベスト ① 名 最好、全力

ベストセラー ④ 名 暢銷書

へそ ⓪ 名 肚臍、小坑、中心

へた **[下手]** ② 名 ナ形 笨拙、不擅長、馬虎

へだたる **[隔たる]** ③ 自動 相隔、距、不同、疏遠

へだてる **[隔てる]** ③ 他動 隔開、間隔、遮擋、離間

べつ **[別]** ⓪ 名 ナ形 分別、另外、例外、特別

べっきょ **[別居]** ⓪ 名 分居

べっそう **[別荘]** ③ 名 別墅

ベッド ① 名 床

ペット ① 名 寵物

べつべつ **[別々]** ⓪ 名 ナ形 分別、各自

ベテラン ⓪ 名 老手

へや **[部屋]** ② 名 房間、屋子

へらす **[減らす]** ⓪ 他動 減少、縮減、餓

へり **[縁]** ② 名 邊緣、帽檐

へりくだる ④⓪ 自動 謙遜

ヘリコプター ③ 名 直昇機

へる **[減る]** ⓪ 自動 減少、下降、磨損、餓

へる [経る] ① 自動 經過、路過、經由

ベル ① 名 鈴、鐘、電鈴

ベルト ⓪ 名 腰帶、皮帶、地帶

へん [変] ① 名 變化、（意外的）事件、事變
　　　　　① ナ形 奇怪、異常

へん [辺] ⓪ 名 附近、大致、邊

～へん [～編] 接尾 ～篇、～本

～へん [～遍] 接尾 ～遍、～次、～回

ペン ① 名 筆、鋼筆、自來水筆

べん [便] ① 名 ナ形 便利、方便、大小便

へんか [変化] ① 名 變化、變更

べんかい [弁解] ⓪ 名 辯解、分辨、辨明

へんかく [変革] ⓪ 名 改革、變化

へんかん [返還] ⓪ 名 歸還

べんぎ [便宜] ① 名 ナ形 方便、權宜

ペンキ ⓪ 名 油漆

へんきゃく [返却] ⓪ 名 歸還、退還

べんきょう [勉強] ⓪ 名 用功、讀書、經驗

へんけん [偏見] ⓪ 名 偏見、偏執

べんご [弁護] ① 名 辯護、辯解

へんこう [変更] ⓪ 名 變更、改變、更正

へんさい [返済] ⓪ 名 償還、還債

へんじ [返事] ③ 名 回答、回信

へんしゅう [編集] ⓪ 名 編輯

べんじょ [便所] ③ 名 廁所

べんしょう [弁償] ⓪ 名 賠償

へんせん [変遷] ⓪ 名 變遷

ベンチ ① 名 長凳、長椅

ペンチ ① 名 鉗子

へんとう [返答] ③⓪ 名 回答

へんどう [変動] ⓪ 名 變動、浮動、改變

べんとう [弁当] ③ 名 便當

べんぴ [便秘] ⓪ 名 便秘

べんり [便利] ① 名 ナ形 方便、便利

べんろん [弁論] ⓪ 名 辯論、申訴

隨堂測驗

(1) 次の言葉の正しい読み方を一つ選びなさい。

( ) ① 便所
      1. へんじょ   2. べんじょ
      3. べんどころ   4. へんところ

( ) ② 別々
      1. へつへつ   2. べつべつ
      3. べんべん   4. へなへな

( ) ③ 別荘
      1. べっそう   2. べつそう
      3. べらぞう   4. べつぞう

(2) 次の言葉の正しい漢字を一つ選びなさい。

( ) ④ へこむ
    1.少る　　　　　　　2.減る
    3.凹む　　　　　　　4.凸む

( ) ⑤ へい
    1.併　　　　　　　　2.柵
    3.塀　　　　　　　　4.壁

( ) ⑥ へきえき
    1.癖易　　　　　　　2.碧易
    3.壁易　　　　　　　4.辟易

解答

(1) ① 2　② 2　③ 1
(2) ④ 3　⑤ 3　⑥ 4

ほ・ホ

ほ **[穂]** ① 名 穂、尖端

〜ほ **[〜歩]** 接尾 〜步

〜ぽい 接尾 某種傾向、常〜、容易〜

ほいく **[保育]** ⓪ 名 保育

ボイコット ③ 名 排斥、聯合抵制

ポイント ⓪ 名 句點、小數點、要點、分數、地點

ほう **[方]** ① 名 ナ形 方向、領域、類、方面

ほう **[法]** ⓪ 名 法律、方法、禮節、理由、式

ぼう **[棒]** ⓪ 名 棍子、竿子、棒子、指揮棒

ぼう **[某]** ① 代 某

ほうあん **[法案]** ⓪ 名 法案

ぼうえい **[防衛]** ⓪ 名 防衛、保衛

ぼうえき **[貿易]** ⓪ 名 貿易

ぼうえんきょう **[望遠鏡]** ⓪ 名 望遠鏡

ぼうか **[防火]** ⓪ 名 防火

ほうかい **[崩壊]** ⓪ 名 崩潰、倒塌

ぼうがい **[妨害]** ⓪ 名 妨礙、干擾

ほうがく **[方角]** ⓪ 名 方向、方位

ほうがく **[法学]** ⓪ 名 法學

ほうき **[箒]** ⓪① 名 掃帚

ほうき **[放棄]** ① 名 放棄

ほうけん **[封建]** ⓪ 名 封建

ほうげん [方言] ③⓪ 名 方言、地方話

ぼうけん [冒険] ⓪ 名 冒險

ほうこう [方向] ⓪ 名 方向、方針

ほうこく [報告] ⓪ 名 報告

ほうさく [豊作] ⓪ 名 豐收

ほうさく [方策] ⓪ 名 對策

ぼうさん [坊さん] ⓪ 名 和尚

ほうし [奉仕] ①⓪ 名 服務、效力

ぼうし [帽子] ⓪ 名 帽子

ぼうし [防止] ⓪ 名 防止

ほうしき [方式] ⓪ 名 形式、手續、方法

ほうしゃ [放射] ⓪ 名 放射、輻射

ほうしゃのう [放射能] ③ 名 核能

ほうしゅう [報酬] ⓪ 名 報酬

ほうしゅつ [放出] ⓪ 名 放出、發放

ほうじる / ほうずる [報じる / 報ずる] ⓪③ / ⓪③
自他動 報答、報告、報導

ほうしん [方針] ⓪ 名 方針、磁針

ほうせき [宝石] ⓪ 名 寶石

ぼうせき [紡績] ⓪ 名 紡織、紗

ぼうぜん [呆然] ⓪ ナ形 發呆、目瞪口呆

ほうそう [放送] ⓪ 名 廣播、播放

ほうそう [包装] ⓪ 名 包裝

ほうそく [法則] ⓪ 名 法則、定律

ほうたい [包帯] ⓪ 名 繃帶

ぼうだい [膨大] ⓪ 名 ナ形 巨大、膨脹

ほうち [放置] ①⓪ 名 放置、置之不理

ほうちょう [庖丁] ⓪ 名 菜刀、烹調、廚師

ぼうちょう [膨脹] ⓪ 名 膨脹、增加、擴大

ほうてい [法廷] ⓪ 名 法庭

ほうていしき [方程式] ③ 名 方程式

ほうどう [報道] ⓪ 名 報導

ぼうとう [冒頭] ⓪ 名 開頭

ぼうどう [暴動] ⓪ 名 暴動

ぼうはん [防犯] ⓪ 名 防止犯罪

ほうび [褒美] ⓪ 名 獎勵、獎品

ほうふ [豊富] ⓪① 名 ナ形 抱負

ぼうふう [暴風] ③⓪ 名 暴風

ほうほう [方法] ⓪ 名 方法、方式

ほうぼう [方々] ① 名 到處、各處

ほうむる [葬る] ③ 他動 埋葬、棄而不顧

ほうめん [方面] ③ 名 地區、方向、領域

ほうもん [訪問] ⓪ 名 訪問、拜訪

ぼうや [坊や] ① 名 小朋友、男孩子

ほうりこむ [放り込む] ④ 他動 投入、扔進去

ほうりだす [放り出す] ④ 他動 拋出去、放棄、開除

ほうりつ [法律] ⓪ 名 法律

ぼうりょく [暴力] ① 名 暴力、武力

ほうる [放る] ⓪ 他動 扔、丟開、不理睬

ほうわ [飽和] ⓪ 名 飽和、極限

ほえる [吠える] ② 自動 吼叫、咆哮

ボーイ ①⓪ 名 男孩、少年、男服務員

ポーク ① 名 豬肉

ホース ① 名 軟管、塑膠管

ポーズ ① 名 暫停、停頓

ボート ① 名 小船

ボーナス ① 名 獎金、分紅、津貼

ホーム ① 名 月台

ホール ① 名 大廳、會場

ボール ⓪ 名 球、（棒球）壞球

ボールペン ⓪ 名 原子筆

ほおん [保温] ⓪ 名 保温

ほか [他 / 外] ⓪ 名 別處、外地、別的、除了～以外

ほかく [捕獲] ⓪ 名 捕獲

ほがらか [朗らか] ② ナ形 開朗、爽快

ほかん [保管] ⓪ 名 保管

ほきゅう [補給] ⓪ 名 補給、供給

ほきょう [補強] ⓪ 名 加強、強化

ぼきん [募金] ⓪ 名 募捐

ぼく [僕] ① 代 （男子對同晚輩的自稱）我

ぼくし [牧師] ①⓪ 名 牧師

ぼくじょう [牧場] ⓪ 名 牧場、牧地

ぼくちく [牧畜] ⓪ 名 畜牧

ほげい [捕鯨] ⓪ 名 捕鯨

ポケット ②① 名 口袋、袖珍、小型

ぼける [惚ける] ② 自動 發呆、糊塗、模糊

ほけん [保健] ⓪ 名 保健

ほけん [保険] ⓪ 名 保險

ほご [保護] ① 名 保護

ぼこう [母校] ① 名 母校

ぼこく [母国] ① 名 祖國

ほこり [誇り] ⓪ 名 驕傲、自尊心、榮譽

ほこり [埃] ⓪ 名 塵埃、灰塵

ほこる [誇る] ② 他動 誇耀、自豪

ほころびる [綻びる] ④ 自動 （花蕾）綻開、
（衣服）脫線

ほし [星] ⓪ 名 星星、星號、明星、輸贏、命
運、斑點

ほし～ [干し～] 接頭 乾～

ほしい [欲しい] ② イ形 想要的、希望的

ポジション ② 名 地位、職位、防守位置

ほしもの [干し物] ③ 名 晒乾物、晒洗的衣物

ほしゅ [保守] ① 名 保守

ほじゅう [補充] ⓪ 名 補充

ぼしゅう [募集] ⓪ 名 募集、招募

ほじょ [補助] ① 名 補助、輔助

ほしょう [保証] ⓪ 名 保證、擔保

ほしょう **[保障]** ⓪ 名 保障、保證

ほしょう **[補償]** ⓪ 名 補償、賠償

ほす **[干す]** ① 他動 晒、晒乾、喝乾、冷落

ポスター ① 名 海報

ポスト ① 名 郵筒、信箱、地位、職位

ほそい **[細い]** ② イ形 細的、狹窄的、微弱的

ほそう **[舗装]** ⓪ 名 鋪路

ほそく **[補足]** ⓪ 名 補充

ほぞん **[保存]** ⓪ 名 保存、儲存

ボタン ⓪ 名 鈕扣、扣子、按鈕

ぼち **[墓地]** ① 名 墓地

ほっきょく **[北極]** ⓪ 名 北極

ほっさ **[発作]** ⓪ 名 發作

ぼっしゅう **[没収]** ⓪ 名 沒收、充公

ほっそく **[発足]** ⓪ 名 出發、開始活動

ぼっちゃん **[坊っちゃん]** ① 名 令郎、小弟弟、大少爺

ほっと ⓪① 副 嘆氣、放心

ポット ① 名 壺、熱水瓶

ほっぺた **[頬っぺた]** ③ 名 臉頰

ぼつぼつ ⓪ 名 小疙瘩、小點
① 副 漸漸、慢慢、點點

ぼつらく **[没落]** ⓪ 名 沒落、衰敗

ホテル ① 名 飯店、旅館

ほど [程] ⓪② 名 程度、限度、不久

ほどう [歩道] ⓪ 名 人行道

ほどく ② 他動 解開、拆開

ほとけ [仏] ⓪③ 名 佛、佛像、死者

ほどける [解ける] ③ 自他動 解開、鬆開

ほどこす [施す] ③⓪ 他動 施捨、施行、用

ほとり ⓪③ 名 邊、畔

ほとんど ② 副 名 大部分、大概、幾乎

ほね [骨] ② 名 ナ形 骨頭、骨架、核心、骨氣、費力氣的事

ほのお [炎] ① 名 火燄、火舌

ほほ / ほお [頰] ①/① 名 臉、臉頰

ほぼ ① 副 大體上、基本上

ほほえむ [微笑む] ③ 自動 微笑、（花）初開

ほめる [褒める] ② 他動 稱讚、表揚

ぼやく ② 自他動 發牢騷、嘟嚷

ぼやける ③ 自動 模糊、不清楚

ほよう [保養] ⓪ 名 保養、療養、休養

ほり [堀 / 濠] ② 名 護城河、溝渠

ほりょ [捕虜] ① 名 俘虜

ほる [掘る] ① 他動 挖掘、刨

ほる [彫る] ① 他動 雕刻、紋身

ボルト ⓪ 名 螺絲釘

ぼろ ① 名 ナ形 破布、破衣服、破舊

ほろびる [滅びる] ③⓪ 自動 滅亡、滅絕

ほろぶ [滅ぶ] ②⓪ 自動 滅亡、滅絕

ほろぼす [滅ぼす] ③ 他動 使滅亡、毀滅

ほん [本] ① 名 書、書籍

ほん～ [本～] 接頭 此～、正式～

～ほん [～本] 接尾 ～條、～支、～巻、～棵、～根、～瓶

ぼん [盆] ⓪ 名 盤、托盤、盂蘭盆會

ほんかく [本格] ⓪ 名 原則、正式

ほんかん [本館] ⓪① 名 主樓、正樓

ほんき [本気] ⓪ 名 ナ形 真實、認真

ほんごく [本国] ① 名 祖國、故鄉

ほんしつ [本質] ⓪ 名 本質、骨子裡

ほんたい [本体] ①⓪ 名 真相、本質、主體、主要部分

ぼんち [盆地] ⓪ 名 盆地

ほんとう [本当] ⓪ 名 ナ形 真實、真正的、正常、確實

ほんにん [本人] ① 名 本人

ほんね [本音] ⓪ 名 真心話

ほんの～ ⓪ 連體 實在～、不過～、些許～

ほんのう [本能] ①⓪ 名 本能

ほんば [本場] ⓪ 名 原產地、主要產地、發源地

ポンプ ① 名 幫浦、抽水機

ほんぶ **[本部]** ① 名 總部

ほんぶん **[本文]** ① 名 正文、原文、本文

ほんみょう **[本名]** ① 名 本名、真名

ほんもの **[本物]** ⓪ 名 真貨、正規、真的

ほんやく **[翻訳]** ⓪ 名 翻譯、筆譯、譯本

ぼんやり ③ 名 呆子、糊塗的人、大意的人

③ 副 模模糊糊、隱隱約約

ほんらい **[本来]** ① 名 本來、應該

隨堂測驗

(1)次の言葉の正しい読み方を一つ選びなさい

( ) ① 望遠鏡
    1. ほうえんきょう   2. ぼうえんきょう
    3. ほうとうきょう   4. ほうどうきょう

( ) ② 細い
    1. ほそい   2. ほせい
    3. ほこい   4. ほへい

( ) ③ 本名
    1. ほんめい   2. ほんめん
    3. ほんみょう   4. ほんみゅう

(2)次の言葉の正しい漢字を一つ選びなさい。

( ) ④ ほころびる
    1. 萎びる   2. 壊びる
    3. 綻びる   4. 滅びる

( ) ⑤ ほがらか
　　　1.活らか　　　　　　　　2.明らか
　　　3.開らか　　　　　　　　4.朗らか

( ) ⑥ ほのお
　　　1.焚　　　　　　　　　　2.淡
　　　3.火　　　　　　　　　　4.炎

解答 --

(1) ① 2　② 1　③ 3
(2) ④ 3　⑤ 4　⑥ 4

ま・マ

ま [間] ⓪ 名 間隔、空間、空隙、時機、機會

まあ ① 感 （表驚訝或佩服，多為女性使用）哇、啊

マーク ① 名 記號、標章、紀錄、盯上、標記

マーケット ①③ 名 市場、商場

まあまあ ①③ ナ形 普普通通、尚可
　　　　　① 副 夠了

まい～ [毎～] 接頭 每～

マイ 接頭 我的～

～まい [～枚] 接尾 ～張、～件

マイク ① 名 （「マイクロホン」的簡稱）麥克風

マイクロホン ④ 名 麥克風

まいご [迷子] ① 名 迷路的孩子、與群體失散的個體

まいすう [枚数] ③ 名 張數、件數

まいぞう [埋蔵] ⓪ 名 埋藏、（天然資源）蘊藏

まいど [毎度] ⓪ 名 每次、總是

マイナス ⓪ 名 減法、負號、虧損、赤字、陰性

まいる [参る] ① 自他動 「行く」（去）及「来る」（來）的謙讓語及禮貌語、參拜、認輸、受不了、死、迷戀、敬呈、「食う」（吃）及「飲む」（喝）的尊敬語

まう [舞う] ⓪① 自動 舞蹈、飛舞、飄舞

まうえ [真上] ③ 名 正上方

まえ [前] ① 名 前方、前面、前端、之前、前科

~まえ [~前] 接尾 相當於~、表某項特質非常出色

まえうり [前売り] ⓪ 名 預售

まえおき [前置き] ⓪ 名 前言、開場白

まえもって [前もって] ③ 副 預先

まかす [任す] ② 他動 任憑、聽任、順其自然

まかす [負かす] ⓪ 他動 戰勝、打敗

まかせる [任せる] ③ 他動 任憑、聽任、順其自然

まかなう [賄う] ③ 他動 供應、供給、籌措

まがる [曲がる] ⓪ 自動 彎曲、轉彎、傾斜、（心術）不正

まぎらわしい [紛らわしい] ⑤ イ形 相似的、不易釐清的

まぎれる [紛れる] ③ 自動 混入、一時不查、無法區分

まく [巻く] ⓪ 自他動 捲、擰、包圍、盤據、纏繞

まく [蒔く] ① 他動 播種

まく [撒く] ① 他動 撒、散布

まく [幕] ② 名 布幕、場合

まく [膜] ② 名 膜

まくら [枕] ① 名 枕頭、枕邊、開場白

まけ [負け] ⓪ 名 敗北、損害、減價、贈送

まける [負ける] ⓪ 自動 輸、過敏、減價、贈送、
忍讓、聽從

まげる [曲げる] ⓪ 他動 彎曲、扭曲、抑制

まご [孫] ② 名 孫子、孫輩

まごころ [真心] ② 名 真心、誠意

まごつく ⓪ 自動 迷惘、徬徨

まこと [誠／真] ⓪ 名 真實、事實、真心、誠意

　　　　　　　　　⓪ 副 實在

　　　　　　　　　⓪ 感 （忽然想起或轉換話題時
　　　　　　　　　用）真的

まことに ⓪ 副 誠心誠意

　　　　　　⓪ 感 真的

まごまご ① 副 迷惘徬徨、張惶失措

まさか ① 名 現在、目前

　　　　　① 副 該不會、一旦

まさしく ② 副 的確

まさつ [摩擦] ⓪ 名 摩擦

まさに ① 副 正好、的確、即將、理應

まさる [勝る] ②⓪ 自動 勝過、優於

まざる [混ざる／交ざる] ② 自動 混合

〜まし [〜増し] 接尾 增加〜

まじえる [交える] ③ 他動 夾雜、交叉、交換

ました [真下] ③ 名 正下方

まして ① 副 何況、況且

まじめ [真面目] ⓪ 名 ナ形 認真、實在、有誠意

まじる [混じる／交じる] ② 自動 夾雜、混入、攙

まじわる [交わる] ③ 自動 交叉、交往、接觸

ます [増す] ⓪ 自他動 （數量、程度）增加、優越、增長

まず [先ず] ① 副 首先、總之

ますい [麻酔] ⓪ 名 麻醉

まずい ② イ形 難吃的、拙劣的、不當的、難看的

マスク ① 名 面具、口罩、面罩、面膜

マスコミ ⓪ 名 大眾傳播

まずしい [貧しい] ③ イ形 貧困、貧乏、貧弱

マスター ① 名 主任、負責人、碩士、精通、掌握

ますます ② 副 更加

まぜる [混ぜる／交ぜる] ② 他動 攙、混、攪拌

また [又] ⓪ 副 再、又、也、更加

⠀⠀⠀⠀⠀⠀⓪ 接續 或是、但是

また [股] ② 名 胯、分岔

まだ [未だ] ① 副 尚、還、依然、只有、更加

またがる ③ 自動 騎、跨

またぐ ② 他動 跨、跨過

または [又は] ② 接續 或是

まち [町／街] ② 名 城鎮、市街

まちあいしつ [待合室] ③ 名 （候診、候車）等候室

まちあわせ [待（ち）合（わ）せ] ⓪ 名 等候

まちあわせる [待（ち）合（わ）せる] ⑤⓪ 他動
等候碰面

まちがい [間違い] ③ 名 錯誤、失敗、事故

まちがう [間違う] ③ 自他動 錯誤、弄錯

まちがえる [間違える] ④③ 他動 錯誤、搞錯

まちかど [街角] ⓪ 名 街角、街頭

まちどおしい [待（ち）遠しい] ⑤ イ形 期盼已久的

まちのぞむ [待（ち）望む] ⓪ 他動 期盼、希望

まちまち ②⓪ 名 ナ形 各式各樣、形形色色

まつ [待つ] ① 他動 等待

まつ [松] ① 名 松樹

まつ [末] ①⓪ 名 最後、粉末

まっか [真っ赤] ③ 名 ナ形 鮮紅、純粹

まっき [末期] ① 名 末期

まっくら [真っ暗] ③ 名 ナ形 漆黑、沒有希望

まっくろ [真っ黒] ③ 名 ナ形 烏黑、黝黑

マッサージ ③① 名 按摩

まっさお [真っ青] ③ 名 ナ形 湛藍、（臉色）鐵青

まっさき [真っ先] ③④ 名 ナ形 最初、首先

まっしろ [真っ白] ③ 名 ナ形 純白、雪白

まっしろい [真っ白い] ④ イ形 純白的、雪白的

まっすぐ [真っ直ぐ] ③ 名 ナ形 副 筆直、直接、
正直

まったく [全く] ⓪ 副 完全、全然、實在

マッチ ① 名 火柴、搭配

まっぷたつ [真っ二つ] ③④ 名 對分

まつり [祭 (り)] ⓪ 名 祭祀、祭典、慶典

まつる [祭る] ⓪ 他動 祭祀、供奉

まと ⓪ 名 標靶、目標、核心、要點

まど [窓] ① 名 窗

まどぐち [窓口] ② 名 窗戶、窗口

まとまり ⓪ 名 統一、歸納、決定、完成

まとまる ⓪ 自動 統一、歸納、決定、完成

まとめ ⓪ 名 匯集、整理、解決、完成

まとめる ⓪ 他動 匯集、整理、解決、完成

まなぶ [学ぶ] ⓪② 他動 學習、體驗

まにあう [間に合う] ③ 自動 趕得上、來得及、有用

まぬがれる [免れる] ④ 他動 避免

まね [真似] ⓪ 名 模仿、行為

まねき [招き] ③ 名 邀請、招待、招牌

まねく [招く] ② 他動 招手、招待、招致

まねる [真似る] ⓪ 他動 模仿

まばたき [瞬き] ⓪④ 名 眨眼

まひ [麻痺] ①⓪ 名 麻痺、癱瘓

まぶしい ③ イ形 炫目的、耀眼的

まぶた ① 名 眼皮、眼瞼

マフラー ① 名 圍巾、消音器

あ行
か行
さ行
た行
な行
は行
ま行
や行
ら行
わ行

ママ ① 名 媽媽

〜まま 接尾 維持〜的狀態

〜まみれ 接尾 滿是〜

まめ [豆] ② 名 豆

まもなく [間も無く] ② 副 不久、馬上

まもる [守る] ② 他動 防衛、遵守、注視、守護

まゆ [眉] ① 名 眉毛

まよう [迷う] ② 自動 迷惑、迷失、迷戀、迷執

マラソン ⓪ 名 馬拉松

まり [鞠] ② 名 球

まる [丸 / 円] ⓪ 名 圓形、球形、圓圈、完全

まるい [丸い / 円い] ⓪② イ形 圓形的、球形的、環狀的、圓滿的

まるごと [丸ごと] ⓪ 副 完全、整個

まるっきり ⓪ 副 完全、全然

まるで ⓪ 副 全然、簡直、好像

まるまる [丸々] ⓪ 名 二個圈、圓滾滾
　　　　　　　　　　　 ③⓪ 副 完全

まるめる [丸める] ⓪ 他動 做成圓形、理光頭

まれ [稀] ⓪② 名 罕有、稀少

まわす [回す] ⓪ 他動 旋轉、圍繞、周轉

まわり [回り / 周り] ⓪ 名 迴轉、旋轉、巡迴、周圍

まわりみち [回り道] ③⓪ 名 繞道、彎路

まわる [回る] ⓪ 自動 旋轉、轉動、繞圈、依序移動、繞道、時間流逝

まん **[万]** ① 名 萬

まんいち / まんがいち **[万一 / 万が一]** ① / ① 名 副 萬一

まんいん **[満員]** ⓪ 名 客滿

まんが **[漫画]** ⓪ 名 漫畫

まんげつ **[満月]** ① 名 滿月

まんじょう **[満場]** ⓪ 名 滿堂

マンション ① 名 大廈

まんせい **[慢性]** ⓪ 名 慢性

まんぞく **[満足]** ① 名 ナ形 滿足、完全

まんてん **[満点]** ③ 名 滿分、滿足

まんなか **[真ん中]** ⓪ 名 正中央、中心

まんねんひつ **[万年筆]** ③ 名 鋼筆

まんまえ **[真ん前]** ③ 名 正前方

まんまるい **[真ん丸い / 真ん円い]** ④⓪ イ形 正圓形的

隨堂測驗

(1) 次の言葉の正しい読み方を一つ選びなさい。

( ) ① 免れる
      1. まねがれる   2. まぬがれる
      3. まのがれる   4. またがれる

( ) ② 全く
     1. まったく　　　　2. またたく
     3. まちたく　　　　4. まっかく

( ) ③ 街角
     1. まちかど　　　　2. まつかど
     3. またかど　　　　4. まわかど

（2）次の言葉の正しい漢字を一つ選びなさい。

( ) ④ まずしい
     1. 貧しい　　　　　2. 涼しい
     3. 喧しい　　　　　4. 忙しい

( ) ⑤ また
     1. 股　　　　　　　2. 脇
     3. 膝　　　　　　　4. 臍

( ) ⑥ ますい
     1. 睡眠　　　　　　2. 投薬
     3. 注射　　　　　　4. 麻酔

 解答 --

（1） ① 2　② 1　③ 1
（2） ④ 1　⑤ 1　⑥ 4

み・ミ

み [身] ⓪ 名 身體、自身、身分、立場、肉、容器

み [実] ⓪ 名 果實、種子、內容

み～ [未～] 接頭 未～

～み [～味] 接尾 ～味

～み 接尾 表程度、狀態或場所

みあい [見合い] ⓪ 名 相親、平衡

みあげる [見上げる] ⓪③ 他動 仰望、景仰

みあわせる [見合（わ）せる] ⓪④ 他動 對望、對照、暫停

みえる [見える] ② 自動 看得見、看得清楚、似乎、「来る」（來）的尊敬語

みおくり [見送り] ⓪ 名 送行、觀望、眼睜睜錯失機會

みおくる [見送る] ⓪ 他動 送行、目送、送終、觀望、錯失

みおとす [見落とす] ⓪③ 他動 漏看、錯看

みおろす [見下ろす] ⓪③ 他動 俯瞰、蔑視

みかい [未開] ⓪ 名 ナ形 未開化、未開拓、未開發、未開花

みかく [味覚] ⓪ 名 味覺

みがく [磨く] ⓪ 他動 擦、刷、修飾、鍛鍊

みかけ [見掛け] ⓪ 名 外觀

みかける [見掛ける] ⓪③ 他動 看見

みかた **[見方]** ③② 他動 看法、觀點、見解

みかた **[味方]** ⓪ 名 同夥、偏袒

みかづき **[三日月]** ⓪ 名 新月

みき **[幹]** ① 名 樹幹、（事物的）主軸

みぎ **[右]** ⓪ 名 右

みぐるしい **[見苦しい]** ④ イ形 難看的

みごと **[見事]** ① ナ形 副 漂亮、好看、精采、出色、完全

みこみ **[見込み]** ⓪ 名 預料、期待、前途

みこむ **[見込む]** ⓪② 他動 期待、預料、估計、緊盯

みこん **[未婚]** ⓪ 名 未婚

みさき **[岬]** ⓪ 名 海岬、岬角

みじかい **[短い]** ③ イ形 簡短的、短暫的、短淺的

みじめ ① 名 ナ形 悲慘

みじゅく **[未熟]** ⓪① 名 ナ形 （果實、人格、學養等）未成熟

ミシン ① 名 縫紉機

みじん **[微塵]** ⓪ 名 微塵、微小、細微、絲毫

ミス ① 名 錯誤、小姐

みず **[水]** ⓪ 名 水、飲用水、液體

みずうみ **[湖]** ③ 名 湖

みずから **[自ら]** ① 名 自己、自身

　　　　　　　　① 代 我

　　　　　　　　① 副 親自、親身

みずぎ **[水着]** ⓪ 名 泳裝

みずけ **[水気]** ⓪ 名 水分

ミスプリント ④ 名 誤植

みすぼらしい ⑤⓪ イ形 寒酸的、破舊的

みせ **[店]** ② 名 商店

ミセス ① 名 太太、夫人

みせびらかす **[見せびらかす]** ⑤ 他動 炫耀

みせもの **[見せ物]** ③④ 名 小技倆、被人耍弄的對象

みせや **[店屋]** ② 名 商店

みせる **[見せる]** ② 他動 讓人看、表現出來、展現、讓（醫生）診察

みそ **[味噌]** ① 名 味噌、蟹黃

みぞ **[溝]** ⓪ 名 水溝、溝渠、代溝、隔閡

～みたい 助動 像～一樣

みだし **[見出し]** ⓪ 名 （報紙、雜誌）標題、目次、索引、（字典）詞條

みたす **[満たす]** ② 他動 充滿、滿足、充分

みだす **[乱す]** ② 他動 破壞、擾亂

みだれる **[乱れる]** ③ 自動 雜亂、紊亂、混亂、動盪

みち **[道]** ⓪ 名 道路、途徑、距離、道理、方法

みち **[未知]** ① 名 未知

みぢか **[身近]** ⓪ 名 ナ形 切身、身旁、手邊

みちじゅん **[道順]** ⓪ 名 順道

みちばた **[道端]** ⓪ 名 路旁

みちびく [導く] ③ 他動 帶路、指導、引導、誘導、導致

みちる [満ちる] ② 自動 充滿、滿月、滿潮、期滿

みつ [蜜] ① 名 蜂蜜、花蜜、甜的液體

みっか [三日] ⓪ 名 三號、三日、比喻極短的期間

みつかる [見付かる] ⓪ 自動 被發現、被看見、被找到

みつける [見付ける] ⓪ 他動 發現、發覺、眼熟

みっしゅう [密集] ⓪ 名 密集

みっせつ [密接] ⓪ 名 ナ形 緊密、密切、關係匪淺

みっつ [三つ] ③ 名 三個、三歲

みつど [密度] ① 名 密度、紮實度

みっともない ⑤ イ形 不像樣的、丟臉的、難看的

みつめる [見詰める] ⓪③ 他動 凝視

みつもり [見積もり] ⓪ 名 估算、計算

みてい [未定] ⓪ 名 ナ形 未定

みとおし [見通し] ⓪ 名 遠見、洞察、先覺

みとめる [認める] ⓪ 他動 看見、判斷、認同、允許

みどり [緑] ① 名 綠色、綠色的植物

みな / みんな [皆] ②/③ 名 全部、大家
　　　　　　　　　　②/③ 代 你們

みなおす [見直す] ⓪③ 他動 重看、再檢討、改觀、（病況、景氣）好轉

みなす ⓪② 他動 假設、擬定、認為

みなと [港] ◎ 名 港口、出海口

みなみ [南] ◎ 名 南

みなもと [源] ◎ 名 水源、根源、起源

みならう [見習う] ③◎ 他動 學習、模仿

みなり [身なり] ① 名 衣裝打扮、外貌

みなれる [見慣れる] ◎③ 自動 眼熟

みにくい [醜い] ③ イ形 難看的、醜陋的

みね [峰] ② 名 山峰、山巔、刀背

みのうえ [身の上] ◎④ 名 境遇、命運

みのがす [見逃す] ◎③ 他動 漏看、錯過、放
過、錯失

みのまわり [身の回り] ◎ 名 身邊

みのる [実る] ② 自動 結果

みはからう [見計らう] ④◎ 他動 斟酌、估量

みはらし [見晴らし] ◎ 名 遠眺、展望台

みぶり [身振り] ① 名 姿態、姿勢

みぶん [身分] ① 名 身分、階級、地位、遭遇

みほん [見本] ◎ 名 樣品、模範

みまい [見舞い] ◎ 名 探病、慰問、慰問品、訪
問、巡視

みまう [見舞う] ②◎ 他動 探病、賑災、訪問、
巡視

みまん [未満] ① 名 未滿

みみ [耳] ② 名 耳朵、聽力、（物品的）邊緣、
（物品的）把手

みゃく [脈] ② 名　脈搏、山脈、礦脈、血脈、命脈

みやげ [土産] ⓪ 名　伴手禮、手信、土產

みやこ [都] ⓪ 名　皇宮、首都、政經中心

ミュージック ① 名　音樂

みょう [妙] ① 名　ナ形　巧妙、微妙、不可思議

みょう～ [明～] 接頭　明～

みょうごにち [明後日] ③ 名　後天

みょうじ [名字] ① 名　姓

みらい [未来] ① 名　未來、將來

ミリ ① 名　毫米、公厘、公釐

みりょく [魅力] ⓪ 名　魅力

みる [見る] ① 他動　看、觀察、觀賞、閱讀

みる [診る] ① 他動　診察、看病

ミルク ① 名　牛奶、乳品、煉乳

みれん [未練] ①⓪ 名　ナ形　不乾脆、不捨得、不
熟練

みわたす [見渡す] ⓪③ 他動　瞭望、環視、縱覽

みんかん [民間] ⓪ 名　民間、世間

みんしゅ [民主] ① 名　民主

みんしゅく [民宿] ⓪ 名　民宿

みんぞく [民族] ① 名　民族

みんぞく [民俗] ① 名　民俗

みんよう [民謡] ⓪ 名　民謠

隨堂測驗

（1）次の言葉の正しい読み方を一つ選びなさい。

( ) ① 醜い
1. みなしい　　　　　2. みわしい
3. みくにい　　　　　4. みにくい

( ) ② 土産
1. みなげ　　　　　　2. みわげ
3. みやげ　　　　　　4. みかげ

( ) ③ 実る
1. みわる　　　　　　2. みのる
3. みなる　　　　　　4. みねる

（2）次の言葉の正しい漢字を一つ選びなさい。

( ) ④ みじん
1. 微塵　　　　　　　2. 塵芥
3. 埃塵　　　　　　　4. 三塵

( ) ⑤ みずから
1. 彼ら　　　　　　　2. 前ら
3. 自ら　　　　　　　4. 先ら

( ) ⑥ みじゅく
1. 不熟　　　　　　　2. 未熟
3. 没熟　　　　　　　4. 半熟

解答

（1） ① 4　② 3　③ 2
（2） ④ 1　⑤ 3　⑥ 2

む・ム

む [無] ①⓪ 名 無、不存在

むいか [六日] ⓪ 名 六號、六日

むいみ [無意味] ② 名 ナ形 無意義

ムード ① 名 氣氛、情緒、（文法）語氣

むかい [向（か）い] ⓪ 名 對面、對向

むかいあう [向（か）い合う] ④ 自動 相對、面對面

むかう [向（か）う] ⓪ 自動 向、朝、接近、面對、對抗、匹敵、對面

むかえ [迎え] ⓪ 名 迎接

むかえる [迎える] ⓪ 他動 迎接、迎合、歡迎、迎撃

むかし [昔] ⓪ 名 從前、過去、故人、前世

むかしばなし [昔話] ④ 名 故事、傳說

むかつく ⓪ 自動 反胃、噁心、想吐、發怒、生氣

むかんしん [無関心] ② 名 ナ形 不關心、不感興趣

むき [向き] ① 名 （轉換）方向、意向、（行為）傾向、適合

むく [向く] ⓪ 自動 轉向、面向、意向、相稱、趨向、服從

むく [剥く] ⓪ 他動 剝除

むくち [無口] ① 名 ナ形 沉默、寡言

～むけ [～向け] 接尾 面向～

むける [向ける] ⓪ 他動 向、對、派遣、挪用、弭兵

むげん **[無限]** ⓪ 名 ナ形 無限

むこ **[婿]** ① 名 女婿、贅婿

むこう **[向こう]** ②⓪ 名 前方、對面、那邊

むこう **[無効]** ⓪ 名 ナ形 無效

むごん **[無言]** ⓪ 名 無言

むし **[虫]** ⓪ 名 虫、昆蟲、害蟲、情緒或意識的變化

むし **[無視]** ① 名 無視

むじ **[無地]** ① 名 （布料、紙）沒有花紋、素色

むしあつい **[蒸（し）暑い]** ④ イ形 溽暑的、高溫多濕的

むしば **[虫歯]** ⓪ 名 蛀牙、齲齒

むじゃき **[無邪気]** ① 名 ナ形 天真無邪、未經深思熟慮

むじゅん **[矛盾]** ⓪ 名 矛盾

むしる ⓪ 他動 拔除、剔除、揪

むしろ **[寧ろ]** ① 副 寧可、寧願

むす **[蒸す]** ① 自動 蒸、感覺潮濕悶熱

むすう **[無数]** ②⓪ 名 ナ形 無數

むずかしい **[難しい]** ④⓪ イ形 困難的、難懂的、難解的、麻煩的

むすこ **[息子]** ⓪ 名 兒子

むすび **[結び]** ⓪ 名 繩結、連結、結尾、飯團、（文法）結尾語

むすびつき **[結び付き]** ⓪ 名 關係

むすびつく [結び付く] ④ 自動 結合、關聯

むすびつける [結び付ける] ⑤ 他動 栓上、連結

むすぶ [結ぶ] ⓪ 自他動 繋、聯繋、締結、緊閉、緊握、結果、盤髪髻

むすめ [娘] ③ 名 女兒、未婚女性

むせん [無線] ⓪ 名 無線

むだ [無駄] ⓪ 名 ナ形 徒勞、無用、浪費

むだづかい [無駄遣い] ③ 名 浪費

むだん [無断] ⓪ 名 未經許可

むち [無知] ① 名 ナ形 無知、愚蠢

むちゃ [無茶] ① 名 ナ形 蠻橫、過分、無知

むちゃくちゃ [無茶苦茶] ⓪ 名 ナ形 蠻橫、過分、亂來

むちゅう [夢中] ⓪ 名 ナ形 夢裡、熱衷、忘我

むっつ [六つ] ③ 名 六個、六歲

むなしい [空しい/虚しい] ③⓪ イ形 空虛的、沒有根據的、徒然的

むね [胸] ② 名 胸部、乳房、心臟、心中

むねん [無念] ⓪① 名 ナ形 （佛教）無念、遺憾、悔恨

むのう [無能] ⓪ 名 ナ形 無能

むやみ [無闇] ① 名 ナ形 胡亂、過分

むよう [無用] ⓪① 名 ナ形 無用、無事、不需要、禁止

むら [村] ② 名 村落、村莊、鄉村

むら **[斑]** ⓪ 名 ナ形 斑駁、不均、善變

むらがる **[群がる]** ③ 自動 群聚

むらさき **[紫]** ② 名 紫草、紫色、醬油

むり **[無理]** ① 名 ナ形 無理、勉強、強迫

むりょう **[無料]** ⓪ 名 免費

むれ **[群れ]** ② 名 群體、黨羽

むろん **[無論]** ⓪ 副 當然、不用說、自不待言

隨堂測驗

（1）次の言葉の正しい読み方を一つ選びなさい。

（　）① 無邪気
　　　　1. むじゃき　　　　　　2. むしゃき
　　　　3. むちゃき　　　　　　4. むぢゃき

（　）② 寧ろ
　　　　1. むさろ　　　　　　　2. むしろ
　　　　3. むじろ　　　　　　　4. むざろ

（　）③ 無地
　　　　1. むぢ　　　　　　　　2. むち
　　　　3. むじ　　　　　　　　4. むし

（2）次の言葉の正しい漢字を一つ選びなさい。

（　）④ むいか
　　　　1. 三日　　　　　　　　2. 八日
　　　　3. 六日　　　　　　　　4. 九日

( ) ⑤むかえる
　　1.迎える　　　　　　　　2.対える
　　3.反える　　　　　　　　4.歓える

( ) ⑥むちゃくちゃ
　　1.無茶苦茶　　　　　　　2.無茶甘茶
　　3.苦茶黒茶　　　　　　　4.苦茶甘茶

 解答 --

(1) ① 1　② 2　③ 3
(2) ④ 3　⑤ 1　⑥ 1

め・メ

あ行
か行
さ行
た行
な行
は行
ま行
や行
ら行
わ行

め **[目]** ① 名 眼睛、眼球、目光、視力、點、網眼、木紋

め **[芽]** ① 名 芽、事物發展的起頭

~め **[~目]** 接尾 （表順序）第~、~分界、（表程度或份量）~一些

めい **[姪]** ① 名 姪女、外甥女

めい~ **[名~]** 接頭 名~

~めい **[~名]** 接尾 （表人數）~人

めいかく **[明確]** ⓪ 名 ナ形 明確

めいさく **[名作]** ⓪ 名 名著、名作

めいさん **[名産]** ⓪ 名 名產

めいし **[名刺]** ⓪ 名 名片

めいし **[名詞]** ⓪ 名 名詞

めいしょ **[名所]** ⓪③ 名 名勝

めいしょう **[名称]** ⓪ 名 名稱

めいじる / めいずる **[命じる / 命ずる]** ⓪③ / ⓪③ 他動 命令、任命、命名

めいしん **[迷信]** ⓪③ 名 迷信、誤信

めいじん **[名人]** ③ 名 知名人士、（圍棋稱號）名人

めいちゅう **[命中]** ⓪ 名 命中

めいはく **[明白]** ⓪ 名 ナ形 明白、分明

めいぶつ [名物] ① 名 名産、聞名、著名、名器

めいぼ [名簿] ⓪ 名 名冊

めいめい [銘々] ③ 名 各自、毎個人

めいよ [名誉] ① 名 ナ形 名譽、體面

めいりょう [明瞭] ⓪ 名 ナ形 明瞭、清晰

めいれい [命令] ⓪ 名 命令

めいろう [明朗] ⓪ 名 ナ形 明朗、清明、光明正大

めいわく [迷惑] ① 名 ナ形 困擾、困惑、給人添麻煩

めうえ [目上] ⓪③ 名 尊長、長輩、上司

メーカー ①⓪ 名 製造者、製造廠

メーター ⓪ 名 測量表、公尺

メートル ⓪ 名 公尺

メール ⓪① 名 (「eメール」或「Eメール」的簡稱) 電子郵件

めかた [目方] ⓪ 名 重量

めがね [眼鏡] ① 名 眼鏡

めぐまれる [恵まれる] ⓪④ 自動 受惠、幸運

めぐみ [恵み] ⓪ 名 恩惠

めぐむ [恵む] ⓪ 他動 施捨

めくる [捲る] ⓪ 他動 翻、掀、扯

めぐる [巡る] ⓪ 自動 繞、循環、周遊、迴轉、輪迴、時間流逝

めざす [目指す] ② 他動 目標、目的

めざまし [目覚（ま）し] ② 名 提神、（「目覚し時計 / 目覚まし時計」的簡稱）鬧鐘

めざましい [目覚（ま）しい] ④ イ形 驚人的、出色的、出人意表的

めざめる [目覚める] ③ 自動 睡醒、覺醒、覺悟、自覺

めし [飯] ② 名 米飯、三餐

めしあがる [召（し）上（が）る] ⓪④ 他動 「食う」（吃）、「飲む」（喝）的尊敬語

めした [目下] ⓪③ 名 部下、晚輩

めじるし [目印] ② 名 標記、記號

めす [雌] ② 名 （生物）雌、牝、母

めす [召す] ① 他動 召喚、召幸、「食べる」（吃）、「飲む」（喝）、「する」（做）、「なす」（做）等的尊敬語

めずらしい [珍しい] ④ イ形 珍貴的、稀有的、罕見的、新奇的

めだつ [目立つ] ② 自動 顯眼、醒目

めちゃくちゃ ⓪ 名 ナ形 亂七八糟

めつき [目付き] ① 名 眼神、目光

めっきり ③ 副 急遽、明顯、顯著

メッセージ ① 名 訊息、消息、留言、聲明

めった [滅多] ① ナ形 任意、胡亂

めつぼう [滅亡] ③ 名 滅亡

メディア ① 名 媒體

めでたい ③ イ形 可喜可賀的、順利的、出色的

めど [目途 / 目処] ① 名 目標、期限

メニュー ① 名 菜單、選單

めまい ② 名 暈眩、目眩

メモ ① 名 筆記

めもり [目盛り] ⓪③ 名 （量器、尺規等）刻度

めやす [目安] ⓪① 名 標準、目標、條文

メロディー ① 名 旋律

めん [面] ①⓪ 名 臉、顏面、面具、平面、方面、表面、版面

めん [綿] ① 名 棉、棉花

めんかい [面会] ⓪ 名 會面

めんきょ [免許] ① 名 執照、許可、真傳

めんじょ [免除] ① 名 免除（義務或債務）

めんする [面する] ③ 名 面對

めんぜい [免税] ⓪ 名 免税

めんせき [面積] ① 名 面積

めんせつ [面接] ⓪ 名 面試

めんどう [面倒] ③ 名 ナ形 麻煩、費事、照料

めんどうくさい / めんどくさい [面倒くさい]
⑥ / ⑤ イ形 麻煩的

メンバー ① 名 成員、會員

めんぼく / めんもく [面目] ⓪ / ⓪ 名 顏面、容貌

あ行

か行

さ行

た行

な行

は行

ま行

や行

ら行

わ行

隨堂測驗

(1) 次の言葉の正しい読み方を一つ選びなさい。

( ) ① 目付き
    1. めつき   2. めしき
    3. めたき   4. めわき

( ) ② 名刺
    1. めいし   2. めいち
    3. めいさ   4. めいす

( ) ③ 面する
    1. めいする   2. めんする
    3. めきする   4. めてする

(2) 次の言葉の正しい漢字を一つ選びなさい。

( ) ④ めす
    1. 召す   2. 示す
    3. 記す   4. 表す

( ) ⑤ めぐる
    1. 巡る   2. 回る
    3. 廻る   4. 周る

( ) ⑥ めいぼ
    1. 証帳   2. 称簿
    3. 名帳   4. 名簿

解答

(1) ① 1　② 1　③ 2
(2) ④ 1　⑤ 1　⑥ 4

も・モ

も [喪] ⓪① 名 喪事、災禍、凶事

もう ①⓪ 副 已經、即將、更加

〜もう [〜網] 接尾 〜網

もうかる [儲かる] ③ 自動 賺錢、獲利

もうける [儲ける] ③ 他動 獲利、得子

もうける [設ける] ③ 他動 準備、設置

もうしあげる [申 (し) 上げる] ⑤⓪ 他動
(「言う」的謙讓語) 說、講

もうしいれる [申 (し) 入れる] ⑤⓪ 他動 提出
要求、招待

もうしこみ [申 (し) 込み] ⓪ 名 申請、申請手續

もうしこむ [申 (し) 込む] ④⓪ 他動 提議、提
出、預約

もうしで [申 (し) 出] ⓪ 名 申請

もうしでる [申 (し) 出る] ④ 他動 申請、提議、
報告

もうしぶん [申 (し) 分] ⓪ 名 主張、挑剔

もうしわけ [申 (し) 訳] ⓪ 名 辯解、藉口

もうしわけない [申 (し) 訳ない] ⑥ イ形 抱歉
的、不好意思的

もうす [申す] ① 自動 (「言う」的謙讓語) 說、
(「願う」、「請う」的謙讓語) 請求、(「す
る」、「行う」的謙讓語) 做

もうすぐ 連語 即將

もうてん [盲点] ① ③ 名 盲點

もうふ [毛布] ① 名 毛毯

もうれつ [猛烈] ⓪ 名 ナ形 猛烈

もえる [燃える] ⓪ 自動 著火、燃燒、發亮

モーター ① 名 馬達、電動機、發動機、汽車

モーテル ① 名 汽車旅館

もがく ② 自動 折騰、掙扎

もくざい [木材] ② ⓪ 名 木材

もくじ [目次] ⓪ 名 目次、目錄

もくてき [目的] ⓪ 名 目的

もくひょう [目標] ⓪ 名 目標、標的、標記

もくよう / もく [木曜 / 木] ③ ⓪ / ① 名 星期四

もぐる [潜る] ② 自動 潛入（水底）、鑽入、潛伏

もくろく [目録] ⓪ 名 目錄、目次、名錄、清單

もくろみ [目論見] ⓪ ④ 名 想法、計劃

もけい [模型] ⓪ 名 模型

もさく [模索] ⓪ 名 摸索

もし ① 副 如果、萬一、假如

もじ / もんじ [文字] ① / ① 名 文字、文章、用
語、詞彙、音節

もしかして ① 副 如果、萬一、或許

もしかしたら ① 副 萬一、或許

もしかすると ① 副 萬一、或許

もしくは ① 副 或許、說不定

　　　　　① 接續 或者、或

もしも ① 副 假使、萬一、如果

もしもし ① 感 （電話用語、呼喚他人）喂

もたらす ③ 他動 帶來

もたれる ③ 他動 依靠、消化不良、依賴

モダン ⓪ ナ形 摩登、現代

もち [餅] ⓪ 名 年糕

～もち [～持ち] 接尾 擁有～的人、負擔～

もちあげる [持（ち）上げる] ⓪ 他動 舉起、奉承

もちいる [用いる] ③⓪ 他動 使用、錄用、採用、用心、必要

もちきり [持（ち）切り] ⓪ 名 始終談論同一件事

もちろん [勿論] ② 副 當然、自不待言

もつ [持つ] ① 他動 持、握、拿、攜帶、有、負擔、使用

もっか [目下] ① 名 現今、眼下、當前

もったいない ⑤ イ形 可惜的、不適宜的、不敢當的

もって [以って] 連語 用～、以～、由於～、自～、至～

もっと ① 副 更加

もっとも [最も] ③ 副 最

もっとも [尤も] ③① ナ形 正確、理所當然

　　　　　③① 副 當然

　　　　　③① 接續 然而

もっぱら [専ら] ◯①　副　ナ形　專心、專擅

もてなす ③◯　他動　接待、對待、招待

もてる ②　自動　受歡迎、維持

　　　　　　　連語　富饒、富裕

モデル ①◯　名　型式、款式、模型、樣本、模特兒

もと [元] ①　名　以前、從前

もと [基／素] ②◯　名　起源、基礎、理由、原料、原價

もどす [戻す] ②　他動　回到（原點）、回復（原狀）、倒退、嘔吐、回復（水準）

もとづく [基づく] ③　自動　基於、根基、由於

もとめる [求める] ③　他動　追求、尋求、要求、購買

もともと [元々] ◯　名　ナ形　不賠不賺、同原來一樣

　　　　　　　◯　副　本來、原來

もどる [戻る] ②　自動　返回、退回、回復

モニター ①◯　名　評論員、監視器、螢幕

もの [物] ②◯　名　物體、物品、事理、道理、表抽象事物

もの [者] ②　名　人

〜もの [〜物]　接尾　表同類事物、有〜價值

ものおき [物置] ③④　名　儲藏室

ものおと [物音] ③④　名　聲音、聲響

ものがたり [物語] ③　名　談話、故事、傳說

ものがたる [物語る] ④　他動　講述、說明

ものごと [物事] ② 名 事物

ものさし [物差し] ③④ 名 尺、尺度、基準

ものずき [物好き] ③② 名 ナ形 好奇、好事、嗜好

ものすごい [物凄い] ④ イ形 恐怖的、非常的

ものたりない [物足りない] ⓪⑤ イ形 不足的、不完美的

モノレール ③ 名 單軌（電車）

もはや ① 副 已經

もはん [模範] ⓪ 名 模範

もふく [喪服] ⓪ 名 喪服

もほう [模倣] ⓪ 名 模仿

もみじ [紅葉] ① 名 秋天樹葉轉紅、槭樹科植物的統稱

もむ [揉む] ⓪ 他動 揉、按摩、擁擠、推擠、爭論、鍛鍊

もめる ⓪ 自動 爭論、擔心

もめん [木綿] ⓪ 名 棉花、棉線、棉布

もも [股／腿] ① 名 大腿

もやす [燃やす] ⓪ 他動 燃燒

もよう [模様] ⓪ 名 花樣、狀態、情況

もよおし [催し] ⓪ 名 舉辦、集會、活動

もよおす [催す] ③⓪ 自他動 舉行、（生理上變化）覺得、準備、召集

もらう [貰う] ⓪ 他動 獲得、接受、讓他人成為己方一員、承擔

もらす [漏らす] ② 他動 洩、漏、透露、流露、表露、遺漏

もり [森] ⓪ 名 森林、（日本姓氏）森

もりあがる [盛（り）上（が）る] ④⓪ 自動 隆起、高漲、（劇情等）達到高潮

もる [盛る] ⓪① 他動 盛、裝、堆積、調製、以文章表現思想、標記刻度

もる [漏る] ① 自動 洩、漏、透出、遺漏

もれる [漏れる] ② 自動 溢出、漏出、流出、走漏、遺漏、落選

もろい [脆い] ② イ形 脆弱的、易碎的、不堅強的

もろに ① 副 完全、直接、全面

もん [門] ① 名 門、家、家族

〜もん [〜問] 接尾 （接於數字之後，表題數）〜題

もんく [文句] ① 名 文章詞句、抱怨

もんだい [問題] ⓪ 名 問題、課題、麻煩、引人注目

もんどう [問答] ③ 名 問答

隨堂測驗

（1）次の言葉の正しい読み方を一つ選びなさい。

（　）① 貰う
　　　　1. もわう　　　　2. もらう
　　　　3. もしう　　　　4. もとう

( ) ② 物凄い
　　　1. ものつこい　　　　2. ものすこい
　　　3. ものすごい　　　　4. ものつごい

( ) ③ 喪服
　　　1. もふく　　　　　　2. もふう
　　　3. もほう　　　　　　4. もまく

(2) 次の言葉の正しい漢字を一つ選びなさい。

( ) ④ もちいる
　　　1. 吊いる　　　　　　2. 持いる
　　　3. 意いる　　　　　　4. 用いる

( ) ⑤ もうてん
　　　1. 重点　　　　　　　2. 盲点
　　　3. 満点　　　　　　　4. 欠点

( ) ⑥ もち
　　　1. 飼　　　　　　　　2. 餓
　　　3. 飯　　　　　　　　4. 餅

解答 --

(1) ① 2　② 3　③ 1
(2) ④ 4　⑤ 2　⑥ 4

や・ヤ

や [矢] ① 名 箭

〜や [〜屋] 接尾 〜店、〜商號、〜匠、具有〜特質

〜や [〜夜] 接尾 〜夜

やおや [八百屋] ⓪ 名 蔬果店

やがい [野外] ①⓪ 名 原野、郊外、戶外

やがて ⓪ 副 不久、馬上、即將、結局、終究

やかましい ④ イ形 吵鬧的、議論紛紛的、嚴格的、吹毛求疵的、麻煩的

やかん [夜間] ①⓪ 名 夜間

やかん [薬缶] ⓪ 名 （金屬製的）水壺

やく [焼く] ⓪ 他動 焚燒、燒烤、燒製、日晒、腐蝕、烙印、操心

やく [役] ② 名 職務、職位、任務、角色

やく [約] ① 名 約定
　　　　 ① 副 大約、大概

やく [訳] ①② 名 翻譯

〜やく [〜薬] 接尾 〜藥

やぐ [夜具] ① 名 寢具

やくしゃ [役者] ⓪ 名 演員、有本事的人

やくしょ [役所] ③ 名 公家機關

やくしょく [役職] ⓪ 名 職務、要職

やくす / やくする [訳す / 訳する] ② / ③ 他動 翻譯、解釋

やくそく [約束] ⓪ 名 約定、規則、（注定的）命運

やくだつ [役立つ] ③ 名 有用、有效

やくにん [役人] ⓪ 名 公務員、官員、有職務的人、演員

やくば [役場] ③ 名 村公所、鎮公所、工作場所

やくひん [薬品] ⓪ 名 藥品、藥劑

やくめ [役目] ③ 名 職責

やくわり [役割] ③⓪ 名 分配職務、分配職務的人、分配的職務

やけど [火傷] ⓪ 名 灼傷、燙傷

やけに ① 副 過於、非常

やける [焼ける] ⓪ 自動 燒、燙、烤、加熱、晒、操心、（胸）悶

やこう [夜行] ⓪ 名 在夜間活動、夜班列車、夜遊

やさい [野菜] ⓪ 名 蔬菜

やさしい [易しい] ⓪③ イ形 容易的、簡單的、易懂的、平易的

やさしい [優しい] ⓪③ イ形 溫柔的、溫和的、親切的、慈祥的

やしき [屋敷] ③ 名 建築用地、宅邸、豪宅

やしなう [養う] ③⓪ 他動 扶養、培養、休養、飼養、豢養

やじるし [矢印] ② 名 箭號

やしん [野心] ①⓪ 名 野心、謀反之心

やすい [安い] ② イ形 便宜的、親密的、平靜的、輕鬆的

～やすい [～易い] 接尾 易於～的

やすっぽい [安っぽい] ④ イ形 低賤的、品質不佳的、沒有品格的

やすみ [休み] ③ 名 休息、休假、假日、就寢

やすむ [休む] ② 自他動 休息、請假、間斷、睡覺

やすめる [休める] ③ 他動 使～停止、使～休息、使～平靜

やせい [野生] ⓪ 名 野生

やせる [痩せる] ⓪ 自動 痩、（土壤）貧瘠

やたら ⓪ ナ形 副 亂來、任意、隨便

やちん [家賃] ① 名 房租

やつ [奴] ① 名 （輕蔑的稱呼人、事、物）傢伙
　　　　 ① 代 （親切的稱呼）那個傢伙

やっかい [厄介] ① 名 ナ形 麻煩、照顧、寄宿的人、難對付的人

やっきょく [薬局] ⓪ 名 藥局、藥房

やっつ [八つ] ③ 名 八個、八歲

やっつける ④ 他動 打敗、撃倒、（強調語氣）做完、幹完

やっと ⓪ 副 終於、好不容易、勉勉強強

やど [宿] ① 名 住家、自宅、旅途住宿的地方、當家的人

やとう [雇う] ② 他動 僱用、利用

やとう [野党] ① 名 在野黨

やぬし [家主] ①⓪ 名 一家之主、屋主、房東

やね [屋根] ① 名 屋頂、篷

やはり / やっぱり ②/③ 副 依舊、同樣、畢竟、果然

やぶく [破く] ② 他動 弄破

やぶる [破る] ② 他動 弄破、破壞、打破、違反、打敗、傷害

やぶれる [破れる] ③ 自動 破裂、破損、破壞、破滅、負傷

やま [山] ② 名 山、礦山、物品突出部分、（故事的）高潮、難關

やみ [闇] ② 名 陰暗、晦暗、無知、文盲、迷惘、暗自、失序

やむ [止む] ⓪ 自動 停止、終止、中止

やむ [病む] ① 自他動 患病、擔心

やむをえない 連語 不得已、沒有辦法

やめる [止める] ⓪ 他動 中止、作罷、病癒、戒掉

やめる [辞める] ⓪ 他動 辭職

やや ① 副 稍微、暫時、略微

ややこしい ④ イ形 複雜的、麻煩的

やりとおす [やり通す] ③ 他動 貫徹

やりとげる ④ 他動 完成（艱鉅的事）

やる ⓪ 他動 做、派、前進、託付、練習、給、送

やわらかい [柔らかい / 軟らかい] ④ イ形　柔軟的、温和的、靈巧的

やわらげる [和らげる] ④ 他動　使～柔和、使～放鬆、使～簡單

ヤング ① 名　年輕、年輕人

随堂測驗

(1) 次の言葉の正しい読み方を一つ選びなさい。

( ) ① 役立つ
1. やえたつ　　　　　　　2. やくたつ
3. やくだつ　　　　　　　4. やえだつ

( ) ② 雇う
1. やもう　　　　　　　　2. やたう
3. やとう　　　　　　　　4. やろう

( ) ③ 厄介
1. やっしょう　　　　　　2. やくしょう
3. やっかい　　　　　　　4. やくかい

(2) 次の言葉の正しい漢字を一つ選びなさい。

( ) ④ やすっぽい
1. 甘っぽい　　　　　　　2. 低っぽい
3. 安っぽい　　　　　　　4. 温っぽい

( ) ⑤ やみ
1. 闇　　　　　　　　　　2. 閣
3. 暗　　　　　　　　　　4. 黒

( ) ⑥ やさしい
      1.滑しい   2.柔しい
      3.優しい   4.温しい

解答 --

(1) ① 3   ② 3   ③ 3
(2) ④ 3   ⑤ 1   ⑥ 3

ゆ・ユ

ゆ [湯] ① 名 熱水、溫泉

～ゆ [～油] 接尾 ～油

ゆいいつ [唯一] ① 名 唯一

ゆう [優] ① 名 ナ形 優秀、優美

ゆうい [優位] ① 名 ナ形 優勢、上位

ゆううつ [憂鬱] ⓪ 名 ナ形 憂鬱

ゆうえき [有益] ⓪ 名 ナ形 有益

ゆうえつ [優越] ⓪ 名 優越

ゆうえんち [遊園地] ③ 名 遊樂園

ゆうがた [夕方] ⓪ 名 傍晚、黃昏

ゆうかん [夕刊] ⓪ 名 晚報

ゆうかん [勇敢] ⓪ 名 ナ形 勇敢

ゆうき [勇気] ① 名 勇氣

ゆうき [有機] ① 名 有機

ゆうぐれ [夕暮れ] ⓪ 名 傍晚、黃昏

ゆうこう [友好] ⓪ 名 友好

ゆうこう [有効] ⓪ 名 ナ形 有效

ゆうし [融資] ①⓪ 名 融資

ゆうしゅう [優秀] ⓪ 名 ナ形 優秀

ゆうしょう [優勝] ⓪ 名 優勝

ゆうじょう [友情] ⓪ 名 友情

ゆうじん [友人] ⓪ 名 友人、朋友

ゆうずう [融通] ⓪ 名 資金流通、暢通、變通

ゆうする [有する] ③ 他動 所有、持有

ゆうせい [優勢] ⓪ 名 ナ形 優勢

ゆうせん [優先] ⓪ 名 優先

ゆうそう [郵送] ⓪ 名 郵寄

ゆうだち [夕立] ⓪ 名 （夏日午後的）雷陣雨、驟雨、西北雨

ゆうどう [誘導] ⓪ 名 誘導

ゆうのう [有能] ⓪ 名 ナ形 有才能

ゆうはん [夕飯] ⓪ 名 晚飯

ゆうひ [夕日] ⓪ 名 夕陽

ゆうび [優美] ① 名 ナ形 優美

ゆうびん [郵便] ⓪ 名 郵政、郵件

ゆうべ [夕べ] ③⓪ 名 傍晚、昨晚、晚會

ゆうぼう [有望] ⓪ 名 ナ形 有希望、有前途

ゆうぼく [遊牧] ⓪ 名 游牧

ゆうめい [有名] ⓪ 名 ナ形 有名、知名

ユーモア ①⓪ 名 幽默

ゆうやけ [夕焼け] ⓪ 名 晚霞

ゆうゆう [悠々] ⓪③ ナ形 從容、悠悠、悠閒、悠遠

ゆうり [有利] ① 名 ナ形 有利、有益

ゆうりょう [有料] ⓪ 名 收費

ゆうりょく [有力] ⓪ 名 ナ形 有力、極可能

ゆうれい [幽霊] ① 名 幽靈、亡靈、亡魂

ゆうわく [誘惑] ⓪ 名 誘惑

ゆえに [故に] ② 接續 因此、所以

ゆか [床] ⓪ 名 地板

ゆかい [愉快] ① 名 ナ形 愉快

ゆかた [浴衣] ⓪ 名 浴衣

ゆがむ [歪む] ⓪② 自動 歪斜、行為或心術不
正、乖僻

ゆき [雪] ② 名 雪、雪白

ゆくえ [行方] ⓪ 名 行蹤、下落、前途

ゆげ [湯気] ① 名 水蒸氣、熱氣

ゆけつ [輸血] ⓪ 名 輸血

ゆさぶる [揺さぶる] ⓪ 他動 搖動、撼動

ゆしゅつ [輸出] ⓪ 名 輸出、出口

ゆすぐ [濯ぐ] ⓪ 他動 洗滌

ゆずる [譲る] ⓪ 他動 讓渡、謙讓、賣出、讓步

ゆそう [輸送] ⓪ 名 輸送

ゆたか [豊か] ① ナ形 豐富、富裕、充實、豐滿

ゆだん [油断] ⓪ 名 大意、輕忽

ゆっくり ③ 副 慢慢地、充分地

ゆでる ② 他動 煮、熱敷

ゆとり ⓪ 名 餘裕、寬裕

ユニーク ② ナ形 獨特、唯一

ユニフォーム / ユニホーム ③①/③① 名 制服、運動套装、軍服

ゆにゅう [輸入] ⓪ 名 進口、引進

ゆのみ [湯飲み] ③ 名 茶杯

ゆび [指] ② 名 手指、腳趾

ゆびさす [指差す] ③ 他動 指認、指責

ゆびわ [指輪] ⓪ 名 戒指

ゆみ [弓] ② 名 弓、弓術、弓型物

ゆめ [夢] ② 名 夢、夢想、空想

ゆらぐ [揺らぐ] ⓪② 自動 晃動、動搖

ゆるい [緩い] ② イ形 鬆弛的、緩和的、緩慢的、稀的、鬆散的

ゆるす [許す] ② 他動 原諒、容許、赦免、承認、釋放、鬆懈

ゆるむ [緩む] ② 自動 鬆懈、鬆弛、緩和、市場下跌

ゆるめる [緩める] ③ 他動 放鬆、鬆懈、降低、放慢

ゆるやか [緩やか] ② ナ形 緩和、舒暢、寬大、寬鬆

ゆれる [揺れる] ⓪ 自動 晃動、動搖、動盪

隨堂測驗

（1）次の言葉の正しい読み方を一つ選びなさい。

（ ）① 優越
    1. ゆうえん   2. ゆうえつ
    3. ゆうえい   4. ゆうえき

( ) ② 遊園地
　　　1. ゆんえいち　　　　2. ゆうえんち
　　　3. ゆうおんち　　　　4. ゆうおうち

( ) ③ 油断
　　　1. ゆだつ　　　　　　2. ゆだち
　　　3. ゆだき　　　　　　4. ゆだん

(2) 次の言葉の正しい漢字を一つ選びなさい。

( ) ④ ゆうぼく
　　　1. 牧牛　　　　　　　2. 遊宴
　　　3. 牧畜　　　　　　　4. 遊牧

( ) ⑤ ゆえに
　　　1. 因に　　　　　　　2. 故に
　　　3. 所に　　　　　　　4. 以に

( ) ⑥ ゆうする
　　　1. 存する　　　　　　2. 在する
　　　3. 有する　　　　　　4. 居する

解答 --

(1) ① 2　② 2　③ 4
(2) ④ 4　⑤ 2　⑥ 3

あ行

か行

さ行

た行

な行

は行

ま行

や行

ら行

わ行

よ・ヨ

よ [夜] ① 名 夜晚

よ [世] ①⓪ 名 人世、世間、俗世、時代、一生、壽命、時節

よあけ [夜明け] ③ 名 清晨、拂曉、（新時代或新事物的）開端

よい [良い] ① イ形 好的、美的、優秀的、高級的、正當的、善良的

よいしょ ① 感 （扛起重物時發出的聲音）嘿咻、嘿喲

よう [用] ① 名 要事、用處、便溺、費用

よう [様] ① 名 樣子、樣式、方法、理由、同類

よう [酔う] ① 自動 酒醉、暈（車、船）、陶醉

よう～ [洋～] 接頭 西式～、洋～

ようい [用意] ① 名 準備、有深意

ようい [容易] ⓪ 名 ナ形 容易

よういん [要因] ⓪ 名 主要的原因

ようえき [溶液] ① 名 溶液

ようか [八日] ⓪ 名 八號、八日

ようがん [溶岩] ①⓪ 名 熔岩

ようき [容器] ① 名 容器

ようき [陽気] ⓪ 名 天候、氣候、時節

　　　　　　① 名 陽氣

　　　　　　⓪ 名 ナ形 活潑、開朗

ようきゅう [要求] ⓪ 名 要求

ようけん [用件] ③ 名 事情、傳達的內容

ようご [用語] ⓪ 名 用語、術語

ようご [養護] ① 名 保育、撫育、照護

ようし [要旨] ① 名 要旨、主旨

ようし [用紙] ⓪① 名 用紙

ようじ [用事] ⓪ 名 要事、便溺

ようじ [幼児] ① 名 幼兒

ようしき [様式] ⓪ 名 樣式、形式、格式

ようじん [用心] ① 名 警戒、注意

ようす [様子] ⓪ 名 情況、狀態、姿態、表情、
跡象、緣由

ようする [要する] ③ 他動 必須、埋伏

ようするに [要するに] ③ 副 總之

ようせい [要請] ⓪ 名 要求

ようせい [養成] ⓪ 名 育成、養育

ようせき [容積] ① 名 容量、體積

ようそ [要素] ① 名 因素、要素

ようそう [様相] ⓪ 名 情況、形式

ようち [幼稚] ⓪ 名 ナ形 幼稚、不成熟、單純

ようちえん [幼稚園] ③ 名 幼稚園

ようてん [要点] ③ 名 要點、重點

ようと [用途] ① 名 用途

ようび [曜日] ⓪ 名 構成一星期的七天

～ようび [～曜日] 接尾 星期～

ようひん [用品] ⓪ 名 用品、用具、必要物品

ようひんてん [洋品店] ③ 名 服裝店、舶來品店

ようふう [洋風] ⓪ 名 西式、洋式、西洋風

ようふく [洋服] ⓪ 名 （特別指西式服飾）衣服

ようぶん [養分] ① 名 養分

ようほう [用法] ⓪ 名 用法

ようぼう [要望] ⓪ 名 迫切希望、要求

ようもう [羊毛] ⓪ 名 羊毛

ようやく [漸く] ⓪ 副 好歹、總算、漸漸

ようりょう [要領] ③ 名 要點、要領、手段

ヨーロッパ ③ 名 歐洲

よか [余暇] ① 名 閒暇

よかん [予感] ⓪ 名 預感

よき [予期] ① 名 預期

よきょう [余興] ⓪ 名 餘興節目、意猶未盡

よきん [預金] ⓪ 名 存款

よく ① 副 好好地、充分地、時常、經常、屢屢

よく [欲] ② 名 欲望、意欲

よく～ [翌～] 接頭 （接在時間、日期之前）
次～、隔～

よくあつ [抑圧] ⓪ 名 壓抑、壓制、壓迫

よく、いらっしゃいました。 歡迎您來。

よくしつ [浴室] ⓪ 名 浴室

よくじつ **[翌日]** ⓪ 名 翌日

よくせい **[抑制]** ⓪ 名 抑制、遏止

よくばり **[欲張り]** ③④ 名 ナ形 貪婪

よくふかい / よくぶかい **[欲深い]** ④ / ④ イ形 貪婪的、貪得無厭的

よくぼう **[欲望]** ⓪ 名 欲望

よけい **[余計]** ⓪ 名 ナ形 多餘
⓪ 副 分外、多

よける **[避ける]** ② 他動 躲避、防範

よげん **[予言]** ⓪ 名 預言

よこ **[横]** ⓪ 名 橫、側、旁、緯、局外、歪斜

よこぎる **[横切る]** ③ 他動 橫越

よこす ② 他動 寄送、交遞、派來

よごす **[汚す]** ②⓪ 他動 弄髒、玷汙、玷辱

よこづな **[横綱]** ⓪ 名 （相撲一級力士）橫綱、（同類型中）首屈一指的人

よごれ **[汚れ]** ⓪ 名 汙漬

よごれる **[汚れる]** ⓪ 自動 弄髒、汙染、丟臉、玷汙

よさん **[予算]** ⓪ 名 預算

よし ① 感 （表示決心、安慰）好！

よし **[良し]** ① イ形 （「良い」的文語形）好的、美的、優秀的、正當的、善良的

よしあし **[善し悪し / 良し悪し]** ①② 名 是非、善惡

よしゅう **[予習]** ⓪ 名 預習

よす [止す] ① 他動 停止、作罷

よせる [寄せる] ⓪ 自他動 靠近、集中、吸引、加、投（身）

よそ [余所] ②① 名 他處、別處、與自己無關

よそう [予想] ⓪ 名 預想、預料

よそく [予測] ⓪ 名 預測

よそみ [余所見] ②③ 名 東張西望、左顧右盼

よち [余地] ① 名 餘地、空地

よっか [四日] ⓪ 名 四號、四日

よつかど [四つ角] ⓪ 名 四個角、十字路口

よっつ [四つ] ③ 名 四個、四歲

よって ⓪ 接續 所以、因而

～（に）よって [～（に）因って] 連語 基於～

ヨット ① 名 帆船、遊艇

よっぱらい [酔っ払い] ⓪ 名 喝醉的人、醉漢

よてい [予定] ⓪ 名 預定

よとう [与党] ① 名 執政黨、同黨

よなか [夜中] ③ 名 半夜

よのなか [世の中] ② 名 世間、社會、俗世、時代

よび [予備] ① 名 預備、準備

よびかける [呼（び）掛ける] ④ 他動 號召、喚起、呼籲

よびだす [呼（び）出す] ③ 他動 傳喚、呼喚、邀請

よびとめる [呼（び）止める] ④ 他動 名 叫住

よぶ [呼ぶ] ⓪ 他動 喊叫、邀請、稱呼、招致

よふかし [夜更かし] ③② 名 熬夜

よふけ [夜更け] ③ 名 深夜

よぶん [余分] ⓪ 名 ナ形 多餘、格外

よほう [予報] ⓪ 名 預報、天氣預報

よぼう [予防] ⓪ 名 預防

よほど [余程] ⓪ 副 ナ形 頗、很、相當、幾乎要

よみ [読み] ② 名 唸、讀、讀法

よみあげる [読（み）上げる] ④⓪ 他動 朗讀、讀完

よみがえる [蘇る] ③④ 自動 復活、甦醒、復甦

よむ [読む] ① 他動 讀、唸、閱讀、觀察

よめ [嫁] ⓪ 名 媳婦、新娘

よやく [予約] ⓪ 名 預約

よゆう [余裕] ⓪ 名 餘裕、從容

より ⓪ 副 更加

〜より 格助 比〜、從〜、與其〜不如〜、除此之外、以〜

〜より [〜寄り] 接尾 靠近〜

よりかかる [寄（り）掛かる] ④ 自動 依靠、依賴

よる [夜] ① 名 夜晚、夜間

よる [寄る] ⓪ 自動 接近、靠近、聚集、年齡增長、順道

よる [因る] ⓪ 自動 起因、根據、因為、基於、憑、靠

あ行
か行
さ行
た行
な行
は行
ま行
や行
ら行
わ行

～（に）よると 連語 根據～

よろこび [慶び / 喜び] ⓪③④ 名 喜悅、喜事、值得慶賀的事、賀詞

よろこぶ [慶ぶ / 喜ぶ] ③ 自動 開心、喜悅、祝福、樂意

よろしい [宜しい] ③⓪ イ形 好的、容許的、適當的

どうぞ、よろしく。 請多關照、請多指教。

よろん / せろん [輿論 / 世論] ①／①⓪ 名 輿論

よわい [弱い] ② イ形 軟弱的、貧乏的、不牢固的、不擅長的

よわまる [弱まる] ③ 自動 衰弱、變弱

よわめる [弱める] ③ 他動 削弱

よわる [弱る] ② 自動 衰弱、減弱、為難、尷尬

よん [四] ① 名 四

隨堂測驗

（1）次の言葉の正しい読み方を一つ選びなさい。

（　）① 溶岩
　　　　1. ようかん　　　　　2. ようがん
　　　　3. よんかん　　　　　4. よんがん

（　）② 横切る
　　　　1. よろきる　　　　　2. よろぎる
　　　　3. よこきる　　　　　4. よこぎる

( ) ③ 漸く
　　　1. ようやく　　　　　2. よやわく
　　　3. よみやく　　　　　4. ようちく

(2) 次の言葉の正しい漢字を一つ選びなさい。

( ) ④ よあけ
　　　1. 余空け　　　　　　2. 世開け
　　　3. 夜明け　　　　　　4. 代飽け

( ) ⑤ ようちえん
　　　1. 後楽園　　　　　　2. 保育園
　　　3. 幼稚園　　　　　　4. 遊楽園

( ) ⑥ よしあし
　　　1. 好し良し　　　　　2. 悪し良し
　　　3. 善し悪し　　　　　4. 好し悪し

解答 --

(1) ① 2　② 4　③ 1
(2) ④ 3　⑤ 3　⑥ 3

あ行
か行
さ行
た行
な行
は行
ま行
や行
ら行
わ行

ら・ラ

〜ら [〜等] 接尾 〜門、〜等

らい〜 [来〜] 接頭 （接續日期、時間等）來〜、下〜

らいじょう [来場] ⓪ 名 到場、蒞臨

ライス ① 名 米飯

ライター ① 名 打火機

ライト ① 名 光、光線、照明

らいにち [来日] ⓪ 名 （外國人）赴日

ライバル ① 名 對手、敵手

らいひん [来賓] ⓪ 名 來賓

らく [楽] ② 名 ナ形 安樂、舒適、寬裕、輕鬆

らくだい [落第] ⓪ 名 落榜、留級、沒有達到水準

らくのう [酪農] ⓪ 名 酪農

ラケット ② 名 球拍

ラジオ ① 名 廣播、收音機

ラジカセ ⓪ 名 （有收聽廣播功能的）卡式錄放音機

らっか [落下] ⓪ 名 落下

らっかん [楽観] ⓪ 名 樂觀

ラッシュ ① 名 （「ラッシュアワー」的簡稱）尖峰時段、蜂擁而至

ラッシュアワー ④ 名 尖峰時段

ラベル ①⓪ 名 標籤

らん【欄】① 名 欄杆、表格欄位、專欄

ランチ ① 名 午餐

ランニング ⓪ 名 跑步、運動背心、（帆船）順風行駛

ランプ ① 名 油燈、燈、立體交叉引道、牛臀肉

らんぼう【乱暴】⓪ 名 ナ形 粗暴、暴力

らんよう【濫用】⓪ 名 濫用

隨堂測驗

（1）次の言葉の正しい読み方を一つ選びなさい。

( )① 来賓
    1. らいにん　　　　2. らいひん
    3. らいさん　　　　4. らいかん

( )② 酪農
    1. らくのう　　　　2. らいのう
    3. らんのう　　　　4. らんのん

( )③ 楽
    1. らん　　　　　　2. らく
    3. らい　　　　　　4. らこ

（2）次の言葉の正しい漢字を一つ選びなさい。

( )④ らっか
    1. 堕下　　　　　　2. 降下
    3. 落下　　　　　　4. 来下

( ) ⑤ らんぼう
    1.乱爆　　　　　　　2.乱棒
    3.乱暴　　　　　　　4.乱暮

( ) ⑥ らん
    1.梱　　　　　　　　2.柵
    3.欄　　　　　　　　4.枏

解答 ---

(1) ① 2　② 1　③ 2
(2) ④ 3　⑤ 3　⑥ 3

り・リ

リード ① 名 帶領、領導、領先、（棒球）跑者離開壘包、（電子）引線

りえき [利益] ① 名 利益、獲利

りか [理科] ① 名 自然科學

りかい [理解] ① 名 理解、了解

りがい [利害] ① 名 利害、得失

りく [陸] ⓪ 名 陸地、硯心

りくつ [理屈] ⓪ 名 道理、歪理、理由、緣由

りこう [利口] ⓪ 名 ナ形 聰明、伶俐、機伶

りこん [離婚] ⓪ 名 離婚

りし [利子] ① 名 利息

りじゅん [利潤] ⓪ 名 利潤、獲利

リズム ① 名 律動、韻律、節拍、節奏

りせい [理性] ① 名 理性

りそう [理想] ⓪ 名 理想

りそく [利息] ⓪ 名 利息

りつ [率] ① 名 比例

りったい [立体] ⓪ 名 立體

リットル ⓪ 名 公升

りっぱ [立派] ⓪ ナ形 卓越、堂堂正正、充分、宏偉、偉大

りっぽう [立方] ⓪ 名 三次方、立方

りっぽう [立法] ⓪ 名 立法

りてん [利点] ⓪ 名 優點、長處

リボン ① 名 絲帶、（打字機）色帶

りゃくご [略語] ⓪ 名 縮寫、簡稱、略語

りゃくす / りゃくする [略す / 略する] ② / ③ 他動
省略、簡略、掠奪

りゃくだつ [略奪] ⓪ 名 掠奪

りゆう [理由] ⓪ 名 理由、藉口

～りゅう [～流] 接尾 ～流派、～派別

りゅういき [流域] ⓪ 名 流域

りゅうがく [留学] ⓪ 名 留學

りゅうこう [流行] ⓪ 名 流行

りゅうつう [流通] ⓪ 名 流通、通行

りよう [利用] ⓪ 名 利用、運用

りょう [量] ① 名 數量、程度

りょう [寮] ① 名 宿舍、茶寮、別墅

りょう [両] ① 名 雙、兩

りょう～ [両～] 接頭 雙～、雙方～、兩～

～りょう [～両] 接尾 ～輛

～りょう [～料] 接尾 ～的費用、～的材料

～りょう [～領] 接尾 ～領地、（鎧甲的單位）～件

りょういき [領域] ⓪ 名 領域

りょうかい [了解] ⓪ 名 了解、領會

りょうかい [領海] ⓪ 名 領海

りょうがえ [両替] ⓪ 名 兌換（貨幣或有價證券）

りょうがわ [両側] ⓪ 名 兩側

りょうきょく [両極] ⓪ 名 南極與北極、陰極與陽極、兩個極端

りょうきん [料金] ① 名 費用

りょうこう [良好] ⓪ 名 ナ形 良好

りょうし [漁師] ① 名 漁夫

りょうじ [領事] ① 名 領事

りょうしき [良識] ⓪ 名 真知灼見、明智的見識

りょうしつ [良質] ⓪ 名 ナ形 品質良好

りょうしゅう [領収] ⓪ 名 領收、領受

りょうしょう [了承] ⓪ 名 諒解、同意

りょうしん [良心] ① 名 良心

りょうち [領地] ① 名 領地

りょうど [領土] ① 名 領土、領域

りょうり [料理] ① 名 烹飪、調理、菜餚、處理

りょうりつ [両立] ⓪ 名 並行不悖、並存、兼顧

りょかく / りょきゃく [旅客] ⓪/⓪ 名 旅客、乘客

りょかん [旅館] ⓪ 名 日式旅館

～りょく [～力] 造語 ～力

りょけん [旅券] ⓪ 名 護照

りょこう [旅行] ⓪ 名 旅行、旅遊

りれき [履歴] ⓪ 名 履歴、經歷

りろん [理論] ① 名 理論

りんぎょう [林業] ①⓪ 名 林業

りんじ [臨時] ⓪ 名 臨時、短期

隨堂測驗

（1）次の言葉の正しい読み方を一つ選びなさい。

（　）① 利口
　　　　1. りこう　　　　　2. りくち
　　　　3. りあん　　　　　4. りかく

（　）② 流行
　　　　1. りゅういき　　　2. りゅうこう
　　　　3. りゅうこん　　　4. りゅうしん

（　）③ 寮
　　　　1. りゃん　　　　　2. りょう
　　　　3. りゅう　　　　　4. りん

（2）次の言葉の正しい漢字を一つ選びなさい。

（　）④ りく
　　　　1. 陝　　　　　　　2. 陵
　　　　3. 隆　　　　　　　4. 陸

（　）⑤ りょけん
　　　　1. 旅票　　　　　　2. 旅照
　　　　3. 旅行　　　　　　4. 旅券

（　）⑥ りゃくする
　　　　1. 減する　　　　　2. 除する
　　　　3. 略する　　　　　4. 省する

解答 --

(1) ① 1　② 2　③ 2
(2) ④ 4　⑤ 4　⑥ 3

る・ル

るい [類] ① 名 同類、種類

るいじ [類似] ⓪ 名 類似

るいすい [類推] ⓪ 名 類推、類比

るいせき [累積] ⓪ 名 累積

ルーズ ① ナ形 鬆散的、散漫的

ルーム ① 名 房間

ルール ① 名 規則、規定、章程

るす [留守] ① 名 不在家、外出、忽略

るすばん [留守番] ⓪ 名 看家、看家的人、守門人

隨堂測驗

（1）次の言葉の正しい読み方を一つ選びなさい。

( ) ① 留守番
　　　1. るしゅばん　　　　2. るしゅはん
　　　3. るすばん　　　　　4. るすはん

( ) ② 類似
　　　1. るいし　　　　　　2. るいじ
　　　3. るんし　　　　　　4. るんじ

( ) ③ 累積
　　　1. るいつき　　　　　2. るいせき
　　　3. るいちく　　　　　4. るいせん

（2）次の言葉の正しい漢字を一つ選びなさい。

（　）④ るい
1. 粋　　　　　　　　2. 類
3. 数　　　　　　　　4. 糟

（　）⑤ るいすい
1. 類押　　　　　　　2. 類推
3. 類引　　　　　　　4. 類量

（　）⑥ るす
1. 留守　　　　　　　2. 留置
3. 留居　　　　　　　4. 留待

 解答

（1） ① 3　② 2　③ 2
（2） ④ 2　⑤ 2　⑥ 1

れ・レ

れい **[例]** ① 名 舉例、先例、慣例

れい **[礼]** ①⓪ 名 禮儀、行禮、禮物

れい **[零]** ① 名 零

れいがい **[例外]** ⓪ 名 例外

れいぎ **[礼儀]** ③ 名 禮節、謝禮

れいこく **[冷酷]** ⓪ 名 ナ形 冷酷、無情

れいせい **[冷静]** ⓪ 名 ナ形 冷靜、沉著

れいぞう **[冷蔵]** ⓪ 名 冷藏

れいぞうこ **[冷蔵庫]** ③ 名 冰箱

れいたん **[冷淡]** ③ 名 ナ形 冷淡、冷漠

れいてん **[零点]** ③⓪ 名 零分、沒有資格

れいとう **[冷凍]** ⓪ 名 冷凍

れいとうこ **[冷凍庫]** ③ 名 冷凍庫

れいぼう **[冷房]** ⓪ 名 冷氣

レインコート ④ 名 雨衣

レース ① 名 蕾絲、旋盤、人種、競賽

れきし **[歴史]** ⓪ 名 歷史、來歷、史學

レギュラー ① 名 正規、常態、正式選手、固定來賓、無鉛汽油

レクリエーション ④ 名 娛樂、消遣、休養

レコード ② 名 紀錄、唱片

レジ ① 名 收銀機、收銀台、收銀員

レジャー ① 名 閒暇、悠閒、休閒

レストラン ① 名 餐廳

れつ [列] ① 名 行列、同伴、數列

れっしゃ [列車] ⓪① 名 列車

レッスン ① 名 課、課程

れっとう [列島] ⓪ 名 列島

レディー ① 名 淑女、貴婦、婦人

レバー ① 名 槓桿、控制桿、肝臟

レベル ① 名 水準、程度、水平線、水平儀

レポート / リポート ② / ② 名 報告

れんあい [恋愛] ⓪ 名 戀愛

れんが [煉瓦] ① 名 磚

れんきゅう [連休] ⓪ 名 連續假期

れんごう [連合] ⓪ 名 聯合、日本勞動組合總聯
合會（JTUC）的簡稱

レンジ ① 名 爐、幅度、範圍

れんじつ [連日] ⓪ 名 連日、每天

れんしゅう [練習] ⓪ 名 練習

レンズ ① 名 鏡片、鏡頭、水晶體、透鏡

れんそう [連想] ⓪ 名 聯想

れんぞく [連続] ⓪ 名 連續

れんたい [連帯] ⓪ 名 連帶、共同

レンタカー ③ 名 租賃汽車

れんちゅう **[連中]** ⓪ 名 伙伴、同伴、一群人

レントゲン ⓪ 名 X光、（物理學家，X光發現者）倫琴、（輻射劑量單位）侖目

れんぽう **[連邦]** ⓪ 名 聯邦

れんめい **[連盟]** ⓪ 名 聯盟

れんらく **[連絡]** ⓪ 名 聯絡、聯繫、聯運

隨堂測驗

（1）次の言葉の正しい読み方を一つ選びなさい。

（ ）① 零点
　　　1. れいてん　　　　2. れんてん
　　　3. れきてん　　　　4. れひてん

（ ）② 恋愛
　　　1. れいあい　　　　2. れんあい
　　　3. れきあい　　　　4. れしあい

（ ）③ 連休
　　　1. れんしょう　　　2. れんきゅう
　　　3. れんやす　　　　4. れんみょう

（2）次の言葉の正しい漢字を一つ選びなさい。

（ ）④ れいぞうこ
　　　1. 冷凍庫　　　　　2. 冷蔵庫
　　　3. 冷蔵室　　　　　4. 冷凍室

（　）⑤ れんたい
　　　1. 連携　　　　　　　　2. 連絡
　　　3. 連帯　　　　　　　　4. 連持

（　）⑥ れっしゃ
　　　1. 自車　　　　　　　　2. 電車
　　　3. 列車　　　　　　　　4. 連車

解答 ---

(1) ① 1　② 2　③ 2
(2) ④ 2　⑤ 3　⑥ 3

ろ・ロ

ろうか **[廊下]** ⓪ 名 走廊、沿著溪谷的山徑

ろうか **[老化]** ⓪ 名 老化、衰老

ろうご **[老後]** ⓪ 名 晚年

ろうじん **[老人]** ⓪ 名 老人

ろうすい **[老衰]** ⓪ 名 年老體衰

ろうそく **[蠟燭]** ③④ 名 蠟燭

ろうどう **[労働]** ⓪ 名 勞動

ろうどく **[朗読]** ⓪ 名 朗讀

ろうはい **[老廃]** ⓪ 名 老朽、廢舊

ろうひ **[浪費]** ⓪① 名 浪費

ろうりょく **[労力]** ① 名 工作、辛苦、勞動力

ロープ ① 名 纜繩、鋼索

ロープウェイ ⑤ 名 纜車

ローマじ **[ローマ字]** ③⓪ 名 羅馬字、拉丁文

ろく **[碌]** ⓪ 名 ナ形 （後接否定）像樣、出色、充分、滿足

ろく **[六]** ② 名 六、第六

ろくおん **[録音]** ⓪ 名 錄音

ろくに ⓪ 副 （後接否定）滿意、充分、很好

ロケット ② 名 火箭

　　　　 ②① 名 （可放相片的）盒式鍊墜

ろこつ **[露骨]** ⓪ 名 ナ形 露骨

ロッカー ① 名 鎖櫃、投幣式置物櫃

ロビー ① 名 大廳、（議會）會客室

ロマンチック / ロマンティック ④/④ ナ形 浪漫、羅曼蒂克

～ろん【～論】 接尾 ～論、～學說

ろんぎ【論議】 ① 名 討論、爭論、（佛教）論議

ろんじる / ろんずる【論じる / 論ずる】 ⓪③/③⓪ 他動 論述、談論、爭論

ろんそう【論争】 ⓪ 名 爭論

ろんぶん【論文】 ⓪ 名 論文

ろんり【論理】 ① 名 道理、邏輯

隨堂測驗

（1）次の言葉の正しい読み方を一つ選びなさい。

( ) ① 浪費
　　　　1. ろうぴ　　　　　　2. ろんひ
　　　　3. ろうひ　　　　　　4. ろんぴ

( ) ② 老後
　　　　1. ろうこ　　　　　　2. ろうご
　　　　3. ろうあと　　　　　4. ろうほう

( ) ③ 朗読
　　　　1. ろうどく　　　　　2. ろうとく
　　　　3. ろんどん　　　　　4. ろんよみ

（2）次の言葉の正しい漢字を一つ選びなさい。

（　）④ ろうはい
　　　　1.老朽　　　　　　　　2.老衰
　　　　3.老廃　　　　　　　　4.老萎

（　）⑤ ろくおん
　　　　1.録画　　　　　　　　2.録声
　　　　3.録影　　　　　　　　4.録音

（　）⑥ ろんずる
　　　　1.詩ずる　　　　　　　2.諭ずる
　　　　3.論ずる　　　　　　　4.認ずる

解答 --

（1）① 3　② 2　③ 1
（2）④ 3　⑤ 4　⑥ 3

わ・ワ

わ **[輪]** ① 名 圓圈、環狀物、車輪

わ～ **[和～]** 接頭 日本～、日本式的～

～わ **[～羽]** 接尾 （兔子或鳥類）～隻

ワープロ ⓪ 名 文書處理機

ワイシャツ ⓪ 名 男襯衫

ワイン ① 名 葡萄酒

わえい **[和英]** ⓪ 名 日本與英國、日語與英語、日英（辭典）

わが～ **[我が～]** ① 連體 我的～、我們的～

わかい **[若い]** ② イ形 年輕的、不成熟的、有活力的

わかす **[沸かす]** ⓪ 他動 使～沸騰、讓～興奮、讓（金屬）熔解、讓～發酵

わがまま ③④ 名 ナ形 任性、恣意

わかもの **[若者]** ⓪ 名 年輕人、青年

わかる **[分かる]** ② 自動 知道、判明、了解

わかれ **[別れ]** ③ 名 分離、死別、旁系

わかれる **[分かれる／別れる]** ③ 自動 區別、分歧、差異、離開、離婚

わかわかしい **[若々しい]** ⑤ イ形 朝氣蓬勃的、顯得年輕的、不成熟的

わき **[脇]** ② 名 腋下、旁邊、他處

わく **[沸く]** ⓪ 自動 沸騰、水勢激烈、興奮、（金屬）熔解、發酵

わく **[湧く]** ⓪ 自動 湧出、噴出、長出、產生、鼓起

わく **[枠]** ② 名 框架、輪廓、範圍、制約

わくせい **[惑星]** ⓪ 名 行星、明日之星

わけ **[訳]** ⓪ 名 原因、理由、內容、常識、道理、內情

わける **[分ける]** ② 自動 分割、分類、區分、仲裁、判斷、分配、撥開

わざ **[技]** ② 名 技能、招數

わざと ① 副 刻意地、正式地

わざわざ ① 副 刻意地、特別地

わずか **[僅か]** ① 名 ナ形 僅僅、稍微、一點點

わずかに **[僅かに]** ① 副 僅、勉勉強強

わずらわしい **[煩わしい]** ⑤⓪ イ形 心煩的、繁雜的、不舒服的

わすれもの **[忘れ物]** ⓪ 名 忘記帶走、忘記帶的物品

わすれる **[忘れる]** ⓪ 他動 忘記、忘懷、忘記（帶走）、遺忘

わた **[綿]** ② 名 棉

わだい **[話題]** ⓪ 名 話題

わたくし **[私]** ⓪ 名 私、個人的

わたくし / わたし **[私]** ⓪ / ⓪ 代 我

わたす **[渡す]** ⓪ 他動 渡河、搭、交遞、給予

わたりどり **[渡り鳥]** ③ 名 候鳥

わたる **[渡る]** ⓪ 自動 度過、經過、度日、拿到

ワット ① 名 瓦、瓦特（電力單位）

わび [詫び] ⓪ 名 道歉

わびる [詫びる] ②⓪ 自動 道歉、賠罪

わふう [和風] ⓪ 名 日式、溫暖的春風

わふく [和服] ⓪ 名 和服

わぶん [和文] ⓪ 名 日文、使用日文書寫的文章、假名

わら [藁] ① 名 稻草

わらい [笑い] ⓪ 名 笑、笑聲

わらう [笑う] ⓪ 自他動 笑、嘲笑、（衣服、花朵）綻開

～わり [～割（り）] 接尾 十分之～

わりあい [割合] ⓪ 名 比例、比率、雖然～但是～
⓪ 副 比較地、意外地

わりあて [割（り）当て] ⓪ 名 分配、分擔

わりこむ [割（り）込む] ③ 自他動 擠進、插入

わりざん [割（り）算] ② 名 除法

わりに / わりと [割に / 割と] ⓪ / ⓪ 副 比較地、格外地

わりびき [割引] ⓪ 名 折扣

わりふる [割（り）振る] ③ 他動 分派、分攤

わる [割る] ⓪ 他動 切開、劈開、打破、切割、破壞、分配、（除法）除以～

わるい [悪い] ② イ形 不好的、醜的、劣等的、錯誤的、惡劣的、抱歉的

わるくち [悪口] ② 名 說人壞話、中傷

わるもの [悪者] ⓪ 名 壞人

われ [我] ① 名 自己、本身、己方
　　　　　 ① 代 我

われる [割れる] ⓪ 自動 破壞、碎裂、分裂、裂
開、除盡

われわれ [我々] ⓪ 名 一個一個
　　　　　　　 ⓪ 代 我們、我

わん [湾] ① 名 海灣

わん [椀 / 碗] ⓪ 名 碗

ワンピース ③ 名 連身洋裝

隨堂測驗

（1）次の言葉の正しい読み方を一つ選びなさい。

（　）① 悪口
　　　　　 1. わんくち　　　　　2. わるこう
　　　　　 3. わるくち　　　　　4. わんこう

（　）② 笑う
　　　　　 1. わらう　　　　　　2. わこう
　　　　　 3. わかう　　　　　　4. わとう

（　）③ 割引
　　　　　 1. わりひき　　　　　2. わりびき
　　　　　 3. わいひき　　　　　4. わいびき

(2) 次の言葉の正しい漢字を一つ選びなさい。

( ) ④ わかわかしい
　　　1.瑞々しい　　　　　2.煩々しい
　　　3.軽々しい　　　　　4.若々しい

( ) ⑤ わたる
　　　1.渡る　　　　　　　2.越る
　　　3.超る　　　　　　　4.決る

( ) ⑥ わん
　　　1.港　　　　　　　　2.淵
　　　3.湾　　　　　　　　4.湊

解答
----
(1) ① 3　② 1　③ 2
(2) ④ 4　⑤ 1　⑥ 3

Part 2

模擬試題 ＋ 完全解析

　　二回模擬試題，讓您在學習之後立即能測驗自我實力。若有不懂之處，中文翻譯及解析更能幫您了解盲點所在，補強應考戰力。

模擬試題第一回

問題1

_____の言葉の読み方として最もよいものを、1・2・3・4から一つ選びなさい。

( ) ① 公害が人々の健康を脅かしている。
　　　　1. おどかして　　　2. おろそかして
　　　　3. おびやかして　　4. おどろかして

( ) ② 汗をたくさんかいたので化粧が剥げて
　　　しまった。
　　　　1. ほげて　　　　　2. とげて
　　　　3. はげて　　　　　4. むげて

( ) ③ あまりに突然のことで戸惑ってしまった。
　　　　1. こまどって　　　2. とまどって
　　　　3. とわくって　　　4. とまよって

( ) ④ 前回の会議では活発な意見が交わされた。
　　　　1. かつたつ　　　　2. かっはつ
　　　　3. かったつ　　　　4. かっぱつ

( ) ⑤ <u>詳細</u>は後ほどお知らせします。
    1. しょうさい   2. しゃんさい
    3. しょうしい   4. しょうし

( ) ⑥ 犯人は<u>人質</u>をとって立てこもった。
    1. じんしつ   2. ひとしつ
    3. じんじつ   4. ひとじち

問題2
(   ) に入れるのに最もよいものを、
1・2・3・4から一つ選びなさい。

( ) ⑦ 家族の不祥事に (   ) の狭い思い
    をした。
    1. 肩身   2. 骨身
    3. 親身   4. 細身

( ) ⑧ 彼の (   ) 点はとてもユニークだ。
    1. 看   2. 視
    3. 思   4. 争

（　）⑨ その件については社長の（　　　）
　　　　を得なければならない。
　　　　1. 感想　　　　　　2. 了解
　　　　3. 確保　　　　　　4. 認証

（　）⑩ 現実を（　　　）別の方針を立てなさ
　　　　い。
　　　　1. 踏まえて　　　　2. 携えて
　　　　3. 信じて　　　　　4. 添えて

（　）⑪ 久しぶりに同級生に会って話が
　　　　（　　　）。
　　　　1. 続いた　　　　　2. 弾んだ
　　　　3. 盛んだ　　　　　4. 飛んだ

（　）⑫ あらためて話し合いの場を（　　　）
　　　　再検討しよう。
　　　　1. 置いて　　　　　2. 預けて
　　　　3. 建てて　　　　　4. 設けて

（　）⑬ 環境問題を扱った本が（　　　）出版
　　　　されている。
　　　　1. 押し寄せて　　　　2. 奮闘して
　　　　3. 相次いで　　　　　4. 継続して

問題3

_____の言葉に意味が最も近いものを、
1・2・3・4から一つ選びなさい。

(　) ⑭ とんこつラーメンのスープは<u>こってり
　　　　している</u>。
　　　　　1. 甘辛い　　　　　　2. 塩辛い
　　　　　3. 淡白だ　　　　　　4. 濃厚だ

(　) ⑮ 新しい首相は国民に<u>明朗な</u>政治を約束
　　　　した。
　　　　　1. 嘘のない　　　　　2. 明るい
　　　　　3. 朗らかな　　　　　4. 未来のある

(　) ⑯ 映画の撮影には<u>莫大な</u>費用がかかる。
　　　　　1. ぼうだいな　　　　2. かだいな
　　　　　3. いだいな　　　　　4. かんだいな

(　) ⑰ <u>ほとんど</u>勉強しなかったのだから、
　　　　100点のはずがない。
　　　　　1. やけに　　　　　　2. ろくに
　　　　　3. いやに　　　　　　4. もろに

（　）⑱ 彼は多くの人を<u>だまして</u>大金持ちに
　　　　なった。
　　　　1. おだてて　　　　2. おどして
　　　　3. たずさえて　　　4. あざむいて

（　）⑲ こんな簡単な試験なら90点は<u>堅い</u>。
　　　　1. 確かだ　　　　　2. 明確だ
　　　　3. 正確だ　　　　　4. 認可だ

問題4
次の言葉の使い方として最もよいものを、
1・2・3・4から一つ選びなさい。

（　）⑳ もてる
　　　　1. 先生はいつも荷物がたくさん<u>もてる</u>。
　　　　2. 父は取引先のお客さんからひどく<u>も</u>
　　　　　<u>てる</u>。
　　　　3. 彼は子供の頃から女性にとても<u>もて</u>
　　　　　<u>る</u>。
　　　　4. 京都ではお寺をたくさん<u>もてる</u>。

( ) ㉑ ぶらぶらする

    1. 兄は仕事もせずに毎日ぶらぶらして
      いる。

    2. 恋愛中の男女はつねにぶらぶらして
      いる。

    3. 女性は目的を持ってぶらぶらするの
      が好きだ。

    4. この服はぶらぶらしていて私の体に
      合わない。

( ) ㉒ ながれる

    1. 新人はミスが多いので取引相手がな
      がれた。

    2. あれから長い歳月がますますながれた。

    3. 温泉につかったので疲れがながれた。

    4. 参加者が少ないため今回の会議はな
      がれた。

( ) ㉓ おさめる

    1. 木村くんはこれまでの努力を<u>おさめ</u><u>た</u>。

    2. 兄はアメリカの大学で医学を<u>おさめ</u><u>た</u>。

    3. 私は毎日、日本語をきちんと<u>おさめ</u><u>て</u>いる。

    4. 病人は栄養をしっかり<u>おさめる</u>ことが大事だ。

( ) ㉔ はずれる

    1. 父からお金がもらえるはずが、あてが<u>はずれて</u>がっかりした。

    2. 医師の判断が<u>はずれて</u>、祖母は亡くなってしまった。

    3. 宝くじを買ったが、願いが<u>はずれて</u>しまった。

    4. 息子は政治家になるはずが、道を<u>はずれて</u>有名な歌手になった。

（　）㉕ ほじゅうする

　　1. 風邪をひいたので、薬と果物を<u>ほ
　　　　じゅうした</u>。

　　2. さっき言った意味が分からないの
　　　　で、<u>ほじゅうして</u>ください。

　　3. テストの点数が足りないので、勉強
　　　　時間を<u>ほじゅうした</u>。

　　4. コピー機のインクがなくなったの
　　　　で、<u>ほじゅうして</u>もらった。

模擬試題第一回　解答

問題1	①3	②3	③2	④4	⑤1
	⑥4				
問題2	⑦1	⑧2	⑨2	⑩1	⑪2
	⑫4	⑬3			
問題3	⑭4	⑮1	⑯1	⑰2	⑱4
	⑲1				
問題4	⑳3	㉑1	㉒4	㉓2	㉔1
	㉕4				

模擬試題第一回　中譯及解析

問題1

＿＿＿＿の言葉の読み方として最もよいものを、
1・2・3・4から一つ選びなさい。

（　）① 公害が人々の健康を脅かしている。

　　　1. おどかして　　　2. おろそかして

　　　3. おびやかして　　4. おどろかして

中譯　公害威脅著人們的健康。

解析　四個選項，都是必須死背的「訓讀」唸
　　　法。選項1「脅かして」是「動詞」，原
　　　形為「脅かす」，意為「嚇唬」，例如
　　　「子供を脅かす」（嚇唬小孩）；選項2
　　　「疎か」是「ナ形容詞」，意為「馬虎、
　　　粗心大意」，選項中「疎かして」那種用
　　　法是錯誤的，正確用法為「疎かにする」
　　　（粗心大意）；選項3「脅かして」是
　　　「動詞」，原形為「脅かす」，意為「威
　　　脅」，例如「健康を脅かす」（威脅健
　　　康）；選項4「驚かして」是「動詞」，
　　　原形為「驚かす」，意為「驚動」，例如

「世の中を驚かす」（驚動社會）。正確答案為選項3。

( ) ② 汗をたくさんかいたので化粧が剥げて
しまった。

　　1. ほげて　　　　　2. とげて
　　3. はげて　　　　　4. むげて

中譯 因為流了許多汗，妝都脫落了。

解析 本題考「動詞」，四個選項均為動詞的
「て形」。其原形和意思分別為，選項1
「ほげる」沒有漢字，意為「崩塌」；選
項2「遂げる」意為「實現」；選項3「剥
げる」意為「褪色、脫落」；選項4，無此
字。正確答案為選項3。

( ) ③ あまりに突然のことで戸惑ってしまっ
た。

　　1. こまどって　　　2. とまどって
　　3. とわくって　　　4. とまよって

中譯 事情太過突然，感到不知所措。

解析 本題考「動詞」。正確答案為選項2「戸
惑って」，原形為「戸惑う」，意為「不

知所措」。其餘選項，均無該字。

（　）④ 前回の会議では<u>活発</u>な意見が交わされた。

1. かつたつ　　　2. かっはつ

3. かったつ　　　4. かっぱつ

中譯 前次的會議中交換了熱烈的意見。

解析 本題考「ナ形容詞」。四個選項中，選項1和2，無此字；選項3「<ruby>闊達<rt>かったつ</rt></ruby>」意為「豁達」；選項4「<ruby>活発<rt>かっぱつ</rt></ruby>」意為「活潑、活躍、熱烈」，故為正確答案。

（　）⑤ <u>詳細</u>は<ruby>後<rt>のち</rt></ruby>ほどお<ruby>知<rt>し</rt></ruby>らせします。

1. しょうさい　　2. しゃんさい

3. しょうしい　　4. しょうし

中譯 詳情稍後通知。

解析 「詳」這個漢字，有「<ruby>詳<rt>くわ</rt></ruby>しい」（詳細的）的「詳」、「<ruby>詳解<rt>しょうかい</rt></ruby>」（詳解）的「<ruby>詳<rt>しょう</rt></ruby>」等重要唸法。而「細」這個漢字，則有「<ruby>細<rt>こま</rt></ruby>かい」（詳細的）的「細」、「<ruby>細<rt>ほそ</rt></ruby>い」（細的）的「細」、「<ruby>細工<rt>さいく</rt></ruby>」（精細的手工藝品）的「<ruby>細<rt>さい</rt></ruby>」等重要唸法。無論如何，正

確答案選項1的「詳細」為「名詞、ナ形
容詞」，意為「詳情、詳細」。其餘選項
中，選項2和3，無此字；選項4「少子」
為「名詞」，意為「少子」。

（　）⑥ 犯人は人質をとって立てこもった。

1. じんしつ　　　　2. ひとしつ
3. じんじつ　　　　4. ひとじち

中譯 犯人挾持人質後固守不出。

解析 「人」這個漢字，有「人気」（受歡迎）
的「人」、「人類」（人類）的「人」、
「人手」（人手、外力）的「人」等重要
唸法。而「質」這個漢字，則有「質屋」
（當舖）的「質」、「質問」（提問）的
「質」等重要唸法。無論如何，正確答案
選項1「人質」（人質）的唸法特殊且常
考，尤其是「質」的發音，請牢記。其餘
選項中，選項1「迅疾」意為「迅速」；
選項2，無此字；選項3「尽日」意為「終
日、一整天、末日」。

問題2

（　　　　）に入れるのに最もよいものを、

1・2・3・4から一つ選びなさい。

（　）⑦ 家族の不祥事に（　　　　）の狭い思い
をした。
1. 肩身
2. 骨身
3. 親身
4. 細身

中譯　因家族的醜聞而感到顏面無光。

解析　「肩身が狭い」本身就是一個「慣用語」，
意為「顏面無光」，故正確答案為選項1。
其餘選項意思分別為，選項2「骨身」（全
身）；選項3「親身」（親人）；選項4
「細身」（幅度窄）。

（　）⑧ 彼の（　　　　）点はとてもユニークだ。
1. 看
2. 視
3. 思
4. 争

中譯　他的觀點非常獨到。

解析　「視点」意為「觀點」，故選項2為正確答
案。其餘選項中，選項1和3，無此用法；
選項4「争」加上「点」成為「争点」，意

為「爭論的重點」，不符合句意，故不予
以考慮。

（　）⑨ その件については社長の（　　　）
を得なければならない。
1. 感想 （かんそう）　　　2. 了解 （りょうかい）
3. 確保 （かくほ）　　　4. 認証 （にんしょう）

中譯 有關那件事，非得到社長的諒解不可。

解析 本題考「名詞」。四個選項意思分別為，
選項1「感想」（かんそう）（感想）；選項2「了解」（りょうかい）
（理解、諒解）；選項3「確保」（かくほ）（確
保）；選項4「認証」（にんしょう）（認證）。依句意，
要得到社長的某種東西，所以選項2為最好
的答案。

（　）⑩ 現実 （げんじつ）を（　　　）別 （べつ）の方針 （ほうしん）を立 （た）てなさ
い。
1. 踏 （ふ）まえて　　　2. 携 （たずさ）えて
3. 信 （しん）じて　　　4. 添 （そ）えて

中譯 根據現實訂定其他方針。

解析 本題考「動詞」，四個選項均為動詞的
「て形」，其原形和意思分別為，選項1

「踏まえる」（根據、依據）；選項2「携
える」（攜帶、偕同）；選項3「信じる」
（相信）；選項4「添える」（附帶）。依
句意，由於要先做某件事情之後，再訂定
其他方針，所以最好的答案為選項1。

（　　）⑪ 久しぶりに同級生に会って話が
　　　　（　　　　）。
　　　　1. 続いた　　　　　2. 弾んだ
　　　　3. 盛んだ　　　　　4. 飛んだ

中譯　和同學久別重逢，聊得很起勁。

解析　本題考「動詞」。四個選項中除了選項3
　　　為「ナ形容詞」之外，其餘均為動詞的
　　　「た形」，其原形和意思分別為，選項1
　　　「続く」（繼續）；選項2「弾む」（起
　　　勁）；選項3「盛ん」（旺盛、積極）；選
　　　項4「飛ぶ」（飛翔、飄落、散播）。依句
　　　意，由於主詞是「話」（說話），所以正
　　　確答案為選項2。

（　）⑫ あらためて話し合いの場を（　　　）
　　　再検討しよう。
　　　1. 置いて　　　　　　2. 預けて
　　　3. 建てて　　　　　　4. 設けて

中譯 另行設立協商場合，重新檢討吧。

解析 本題考「動詞」，四個選項均為動詞的
「て形」，其原形和意思分別為，選項1
「置く」（放置）；選項2「預ける」（寄
放）；選項3「建てる」（建造）；選項4
「設ける」（準備、設立）。依句意，由
於要先做一件事情之後再重新檢討，所以
正確答案為選項4。

（　）⑬ 環境問題を扱った本が（　　　）出版
　　　されている。
　　　1. 押し寄せて　　　　2. 奮闘して
　　　3. 相次いで　　　　　4. 継続して

中譯 探討環保議題的書籍相繼出版。

解析 本題考「動詞」，四個選項均為動詞的
「て形」，其原形和意思分別為，選項1
「押し寄せる」（蜂擁而至）；選項2「奮
闘する」（奮鬥）；選項3「相次ぐ」（相

繼）；選項4「継続する」（繼續）。依句
意，由於要在主詞「本が」（書）和動詞
「出版されている」（被出版）中間插一
個字，所以正確的答案為選項3。

問題3

_____の言葉に意味が最も近いものを、
1・2・3・4から一つ選びなさい。

（　）⑭ とんこつラーメンのスープはこってり
している。
1. 甘辛い　　　　　2. 塩辛い
3. 淡白だ　　　　　4. 濃厚だ

中譯　豚骨拉麵的湯非常濃郁。

解析　句中的「こってりしている」有「味濃、油
膩、濃艷」等意思，由於主詞是「ラーメン
のスープ」（拉麵的湯），所以可判斷為
「味道濃郁」。四個選項中，選項1「甘
辛い」為「イ形容詞」，意為「甜甜鹹鹹
的」；選項2「塩辛い」為「イ形容詞」，
意為「鹹的」；選項3「淡白」為「名詞、
ナ形容詞」，意為「清淡」；選項4「濃

「厚」為「ナ形容詞」，意為「濃郁」，故正確答案為選項4。

( ) ⑮ 新しい首相は国民に<u>明朗な</u>政治を約束した。
1. 嘘のない　　　　2. 明るい
3. 朗らかな　　　　4. 未来のある

中譯 新首相向國民承諾會有光明正大的政治。

解析 句中的「明朗な」是「ナ形容詞」，有「明朗的、光明正大的、公正無私的」等意思，由於連接的是「政治」（政治），所以可判斷為「光明正大的」。四個選項意思分別為，選項1「嘘のない」（沒有謊言的）；選項2「明るい」（明亮的）；選項3「朗らかな」（晴朗的）；選項4「未来のある」（有未來的），故最好的答案為選項1。

( ) ⑯ 映画の撮影には<u>莫大な</u>費用がかかる。
1. ぼうだいな　　　2. かだいな
3. いだいな　　　　4. かんだいな

中譯 電影的拍攝耗費莫大的費用。

解析 句中的「莫大な」是「ナ形容詞」，意為
「莫大的、極大的」，而四個選項的漢字
和意思分別為，選項1「膨大な」（龐大
的、巨大的）；選項2「過大な」（過多
的）；選項3「偉大な」（偉大的）；選項
4「寛大な」（寬大的），故正確答案為選
項1。

( ) ⑰ ほとんど勉強しなかったのだから、
100点のはずがない。

1. やけに　　　　2. ろくに

3. いやに　　　　4. もろに

中譯 因為幾乎沒有唸書，不可能拿一百分。

解析 句中的「ほとんど」是「副詞」，意為
「幾乎」，用來修飾「勉強しなかった」
（沒有唸書）。而四個選項中，選項1「や
けに」意為「非常、過於」；選項2「ろく
に」的後面一定要接續否定，意為「（沒
有）充分地」；選項3「いやに」意為「過
於、非常」；選項4「もろに」意為「全面
地」，故正確答案為選項2。

（　）⑱ 彼は多くの人を<u>だまして</u>大金持ちに
　　　なった。
　　　1. おだてて　　　　2. おどして
　　　3. たずさえて　　　4. あざむいて

中譯 他欺瞞許多人成了大富翁。

解析 句中的「だまして」漢字是「騙して」，
　　　是動詞「騙す」的「て形」，意為「欺
　　　騙」。而四個選項的動詞「原形」和意
　　　思分別為，選項1「煽てる」（奉承、煽
　　　動）；選項2「脅す」（嚇唬、威脅）；
　　　選項3「携える」（攜帶、偕同）；選項4
　　　「欺く」（欺騙），故正確答案為選項4。

（　）⑲ こんな簡単な試験なら９０点は<u>堅い</u>。
　　　1. 確かだ　　　　　2. 明確だ
　　　3. 正確だ　　　　　4. 認可だ

中譯 如果考試這麼簡單的話，有把握九十分。

解析 句中的「堅い」是「イ形容詞」，有「堅
　　　固的、堅強的、有把握的、可靠的」等意
　　　思，由於主詞是「９０点」（九十分），
　　　所以可推斷意思為「有把握的」。四個選
　　　項的意思分別為，選項1「確かだ」（確

實）；選項2「明確だ」（明確）；選項3
「正確だ」（正確）；選項4「認可だ」
（許可），故正確答案為選項1。

問題4

次の言葉の使い方として最もよいものを、
1・2・3・4から一つ選びなさい。

（ ）⑳ もてる
1. 先生はいつも荷物がたくさんもてる。
2. 父は取引先のお客さんからひどくもてる。
3. 彼は子供の頃から女性にとてももてる。
4. 京都ではお寺をたくさんもてる。

中譯 他從小就很受女性歡迎。

解析 「もてる」是「動詞」，意為「受歡迎」，
選項3為正確用法。其餘選項若改成如下，
即為正確用法。

1. 先生は重い荷物をもつことができる。
（老師可以拿很重的行李。）

2. 父は取引先のお客さんから<u>とても人
気がある</u>。

（父親非常受往來客戶的歡迎。）

4. 京都<u>に</u>はお寺<u>が</u>たくさん<u>ある</u>。

（京都<u>有</u>很多寺廟。）

（　）㉑ ぶらぶらする

1. 兄は仕事もせずに毎日<u>ぶらぶらして
いる</u>。

2. 恋愛中の男女はつねに<u>ぶらぶらして
いる</u>。

3. 女性は目的を持って<u>ぶらぶらする</u>の
が好きだ。

4. この服は<u>ぶらぶらしていて</u>私の体に
合わない。

中譯 哥哥不工作，每天無所事事。

解析 「ぶらぶらする」是「動詞」，意為「晃
蕩、賦閒、無所事事」，選項1為正確用
法。其餘選項若改成如下，即為正確用法。

2. 恋愛中の男女はつねに<u>ラブラブだ</u>。

（戀愛中的男女總是很恩愛。）

3. 女性は目的を持たずぶらぶらするの
が好きだ。

（女生喜歡漫無目的閒逛。）

4. この服はぶかぶかで私の体に合わな
い。

（這衣服鬆垮垮的，不合我的體型。）

（　）㉒ ながれる

1. 新人はミスが多いので取引相手がな
がれた。

2. あれから長い歳月がますますながれ
た。

3. 温泉につかったので疲れがながれた。

4. 参加者が少ないため今回の会議はな
がれた。

中譯 因為參加人數不足，這次的會議取消了。

解析 動詞「ながれる」的漢字是「流れる」，有
「流、沖走、逝去、散佈、順利進展、有～
傾向、流產、停止、作罷」等多種意思，選
項4為正確用法。其餘選項若改成如下，即
為正確用法。

1. 新人はミスが多いので取引相手との
関係が悪化した。

（新人由於錯誤很多，所以和客戶的
關係惡化了。）

2. あれから長い歳月がながれた。

（從那之後，漫長的歲月流逝了。）

3. 温泉につかったので疲れが取れた。

（因為泡了溫泉，所以疲勞消除了。）

(　) ㉓ おさめる
1. 木村くんはこれまでの努力をおさめた。
2. 兄はアメリカの大学で医学をおさめ
た。
3. 私は毎日、日本語をきちんとおさめ
ている。
4. 病人は栄養をしっかりおさめること
が大事だ。

中譯 哥哥在美國的大學裡修了醫學。

解析 動詞「おさめる」根據漢字不同，有「収める」（取得、獲得）、「治める」（平定、治理）、「納める」（繳納、收藏）、「修

める」（學習、修習）等各種意思，選項2
為正確用法。其餘選項若改成如下，即為
正確用法。

1. 木村くんは努力して学問をおさめた。

（木村同學努力修學。）

3. 私は毎日、日本語をきちんと勉強し
ている。

（我每天規律地學習著日語。）

4. 病人は栄養をしっかり取ることが大
事だ。

（病人充分地攝取營養是很重要的。）

（　）㉔ はずれる

1. 父からお金がもらえるはずが、あて
がはずれてがっかりした。

2. 医師の判断がはずれて、祖母は亡く
なってしまった。

3. 宝くじを買ったが、願いがはずれて
しまった。

4. 息子は政治家になるはずが、道をは
ずれて有名な歌手になった。

中譯 應該可以從爸爸那邊得到錢的，希望卻<u>落空</u>了，很失望。

解析 動詞「はずれる」的漢字是「<ruby>外<rt>はず</rt></ruby>れる」，有「脫落、掉下、離開、脫軌、期待落空、不合道理」等多種意思，選項1為正確用法。其餘選項若改成如下，即為正確用法。

2. <ruby>医師<rt>いし</rt></ruby>が<ruby>判断<rt>はんだん</rt></ruby>を<ruby>誤<rt>あやま</rt></ruby>り、<ruby>祖母<rt>そぼ</rt></ruby>は<ruby>亡<rt>な</rt></ruby>くなってしまった。

（醫師判斷錯誤，祖母往生了。）

3. <ruby>宝<rt>たから</rt></ruby>くじを<ruby>買<rt>か</rt></ruby>ったが、<u>はずれて</u>しまった。

（買了彩券，但是<u>沒中</u>。）

4. <ruby>息子<rt>むすこ</rt></ruby>は<ruby>政治家<rt>せいじか</rt></ruby>になる<u>はず</u>が、<ruby>道<rt>みち</rt></ruby>を<ruby>変<rt>か</rt></ruby>えて<ruby>有名<rt>ゆうめい</rt></ruby>な<ruby>歌手<rt>かしゅ</rt></ruby>になった。

（兒子理應成為政治家的，但改變志向，成了有名的歌手。）

( ) ㉕ ほじゅうする

1. <ruby>風邪<rt>かぜ</rt></ruby>をひいたので、<ruby>薬<rt>くすり</rt></ruby>と<ruby>果物<rt>くだもの</rt></ruby>を<u>ほじゅうした</u>。

2. さっき言った意味が分からないので、
ほじゅうしてください。

3. テストの点数が足りないので、勉強
時間をほじゅうした。

4. コピー機のインクがなくなったので、
ほじゅうしてもらった。

中譯 因為影印機的墨水用盡，請人補充了。

解析 動詞「ほじゅうする」的漢字是「補充する」，意為「補充」，選項4為正確用法。
其餘選項若改成如下，即為正確用法。

1. 風邪をひいたので、栄養を補給した。

（感冒了，所以補給了營養。）

2. さっき言った意味が分からないので、
もう一度説明してください。

（不明白剛剛說的意思，請再說明一
次。）

3. テストの点数が足りないので、勉強
時間を増加した。

（考試的分數不夠，所以增加了學習
時間。）

模擬試題第二回

問題1

_____の言葉の読み方として最もよいものを、
1・2・3・4から一つ選びなさい。

( ) ① 言葉を慎みなさい。

　　　　1. つたみ　　　　　2. したしみ

　　　　3. つつしみ　　　　4. とおとみ

( ) ② この辺一帯はだいぶ廃れてしまった。

　　　　1. すたれて　　　　2. はいれて

　　　　3. すこぶれて　　　4. おちぶれて

( ) ③ 彼は最後まで自分の意志を貫いた。

　　　　1. かんぬいた　　　2. つらぬいた

　　　　3. つきぬいた　　　4. かきぬいた

( ) ④ 論文がなかなか捗らず困っている。

　　　　1. はばからず　　　2. はかどらず

　　　　3. かばからず　　　4. しかどらず

( ) ⑤ 彼女は客を煽てるのが上手だ。

　　　　1. おだてる　　　　2. くわだてる

　　　　3. あげてる　　　　4. のせてる

（　）⑥ そろそろ桜の花が<u>綻びる</u>季節だ。
　　　1. あからびる　　　2. かきわびる
　　　3. はからびる　　　4. ほころびる

問題2
（　　　）に入れるのに最もよいものを、
1・2・3・4から一つ選びなさい。

（　）⑦ 自宅での老人（　　　）には専門的知
　　　識を要する。
　　　1. 介護　　　　　　2. 保護
　　　3. 護衛　　　　　　4. 護身

（　）⑧ 長い外国生活で、最近よく祖国への
　　　（　　　）にかられる。
　　　1. 郷感　　　　　　2. 郷愁
　　　3. 郷念　　　　　　4. 郷想

（　）⑨ 社員が一同となり問題の（　　　）
　　　に努力している。
　　　1. 解釈　　　　　　2. 摘手
　　　3. 解決　　　　　　4. 摘発

（　）⑩ 裁判官は二人の争いごとを（　　　　）
　　　する義務がある。
　　　1. 調節　　　　　　2. 調度
　　　3. 調停　　　　　　4. 調和

（　）⑪ 相手の立場を（　　　）して結論を下
　　　した。
　　　1. 設置　　　　　　2. 設備
　　　3. 配置　　　　　　4. 配慮

（　）⑫ これは科学者たちが試行（　　　）
　　　を重ねて完成させた作品である。
　　　1. 錯誤　　　　　　2. 錯乱
　　　3. 運行　　　　　　4. 運転

（　）⑬ かかった費用は二億円と（　　　）
　　　される。
　　　1. 猜疑　　　　　　2. 推理
　　　3. 推定　　　　　　4. 予知

問題3

_____の言葉に意味が最も近いものを、
1・2・3・4から一つ選びなさい。

( ) ⑭ 雨の日に出かけるのは<u>わずらわしくて</u>
嫌いだ。
1. しつこくて
2. ややこしくて
3. めんどくさくて
4. うとましくて

( ) ⑮ 彼は<u>あくどい</u>手を使って、大金をもう
けた。
1. めざましい　　2. ずるがしこい
3. すがすがしい　4. みぐるしい

( ) ⑯ 彼女は<u>せつない</u>胸の内を明かすと涙を
流した。
1. つまらない　　2. つらい
3. こころづよい　4. あっけない

( ) ⑰ 親はみな我が子には<u>すこやかに</u>成長し
てほしいと願うものだ。
1. げんきに　　2. なごやかに
3. しなやかに　　4. きよらかに

（　）⑱ 時間は<u>たっぷり</u>あるのだから、あせる
　　　 ことはない。
　　　 1. ぎっしり　　　　2. やまもり
　　　 3. たくさん　　　　4. じっくり

（　）⑲ 兄はドイツの大学院で学業に<u>はげんで</u>
　　　 <u>いる</u>。
　　　 1. 行っている　　　2. 進めている
　　　 3. 携わっている　　4. 努力している

問題4
次の言葉の使い方として最もよいものを、
1・2・3・4から一つ選びなさい。

（　）⑳ みはからう
　　　 1. 優秀なエンジニアを<u>みはからって</u>計
　　　 　 画を進めた。
　　　 2. 見たところ、<u>みはからって</u>問題にす
　　　 　 る点は全くない。
　　　 3. もうすぐ新しい大臣を<u>みはからう</u>時
　　　 　 期である。
　　　 4. 食事が済んだころを<u>みはからって</u>訪
　　　 　 れるべきだ。

( ) ㉑ うわまわる

1. この病院は最新の設備を<u>うわまわる</u>ことで知られている。

2. 今回のテストの平均点は80点を<u>うわまわる</u>だろう。

3. これは今までの努力を<u>うわまわる</u>見事な結果だ。

4. 社長は会社の方針を<u>うわまわる</u>よう指示を出した。

( ) ㉒ かさむ

1. こんなにもたくさん入れると箱が<u>かさん</u>でしまう。

2. 今月は食費と交際費が<u>かさん</u>で赤字だ。

3. 父は木を<u>かさん</u>ですてきな犬小屋を作った。

4. 雨が続くと洗たく物が<u>かさん</u>で困る。

( ) ㉓ ふまえる

1. きっぱりとした態度を<u>ふまえて</u>判断
   を下した。
2. 子供には愛情を<u>ふまえて</u>接するべき
   である。
3. お金がたまったら新しい家を<u>ふまえ
   る</u>予定だ。
4. 現実を<u>ふまえて</u>方針を立てなければ
   必ず失敗する。

( ) ㉔ ナンセンス

1. 最近のドラマは<u>ナンセンス</u>なストー
   リーのものが多くて嫌だ。
2. 話し相手がいないのはじつに<u>ナンセ
   ンス</u>である。
3. 問い詰められて<u>ナンセンス</u>な気持ち
   になった。
4. 彼女は恋人と別れて<u>ナンセンス</u>な気
   分に陥っている。

( ) ㉕ ポジション

1. 自分の<u>ポジション</u>をしっかり守ることが大切だ。

2. この仕事について将来の<u>ポジション</u>を語りなさい。

3. 医学という<u>ポジション</u>から外れた行為はやめなさい。

4. これからは企業<u>ポジション</u>を高める必要があるだろう。

模擬試題第二回　解答

問題1	①3	②1	③2	④2	⑤1
	⑥4				
問題2	⑦1	⑧2	⑨3	⑩3	⑪4
	⑫1	⑬3			
問題3	⑭3	⑮2	⑯2	⑰1	⑱3
	⑲4				
問題4	⑳4	㉑2	㉒2	㉓4	㉔1
	㉕1				

模擬試題第二回　中譯及解析

問題1

_____の言葉の読み方として最もよいものを、
1・2・3・4から一つ選びなさい。

（　）① 言葉を慎みなさい。

　　　　1. つたみ　　　　　　2. したしみ

　　　　3. つつしみ　　　　　4. とおとみ

中譯　謹慎發言！

解析　正確答案為選項3「慎み」，其動詞原形為
　　　「慎む」，意為「小心、謹慎、節制」，
　　　為重要單字，請牢記唸法。其餘選項中，
　　　選項1，無此字；選項2「親しみ」的動詞
　　　原形為「親しむ」，意為「親近」；選項
　　　4，無此字。

（　）② この辺一帯はだいぶ廃れてしまった。

　　　　1. すたれて　　　　　2. はいれて

　　　　3. すこぶれて　　　　4. おちぶれて

中譯　這一帶已相當荒廢。

解析　正確答案為選項1「廃れて」，其動詞原形

為「廃れる」，意為「成為廢物、過時、敗壞、荒廢」，為重要單字，請牢記唸法。其餘選項中，選項2和3，均無該字；選項4「落ちぶれて」的動詞原形為「落ちぶれる」，意為「落魄、淪落」。

( ) ③ 彼は最後まで自分の意志を貫いた。

　　 1. かんぬいた　　　 2. つらぬいた

　　 3. つきぬいた　　　 4. かきぬいた

中譯　他直到最後都貫徹自己的意志。

解析　正確答案為選項2「貫いた」，其動詞原形為「貫く」，意為「貫徹」，為重要單字，請牢記唸法。其餘選項中，選項1，無此字；選項3「突抜いた」的動詞原形為「突抜く」，意為「穿透、穿越」；選項4「書抜いた」的動詞原形為「書抜く」，意為「摘錄、堅持寫完」。

( ) ④ 論文がなかなか捗らず困っている。

　　 1. はばからず　　　 2. はかどらず

　　 3. かばからず　　　 4. しかどらず

中譯　論文進展不順，很困擾。

解析 正確答案為選項2「捗らず」，其動詞原形
為「捗る」，意為「進展順利」，為重要單
字，請牢記唸法。其餘選項中，選項1「憚
らず」的動詞原形為「憚る」，意為「忌
憚、顧忌」；選項3和4，均無該字。

( ) ⑤ 彼女は客を煽てるのが上手だ。
　　　1. おだてる　　　2. くわだてる
　　　3. あげてる　　　4. のせてる

中譯 她很會奉承客人。

解析 正確答案為選項1「煽てる」，意為「煽動、
奉承」，為重要單字，請牢記唸法。其餘
選項中，選項1為「企てる」，意為「企
圖、策劃」；選項3和4，均無該字。

( ) ⑥ そろそろ桜の花が綻びる季節だ。
　　　1. あからびる　　　2. かきわびる
　　　3. はからびる　　　4. ほころびる

中譯 差不多是櫻花綻放的季節。

解析 正確答案為選項4「綻びる」，意為「綻
放」，為重要單字，請牢記唸法。其餘的
選項1和2和3，均無該字。

問題2

（　　　）に入れるのに最もよいものを、
1・2・3・4から一つ選びなさい。

（　　）⑦ 自宅での老人（　　　）には専門的知
識を要する。

1. 介護
2. 保護
3. 護衛
4. 護身

中譯 在家照護老人，需要專業的知識。

解析 本題考「護」的相關語彙。四個選項意思
分別為，選項1「介護」（照護）；選項
2「保護」（保護）；選項3「護衛」（護
衛）；選項4「護身」（防身）。依句意，
主詞提到的是在家的老人的事情，故正確
答案為選項1。

（　　）⑧ 長い外国生活で、最近よく祖国への
（　　　）にかられる。

1. 郷感
2. 郷愁
3. 郷念
4. 郷想

中譯 長年在國外生活，最近常常湧起對於祖國
的鄉愁。

解析 對國人來說，有漢字的題目幾乎等於送
　　分。依句意，是受到對祖國的某種情緒
　　的支配，所以正確答案為選項1「郷愁」
　　（鄉愁）。其餘選項，均無該字，不需考
　　慮。

（　）⑨ 社員が一同となり問題の（　　　）
　　　　 に努力している。
　　　　 1. 解釈　　　　　　　2. 摘手
　　　　 3. 解決　　　　　　　4. 摘発

中譯 員工有志一同，致力於問題的解決。

解析 本題考「名詞」。四個選項的意思分別
　　為，選項1「解釈」（解釋）；選項2，無
　　此字；選項3「解決」（解決）；選項「摘
　　発」（揭發）。依句意，要致力於某件事
　　情，所以正確答案為選項3。

（　）⑩ 裁判官は二人の争いごとを（　　　）
　　　　 する義務がある。
　　　　 1. 調節　　　　　　　2. 調度
　　　　 3. 調停　　　　　　　4. 調和

中譯 法官有調停二人糾紛的義務。

解析 本題考「調」的相關語彙。四個選項意思
分別為，選項1「調節」（調節）；選項2
「調度」（日常用品）；選項3「調停」
（調停）；選項4「調和」（調和）。依句
意，法官對糾紛有某種義務，所以正確答
案為選項3。

（ ）⑪ 相手の立場を（   ）して結論を下
　　　 した。
　　　　1. 設置　　　　　　2. 設備
　　　　3. 配置　　　　　　4. 配慮

中譯 考量對方的立場作出結論。

解析 本題考「設」和「配」的相關語彙。四個
選項意思分別為，選項1「設置」（設置、
設立）；選項2「設備」（設備）；選項3
「配置」（佈置、安排）；選項4「配慮」
（關懷、照顧）。依句意，由於是站在對
方的立場下結論，所以正確答案為選項4。

（ ）⑫ これは科学者たちが試行（   ）
　　　 を重ねて完成させた作品である。
　　　　1. 錯誤　　　　　　2. 錯乱
　　　　3. 運行　　　　　　4. 運転

中譯 這是科學家們反覆試驗屢經錯誤所完成的
作品。

解析 本題考「錯<ruby>錯<rt>さく</rt></ruby>」和「運<ruby>運<rt>うん</rt></ruby>」的相關語彙。四個
選項意思分別為，選項1「錯誤<ruby>誤<rt>さくご</rt></ruby>」（錯誤）；
選項2「錯乱<ruby>乱<rt>さくらん</rt></ruby>」（錯亂）；選項3「運行<ruby>行<rt>うんこう</rt></ruby>」
（運行）；選項4「運転<ruby>転<rt>うんてん</rt></ruby>」（駕駛、操作）。
依句意，由於是反覆試行、屢經某種事情
才完成的作品，所以正確答案為選項1。另
外，「試行錯誤<ruby>試行錯誤<rt>しこうさくご</rt></ruby>」是四字熟語，意為「試
行錯誤」，也可依此判斷正確答案為選項1。

（　）⑬ かかった費用<ruby>費用<rt>ひよう</rt></ruby>は二億円<ruby>二億円<rt>におくえん</rt></ruby>と（　　　　）
　　　される。
　　　1. 猜疑<ruby>猜疑<rt>さいぎ</rt></ruby>　　　　　　2. 推理<ruby>推理<rt>すいり</rt></ruby>
　　　3. 推定<ruby>推定<rt>すいてい</rt></ruby>　　　　　4. 予知<ruby>予知<rt>よち</rt></ruby>

中譯 推測所耗的費用是二億日圓。

解析 本題考「漢語動詞」。四個選項意思分別
為，選項1「猜疑<ruby>猜疑<rt>さいぎ</rt></ruby>」（猜疑）；選項2「推<ruby>推<rt>すい</rt></ruby>
理<ruby>理<rt>り</rt></ruby>」（推理）；選項3「推定<ruby>推定<rt>すいてい</rt></ruby>」（推斷）；
選項4「予知<ruby>予知<rt>よち</rt></ruby>」（預知）。依句意，由於需
要的費用是二億日圓，所以最好的答案為
選項3。

問題3

_____の言葉に意味が最も近いものを、

1・2・3・4から一つ選びなさい

( ) ⑭ 雨の日に出かけるのはわずらわしくて
　　嫌いだ。

　　1. しつこくて

　　2. ややこしくて

　　3. めんどくさくて

　　4. うとましくて

中譯　在雨天出門又麻煩又討厭。

解析　本題考「イ形容詞」。句中「わずらわし
　　くて」的原形為「煩わしい」，意為「麻
　　煩的」。四個選項中，選項1「しつこい」
　　意為「糾纏不休的」；選項2「ややこし
　　い」意為「複雜的」；選項3「めんどくさ
　　い」意為「麻煩的」；選項4「疎ましい」
　　意為「討厭的、厭煩的」，故最好的答案
　　為選項3。

( ) ⑮ 彼_{かれ}は<u>あくどい</u>手_てを使_{つか}って、大金_{たいきん}をもう
けた。

1. めざましい　　2. ずるがしこい

3. すがすがしい　4. みぐるしい

中譯 他使用卑鄙的手段賺取大量的錢財。

解析 本題考「イ形容詞」。句中的「あくどい」
意為「（行為）過火的、（顏色）濃艷的、
惡毒的」，由於後面接續「手_て」（手段），
所以可判斷意思為「惡毒的」。另外，四
個選項的意思分別為：選項1「目覚_{めざ}ましい」
（驚人的、異常的）；選項2「狡賢_{ずるがしこ}い」
（狡猾的）；選項3「清々_{すがすが}しい」（清爽
的）；選項4「見苦_{みぐる}しい」（難看的、不整
齊的），故最好的答案為選項2。

( ) ⑯ 彼女_{かのじょ}は<u>せつない</u>胸_{むね}の内_{うち}を明_あかすと涙_{なみだ}を
流_{なが}した。

1.つまらない　　2.つらい

3.こころづよい　4.あっけない

中譯 她說出傷痛的內心後，流下了眼淚。

解析 本題考「イ形容詞」。句中的「せつな
い」漢字為「切_{せつ}ない」，意為「難過的、

痛苦的」，而四個選項意思分別為 選項
1「つまらない」（無聊的）；選項2「辛
い」（痛苦的）；選項3「心強い」（膽
子大的、有信心的）；選項4「呆気ない」
（不盡興的），故最好的答案為選項2。

( ) ⑰ 親はみな我が子にはすこやかに成長し
てほしいと願うものだ。
1. げんきに　　　2. なごやかに
3. しなやかに　　4. きよらかに

中譯 作父母的大家都希望自己的孩子能夠健壯
地成長。

解析 本題考「ナ形容詞」，加上「に」之後具
有副詞功能，能修飾後方的動詞。句中的
「すこやかに」漢字為「健やかに」，意
為「健康、健壯地」，而四個選項意思分
別為，選項1「元気に」（健康地）；選項
2「和やかに」（溫和地、舒適地）；選項
3「しなやかに」（柔軟地、溫柔地）；選
項4「清らかに」（清澈地、潔淨地），故
正確答案為選項1。

( ) ⑱ 時間は<u>たっぷり</u>あるのだから、あせる
　　　ことはない。
　　　1. ぎっしり　　　　2. やまもり
　　　3. たくさん　　　　4. じっくり

中譯　時間還很充裕，所以不用焦急。

解析　本題考「副詞」。句中的「たっぷり」意為
　　　「充分地、足夠地」，而四個選項意思分別
　　　為，選項1「ぎっしり」（滿滿地）；選項
　　　2「山盛り」（盛得滿滿的）；選項3「た
　　　くさん」（很多）；選項4「じっくり」
　　　（沉著地、穩當地），故正確答案為選項3。

( ) ⑲ 兄はドイツの大学院で学業に<u>はげんで</u>
　　　いる。
　　　1. 行っている　　　2. 進めている
　　　3. 携わっている　　4. 努力している

中譯　哥哥正在德國的研究所鑽研學業。

解析　本題考「動詞」。句中的「はげんでいる」
　　　原形為「励む」，意為「勤奮、努力」，而
　　　四個選項的原形和意思分別為，選項1「行
　　　う」（舉行）；選項2「進む」（進行）；

選項3「携わる」（參與、從事）；選項4
「努力する」（努力），故正確答案為選
項4。

問題4

次の言葉の使い方として最もよいものを、
1・2・3・4から一つ選びなさい。

（　）⑳ みはからう
　　　　1. 優秀なエンジニアをみはからって計
　　　　　 画を進めた。
　　　　2. 見たところ、みはからって問題にす
　　　　　 る点は全くない。
　　　　3. もうすぐ新しい大臣をみはからう時
　　　　　 期である。
　　　　4. 食事が済んだころをみはからって訪
　　　　　 れるべきだ。

中譯　應該估算在用餐結束時造訪。

解析　動詞「みはからう」的漢字是「見計らう」，
　　　意為「斟酌、估計」，選項4為正確用法。
　　　其餘選項若改成如下，即為正確用法。

1. 優秀なエンジニアを選抜して計画を
進めた。

（選拔優秀的工程師推展計劃。）

2. 見たところ、これといって問題にす
る点はない。

（看來，並沒有特別要提出問題的地
方。）

3. もうすぐ新しい大臣を選ぶ時期であ
る。

（再過不久，就是遴選新大臣的時期
了。）

（　）㉑ うわまわる

1. この病院は最新の設備をうわまわる
ことで知られている。

2. 今回のテストの平均点は８０点をう
わまわるだろう。

3. これは今までの努力をうわまわる見
事な結果だ。

4. 社長は会社の方針をうわまわるよう
指示を出した。

中譯 這次的考試平均分數大概超過八十分吧。

解析 動詞「うわまわる」的漢字是「上回る」，
意為「超過、超出」，是新日檢考試必考
單字，請注意。選項2為正確用法，其餘選
項若改成如下，即為正確用法。

1. この病院は最新の設備を備えている
   ことで知られている。

   （這家醫院以備有最新的設備而聞
   名。）

3. これは今までの最高点をうわまわる
   見事な結果だ。

   （這是超越目前為止最高分數的了不
   起的結果。）

4. 社長は会社の方針を変更するよう指
   示を出した。

   （社長提出了改變公司方針的指示。）

( ) ㉒ かさむ

1. こんなにもたくさん入れると箱がか
   さんでしまう。

2. 今月は食費と交際費がかさんで赤字
   だ。

3. 父は木を<ruby>父<rt>ちち</rt></ruby>は<ruby>木<rt>き</rt></ruby>をかさんですてきな<ruby>犬小屋<rt>いぬごや</rt></ruby>を<ruby>作<rt>つく</rt></ruby>った。

4. <ruby>雨<rt>あめ</rt></ruby>が<ruby>続<rt>つづ</rt></ruby>くと<ruby>洗<rt>せん</rt></ruby>たく<ruby>物<rt>もの</rt></ruby>がかさんで<ruby>困<rt>こま</rt></ruby>る。

中譯 因為這個月的餐飲費與交際費增加，超支了。

解析 動詞「かさむ」意為「（體積、數量、費用）增大、增多」，選項2為正確用法。其餘選項若改成如下，即為正確用法。

1. こんなにもたくさん<ruby>入<rt>い</rt></ruby>れると<ruby>箱<rt>はこ</rt></ruby>が<ruby>歪<rt>ゆが</rt></ruby>んでしまう。

（放這麼多進去，箱子會歪掉。）

3. <ruby>父<rt>ちち</rt></ruby>は<ruby>木<rt>き</rt></ruby>を<ruby>重<rt>かさ</rt></ruby>ねてすてきな<ruby>犬小屋<rt>いぬごや</rt></ruby>を<ruby>作<rt>つく</rt></ruby>った。

（父親把木頭疊起來，做了很漂亮的狗屋。）

4. <ruby>雨<rt>あめ</rt></ruby>が<ruby>続<rt>つづ</rt></ruby>くと<ruby>洗<rt>せん</rt></ruby>たく<ruby>物<rt>もの</rt></ruby>が<ruby>溜<rt>た</rt></ruby>まって<ruby>困<rt>こま</rt></ruby>る。

（雨再下下去，要洗的衣服堆積如山，很困擾。）

( ) ㉓ ふまえる

1. きっぱりとした態度<ruby>態<rt>たい</rt></ruby><ruby>度<rt>ど</rt></ruby>をふまえて判断<ruby>判断<rt>はんだん</rt></ruby>
   を下<ruby>下<rt>くだ</rt></ruby>した。
2. 子供<ruby>子供<rt>こども</rt></ruby>には愛情<ruby>愛情<rt>あいじょう</rt></ruby>をふまえて接<ruby>接<rt>せっ</rt></ruby>するべき
   である。
3. お金<ruby>金<rt>かね</rt></ruby>がたまったら新<ruby>新<rt>あたら</rt></ruby>しい家<ruby>家<rt>いえ</rt></ruby>をふまえ
   る予定<ruby>予定<rt>よてい</rt></ruby>だ。
4. 現実<ruby>現実<rt>げんじつ</rt></ruby>をふまえて方針<ruby>方針<rt>ほうしん</rt></ruby>を立<ruby>立<rt>た</rt></ruby>てなければ
   必<ruby>必<rt>かなら</rt></ruby>ず失敗<ruby>失敗<rt>しっぱい</rt></ruby>する。

中譯 不根據現實訂定方針的話一定會失敗。

解析 動詞「ふまえる」的漢字是「踏まえる」，
意為「踏、踩、根據、依據」，選項4為正
確用法。其餘選項若改成如下，即為正確
用法。

1. きっぱりとした態度<ruby>態<rt>たい</rt></ruby><ruby>度<rt>ど</rt></ruby>で決断<ruby>決断<rt>けつだん</rt></ruby>を下<ruby>下<rt>くだ</rt></ruby>した。

   （用斷然的態度下決斷。）

2. 子供<ruby>子供<rt>こども</rt></ruby>には愛情<ruby>愛情<rt>あいじょう</rt></ruby>を持<ruby>持<rt>も</rt></ruby>って接<ruby>接<rt>せっ</rt></ruby>するべきで
   ある。

   （應該懷著愛來對待孩子。）

3. お金がたまったら新しい家を構える
予定だ。

（打算存夠了錢就蓋新家。）

（ ）㉔ ナンセンス

1. 最近のドラマはナンセンスなストー
リーのものが多くて嫌だ。
2. 話し相手がいないのはじつにナンセ
ンスである。
3. 問い詰められてナンセンスな気持ち
になった。
4. 彼女は恋人と別れて、ナンセンスな
気分に陥っている。

中譯 最近的連續劇很多荒謬的故事，我不喜歡。

解析 名詞「ナンセンス」是外來語「nonsense」，
意為「沒有意義的、荒謬的、愚蠢的」，
選項1為正確用法。其餘選項若改成如下，
即為正確用法。

2. 話し相手がいないのはじつにつまら
ないものだ。

（沒有說話的對象真的很無聊。）

3. 問い詰められて嫌な気持ちになった。

（被追問到變得很煩。）

4. 彼女は恋人と別れて、悲しい気分に
陥っている。

（她和男朋友分手，陷入悲傷的情緒
中。）

（　）㉕ ポジション

1. 自分のポジションをしっかり守るこ
とが大切だ。

2. この仕事について将来のポジション
を語りなさい。

3. 医学というポジションから外れた行
為はやめなさい。

4. これからは企業ポジションを高める
必要があるだろう。

中譯　確實堅守自己的崗位是很重要的。

解析　名詞「ポジション」是外來語「position」，
意為「職位、位置」，選項1為正確用法。
其餘選項若改成如下，即為正確用法。

2. この仕事について将来のビジョンを
語りなさい。

（談一談對這個工作未來的願景。）

3. 常識から外れた行為はやめなさい。

（停止脫離常軌的舉動！）

4. これからは企業の活力を高める必要
があるだろう。

（今後有必要提升企業的活力吧！）

作者介紹

審訂、隨堂測驗暨模擬試題撰稿

こんどうともこ

　　日本杏林大學外文系畢業，日本國立國語研究所修了。曾任日本NHK電視台劇本編寫及校對、臺北市文化局文化快遞顧問、EZ Japan流行日語會話誌副總編輯，於輔仁大學、青輔會等機關教授日語。

審訂、模擬試題解析撰稿

王愿琦

　　日本國立九州大學研究所比較社會文化學府碩士，博士課程學分修了。曾任元智、世新大學、台北科技大學日語兼任講師、EZ Japan流行日語會話誌總編輯。

單字整理、撰稿

呂依臻

　　國立政治大學日文系畢業，國立高雄師範大學教育學程修畢。曾任教師、翻譯、刊物企劃編輯等。

葉仲芸

　　淡江大學日文系畢業，曾任書籍翻譯，以及日語學習雜誌、生活叢書編輯。

周羽恩

　　中國文化大學日文系畢業，從事多年翻譯，包括字幕、廣告文案、法條規章等。

國家圖書館出版品預行編目資料

新日檢N1單字帶著背！/元氣日語編輯小組編著
--初版--臺北市：瑞蘭國際，2012.05
528面；10.4×16.2公分 --（隨身外語系列；35）
ISBN：978-986-6567-96-4
1.日語 2.詞彙 3.能力測驗

803.189   101004118

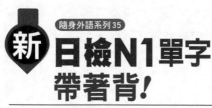

隨身外語系列 35

新日檢N1單字
帶著背！

作者｜元氣日語編輯小組・責任編輯｜呂依臻、こんどうともこ

封面｜張芝瑜・版型設計｜余佳憓・內文排版｜帛格有限公司、余佳憓
校對｜呂依臻、葉紋芳、こんどうともこ、王愿琦・印務｜王彥萍

董事長｜張暖彗・社長｜王愿琦・總編輯｜こんどうともこ
主編｜呂依臻・副主編｜葉仲芸・編輯｜周羽恩・美術編輯｜余佳憓
企畫部主任｜王彥萍・網路行銷、客服｜楊米琪・特約編輯｜葉紋芳

出版社｜瑞蘭國際有限公司・地址｜台北市大安區安和路一段104號7樓之1
電話｜(02)2700-4625・傳真｜(02)2700-4622・訂購專線｜(02)2700-4625
劃撥帳號｜19914152 瑞蘭國際有限公司
瑞蘭網路書城｜www.genki-japan.com.tw

總經銷｜聯合發行股份有限公司・電話｜(02)2917-8022、2917-8042
傳真｜(02)2915-6275、2915-7212・印刷｜宗祐印刷有限公司
出版日期｜2012年05月初版1刷・定價｜299元・ISBN｜978-986-6567-96-4

瑞蘭國際

瑞蘭國際

瑞蘭國際